A LIBRARY OF
DOCTORAL
DISSERTATIONS
IN SOCIAL SCIENCES IN CHINA

中国
社会科学
博士论文
文库

李奎报咏史诗研究

A Study on Yi Kyubo's Poems on History

师存勋　著

导师　李　岩

中国社会科学出版社

图书在版编目(CIP)数据

李奎报咏史诗研究/师存勋著.—北京：中国社会科学出版社，2020.7
(中国社会科学博士论文文库)
ISBN 978-7-5203-6911-4

Ⅰ.①李⋯ Ⅱ.①师⋯ Ⅲ.①李奎报(1169-1241)—咏史诗—
诗歌研究 Ⅳ.①I312.607.2

中国版本图书馆 CIP 数据核字(2020)第 142896 号

出 版 人	赵剑英
责任编辑	王　琪
责任校对	冯英爽
责任印制	李寡寡

出　　版	中国社会科学出版社
社　　址	北京鼓楼西大街甲 158 号
邮　　编	100720
网　　址	http://www.csspw.cn
发 行 部	010-84083685
门 市 部	010-84029450
经　　销	新华书店及其他书店

印　　刷	北京明恒达印务有限公司
装　　订	廊坊市广阳区广增装订厂
版　　次	2020 年 7 月第 1 版
印　　次	2020 年 7 月第 1 次印刷

开　　本	710×1000　1/16
印　　张	18.75
插　　页	2
字　　数	320 千字
定　　价	108.00 元

总　序

在胡绳同志倡导和主持下，中国社会科学院组成编委会，从全国每年毕业并通过答辩的社会科学博士论文中遴选优秀者纳入《中国社会科学博士论文文库》，由中国社会科学出版社正式出版，这项工作已持续了12年。这12年所出版的论文，代表了这一时期中国社会科学各学科博士学位论文水平，较好地实现了本文库编辑出版的初衷。

编辑出版博士文库，既是培养社会科学各学科学术带头人的有效举措，又是一种重要的文化积累，很有意义。在到中国社会科学院之前，我就曾饶有兴趣地看过文库中的部分论文，到社科院以后，也一直关注和支持文库的出版。新旧世纪之交，原编委会主任胡绳同志仙逝，社科院希望我主持文库编委会的工作，我同意了。社会科学博士都是青年社会科学研究人员，青年是国家的未来，青年社科学者是我们社会科学的未来，我们有责任支持他们更快地成长。

每一个时代总有属于它们自己的问题，"问题就是时代的声音"（马克思语）。坚持理论联系实际，注意研究带全局性的战略问题，是我们党的优良传统。我希望包括博士在内的青年社会科学工作者继承和发扬这一优良传统，密切关注、深入研究21世纪初中国面临的重大时代问题。离开了时代性，脱离了社会潮流，社会科学研究的价值就要受到影响。我是鼓励青年人成名成家的，这是党的需要，国家的需要，人民的需要。但问题在于，什么是名呢？名，就是他的价值得到了社会的承认。如果没有得到社会、人民承认，他的价值又表现在哪里呢？所以说，价值就在于对社会重大问题的回答和解决。一旦回答了时代性的重大问题，就必然会对社会产生巨大而深刻的影响，你也因此而实现了你的价值。在这方面年轻的博士有很大的优势：精力旺盛，思想敏捷，勤于学习，勇于创新。但青年学者要多向老一辈学者学习，博士尤其要很好地向导师学习，在导师的指导下，发挥自己的优势，研究重大问题，就有可能出好的成果，实现自己的价值。过去12年入选文库的论文，也说明了这一点。

什么是当前时代的重大问题呢？纵观当今世界，无外乎两种社会制度，一种是资本主义制度，一种是社会主义制度。所有的世界观问题、政治问题、理论问题都离不开对这两大制度的基本看法。对于社会主义，马克思主义者和资本主义世界的学者都有很多的研究和论述；对于资本主义，马克思主义者和资本主义世界的学者也有过很多研究和论述。面对这些众说纷纭的思潮和学说，我们应该如何认识？从基本倾向看，资本主义国家的学者、政治家论证的是资本主义的合理性和长期存在的"必然性"；中国的马克思主义者，中国的社会科学工作者，当然要向世界、向社会讲清楚，中国坚持走自己的路一定能实现现代化，中华民族一定能通过社会主义来实现全面的振兴。中国的问题只能由中国人用自己的理论来解决，让外国人来解决中国的问题，是行不通的。也许有的同志会说，马克思主义也是外来的。但是，要知道，马克思主义只是在中国化了以后才解决中国的问题的。如果没有马克思主义的普遍原理与中国革命和建设的实际相结合而形成的毛泽东思想、邓小平理论，马克思主义同样不能解决中国的问题。教条主义是不行的，东教条不行，西教条也不行，什么教条都不行。把学问、理论当教条，本身就是反科学的。

在21世纪，人类所面对的最重大的问题仍然是两大制度问题：这两大制度的前途、命运如何？资本主义会如何变化？社会主义怎么发展？中国特色的社会主义怎么发展？中国学者无论是研究资本主义，还是研究社会主义，最终总是要落脚到解决中国的现实与未来问题。我看中国的未来就是如何保持长期的稳定和发展。只要能长期稳定，就能长期发展；只要能长期发展，中国的社会主义现代化就能实现。

什么是21世纪的重大理论问题？我看还是马克思主义的发展问

题。我们的理论是为中国的发展服务的，绝不是相反。解决中国问题的关键，取决于我们能否更好地坚持和发展马克思主义，特别是发展马克思主义。不能发展马克思主义也就不能坚持马克思主义。一切不发展的、僵化的东西都是坚持不住的，也不可能坚持住。坚持马克思主义，就是要随着实践，随着社会、经济各方面的发展，不断地发展马克思主义。马克思主义没有穷尽真理，也没有包揽一切答案。它所提供给我们的，更多的是认识世界、改造世界的世界观、方法论、价值观，是立场，是方法。我们必须学会运用科学的世界观来认识社会的发展，在实践中不断地丰富和发展马克思主义，只有发展马克思主义才能真正坚持马克思主义。我们年轻的社会科学博士们要以坚持和发展马克思主义为己任，在这方面多出精品力作。我们将优先出版这种成果。

2001 年 8 月 8 日于北戴河

序

初识海南琼台师范学院师存勋博士是在 2018 年 12 月的海南省比较文学与世界文学学会成立庆祝大会暨"中国海岛/海洋文学与文化研究"学术研究会上，后来在深圳举行的 2019 年国际比较文学高峰论坛上我们再次相见。和与会诸多后进学者一样，存勋有着对学术持之以恒的执着精神。近日，存勋发来《李奎报咏史诗研究》书稿，欲请我为之作序。我颇有一些开心，因为中国东方文学研究界又有一部著作行将付梓出版，这再次证明中国学界对包括朝鲜半岛文学在内东方文学的持续热情和贡献。

朝鲜半岛文学，和中国文学有着极为密切的联系，中国汉赋、唐诗兴盛时代，朝鲜半岛则产生了《公无渡河》《黄鸟歌》《太平诗》等汉诗名篇，其后，新罗时代产生了薛聪、崔致远等文学名家，及至高丽时代，朝鲜半岛文学更是迎来了一个繁盛的发展时期，名家辈出，朴寅亮、"海左七贤"、李奎报、李齐贤、李縠、李穑等人汉诗成就颇高。进入朝鲜王朝以后，尽管于 15 世纪中叶发明了谚文，但朝鲜半岛的汉文化暨汉文学发展依旧势头强劲，汉文学创作成就斐然，文学名家如徐居正、许筠、申纬、朴趾源、金泽荣等更是难以尽数。因此，从比较文学角度就朝鲜半岛文学与中国文学的关系问题加以梳理，有着极为广阔的前景。而存勋选择以高丽中期大诗人李奎报汉诗为研究对象，这是一个可以从比较文学的角度就中国文学与朝鲜半岛文学之间关系加以阐释的很好的个案，其立意无疑值得肯定。

李奎报在朝鲜半岛文学史上占有相当重要的位置，具体来看，李奎报一生相当数量的散文、诗歌、诗话等成就与诗人心怀天下却又生逢乱世的现实密切相关，这就使得其作品具有了值得进一步加以研究的意义与必要。进一步言，高丽中期，朝鲜半岛外有蒙元等敌对势力的觊觎，内部自

1170 年以后百年左右时间形成武人独专而文人卑微的局面，有感于此，包括李奎报在内的高丽中期文人遂以咏史诗作为其在特殊历史时期针砭时弊、增强民族凝聚力的重要手段，我东亚文学理论中所谓"蚌病成珠""大抵圣贤发愤之所为作也"等，即此谓也！

　　12—13 世纪，东北亚特殊的国际环境和朝鲜半岛内部相克期特殊的原因共同推动了李奎报咏史诗的创作，除此之外，高丽时期朝鲜半岛对中国文学、文化的大量吸收与输入无疑也对李奎报咏史诗创作提供了有利条件，师存勋在《李奎报咏史诗研究》中即很好地就此进行了分析与阐述，并显示出很好的相关学术功底。作者就当时高丽民族所面临的巨大外来侵略和《东明王篇》与《次韵吴东阁世文呈诰院诸学士三百韵诗》之间的关系问题作了独到的阐释，从而使两部咏史长诗中所蕴含的民族振兴深意得以彰显，而李奎报关于这两首咏史长诗的创作动机与思路也得以清晰地呈现出来，存勋对相关神话、史诗等文献的把握与发掘也颇见功夫。《李奎报咏史诗研究》对《开元天宝咏史诗（四十三首，并序）》这一李奎报咏史组诗之成就进行了研究，该组诗以中国唐玄宗开元、天宝时期系列典型事件为对象，通过该组咏史诗，李奎报对高丽的现实加以比照与反观，从而抒发了他对国家理乱、对人民安危的深切关注之情。存勋在论述过程中对《开元天宝遗事》《三国史记》《高丽史》等中朝文献进行了认真把握。《李奎报咏史诗研究》中，也为我们呈现了李奎报咏史诗所表达的诗人自己对不羁生活的追求和对自由、安适的向往。李奎报好欢娱，狎妓、饮酒、赋诗是其人生三大喜好，因此，其咏史诗中这类题材的作品为数不少，它们体现的是诗人对欢娱的追求，实际也是对高丽武人独裁政治的一种逃避与自我解脱方式，而也正因如此，李奎报咏史诗中便有着超然物外的洒脱精神。另外，李奎报关心人民疾苦，有着强烈的人文主义情怀，因此，其咏史诗也有着强烈的质朴与亲民风格。师存勋在论述中，很好地把握住了中国文学和朝鲜文学之间的关联问题，并将比较文学相关理论有机地贯穿于其中，而《诗经》、《楚辞》、左思、陶渊明、李白、王维、苏轼等中国文学名篇名家之于李奎报暨朝鲜半岛的影响也得以展示。师存勋认为，李奎报咏史诗是对朝鲜半岛前人咏史诗成果的一大总结，同时也开启了高丽后期咏史诗繁荣之局面，因此，李奎报是高丽乃至整个朝鲜文学史上，咏史诗创作的承上启下者。由于李奎报咏史诗是在中国文学文化大量输入朝鲜半岛这一大背景下用汉字进行创作，并以大量中国古人古事为题材，因此，从世界文学与比较文学研究的视野来看，李奎报咏史诗无疑是多元文化融合下的东方文化精髓，而师存勋就之所进行的研究无疑有着特别的意义。

尽管《李奎报咏史诗研究》中尚有少许不足之处，但就整体看，可圈可点之学术亮点则为主要方面，而这一学术成果的取得与作者的知识结构有较大关系。存勋大学期间所学专业为英语教育，后于 1999 年进入青海师范大学攻读硕士学位，2002 年毕业并获得历史学硕士学位，其后进入海南师范大学从事汉语国际教育，并于 2004 年考取《汉语作为外语教学能力证书（高级）》，且开始关注国际汉学，2008 年存勋进入中央民族大学比较文学与世界文学专业中朝比较文学方向攻读博士学位，并顺利完成学业，获得博士学位，其博士毕业论文即《李奎报咏史诗研究》，而其在中央民族大学时于耳濡目染间所获得的民族学、人类学等知识，也对其知识结构有着一定影响。不难看出，存勋在史学、语言学、文学等领域有着一定的积累，此颇有我们传统中国知识分子在治学时文史哲不分家的风范。文史哲不分家治学传统对学者而言注定不易，它要求学者具备多方面的知识积累与基础，师存勋的治学即体现出这样的倾向，其《李奎报咏史诗研究》明显体现出文学、史学、民族学等多学科交叉的特点，这恰恰系该学术作品的亮点，也是当下学术界所提倡之研究方法倾向。

希望存勋博士进一步积累研究经验，夯实相关研究理论，并在未来的中朝比较文学学术之路上走得更远。

王宁

2020 年 6 月于上海

摘　　要

　　李奎报（1169—1241）是朝鲜高丽中期著名的文人，也是朝鲜民族引以为自豪的伟大诗人，他一生创作了相当数量的散文、诗歌、小说等作品，其中的诗歌作品留存到今天的有两千余首。这些诗歌皆以汉字进行创作，主要收录在《东国李相国集》中，另有少量诗歌见于其诗话作品《白云小说》内。李奎报汉诗中，有五百多首咏史诗，这些咏史诗，或以歌颂朝鲜民族悠久的历史与文化为主基调，或以中国古人古事为题材以讽谏时政，抑或表达作者对历史、对时空无限的感慨。而探究李奎报咏史诗，无疑有助于我们了解作者生活时代朝鲜半岛历史的真实，更为要者，通过对李奎报咏史诗的考察，我们可以见出中国与朝鲜半岛在文化上久已存在的交流与互动，尤其可以考察高丽时代朝鲜半岛对中国文化的积极吸纳与接受情况，并将有助于推动今日中国与朝鲜半岛国家间的友谊。

　　李奎报生活的时代，朝鲜半岛遭受契丹、女真、蒙古以及日本倭寇等外族势力的疯狂侵凌，而在面临外敌的同时，高丽国内武人独断朝政，人民起义此起彼伏，内忧外患之下的高丽文人普遍有着对国家、对民族的担忧。作为一介文人，李奎报也有着强烈的报国理想，他用自己手中的笔为武器，以咏史诗为依托，为正处于危难中的祖国尽力。可以说，特殊的国际、国内环境推动了李奎报咏史诗的创作。除此之外，高丽时期朝鲜半岛对中国文学、文化的大量吸收与输入无疑也对李奎报咏史诗创作提供了有利条件。

　　作为高丽中期著名诗人，李奎报咏史诗成就尤其体现在咏史长诗《东明王篇》和《次韵吴东阁世文呈诰院诸学士三百韵诗》上，它们是李奎报对自己国家宏伟历史的赞歌，也是对自己所处时代的反观。而李奎报咏史诗成就在组诗方面的集中体现，无疑为《开元天宝咏史诗（四十三首)》，该组诗以中国唐玄宗开元、天宝时期的事情为题材，通过该组咏史诗，李奎报对高丽的现实予以比照，从而抒发了他对国家理乱、人民安危的关注之情。

李奎报的咏史诗也表达了诗人自己对不羁生活的追求和对自由、安适的向往。李奎报一生喜好欢娱，狎妓、饮酒、赋诗是其人生三大喜好，因此，其咏史诗中这类题材的作品为数不少，但是需要指出的是，李奎报并非消极处世。他这实际也是对高丽武人独裁政治的一种逃避和自我解脱方式，而也正因为如此，李奎报咏史诗中有着超然物外的洒脱精神，但另一方面，李奎报关心人民疾苦，有着强烈的人文主义情怀，因此，其咏史诗也有着中唐白居易作品的风格。

李奎报的咏史诗是对前人咏史诗成果的一大总结，同时也开启了高丽后期咏史诗繁荣之局面，因此，李奎报是高丽，甚至是在朝鲜文学史上，咏史诗创作的承上启下者。由于李奎报咏史诗是在中国文学文化大量输入朝鲜半岛这一大背景下用汉字进行创作，并以大量中国古人古事为题材，因此，从世界文学与比较文学研究的视野来看，李奎报咏史诗无疑是多元文化融合下的东方文化精髓，对其进行研究无疑有着特别的意义。

关键词：比较文学；咏史诗；高丽；李奎报；中国文学

Abstract

Yi Kyubo (1169 – 1241) is one of the well-known literati in the medium of Koryŏ Dynasty, and he is especially famous for composing poems in Chinese. Yi created quite a number of essays, poems, fictions and so on in his life, of them there are more than 2000 poems that remain today and these poems cover a wide range of topics. Yi's poems are mainly seen in his collected works, and there are also a few that can be found in "*The Bright Cloud*", a literary criticism. Among Yi's poems written in Chinese, we can find the poems on history totalling more than 500, some of them are mainly in praise of the Korean nation's long history and culture, some demonstrate Yi's opinions of agrarian life, which was closely related to Korean farmers, and some are about historical persons and events of China, containing special feelings of history and the infinite space. It's quite helpful for us to know the historical truth about the Korean peninsula through the study of Yi's poems on history. The most important is, we will understand the bilateral interaction in culture between China and the Korean peninsula, especially we can examine how people who lived in the Korean peninsula accepted Chinese culture actively. Furthermore, that will help us to accelerate the traditional friendship between China and the Korean peninsula.

In Yi kyubo's years, the Korean peninsula suffered the invasion from Khitan, Jurchen, Mongolia and Japan. In the meantime, farmers from nearly all the Korean peninsula rose up in open rebellion. Facing dangers of both internal disturbance and foreign invasion, Koryŏ literati had shown great concern about the survival of the nation. As part of the literati, Yi Kyubo had strong aspiration to dedicate himself to his country. By using his writing brush to compose poems on history, Yi Kyubo devoted himself entirely to the Korean nation at a critical moment. Therefore, it suggests that special situation of both home and abroad jointly played a role to Yi Kyubo's creation of the poems on history. In addition, the dissemination of Chinese culture as well as Chinese literature in the Korean peninsula during the period of Koryŏ dynasty also provided Yi Kyubo a beneficial condition to compose poems.

Yi Kyubo made a success of poems on history. Especially through the narrative poetry "*Lay of King Tongmyŏng*", Yi praised Chumong, the founder of Koguryŏ, as well as the grandson of Haemosu. "*The Hymn with* 300 *Verses for Wu Shiwen*", another delicately phrased compliment to the glory of Silla and the friendship with Wu Shiwen and his younger brother Wu Shicai, made Yi Kyubo enjoyed the highest fame among men of letters. Yi Kyubo held the view that poetic issues come from experience in the real world and must respond to the demands of the time, so Yi's poems on history also indicate his views about the time. The "43 *Poems on History about the Years of Kaiyuan and Tianbao*", which is about 43 representative things happened in Kaiyuan and Tianbao years of Tangxuanzong' reign in the Tang dynasty, especially shows Yi's talent for the poems on history and by comparing Chinese history with the social reality of Koryŏ, Yi Kyubo gave his all attention to the nation's situation and Korean people's life.

Yi Kyubo's poems on history also reflect his pursuit of leisure and freedom. Yi Kyubo enjoyed entertainment including the "three demons" —— women, wine and poetry, which were his best hobbies. Many of Yi's poems on history have themes about the "three demons", but that doesn't mean Yi Kyubo was very negative. In fact, Yi Kyubo just wanted to get free from the military rule. Thus, on one hand, a feel of free and leisure exists in his poems on history, on the other hand, Yi Kyubo took care about people's sufferings. Owing to the strong humanistic feelings found in some of Yi's poems on history, the style of these poems is similar with that of Bai Juyi, one of the mid-Tang dynasty poets.

Yi Kyubo absorbed nearly all the achievements about poems on history created by the poets that emerged ahead of him in Korean history, and Yi also started the prosperity of the poems on history later on. Therefore, Yi Kyubo was the person who had connected two developing stages of the poems on history not only in Koryŏ dynasty but also in the whole Korean literature.

Key Words: Comparative Literature; Poems on History; Koryŏ; Yi Kyubo; Culture

目　　录

Contents

绪　　论

一　咏史诗的含义

咏史诗是我国古代诗歌题材类型重要的组成部分，也是朝鲜①汉诗创作中的一朵奇葩。关于咏史诗概念界定的讨论，是伴随着 20 世纪 80 年代以来咏史诗研究高潮的到来而兴起的，关于"咏史诗"一词的界定，学界众说纷纭，并曾形成三种主要观点。其一，从题材直接界定，试如："咏史诗，是以歌咏历史人物、历史事件为题材的诗歌作品。"② "咏史诗，顾名思义，即以历史题材为内容的诗歌。"③ 其二，从题材和述怀两方面加以界定，如："咏史诗是以历史事件或历史人物为吟咏对象，藉之以述怀叙志，寄托感情的一种诗歌体式。"④ 其三，从题材、述怀并就咏史对象进行议论等方面进行界定，如："我国诗歌史上的咏史诗是用诗体——诗、词、曲等，以古迹、历史人物、历史事件为题材而抒怀、述见、言志的诗。"⑤ "咏史诗是中国古代诗歌中由作者直接歌咏历史题材，以寄寓思

---

① 本书中所谓"朝鲜"，系指广义朝鲜民族，而非政治意义上相对"韩国"之"朝鲜"国家实体。另外需要说明的一点是：本书脚注和最后"参考文献"部分，对所涉之朝鲜半岛古籍，将根据古籍具体所属朝鲜半岛历史朝代，而在具体古籍名称前括注以"新罗""高丽""朝鲜"字样，故凡于脚注和最后"参考文献"古籍名称前括注中所出现的"朝鲜"字样，均指朝鲜半岛历史发展中，继新罗、高丽之后建立的"朝鲜"王朝（1392—1910）。对脚注和最后"参考文献"部分所涉及的现当代韩国文献，将在文献名称前括注以"韩"字样。

② 黄筠：《中国咏史诗的发展与评价》，《中国文化研究》1994 年冬之卷。

③ 郭丹：《论〈昭明文选〉中的咏史诗》，《福建师范大学学报》（哲学社会科学版）1994 年第 3 期。

④ 江艳华：《魏晋南北朝咏史诗论述》，《云南师范大学学报》（哲学社会科学版）1994 年第 4 期。

⑤ 孟昭燕：《谈咏史诗》，《历史教学问题》1999 年第 3 期。

想感情，表达议论见解的一种类别。"① 另外，属于咏史诗范畴的怀古诗，学界就其是否属于咏史诗范畴一度产生过较大争议。施蛰存先生曾认为："'怀古'是诗的内容类别，在'咏怀'与'咏史'之间"，"咏史诗是有感于某一历史事实，怀古诗是有感于某一历史遗迹。"② 袁行霈主编的《中国文学史》则认为："怀古诗和咏史诗是有区分而又很接近的两类诗。大体上说，怀古诗是就能够引起古今相接情绪的时地与事物兴发感慨。咏史诗则无须实际事物作媒介，作者直接以史事为对象抚事寄慨。由于两者都是咏'古'，又时有交叉，界限并不很严。"③ 这一界定实际也并没有就怀古诗和咏史诗是否同属咏史诗范畴给出回答。但就多数学者的意见来看，怀古诗属咏史诗之一类，系从咏史诗内部派生而出，且就感怀历史而言呈间接方式，如雷恩海认为："无论是怀古诗所述的今昔盛衰，人事沧桑之慨，还是咏史诗所寓的对历史人事的见解或历史鉴诫，其中都深寓着一种深沉的历史感情。一种对世人警戒的意图。具有大体相同的题材，共同的目的。所以我们认为，怀古诗派生于咏史诗，是咏史诗的变体，应该包涵在咏史诗的大范畴之内。"④ 而沈祖棻先生谢世前即已就此有过看法："我国古典诗歌当中有所谓览古或怀古的作品，就其题目而论，虽属地理范围，但既是古迹，就必然具有历史意义，所以它们在实质上是一种咏史诗。"⑤ 可以说，关于怀古诗属咏史诗范畴这一点，学术界已基本无甚争议，我们不妨借用专家之言加以归纳："第一，因地吊古的怀古诗是咏史诗的一部分。它与那些直接歌咏古人古事的咏史诗相比，仅仅是感怀历史的方式有所不同：一为间接，一为直接。但最终都指向对历史的关怀与思索，都可以用'咏史诗'来概括。第二，从诗歌发展的角度讲，较早成熟起来的咏史诗是直接歌咏一类，而因地吊古类则是从咏史诗内部发展而来的，并于南朝才初步兴起。为了更好地把握咏史诗的发展脉络，可以把怀古诗作为一个特定的对象给予关注。"⑥

那么，如何最大限度地客观把握咏史诗的概念并将之具体运用于李

---

① 李士龙：《试论古代咏史诗》，《学习与探索》1996年第6期。
② 施蛰存：《唐诗百话》，上海古籍出版社1987年版，第239页。
③ 袁行霈主编：《中国文学史》第二卷，高等教育出版社1999年版，第421页。
④ 雷恩海：《咏史诗渊源的探讨暨咏史诗内涵之界定》，《贵州社会科学》1996年第4期。
⑤ 沈祖棻：《唐人七绝浅释》，河北教育出版社2000年版，第163—164页。
⑥ 韦春喜：《宋前咏史诗史》，中国社会科学出版社2010年版，第17—18页。

奎报咏史诗研究呢？愚意以为，我们有必要进一步就这一问题加以认识，咏怀诗中援史入诗乃常见之举，且援史入诗亦易于把握，并可以据此判断出其咏史诗属性，试如唐代杜甫有诗句"千载琵琶作胡语，分明怨恨曲中论"[①]，本书研究对象李奎报有诗句"访人情味雪溪中，若便相逢一笑空"（《子猷访戴》，《东国李相国集·全集卷十一》）[②]，我们很容易就可判断出二者分别吟诵昭君出塞事和子猷访戴事。而许多时候，咏怀诗中某些作品，表面看来并不涉史，但其亦表达出对时光流转、人生沧桑、空间转换等的强烈感慨与思索，即如李奎报《戏题旧笔》"此笔那轻掷？能成宰相身。今吾头亦秃，两老合相亲"（《东国李相国集·后集卷二》）。李奎报晚年荣登相位，但当看到与自己朝夕相处，并为自己事业成功而亦付出"头秃"代价的毛笔时，不禁感慨万分，这种感慨，实际是为自己曾经的打拼和时光的荏苒。因此，咏史诗与咏怀诗有确凿无疑的联系，咏史诗的范畴应该还包括咏怀诗中感慨时空、感慨生命与宇宙、关注人生命运变化的诗作。

在提到咏史诗风格特点时，咏史诗研究者李晓明说："风格特点在不同的诗人、同一诗人不同时期的体现都不同。比如虚无和幻灭等观念，在咏史诗中始终占有很大的比重，在历代儒、释、道三家中是共同存在的，让人很难将之辨识出属于哪一家。"[③] 另有研究者也提出类似看法："咏史诗往往是就具体的历史事件或人物来写，注重表达一种思想观念或道德评价，而怀古诗侧重'描摹虚神'，通常集中于表达对于笼统的'过去'的某种情感态度和哲理思考，等等。……无论我们持什么样的区分标准，它们之间都永远不会泾渭分明。"[④] 而李晓明在提到阮籍八十二首《咏怀诗》时如是曰："如果说咏怀诗和咏史诗有什么联系的话，在对人生感慨这一

---

① （唐）杜甫：《咏怀古迹五首》其三，见《全唐诗》卷二百三十，杜甫十五。

② 由于以李奎报《东国李相国集》中作品为研究对象，因此，凡自李奎报《东国李相国集》之文献，文献出处直接标注于引文之后，不作脚注。另外，作为李奎报咏史诗资料主要来源的《东国李相国集》，其版本以《韩国文集丛刊》（韩国民族文化推进会 1988—2005 年版）收录本为准。而这一论作中亦将涉及如下朝鲜文献古籍：崔致远《孤云集》、林椿《西河集》、陈澕《梅湖遗稿》、金坵《止浦集》、李齐贤《益斋乱稿》、李穀《稼亭集》、安轴《谨斋集》、李穑《牧隐稿》、郑道传《三峰集》、闵思平《及菴诗集》、韩修《柳巷诗集》、郑枢《圆斋稿》，其版本依据亦自《韩国文集丛刊》，现予一并介绍，不另作脚注。

③ 李晓明：《唐代咏史诗研究》，人民出版社 2009 年版，第 9 页。

④ 张润静：《唐代咏史怀古诗研究》，上海三联书店 2009 年版，第 3 页。

点上则是共有的。"他接着说:"虽然不是在与具体历史人物或事件的对比中生出的感慨,但在对岁月和时光的感怀上是相同的。只有那些咏怀中加入了浓重历史因素的,才和咏史诗有联系。"① 基于如上认识,作者进一步道:"若以所咏的内容和对象来分,还可以增加咏遗址、咏旧物、咏习俗、感慨时空等类型。"② 可以说,如上观点是咏史诗多年研究当中值得注意的一个亮点,它同时代表了咏史诗研究的最新成果和理论,这对于李奎报乃至朝鲜咏史诗的研究都有很大启发意义,李奎报咏史诗研究无疑要以咏史诗研究最新成果和理论为依据。

　　另外,还需说明的是,咏史诗中的不少吟咏对象并非正史所载,而为神话、传说等非信史范畴,但若作者之表达重点并非在于仙、神之类,而在于历史之沧桑或历史感触之抒发,那么,此类诗也应纳入咏史诗范畴,比如李奎报《题朴渊》一诗曰:"龙娘感笛嫁先生,百载同欢便适情。犹胜临邛新寡妇,失身都为听琴声。"(《东国李相国集・全集卷十四》)"朴渊"传说在朝鲜家喻户晓,李奎报《题朴渊》其序亦反映出这一点:"昔有朴进士者,吹笛于渊上。龙女感之,杀其夫,引之为婿。故号朴渊。"与此相关的另一问题是:神话传说的历史化在中国、朝鲜、日本等国都有存在,如《史记》中黄帝、伏羲、神农为司马迁所历史化、檀君在朝鲜的历史化、神武天皇在日本的历史化等,这种历史化不能被视为盲目、随便的一种行为,而是为了构建各自民族的上古历史体系,也是儒家构建自己文明机制的一种需求。因此,对于历史化了的神话传说进行吟咏的诗也是咏史诗。另外,还需要厘清的一个概念是"史诗",关于这一概念,《辞海》有明确定义:"指古代叙事诗中的长篇作品。反映具有重大意义的历史事件或以古代传说为内容,塑造著名英雄的形象,结构宏大,充满着幻想和神话色彩。著名史诗如古代希腊的《伊利亚特》和《奥德赛》。"③而更有学者就史诗提出看法认为:"它多产生于一个民族野蛮和文明交替的上古时代,是艺术不发达阶段的产物。它以上古野蛮初期阶段的神话传说为基础,以塑造、歌颂远古英雄人物为主,具有民间集体创作性质,并经历了从口头传说到文字记录的过程。……《诗经》中的《生民》《公

---

① 李晓明:《唐代咏史诗研究》,人民出版社 2009 年版,第 20 页。
② 同上书,第 15 页。
③ 《辞海(文学分册)》,上海辞书出版社 1981 年版,第 15 页。

刘》等篇可视为史诗。"① 依据如上《辞海》等的定义，则李奎报笔下，反映朱蒙族系开国英雄事迹的《东明王篇》既系长篇咏史诗，同时也具史诗性质。"咏史诗"和"史诗"是有着一定联系但却并不等同的概念，因此，绝不可以将二者绝对等同视之。关于这点，有观点认为，"诗、史分家以后，以诗记史和以史记诗的风尚依然存在。'诗三百'中有不少诗就记载了曾经发生的历史史实"，"由于诗歌反映现实，其本身已带有史的性质，有助于人民认识社会历史，因此，此类诗歌被称为史诗。史诗是用诗写成的历史，与一般的历史记载不同，但所反映的历史事件的本质应是相同的，否则，史诗就失去了其历史意义"② 。此说并不强调"幻想和神话色彩""古代传说"等史诗要素，将"带有史的性质"的诗歌以"史诗"统称之，提法似不够明晰，故值得商榷。

二　李奎报咏史诗的研究范围

下面，我们就李奎报咏史诗研究的材料范围和咏史诗分布作一简要爬梳。就李奎报咏史诗研究的考察范围而言，《东国李相国集》无疑是最为要者，据《东国李相国集·全集序》，李奎报"嗣子监察御史涵，收拾万分之一，得古赋、古律、诗、笺、表、碑铭、杂文并若干首，请为文集，公可其请，分为四十一卷，号曰《东国李相国文集》"。而关于该集，李奎报另有《儿子涵编予诗文，因题其上》二首，其一曰："雕刻心肝作一家，于韩于杜可堪过。假教百世行之盛，身后浮名奈我何。"其二曰："草木同枯是我徒，区区诗卷不如无。茫然千载能知不？姓李人生东海隅。"（《东国李相国集·后集卷一》）从如上二诗强烈的时空感慨中，我们可以从"心肝""茫然千载能知不"等词、句当中感受到暮年的作者对于《东国李相国集》雕刻的重视，因此我们更有理由相信，《东国李相国集》是李奎报咏史诗研究最直接、最重要的材料，而当下《东国李相国集》尽管有多种版本，但基本是古本之影印本。主要有 1958 年东国文化社以首尔大学校壬乱后刊本为底本的影印版，而本书所据版本则为韩国民族文化推进会大型影印标点丛书《韩国文集丛刊》中的收录本，该版

---

① 韦春喜：《宋前咏史诗史》，中国社会科学出版社 2010 年版，第 23 页。
② 胡经之、李健：《中国古典文艺学》，光明日报出版社 2006 年版，第 10 页。

《东国李相国集》分见于《韩国文集丛刊Ⅰ》和《韩国文集丛刊Ⅱ》，而底本则系首尔大学校奎章阁藏本（图书番号：奎 5270）。除《东国李相国集》外，李奎报《白云小说》作为高丽时期四大诗话之一，对研究李奎报咏史诗也有很大参考价值。以下就《东国李相国集》及《白云小说》中李奎报诗歌整体分布暨咏史诗略作介绍：

全集卷一至卷十八，诗歌总数 1233 首（含卷一中赋六首），咏史诗数 334 首；

后集卷一至卷十全为诗歌，诗歌总数 847 首，咏史诗数 186 首。

研究李奎报咏史诗，仅仅局限于上述材料是不够的。关于咏史诗，曾有学者言："笔者主张采用'广义咏史诗'的概念，即不仅将咏史诗和怀古诗均作为咏史诗来认识，而且将所有的有韵之文均作为咏史诗看待。事实上，清人在《全唐诗》的诗歌分类上已经做得很好，观念已很开通，他们已将当时所能认识到的有韵之文几乎全部收入。"① 此言未必全然有理，但具体就李奎报咏史诗研究而言，也还是有一定的借鉴意义。因为就李奎报文学创作言，韵文在其中占有重要地位，但如果我们放眼李奎报全部的韵文世界来考察其咏史诗，无疑将不利于较为集中地进行研究，而另外，如果我们仅仅将目光锁定到《东国李相国集》全集卷一至卷十八和后集卷一至卷十的诗歌部分，又恐有遗漏之虞。更为要者，诗、颂、口号、赞、偈等皆属诗体文学，若严格囿于字面定义而将其排除出诗歌范畴，恐有伤文学研究。韩国赵东一先生在讲到高丽时代佛教与偈、颂的关系时说："这些偈颂在文学史上得到重视，被称为佛教诗。"② 这就说明，李奎报所作的"颂""偈"完全可以归入诗歌范畴。再如"赞"，正如有学者所云："除了文学的母体之外，咏史怀古诗的另一个母体就是历史著作的赞论，如《左传》的'君子曰'、《史记》的'太史公曰'、《汉书》的'赞曰'，等等。这些赞论往往以简要的语言对所记述的史实进行概括、总结、评价，其中多包含作者的情感倾向与思想观念。这些如以诗歌的形式出之，就与后来的隐括史实的咏史诗无异。"③ 进一步来看"口

---

① 李晓明：《唐代咏史诗研究》，人民出版社 2009 年版，第 4 页。
② ［韩］赵东一：《韩国文学论纲》，周彪、刘钻扩译，北京大学出版社 2003 年版，第 99 页。
③ 张润静：《唐代咏史怀古诗研究》，上海三联书店 2009 年版，第 9 页。

号"，据载，高丽武人掌控朝政的明宗初期，"时李仁老、吴世才、林椿、
赵通、皇甫抗、咸淳、李湛之等自以为一时豪俊，结为友，称'七贤'，
每饮酒赋诗，旁若无人。世才死，湛之谓奎报曰：'子可补耶。'奎报曰：
'七贤岂朝廷官爵而补其阙耶？未闻，嵇、阮之后，有承乏者。'皆大笑，
又令赋诗，奎报口号，其一句云：'未识七贤内，谁为钻核人'"。① 而在
《东国李相国集》中，则有着基本相同的记载："又使之赋诗，占'春'
'人'二字，余立成口号曰：'荣参竹下会，快倒瓮中春。未识七贤内，
谁为钻核人。'"（《七贤说》，《东国李相国集·全集卷二十一》），此外，
《白云小说》中亦有相似记述。如上三种文献中，李仁老等人让李奎报
"赋诗"，李奎报则成"口号"，可见，在李奎报等文人眼里，诗与口号，
二者含义一也。我们不妨再结合李奎报具体作品看一下"铭"，《东国李
相国集》全集卷十九有《小砚铭》一首，其曰："砚乎砚乎，尔么非尔之
耻。尔虽一寸洼，写我无尽意。吾虽六尺长，事业借汝遂。砚乎吾与汝同
归，生由是，死由是。"而在后集卷十中，则有《砚池诗》一首，曰：
"或问凡河池，有水从地出。云何此砚池，沾滴始盈溢。呼之以为池，其
意似未必。我答子之言，于理无奈悖。此池非常池，凡目所未察。虽云区
区洼，磨出词放逸。一磨所自出，花柳与风月。千磨及百磨，润色皇谟
密。陶铸几诗人，沐浴几万笔。大或包天地，深可吞溟渤。砚池复砚池，
万古元不渴。地涌与水滴，其终混归一。"从思想内容来看，二者基本一
致，但前者名之为"铭"，后者名之为"诗"。因此，这一著作在《东国
李相国集》全集卷一至卷十八与后集卷一至卷十部分的诗歌部分之外，
另撷口号、颂、赞、偈、铭等诗体作品作为咏史诗的考察范畴，兹将统计
数据和其中的咏史作品数目，分列如下：

　　年谱："壬寅"条和"己酉"条分别出现全集和后集未录整诗2
首，"戊戌"条和"己酉"条分别出现全集和后集未录残诗2首，共
计4首，均系高丽明宗年间作品，其中咏史诗2首；

　　全集卷十九：颂12首、赞15首、口号3首、偈3首、铭9首、
箴4首。以上合计46首，其中咏史作品11首；

　　全集卷二十一：《七贤说》中作者提到海左七贤文会上众人令其

---

① ［朝鲜］郑麟趾等：《高丽史》卷一百〇二，李奎报。

赋诗，"予立成口号曰：'荣参竹下会，快倒瓮中春。未识七贤内，谁为钻核人。'"此1首属咏史诗；

全集卷二十四：《孙秘书冷泉斋记》记后题诗和《开天寺青石塔铭》，共2首，后者为咏史作品；

全集卷二十五：《王轮寺丈六金佛灵验收拾颂》和《洛山观音腹藏修补颂》，共2首，皆为咏史作品；

全集卷三十五：《故华藏寺住持、王师定印大禅师、追封静觉国师碑铭》等6首，皆为咏史作品；

全集卷三十六：《京山府副使礼部员外郎白公墓志铭》等4首，诔词3首，共7首，皆为咏史作品；

全集卷三十七：《吴先生德全哀词（并序）》等4首，皆为咏史作品；

后集卷十一：赞13首，咏史诗为4首；

后集卷十二：墓志铭2首，皆为咏史作品。

以上提及诗体作品共记87首，咏史作品共计为40首。

另外，《白云小说》中，现李奎报完整诗20首，部分提及者1首，共计21首，其中19首系《东国李相国集》中已录者（部分诗句稍有文字差别），有2首则为《东国李相国集》所未录者，此2首皆非咏史诗。

准此，李奎报诗歌总计为2171首，其中咏史作品560首，咏史作品基本占全部诗歌作品的26%，即约1/4。李奎报咏史诗研究即在此范围内进行。当然，需要特别说明的一点是，绝不可将以上数据视为圭臬，因为关于李奎报咏史诗作品，形似而实非或实是而形非者颇多，因而关于李奎报咏史诗的统计实在不是一件绝对可以做到的事情。此诚如有咏史诗专家所言："由于中国诗人历史修养的普遍深厚，使事用典如数家珍，使得历史因素（典故等）在古典诗歌中几乎无处不在，因此我们遇到的另外一个问题就是内涵多少历史性才足以将一篇诗作定义为咏史怀古诗呢？"接下来一段中作者并就唐诗中咏史怀古诗言道："我们仍无法为唐代的咏史怀古诗的数目作一个绝对精确的统计，因为咏史怀古诗与非咏史怀古诗之间的界限永远是一片可争议的'弹性地带'，而不可能是判然分明的铁定分界线。"① 而就李奎报咏史诗而言，情况何尝不是如此？

三　李奎报咏史诗的研究现状

　　李奎报文学暨咏史诗研究，韩国方面的相关论著虽不算少，可汉译作品则不多。而就相关汉译韩国文学著作内容来看，关于李奎报的内容也较为有限，如赵润济《韩国文学史》（社会科学文献出版社 2003 年版）、赵东一《韩国文学论纲》（北京大学出版社 2003 年版）、苏仁镐《韩国传奇文学的唐风古韵》（民族出版社 2007 年版）等作品中，关于李奎报的文字也基本是一笔带过，当然，客观而言，作为从整体上把握韩国文学的著作，作者也是不可能仅就李奎报文学作品作细致研究的。而在国内，李奎报文学研究真正较为普遍地兴起为时则晚，主要集中在改革开放以来，相关研究总量上看也未免显少，李奎报咏史诗相关研究成果更是屈指可数。以下我们就改革开放以来李奎报文学研究的状况作一考察。

　　就李奎报整体文学成就所进行的研究：

　　较早有许文燮、李海山的《朝鲜十三世纪杰出的民族诗人李奎报及其创作评述》[《延边大学学报》（社会科学版）1981 年第 1 期]，但限于篇幅，该文未能在深度上作进一步探讨。其后刘江的《李奎报——朝鲜的李太白》（《文化译丛》1988 年第 3 期）一文亦基本以介绍性语言就李奎报文学成就加以概括。著名朝鲜文学研究专家韦旭升先生在其《朝鲜文学史》（北京大学出版社 1986 年版）一书第三编第三章中，以《爱国爱民的诗人李奎报》为题，对李奎报及其文学成就进行了简明扼要的介绍，2000 年中央编译出版社出版《韦旭昇文集》②，在第四卷中韦老专撰《高丽时期伟大诗人李奎报》一文，进一步就李奎报人生遭际及李诗的思想内容、艺术性和创作观等诸多方面作了系统而扼要的爬梳。在总结改革开放以来国内朝鲜文学史研究经验得失的基础上，李岩等所著三卷本《朝鲜文学通史》（社会科学文献出版社 2010 年版）对李奎报及其成就，作了全新全面的阐述。姜夏《高丽中期汉诗研究》（吉林大学，博士学位

　　① 张润静：《唐代咏史怀古诗研究》，上海三联书店 2009 年版，第 5 页。
　　② 《朝鲜文学史》（北京大学出版社 1986 年版）中的作者署名为"韦旭升"，《韦旭昇文集》（中央编译出版社 2000 年版）中的作者署名为"韦旭昇"，作者实为同一学人，系中国著名朝鲜文学研究专家。

论文，2018年）对高丽中期汉诗评价道："它上承高丽前期晚唐诗风的艳丽雕琢，下启高丽末期伴随性理学思潮涌入的抑情入理。它在社会内外忧患、汉文化冲击下的肥沃土壤上结出绚烂的文学之花。这一时期无论在文学发展和政治历史上都呈现出鲜明的阶段性和双面性，对其汉诗整体特征的研究有着不容忽视的意义和价值。"该论文中相关李奎报的研究论述颇多。

以上为李奎报全面性研究的论文和相关著作，除此之外，还有从诗学、风格、思想内容等角度就李奎报文学进行研究者。主要如下：邹志远、刘雅杰《李奎报对中国诗歌创作的"主意"论》（《东疆学刊》1997年第4期），邹志远《李奎报对中国诗歌创作中的"文气"审美批评》（《东疆学刊》1998年第4期），温兆海《简论李奎报诗论中的审美范畴——味》（《当代韩国》2004年第3期），王国彪《论高丽诗话对"池塘生春草"句的解读》（《现代语文》2008年第4期），王正海《高丽汉诗对宋诗之接受研究》（《学术界》2012年第9期），何海云《"文气说"与朝鲜半岛的文学理论与实践》（南京大学，硕士学位论文，2016年），马也《朝鲜作家李奎报对曹丕"文气"论的阐发与变异》（《绵阳师范学院学报》2017年第6期），郭伟《从〈白云小说〉看李奎报的诗学思想》（《黄冈师范学院学报》2018年第4期）。以上诸文从诗学的角度，对李奎报文学成就进行了微观探讨，具体而言，则或研究李奎报对中国"主意""文气""味"等诗学思想的接受情况，或探讨李奎报诗学思想的形成，抑或考察李奎报对朝鲜诗学思想的影响等。而专业论述李奎报诗学理论与成就的著作主要为李岩《中韩文学关系史论》（社会科学文献出版社2003年版），其中涉及李奎报诗学理论者主要在第六章《高丽汉文学的繁荣与唐宋文学》，具体则为第三节《高丽诗话与中国文论》、第五节《高丽诗话的理论特色》。

而从李奎报文学的艺术风格、思想内容以及文体分类角度进行研究的论文主要有：

李岩《论李奎报诗歌创作历程及其艺术风格》［《延边大学学报》（社会科学版）1985年第2期］认为，李奎报是朝鲜高丽时期最有才华的民族诗人，也是在朝鲜中世纪文学发展史上独辟蹊径的现实主义文学泰斗，在名家辈出、群星争辉的高丽诗坛上，他以高超的艺术才能和独特的艺术风格，为自己民族诗歌的发展作出了巨大贡献。其后，探讨李奎报文学艺术风格者则有邹志远《浅析李奎报对中国古代诗歌创作的审美风格论》（《东疆学刊》2001 年第 2 期）一文。作者认为"体"是李奎报诗论最为重要的审美范畴，这个概念在李奎报诗论中有两种含义：其一指"诗作法"；其二指"艺术风格"。而从内容入手进行研究的则有：林贞玉《李奎报之文学与宗教》（《岱宗学刊》创刊号）、刘彦明《论李奎报散文中的禅学蕴涵》[《延边大学学报》（社会科学版）2005 年第 2 期]、刘延祥《李奎报散文中的民族意识探微》（《东疆学刊》2007 年第 4 期），他们要么立足于李奎报宗教思想，要么放眼于李奎报民族意识。刘彦明《李奎报散文研究》（中央民族大学，博士学位论文，2005 年）主要采用历史的、美学的和实证的研究方法，秉持比较的思维观念，紧密围绕李奎报散文文本，对其中所包蕴的思想内容、艺术特色以及李奎报散文中的中国文学等问题进行梳理和提炼，较为全面、准确地展现了李奎报散文的面貌。王成《李奎报散文对先秦散文说理艺术的接受》（《东疆学刊》2020年第 1 期）一文就李奎报散文认为："朝鲜古代文人李奎报的散文精于议论说理、抒情言志，为了能将抽象的道理形象化、观点表达明确化，他从先秦散文中汲取营养，灵活运用先秦散文的多种说理艺术，如类比说理、因事说理、寓言说理等论证方法，使他的散文论辩透辟，逻辑缜密，在朝鲜文学史上具有举足轻重的地位。"金欢《苏轼笔记对高丽朝李奎报散文创作的影响》（《乐山师范学院学报》2020 年第 1 期）则"以高丽朝李奎报的散文为切入点，通过与苏轼笔记的对比分析，不仅挖掘出二者独有的文学价值，并透过诗评、史论、游记管窥忠君爱国的情怀，被贬归乡后的豁达超脱"。此外，朱惠敏《李奎报咏物诗研究》（青岛大学，硕士学位论文，2017 年）以李奎报的咏物诗为研究对象，主要考察李奎报咏物诗的总体创作状况、思想内容、审美价值和艺术特色。

也有研究者从文体的角度就李奎报文学进行研究。苏晨《朝鲜的李太白》（《读书》1986 年第 6 期）一文对此关注较早，该文认为：朝鲜四大汉诗人或四大诗人，新罗崔致远过后就排到高丽李奎报。用《朝鲜的李太白》作题来写李奎报，可能不太贴切，因为李奎报的诗风好像更近宋诗。而席永杰的《13 世纪朝鲜杰出的现实主义汉文诗人李奎报》[《内蒙古民族师院学报》（哲学社会科学版）1997 年第 2 期]则从李奎报诗歌所具有的反对侵略、爱国爱民、淡泊名利等内容入手，探讨了李奎报诗歌中的现实主义。陈蒲清的《论李奎报的寓言》（《长沙大学学报》2003

年第 3 期）则认为李奎报是高丽王朝最重要的寓言作家，其寓言无论思想还是艺术都具有特色，且体裁多样，包括散文体、诗体、假传体，而朝鲜高丽时期假传体寓言创作中，李奎报、林椿（字耆之）实属最早。丁莹《李奎报外交文书的骈体艺术及其体现的东北亚国家关系》（《云梦学刊》2019 年第 3 期）认为：在错综复杂的国际环境下，这些外交文书对于舒缓国患、维持高丽与周边国家的关系起到了重要作用；也从侧面体现了高丽与蒙元、金、东真的国家关系。

　　另外，尚有从比较文学影响研究和平行研究等角度就李奎报文学进行研究者。邹志远《李奎报对中国唐代诗歌创作的文学成就论》[《延边大学学报》（社会科学版）1997 年第 2 期]、《论白居易对高丽诗人李奎报晚年诗歌创作的影响》[《延边大学学报》（社会科学版）2002 年第 4 期]通过考察李奎报文学成就与唐代文学之间的关系，认为李奎报诗歌创作无论就诗意、诗语还是就诗体、诗律，都深受唐人影响，在李奎报的诗歌创作与文学批评中，完整遗存了白居易的诗学观。后来在《中朝古代诗歌比较研究》（黑龙江朝鲜民族出版社 2005 年版）一书第二章第六节的《白居易与高丽诗人李奎报的诗歌创作》一文中，作者进一步重申了其观点。朴锋奎的《杜牧诗文在朝鲜半岛的流传及其影响——以李奎报为例》[《延边大学学报》（社会科学版）2009 年第 1 期]认为：根据掌握的史料来看，在文学主张、文学创作和创作手法三个主要方面，杜牧对李奎报均产生了很大的影响。林贞玉《李白诗与李奎报诗审美意识之比较》[《延边大学学报》（社会科学版）1998 年第 4 期]以比较文学平行研究的视点，着重探讨了李白诗与李奎报诗中的审美意识及其新意气势、豪迈俊逸、忧国忧民、行路苦难、自由独吟、回归自然等问题。其后作者又有《李白与李奎报对月亮的审美意识之比较》[《中国比较文学》1998 年第 2 期]一文，进一步就李白与李奎报对月亮的审美意识作了具体比较。王成、房璨在《韩国李奎报〈白云居士传〉与王绩〈五斗先生传〉之比较》[《湖南工程学院学报》（社会科学版）2015 年第 1 期]中则认为："韩国李奎报《白云居士传》与王绩《五斗先生传》受到陶渊明《五柳先生传》的影响，均以'号'名篇，取横舍纵；隐去姓氏，模糊时代；叙述语言相近，内涵精神相承。二文亦有许多不同的地方：《五斗先生传》在人物形象塑造上比《白云居士传》更为丰满、鲜明；行文结构的安排上，二文也显出差异。"崔雄权《韩国高丽朝李奎报对"虎溪三笑"

的接受与解读》[《延边大学学报》（社会科学版）2015 年第 4 期］认为：
李奎报通过苏轼、来华僧人以及韩国古代文人之间的传承等方式接受了
"虎溪三笑"典故，而通过对"虎溪三笑"典故的或化用、或转用、又或
直用，李奎报创造了"虎吼""陶令饮""陶潜戹"等别具新意的诗歌形
象。赵玉霞、王瑞凤《蔡邕〈述行赋〉与李奎报〈祖江赋〉比较》[《辽
东学院学报》（社会科学版）2015 年第 5 期］一文认为：通过对比研究
可见蔡邕的《述行赋》和李奎报的《祖江赋》在情感基调、典故运用、
布局谋篇等方面既有很多的相似处，又具有自身的独特风格。安海淑
《苏轼对李奎报文学的影响》[《延边大学学报》（社会科学版）2016 年第
3 期］认为：苏轼文学对李奎报的影响主要体现在精神层面，即从儒家、
道家、佛家等方面，都可明显发现李奎报文学中苏轼的影响。王玉姝
《多元文化背景下杜甫与李奎报佛禅思想同异探析》（《东疆学刊》2019
年第 1 期）一文指出："杜诗东传朝鲜后，因本身'诗史'的特点对朝鲜
文坛产生了深远的影响，时人对其评价甚高，与杜甫同样具有儒家忠君爱
民思想的李奎报亦十分推崇杜甫。因各自国情和所处时代的原因，二人在
崇信传统儒家功业思想的同时都崇信佛教。二人在佛禅渊源、作品中的佛
禅意境、佛禅思想方面既有相同点又有差异，具有鲜明的国情特征，并衍
射出他们各自不同的佛禅感悟。"

　　从以上材料我们发现，李奎报研究在国内起步不早，论著也不算很
多。而关于李奎报咏史诗研究的论著，更是少之又少，目前可以看到的论
述只有如下几种。玉弩的《论朝鲜诗人李奎报的〈开元天宝咏史诗〉》
（《东疆学刊》1993 年第 4 期），系李奎报咏史诗专门研究的较早作品，
作者认为李奎报从其史识和情感方面，对中国唐代开元天宝时期的有关事
迹作了跨域的批评与反思。而李岩《李奎报〈东明王篇〉艺术结构漫谈》
（《东疆学刊》2005 年第 3 期）一文则通过对李奎报最著名咏史长诗的研
究，认为《东明王篇》是神话传说历史化和作家文学中"复活"的一个
典型例子，具有强烈的幻想和浪漫主义色彩，但有生活依据，偶然中蕴藏
着必然性，而其语言则生动活泼，风格豪放雄浑。而在此之前的《中韩
文学关系史论》（社会科学文献出版社 2003 年版）中，李岩于第七章
《李白、杜甫等中国名家对高丽文学的深远影响》之第一节《李奎报创作
中的中国诸名家》、第二节《"海东谪仙"李奎报诗中的李白》内，从比
较文学形象学角度探讨李奎报汉诗创作成就，其中就李奎报咏史诗涉及颇

多。严杰《李奎报〈开元天宝咏史诗〉的小说文献意义——以〈玄宗遗录〉佚文为重点》(《文献》2012 年第 1 期)认为,《开元天宝咏史诗》四十三首,以古讽今的政治意义已得到研究者的重视,而其小说文献意义尚未得到足够的重视。朴相福《漫谈〈东明王篇〉与〈诗经·大雅·生民〉之关联》[《延边大学学报》(社会科学版)2015 年第 3 期]认为《东明王篇》受到了《生民》的创作思维和叙述方式的影响,但是两国的地域和国情不同,因此各自显示了强烈的民族意识,具有独特的民族特色,不愧是两国文学史上独一无二的英雄史诗。聂聪聪的《李奎报〈开元天宝咏史诗〉研究》(青岛大学,硕士学位论文,2017 年)一文,"将李奎报所处时代的历史背景与文本创作的内容相结合,探究诗歌所涉及的主题思想、艺术特色,从比较文学的角度将组诗与国内同题材诗歌相比较,探究异同"。

李奎报咏史诗,有着从整体上系统加以梳理研究的必要性,这也正是我这一研究尝试的意义所在,而其无疑也会有助于对李奎报乃至整个高丽文学研究之推动。

第一章

李奎报咏史汉诗的创作背景

第一节 高丽王朝的内忧外患

一 外敌的侵略压迫

高丽自建国以后，遭到与之几乎同时立国的辽的多次侵扰，随后兴起的金朝对高丽也多有不轨意图，而 13 世纪初兴起的蒙古对于高丽造成的侵掠伤害则远甚于辽、金。李奎报则见证了契丹、女真、蒙古、日本倭寇等外国势力对高丽的侵略。

（一）"顽戎"契丹

李奎报在《大藏刻板君臣祈告文（丁酉年行）》中曾曰："昔显宗二年（1011），契丹主大举兵来征，显祖南行避难。"（《东国李相国集·全集卷二十五》）李奎报所指系辽圣宗入侵高丽一事，当时辽军侵入高丽京城，高丽国王不得不避难南下。不难看出，辽带给高丽的创伤长久地被高丽君臣所铭记。李奎报出生时，辽虽已被金所灭四十多年，但契丹残余势力仍旧存在，并不时侵扰朝鲜半岛，最突出的莫过于契丹人乞奴、喊舍对高丽的劫掠。金崇庆元年（高丽康宗元年，1212），契丹人耶律留哥叛金降蒙，高丽高宗三年（1216），耶律留哥部下乞奴、喊舍叛蒙，并东渡鸭绿江占据江东城，成为高丽朝野难以轻易对付的大患。关于这一点，崔滋曰："赵文正公器识德行文武兼备，望倾朝野。丙子年（1216）讨丹寇命元帅，公为副，不自颛制，战不利。"[1] 其后契丹流寇长久肆虐于高丽境，高丽朝野苦不堪言。高宗十九年（1232）十一月《答蒙古沙打

_____

[1] ［高丽］崔滋：《补闲集》卷上。

官人书》曰："越丙子岁，契丹大举兵，阑入我境，横行肆暴。"① 而李奎报在《谢蒙古皇帝表（不行）》中亦沉痛言道："伏念世承箕子之封，地摄契丹之壤。曾未有与我释憾之故，奈今举如此无名之兵，阑入封疆，大残人物。顾蜂毒之尚甚，出虎旅以莫除。"（《东国李相国集·全集卷二十八》）高宗五年（1218），高丽联合蒙古、东夏合击入寇的契丹军，并于次年正月获胜。关于契丹军的侵略及高丽的反击，李奎报相关作品中对此有所反映。试看李奎报《闻官军与虏战捷（与契丹战）》一诗："虏气日披猖，杀人如刈草。虎吻流馋涎，吞噬无幼老。妇女慎勿忧，腥秽行可扫。国业未遽央，庙谋亦云妙。行且自就诛，焉得避天讨。吾言岂妄云，今日闻捷报。"（《东国李相国集·全集卷十四》）契丹匪军流窜进入高丽国境，激起了高丽君臣极大的忧虑和愤怒。李奎报《闻胡种入江东城自保，在省中作》一诗中，表达了对敌人的仇恨和必胜的信心："残胡猷窜逃，已入圈牢内。得肉幸平分，万人甘共脍。"（《东国李相国集·全集卷十四》）契丹入侵势力最终虽被消灭，但入侵事件却在高丽人民心中留下了深深的伤痛。因此，李奎报在高丽打败契丹匪军后所作的《平契丹颂》中曰："犷彼顽戎，阑入边鄙。吞噬我生民，血流于齿。圣皇赫怒，克扫厥类。"（《东国李相国集·全集卷十九》）

契丹的入侵无疑给本已内讧不绝的高丽乱局再造麻烦，更为严重的是，它成为随后蒙古以及女真人入侵的导火索，"自乞奴至喊舍，契丹军已经完全蜕变为流寇，对高丽东抄西掠，已成为赤裸裸的侵略；东夏、蒙古出兵进入高丽境，表面上是帮助高丽镇压喊舍契丹军，实质上是一箭双雕，既消除敌对的喊舍，又可进入高丽腹地炫耀武力"②。的确如此，契丹流寇不但自己劫掠高丽，且引发东夏、蒙古染指高丽并于其后连年入侵朝鲜半岛，尤其是蒙古，自首次以助剿契丹流寇为名于1218年年底进入高丽国境，其后便累年入侵，并最终将对朝鲜半岛的疯狂染指活动持续了将近两百年。

（二）金与东真寇

对高丽形成威胁的还有金国的女真人。李奎报生活的时代，正是金朝国运由盛转衰之时，尽管如此，高丽对金仍不敢掉以轻心，而是处处小

---

① ［朝鲜］郑麟趾等：《高丽史》卷二十三，高宗十九年十一月。
② 王慎荣、赵鸣岐：《东夏史》，天津古籍出版社1990年版，第251—252页。

心，唯恐有所闪失，这首先表现在外交方面。如金大定二十九年（1189），金世宗完颜雍去世，高丽不得不作出回应："三月戊午，遣奉慰使及祭奠兼会葬使如金。已未金遣使来告丧。金使初至境上，凡军从三十一人，边吏以人数多于旧例，固留不迎。金使牒曰：'大行皇帝于尔国有大恩宠，今闻讣音，宜颠倒迎命，即行丧礼，今既累旬稽留不纳，大乖礼制。'命群臣会议，迎入界。庚申，王素服，率百官迎诏于都省厅。举哀，金使见王哀痛，莫不动色。"① 高丽方面诚惶诚恐之状、事大之诚尽显无遗。而直到金灭亡前两年，高丽之于金的这种畏惧心理仍然未能消解，这从时为庆成府右詹事知制诰的李奎报《上大金皇帝表（癸巳三月，遣司谏崔璘赍去，迷路还来）》一文中可以看出："恭惟皇帝陛下，乾坤覆焘，日月照临，应天顺人，宅万世无疆之地，柔远能迩，得四方向内之心。伏念臣权袭世封，自小国之基构，忧在戒邻，及上朝之抚绥，泰然无患，久荷太平之化，切输乐率之诚。"（《东国李相国集·全集卷二十八》）高丽君臣对金之担心不是没有根据的，因为李奎报所处的时代，金虽已处于强弩之末，但其对高丽的军事威胁则是始终存在的。高丽明宗六年（1176）二月，"甲午，金人以兵船十余艘侵掠东海霜阴县"②；高丽高宗十一年（1224）金元帅亏哥下侵高丽，"亏哥下虏去静州人二百余口还"③；十三年（1226），"亏哥下欲使其兵变蒙古服入寇义、静州"④。正是由于对金国之于高丽所具有的潜在威胁存在长期的心理恐惧，因而当金国一朝灭亡，高丽本已绷紧的神经遂得以放松，由李奎报所作、高丽国王进呈给蒙古皇帝的《上都皇帝起居表》之《陈情表（同前状）》颇能说明金国灭亡后高丽君臣既庆幸又余悸尚存的心态："弊邑，本海外之小邦也。自历世已来，必行事大之礼，然后能保有其国家，故顷尝臣事于大金。及金国鼎逸，然后朝贡之礼始废矣。"（《东国李相国集·全集卷二十八》）

　　李奎报和其祖国所遭受女真人的真正巨大伤害并不来自金国政权，而是来自由金分化出的东真政权。金贞祐三年（1215），金将蒲鲜万奴叛金建大真政权，后又称东夏、东真，该政权很快就成为高丽

---

① ［朝鲜］郑麟趾等：《高丽史》卷二十，明宗十九年三月。
② ［朝鲜］郑麟趾等：《高丽史》卷十九，明宗六年二月甲午。
③ ［朝鲜］郑麟趾等：《高丽史》卷二十二，高宗十一年三月。
④ ［朝鲜］郑麟趾等：《高丽史》卷一〇三，金希磾。

高宗时代侵扰朝鲜半岛的主要外寇之一。高丽高宗四年（1217）四月，蒲鲜万奴开始了对高丽的军事骚扰，"己未，金万奴兵来，破大夫营"①，高宗六年（1219）八月，"东北面兵马使报云：蒙古与东真国遣兵来，屯镇溟城外，督纳岁贡"②。其后高丽累年遭受东真兵寇，就此记载不绝于史书。而在东真的全盛时期，"至于南邻高丽，则是东夏国经常出兵进行侵扰、威迫或表示亲善协助、施行软硬两手欺凌的对象，甚至曾企图将高丽完全置于自己的控制之下"③。高宗十八年（1231）十月，"辛巳，东界和州驰报：东真兵寇和州，掳宣德都领而去"④。高宗二十年（1233），蒲鲜万奴被蒙古擒杀，次年二月壬申，"边报蒙古留百余骑于东真，余皆引还"⑤。东真余部作为蒙古可以利用的兵源，成为蒙古侵略高丽的重要枪手。高宗二十二年（1235）九月，"蒙兵引东真兵攻陷龙津镇。戊寅，东真兵陷镇溟城"⑥。高宗二十三年（1236）八月，"戊子，东女真援兵百骑自耀德、静边，趣永兴仓"⑦。高宗三十六年（1249），"九月己巳朔，东真兵入东州境"⑧。而东真对高丽的侵扰实际在李奎报去世后也一直在持续，如高宗三十七年（1250），"二月甲辰，东界兵马使报东真兵二百骑入境"⑨，高宗四十年（1253）二月，"东界兵马使驰报，东真三百骑围登州"⑩。

（三）"蒙古狼"

李奎报时代，对高丽构成最大威胁者莫过于蒙古人，1206 年，成吉思汗建立大蒙古国，高丽高宗五年（1218）底，蒙古假借"契丹六哥据高丽江东城，命哈真、札剌率师平之；高丽王瞰遂降，请岁贡方物"⑪。关于蒙古染指高丽之始，《高丽史》载："时蒙古、东真，虽以讨贼救我为名，然蒙古于夷狄最凶悍，且未尝与我有旧好。以故中外震骇，

---

① ［朝鲜］郑麟趾等：《高丽史》卷二十二，高宗四年四月己未。
② ［朝鲜］郑麟趾等：《高丽史》卷二十二，高宗六年八月壬辰。
③ 王慎荣、赵鸣岐：《东夏史》，天津古籍出版社 1990 年版，第 251 页。
④ ［朝鲜］郑麟趾等：《高丽史》卷二十三，高宗十八年十月辛巳。
⑤ ［朝鲜］郑麟趾等：《高丽史》卷二十三，高宗二十一年二月壬申。
⑥ ［朝鲜］郑麟趾等：《高丽史》卷二十三，高宗二十二年九月。
⑦ ［朝鲜］郑麟趾等：《高丽史》卷二十三，高宗二十三年八月戊子。
⑧ ［朝鲜］郑麟趾等：《高丽史》卷二十三，高宗三十六年九月己巳。
⑨ ［朝鲜］郑麟趾等：《高丽史》卷二十三，高宗三十七年二月甲辰。
⑩ ［朝鲜］郑麟趾等：《高丽史》卷二十四，高宗四十年二月。
⑪ （明）宋濂等：《元史》卷一，太祖十三年。

疑其非实。"① 蒙古人的横空出世使得高丽处于一种被动状态。李奎报曾代表高丽政府作《蒙古兵马元帅幕送酒果书（都省行）》，其中如是道："始闻贼徒入江东城自保，小国乃以为此已圈牢中物耳，不足患也。方遣人致谢，兼问起居，其使人未及上道，续有急报，果闻其党出城自降，咸就枭俘，举国快心，异手同抃。此实大邦扶弱恤邻之义，而小国万世一遇之幸也，感荷大恩，罔知所报。今者伏承王旨，略备不腆酒果仪物等事。特差某某官等，赍押奉送，其数目具在别笺，幸勿以微薄却之，亦不以迟缓罪之也。惶恐惶恐。"（《东国李相国集·全集卷二十八》）实际，这仅仅是蒙古人小试牛刀而已，而高丽对蒙古实力底细也是不知，"疑其非实"。高丽高宗十八年（1231），当蒙古人的铁骑大规模踏上高丽的土地时，高丽才真正认识到问题的严重性并体会到蒙古人的强悍，史载，"（八月）壬午，蒙古元帅撒礼塔围咸新镇，屠铁州。……（九月）癸卯，北界驰报：蒙兵围龙州，城中请降，副使魏珝被掳。壬子，蒙兵陷宣、郭二州。……（十月）壬申，郎将池义深押平州所囚蒙古二人到京，一是蒙古人，一是女真人，自此国家始信蒙古兵也。……（十二月）甲戌，将军赵叔昌与撒礼塔所遣蒙使九人持牒来，牒曰：'蒙古大朝国皇帝圣旨：……你底官马里选拣一万个匹大马、一万匹小马，与来者。王孙男孩儿一千底，公主、大王每等郡主进呈皇帝者外，大官人母女孩儿，亦与来者。你底太子、将领大王令子，并大官人男孩儿，要一千个。女孩儿亦是一千个。'"② 客观言，高宗十八年蒙古的入侵是相当严重的事件，由于先前料敌不足，高丽朝廷不免慌乱，首都也受到威胁。曾于该年亲自投入到首都保卫准备行动的李奎报有如下相关诗，且看《是年九月，因备御胡兵，以白衣守保定门》："白衣来作守门人，不惮长城昼夜巡。犹胜炎州岚瘴地，折腰甘向海村民。"（《东国李相国集·全集卷十七》）在蒙古巨大的军事压力下，高丽朝廷不得不满足敌人金银、衣物等部分要求，且于高宗十九年（1232）称臣于蒙古，其后则为逃避蒙古对王廷的进一步威胁，被迫于六月迁都江华岛，而李奎报则受命撰写致蒙古要人耶律楚材的《送晋卿丞相书》这一外交信件，其中曰："今者又遣使介诣皇帝阙下，伏望阁下益复护短，特于冕旒之下，乘间伺隙，善为之辞，使小国可矜之

---

① ［朝鲜］郑麟趾等：《高丽史》卷一〇三，赵冲。

② ［朝鲜］郑麟趾等：《高丽史》卷二十三，高宗二。

状，得入聪听，永永保安弊邑，则予虽不敏，敢不报效万一耶？"（《东国李相国集·全集卷二十八》）从该《送晋卿丞相书》，我们看到跃然纸上的李奎报毕恭毕敬之态，"也看到高丽在艰难处境下为谋求自保如何殚精竭虑"①。

迁都对本已遭受蒙古侵略之苦的高丽人民来说无疑是雪上加霜。据高丽高宗二十二年（1235）九月癸亥制："国家移都，民方疮痍，又经犬兵，甚可怜恤。"②另据《高丽史》："遂迁都，时霖雨弥旬，泥泞没胫，人马僵仆，达官及良家妇女至有跣足、负戴鳏寡、失所号哭者，不可胜计。"③迁都给人民生活带来的痛苦的确严重，李奎报相关作品即反映出其仆人暨民众对迁都之畏惧与排斥心理，试看《奴逋（移都后）》其一："西江已渡仆逋亡，应恐新京馁尔肠。取鸡折葵犹未觅，问渠何处固深藏。"（《东国李相国集·后集卷一》）而就高丽君臣来说，对于蒙古占领军的厌恶、无奈之情和迁都后心理承受的伤痛也是相当巨大的。如高丽迁都江华岛次年，李奎报曾作《癸巳年，御殿春帖子》二诗。其一曰："丽日明珠殿，祥云绕紫微。梅随南使至，雁逐北胡归（时达旦犹在）。"其二曰："绮丽新京事事新，新年更占太平辰。都人莫讶韶光早，此是花山第一春。"（《东国李相国集·全集卷十八》）如上诗作中，"雁逐北胡归（时达旦犹在）"句所表达的祈愿和平、对侵略者的愤恨之情一目了然，尤其是"时达旦犹在"这一特意之加注，则表达出作者对现状深深的无奈之情，而"此是花山第一春"等句则在看似放达的语气中传递出一种迁都江华岛后的苦涩与自嘲，且我们也可以明显感觉到高丽君臣作出迁都江华岛以图长期困守这一决定时的痛苦心态。另外，对蒙古侵略者的强烈仇恨不绝于高丽时代各种公私文献，仅就李奎报言，其文集中这种强烈的痛恨之情多有流露。如《闻达旦入江南》一诗曰："北俗不习南，胡为入炎洲？忍令万民食，肥泽一邦仇。婴城虽首策，清野亦良筹。安得天上剑，一时堕胡头。尽随白刃落，跳转如圆球。不然大海水，倾注使漂流。化为鱼与鳖，作脍我民喉。此言亦迂阔，天意非人谋。但愿皇上帝，悔祸无尽刘。乌呼何更陈，流泪纷难收。"（《东国李相国集·全集卷十八》）

① 刘晓：《〈送晋卿丞相书〉年代问题再检讨——兼谈蒙丽交往中必阇赤的地位与影响》，《民族研究》2016年第4期。

② ［朝鲜］郑麟趾等：《高丽史》卷二十三，高宗二十二年九月癸亥。

③ ［朝鲜］郑麟趾等：《高丽史》卷一百二十九，叛逆三，崔怡。

再如《十月电》一诗曰："天放骄儿毒已弥，当冬震电又奚为？翻然若向胡头击，纵曰非时可曰时。"（《东国李相国集·后集卷五》）

在高丽弃陆保岛后，蒙古对高丽的侵伐仍未放松。高丽高宗二十二年（1235），窝阔台汗再次侵高丽，高丽王廷在经过艰苦抵抗、付出巨大人力与物力代价后，不得不于高宗二十八年（1241）夏四月，"以族子永宁公绰称为子，率衣冠子弟十人入蒙古为秃鲁花。遣枢密院使崔璘、将军金宝鼎、左司谏金谦伴行。秃鲁花，华言'质子'也"①。和平的希望似乎来到，李奎报遂于悲喜交加之中写下了《登后园，望永宁公北使诗（遣宗室永宁公入达旦朝觐）》一诗："银潢接派本连天，圹俗惊传贵胄仙。宾馆授成加豆礼，客程还作促辕旋。神披笃副人倾伏，义重元开国活全。亲婪只频挥滴泪，老衰惭蒡效微涓（自谓）。臣忠必岂劳官列，属近当先取戚贤。麟信感回顽兽悍，凤威归革丑雏膻。春秋计外寻回斾，暮旦心同竞擘莲。辰宿应精钟铁胆，杳冥悬寿畀椿年。振振服脱归伊洛，漠漠途悠梦代燕。尘土视如增户万，邻交较岂夺争田。"（《东国李相国集·后集卷十》）秋九月二日，一代文豪李奎报去世。但是，李奎报临终之前看到的由永宁公入质蒙古所带来的和平只是昙花一现而已。蒙古贵由汗上台次年（1247），即发动了对高丽的又一轮军事征讨，而蒙古第四任大汗蒙哥对高丽更是采取严厉的军事攻势。高丽高宗四十一年（1254）十二月，朝廷合祀山川神祇于神庙时提到："越辛卯岁以来，不幸为蒙人所寇，国家祸乱不可殚言。……噫！比年来，人畜之被害驱掠者，已不可胜言。至乃孑遗，亦皆父子不相恤，妻子不相保矣。况今一年之间，饿莩（殍——笔者注）已满于闾巷，则国之势其不危哉？"② 此言一点不假，而也正是迫于蒙古如潮的进攻和屠戮，高丽朝廷最终于高宗四十六年（1259）选择了弃岛登陆的投降政策，而次年忽必烈正式建立元朝，元遂正式成为高丽的宗主国。曾有相关专家就忽必烈时代，即元代前期的中韩关系如是曰："在这段时间里，元朝完全确立了对高丽的宗主国地位。不仅如此，与前代中原王朝相比，元朝对高丽的控制更加强化，通过设官、驻军等方式操纵高丽的政治，高丽则对元朝负有纳贡、助军、输粮、置驿等义务。上述新的控制方式和义务，大大超出了传统封贡宗藩关系的范围。这也是

---

① ［朝鲜］郑麟趾等：《高丽史》卷二十三，高宗二。
② ［朝鲜］郑麟趾等：《高丽史》卷二十四，高宗三。

元代中韩关系在整个中韩关系发展史上的独特之处。这种独特之处在元朝前期与高丽的关系当中已经基本形成了。"① 忽必烈时代元丽关系的这种"和平"的取得是以元朝一方宗主国地位的确立为条件，与蒙古对高丽长达几十年的持续征讨密不可分，而李奎报则亲历了高丽所遭受的压榨。"鞑靼虽狼，天其可避"（《平契丹颂》，《东国李相国集·全集卷十九》），这是李奎报对蒙古势力的怒斥和自己国家最终战胜对手的信心表达，但是这一"可避"的战胜结果来得实在太晚。李奎报离世之际，他还未看到笼罩在国家上空的压迫阴霾散去，直到他离世百又五十年之后，高丽才从蒙古的铁蹄之下解脱出来。

（四）倭寇

以蒙古政权为代表，来自中国北方的游牧民族是高丽王朝最大的外患，而高丽西南海中的日本，也对高丽构成威胁。李奎报曾有《大藏经道场音赞诗》道："玉殿年年佛事精，吾君今日痛输诚。琅函雾湿龙擎到，檀席风生象踏行。教海珠探如意宝，祖家灯续自心明。一声梵呗千灾散，倭寇区区不足平。"（《东国李相国集·全集卷十八》）该诗是高丽在面对外敌入侵时李奎报之应制禳灾作品，从该诗末句我们不难看出，在北方强敌大兵压境、高丽国家主权面临严峻挑战之际，倭寇侵掠高丽之行径无疑为趁火打劫。据《高丽史》相关记载来看，倭寇犯高丽始于高丽高宗十年（1223），是年五月，"甲子，倭寇金州"②。高丽高宗十二年（1225）四月戊戌，"倭船二艘寇庆尚道沿海州县，发兵悉擒之"③。次年，倭寇卷土重来，加大对高丽的入侵，先是"倭寇庆尚道沿海州郡，巨济县令陈龙甲以舟师战于沙岛，斩二级，贼夜遁"④，其后六月"倭寇金州"⑤。高丽高宗十四年（1227），高丽抗倭之战有所升级，后经顽强抵抗，终于迫使倭寇谢罪，且看相关记载如下："倭寇金州，防护别监卢旦发兵捕贼船二艘，斩三十余级，且献所获兵仗。五月庚戌，倭寇熊神县，别将郑金亿等潜伏山间，突出，斩七级，贼遁。乙丑雨雹。日本国寄书谢贼船寇边之罪，仍请修好互市。"⑥ 为防止倭寇进一步的侵略，高丽不

① 蒋非非、王小甫：《中韩关系史（古代卷）》，社会科学文献出版社 1998 年版，第 231 页。
② ［朝鲜］郑麟趾等：《高丽史》卷二十二，高宗十年五月甲子。
③ ［朝鲜］郑麟趾等：《高丽史》卷二十二，高宗十二年四月戊戌。
④ ［朝鲜］郑麟趾等：《高丽史》卷二十二，高宗十三年正月。
⑤ ［朝鲜］郑麟趾等：《高丽史》卷二十二，高宗十三年六月。
⑥ ［朝鲜］郑麟趾等：《高丽史》卷二十二，高宗十四年四月。

得不采取外交手段："是岁遣及第朴寅聘于日本。时倭贼侵掠州县，国家患之，遣寅赍牒谕以历世和好，不宜来侵。日本推检贼倭诛之，侵掠稍息。"①

对日本加于朝鲜半岛之祸害，朝鲜王朝文人洪万宗曾不无痛心地总结过："盖我国僻介山海间，壤地狭小，东南与倭奴作邻。……江外自三国时屡被侵扰，新罗、百济皆质其子于日本。其后新罗统三，专受日本之害。高丽自高宗亦被侵掠，元宗时尝与蒙古合力征之。忠烈王时再征不利而还。忠定王以来，日本尝侵犯固城、巨济等地。恭愍王时，倭大炽，我国屡被其害。崔莹尝自请击之，我太祖亦与李之兰等击破之，自是以后，无岁不侵。"②的确，日本自三国时代起就开始染指朝鲜半岛，而高丽时代，自高宗朝起，日本之于朝鲜半岛的侵略活动一直不曾中断。李奎报目睹了日本逞凶于自己祖国之罪恶，但他可能不会想到，直到高丽朝结束——乃至进入新的五百年之久的朝鲜李朝——甚至直到近现代，日本对朝鲜半岛的侵扰一直未曾停止。

综上，李奎报生活的时代，高丽王朝濒临亡国的危险境地，但就是在如此险恶的环境中，朝鲜半岛人民以巨大的牺牲为代价，在风云诡谲的国际形势之下纵横捭阖，以期国祚之延续。这当中，作为国家重臣，李奎报则使出浑身解数，坚守于高丽王朝外交最前线，而"高丽最终能够成为亚洲唯一保全王室朝廷的独立国家，说明了外交周旋的极大成功，而这其中李奎报发挥了重要作用"③。

二　高丽王朝内部的权力争斗

高丽社会发展到中期时，社会的各种矛盾逐渐显现，并在王朝内部激化。李奎报出生之前，高丽仁宗时代先后发生了李资谦之乱和妙清之乱。李资谦系高丽王廷外戚，高丽第十六代王睿宗纳资谦第二女为妃，而第十七代高丽国王则纳资谦第三女和第四女为妃。由此李资谦坐大，并欲谋反，事发后囚仁宗，"王自居西院，左右皆资谦党，国事不自听断。动止饮食，皆不自由，百寮移寓旁近寺馆，备员而已。资谦、俊京威势益煽，

---

① 〔朝鲜〕郑麟趾等：《高丽史》卷二十二，高宗十四年十二月。
② 〔朝鲜〕洪万宗：《旬五志（上）》，见《洪万宗全集（上）》，首尔太学社1986年版，第13—14页。
③ 丁莹：《李奎报外交文书的骈体艺术及其体现的东北亚国家关系》，《云梦学刊》2019年第3期。

其所施为，无敢谁何"①。但李资谦本人不久即被其部下所镇压。权贵李资谦败后不久妙清之乱开始。"仁宗六年（1128），日者白寿翰以检校少监分司西京，谓妙清为师，二人托阴阳秘术以惑众，郑知常亦西京人，深信其说，以为上京基业已衰，宫阙烧尽无余，西京有王气，宜移御为上京。"② 由于仁宗最终并未认可妙清等人的迁都计划，后者遂于仁宗十三年（1135）据西京反，"国号'大为'，建元'天开'，号其军曰'天遣忠义'，署官属，自两府至州郡守并以西人为之"③。次年春叛乱被镇压，著名文士郑知常即因支持迁都而被金富轼所杀，"先生萧洒出尘埃，忽叹风前玉树催"④ 即表达了时人对郑知常罹难的叹惋，从中不难见出士人从妙清之乱感受到的强烈心灵冲击。高丽王朝以下克上的内乱形成了一种风气，并一直延续到高丽末期。李奎报出生后的第三年，即高丽毅宗末年（1170），郑仲夫、李义方之乱开始，而从如下关于此乱起因的叙述，我们不难窥视高丽朝廷利益集团之间水火不容之状。史载："时王荒淫，不恤政事，游幸无度。每至佳境，辄驻辇吟赏风月。十八年，王移御仁智斋法泉寺，僧觉倪迎驾于獭岭院。王与诸学士唱和未已。仲夫以下诸将疲困愤惋，始有不轨之心。左副承宣林宗植、起居注韩赖，无远度，怙宠傲物，视武弁蔑如，众怒益甚。二十四年，王幸和平斋，又与近幸文臣觞咏忘返，扈从将士饥甚。仲夫出，旋牵龙行首散员李义方、李高，从之密语。仲夫曰：'文臣得意醉饱，武臣皆饥困，是可忍乎？'"⑤ 叛乱于是发生。郑仲夫、李义方之乱实系武人为改变自身卑下的地位与身份而进行的一场运动。这次政变中，大批文人被杀，更有不少选择了隐逸，著名的"海左七贤"即为此次武人叛乱事件的产物，其中成员如名扬后世的高丽诗人林椿，"毅宗末年，阖门遭祸，一身仅免。避地于江之南，累岁还京师，收合余烬，思欲雪三奔之耻，卒不就一名"⑥。而"海左七贤"之领军人物李仁老，其"颜巷枕肱食一箪，东陵昼膳脯人肝"⑦ 诗句则无疑是对政变灾难的强烈控诉。毅宗末年武人叛乱，对长期处于低位的武人而

---

① ［朝鲜］郑麟趾等：《高丽史》卷一百二十七，叛逆一，李资谦。
② ［朝鲜］郑麟趾等：《高丽史》卷一百二十七，叛逆一，妙清。
③ 同上。
④ ［高丽］林椿：《追悼郑学士》，见徐居正编《东文选》卷十三。
⑤ ［朝鲜］郑麟趾等：《高丽史》卷一百二十八，叛逆二，郑仲夫。
⑥ ［高丽］林椿：《西河集·序》。
⑦ ［高丽］李仁老：《续行路难》之三，见徐居正编《东文选》卷六。

言，无疑为扬眉吐气之良机，难怪后来郑仲夫及其党羽被庆大升斩杀后，"武官或宣言曰：'郑侍中首唱大义，沮抑文士，雪吾曹累年之愤，以张武威，功莫大焉。今大升一朝而尸四公，孰讨之耶？'"① 文人左右高丽政权的时代宣告结束，而长达近百年"你方唱罢我登场"的武人专政时代由此开始。明宗三年（1173），金甫当等起兵，并奉已被废黜的毅宗出居鸡林，后兵败，金甫当等死难，毅宗亦为郑仲夫手下李义旼所杀。明宗四年（1174），郑仲夫杀和其一起发动政变的李义方，同时西京留守赵位宠起兵谋讨郑仲夫等，并欲割地附金，兵败被杀，余党后复举事，亦败。明宗九年（1179），庆大升杀郑仲夫等，其后他便因怕遭仇家报复而处于长久惊悸状态之中。明宗十三年（1183），"大升忽梦仲夫握剑叱咤，得疾卒，年三十"②，其党被消灭殆尽。明宗二十六年（1196），崔忠献、崔忠粹兄弟发动对政敌的攻击并消灭李义旼，最终掌控权力，关于此次事件，《东国李相国集·年谱》中也有"四月，京师乱，姊夫南流黄骊"等相应记载。

崔忠献掌权后，总结了毅宗末以来武人掌权失败的经验，适度平衡农民、文士等社会各阶层的利益，并不时清理异己，从而实现了崔氏家族对高丽朝政长达六七十年的把控。崔忠献于兵变上台后在对明宗的陈情中说："伏见贼臣义旼性鸷忍，慢上陵下，谋摇神器，祸焰炽然，民不聊生。臣等赖陛下威灵，一举荡灭，愿陛下革旧图新，一遵太祖正法，光启中兴。"③ 崔忠献之辞虽不免冠冕堂皇，但它却也反映出当时高丽上层的矛盾和朝政腐败、民生凋敝等问题。崔忠献、崔忠粹上台后，废明宗，另立平凉公王旼为王，是为高丽神宗。神宗立，崔忠献弟崔忠粹欲以女嫁新国王太子以扩势，遂与崔忠献同室操戈，崔忠粹败死。次年崔忠献杀尚州牧守金俊琚等反对派，高丽熙宗七年（1211）十二月发生了高丽熙宗本人策划的谋诛崔忠献事件。史载："一日，忠献以事诣寿昌宫谒王。有顷，王入内，中官给忠献从者曰：'有旨赐酒食。'乃引，深入廊庑间。俄有僧俗十余人持兵突至，击从者数人。忠献知有变，仓皇奏曰：'愿上救臣。'王默然闭户不纳。忠献无以为计，匿于知奏事房纸障间，有一僧，三索竟不获。"④ 死里逃生后，十二月，"癸卯，忠献废王，迁于江华

---

① ［朝鲜］郑麟趾等：《高丽史》卷一百，庆大升。
② 同上。
③ ［朝鲜］郑麟趾等：《高丽史》卷一百二十九，叛逆三，崔忠献。
④ 同上。

县，寻迁紫燕岛，放太子祉于仁州"①。而具体负责实施熙宗计划的内侍王濬明等谋诛崔忠献不克，反为崔忠献所杀。高丽高宗四年（1217），被压迫僧众试图趁契丹入寇之机冲杀崔忠献家，崔忠献父子遂将其杀散，"明日，忠献闭城门，大索僧之逃者，皆杀之，会大雨，流血成川。又斩僧三百余人于南溪川边，前后所斩几八百余，积尸如山，人不得过者数月"②。其后高宗六年（1219），"校尉孙永等十人醵饮于市。酒酣叹曰：'顷与契丹战有功，以无赂不得官。'坐中人告忠献，忠献遣家兵捕之，并其同类百余人斩于保定门外。郎将奇仁甫谋诛忠献，不克见杀"③。校尉孙永等因酒后牢骚之语而招来杀身之祸，而也就在该年，被贬桂阳的李奎报在《无酒》一诗中发出了类似的不满之辞，曰："忆昨在京辇，月俸有余赀。酿得如许瓮，挹酌无停时。家酝或未继，沽饮良足怡。嗟嗟桂阳守，禄薄酿难支。萧条数家村，何处有青旗。亦无好事者，载酒相追随。端坐一堂上，竟日独支颐。业已为逐臣，饥渴固其宜。胡为浪自恨，攒我数寸眉。开口强大笑，笑冷反噢咿。此语勿轻泄，闻者当哂之。"（《东国李相国集·全集卷十五》）当然，"此语勿轻泄，闻者当哂之"句说明"无酒"可喝的李奎报毕竟头脑还算清醒，他还是有着较强的警惕意识，否则亦恐将招致灾祸。高宗六年（1219），崔忠献病死，池允深、柳松节等谋诛其子崔怡不成，反为崔怡所杀。崔怡遂继掌权柄，并陆续除掉政敌。高宗七年（1220）崔怡效其父崔忠献杀崔忠粹例，先是流其弟崔珦于洪州，其后将崔珦迫害致死于狱中，"又洪州人常往来于珦者，无问轻重，悉诛之"④，其他株连死者甚众。高宗十年（1223），"上将军崔愈恭尝与枢密副使吴寿祺、将军金季凤、郎将高寿谦等，邀宴重房诸将于其家，谋欲尽杀文臣以报私怨。事觉贬寿祺为白翎镇将，寻遣人杀之，愈恭为巨济县令，季凤为溟州副使，配守（寿）谦海岛。明年，愈恭与季凤及大将军李克仁谋杀怡，怡知之，杀愈恭、克仁、季凤、散员朴希道、李公允等，流其党五十余人于岛。又鞫其党，辞连枢密副使金仲龟、上将军咸延寿、李茂功、大将军朴文备，皆流远岛"⑤。高宗十四年（1227），崔

---

① ［朝鲜］郑麟趾等：《高丽史》卷二十一，熙宗七年十二月庚子。
② ［朝鲜］郑麟趾等：《高丽史》卷一百二十九，叛逆三，崔忠献。
③ 同上。
④ ［朝鲜］郑麟趾等：《高丽史》卷一百二十九，叛逆三，崔怡。
⑤ 同上。

怡因疑上将军卢之正、大将军琴辉、金希磾、周演之、术僧道一等欲加害于己，遂杀之。高丽高宗十九年（1232），崔怡挟国王迁都江华岛，进一步强化了崔氏家族的势力。史载："怡欲迁都江华，会宰枢其第议之，皆畏缩不敢言。夜别抄指挥金世冲排门入，诘曰：'松京自太祖以来，历代持守，凡二百余年，城坚而兵食足，固当戮力死守，社稷舍此将安都乎？'怡问守城策，世冲不能对，集成谓怡曰：'世冲效儿女之言，欲沮大议，请斩之，以示中外。'金铉甫希集成意，亦言之，遂引世冲斩之。怡遂请王亟下殿，幸江华。"① 高宗二十年（1233），崔怡遣将往西京讨降元将领洪福源等，擒杀毕贤甫，洪福源则逃入蒙古，其后崔怡"悉徙余民于海岛，西京遂为丘墟。福源在元为东京总管，领高丽军民，凡降附四十余城，民皆属焉。谗构本国，随兵往来"②。

不难看出，武人时代，尤其是崔氏专权时代，高丽内部的斗争相当残酷而激烈，而崔忠献、崔怡父子"技高一筹"，在持续的斗争中都能成功击败反对派，但实际上，崔氏父子成功专权的秘笈还在于：为防备任何可能反对自己的势力，宁肯冤杀无辜，亦不使一人逃脱。如在崔忠献上台后，为防止敌对势力，崔忠献不惜捕风捉影，滥杀无辜，这从崔忠献屠杀打柴家僮一事即可看出。神宗六年（1203），"诸家僮因樵苏，分队习战于东郊，忠献闻之，遣人捕之。皆遁，只获五十余人，掠问，投于江"③。而崔怡继承了其父的残暴和多疑作风，如崔怡因怀疑而冤杀金希磾后，为防止可能的报复，并杀金希磾子等无辜者，史载"有文大淳者，尝流紫燕岛，有僧犯罪亦配是岛，与大淳相恶。遣人谮怡曰：'大淳等潜谋作乱，发近邑兵，将赴京。'怡遣郎将李贲执大淳等五人，不问而杀之，朝野称冤"④。可想而知，依靠屠刀维持的权力独专终究是会垮塌的。李奎报去世后的高丽高宗三十六年（1249）年末，崔怡死，子崔沆续掌权柄，高宗四十四年（1257）崔沆死，次年，其子崔竩未能将崔氏苦心经营六十余载的独裁局面延续下去，终于为其部下所杀，不久后朝政复归高丽王室。

综上不难看出，李奎报所处武人专政时代的高丽政坛充斥着浓烈的血

---

① ［朝鲜］郑麟趾等：《高丽史》卷一百二十九，叛逆三，崔怡。
② ［朝鲜］郑麟趾等：《高丽史》卷一百三十，叛逆四，洪福源。
③ ［朝鲜］郑麟趾等：《高丽史》卷一百二十九，叛逆三，崔忠献。
④ ［朝鲜］郑麟趾等：《高丽史》卷一百二十九，叛逆三，崔怡。

雨腥风，这种状况下的文人，其境遇无异于军阀混战、咏史诗繁盛的晚唐乱局中之文人："与王权疏离，被政治边缘化的无奈处境，使广大文人的用世之志逐渐泯灭，对现实政治彻底绝望。"① 但是，作为一名有志于步入仕途、有着为国效劳强烈愿望的知识分子，李奎报仍旧决意以相当大的勇气和忍耐力去直面"白额频频夜到门，水边踪迹渐成群"② 的险境并与之共舞。所以，理想与个人价值的实现对李奎报而言并非易事，命运注定李奎报是要以人格尊严和自由个性的丧失为代价，从而换取仕宦和报国之机会。难怪有学者评价李奎报曰："他虽然自称是个洁净的学者，但从本质上来说仍旧是一个拥护封建国家、支持王权的封建官吏。"③ 尤其李奎报选择与武人合作，实际这是他为实现报国理想不得已而为之，但是，这种报国平台的选择充满了玄机，李奎报极易成为权力争斗的牺牲品，这是他想阻止也难以阻止的。高丽明宗二十七年（1197），"公年三十。冬十二月日，冢宰赵（永仁）、任相国（濡）、崔相国（诜）、崔相国（谠）联名上箚子，荐公请补外寄，以备将来文翰之任。上遂允可，掌奏承宣某，以尝有微憾，至是夺箚子，不付天曹，佯称忽失。冢宰亦以箚子不付为解，便不调之。诗集有《上赵令公诗》云：'昔见银杯尝羽化，今闻箚子忽登仙。'士林莫不叹之，又作上《赵大尉书》，追诉其由"（《东国李相国集·年谱》）。这件事对李奎报影响较大。其后李奎报又作《重上赵令公》诗，曰："鹗书朝奏九重天，御墨才宣万口传。昔见银杯尝羽化，今闻箚子忽登仙。马失焉知还是福，羊亡不用若相追。品题全系山公手，何恨天书半路移。"（《东国李相国集·全集卷七》）神宗二年（1199），李奎报获得了与权臣崔忠献直面的机会，这反映于：《己未（1199）五月日，知奏事崔公宅（后为晋康公）千叶榴花盛开，世所罕见，特唤李内翰仁老、金内翰克己、李留院湛之、咸司直淳及予占韵命赋云》一诗文，其中作者有曰："玉颜初被酒，红晕十分侵。葩复钟天巧，姿娇挑客寻。蒸香晴引蝶，散火夜惊禽。惜艳教开晚，谁知造物心（自况予晚达）。"（《东国李相国集·全集卷九》）其后，李奎报又作《谢知奏事相公见唤，命赋千叶榴花并序》道："重恩欲报良无计，但祝千年寿等椿。"（《东国

---

① 李定广：《唐末五代乱世文学研究》，中国社会科学出版社 2006 年版，第 28 页。

② （唐）韦庄：《虎迹》，见《全唐诗》卷七百，韦庄六。

③ 金京振：《朝鲜古代宗教与思想概论》，中央民族大学出版社 2006 年版，第 151 页。

李相国集·全集卷九》）同年秋，李奎报的努力终于有了结果，三十二岁
的他"补任命为全州牧，司录兼掌书记，秋九月，赴全州"（《东国李相
国集·年谱》），可是，因个性正直，李奎报在全州一年多以后即被排挤，
神宗三年（1200），"冬十二月，被废发全州。初，公之理州也，通判郎
将某，贪且偃肆，公不屈，因公事屡激怒之，通判不胜其愤，又欲自专，
遂构贝锦之词"（《东国李相国集·年谱》）。而关于此次罢官，李奎报曾
作《十二月十九日，被谗见替，发州日有作》，诗中作者就官场的险恶说
道："早图敛退偶因循，窃禄忘羞果辱身。诣吏自明犹未得（无劾章），
仰天大笑果何陈。谗人尚在谁投虎，吾道难行谩泣麟。的是前生曾有债，
不须惆怅也伤神。"（《东国李相国集·全集卷十》）

　　其后。李奎报又历坎坷，在高宗六年（1219）五十二岁时遭受了人
生又一次打击，这年他被权臣晋康侯崔忠献流放："春，公被劾免官。前
年十二月日，外方八关贺表有不及进呈者，公欲弹之，琴相国固止之。至
是月，晋康侯考其由，即劾相国及公，相国见原而公独免官。四月，出为
桂阳都护府副使兵马钤辖，五月赴桂阳。"（《东国李相国集·年谱》）此
段文字中的"八关"即八关会，"八关会原本即属佛教仪式系统，即佛教
授予入戒的仪式，具有禁欲性质，后来成为国家举办的祭奠。高丽太祖王
建在训要十条中提倡举行八关会以祭祀天灵、五岳、名山、大川等。这样
就使八关会这一佛教仪式负载了新的内容，即其中融入了朝鲜民族的土俗
信仰内容"①。八关会作为高丽国家的盛典，不容许有丝毫的差错出现，
不善仕宦权谋的李奎报遂难免成为牺牲品而遭流放。关于此事，李奎报曾
在其著名的《祖江赋》序中如是道："贞祐七年四月，予自左补阙被劾，
寻除桂阳守，将渡祖江，江水本迅激，适值暴风，困而后济。为赋以悲
之，卒以自宽。"李奎报并在《桂阳赋》中道："予既被谪，遭此险流。
孤舟兀以出没兮，其将安适兮去悠悠。"（《东国李相国集·全集卷一》）
同年九月，权臣崔忠献死，其子崔怡掌权，并于次年夏召李奎报回京。可
是，李奎报与八关会之间的"孽缘"并不止于仅仅一次，高宗十七年
（1230），"庚寅，公年六十三。冬十一月二十一日，长流于猬岛。是年八
关会侍宴次事有戾于旧例者，是枢密车公所使也，知御史台事王猷怒叱执
事者不从，车公误以王猷诃宰相愬之，时公及宋左丞恂夹座，故疑其助扬

---

① 朴永光：《韩国传统舞蹈的沿革与发展》，上海音乐出版社 2004 年版，第 62 页。

之。皆流于远岛,是日出宿青郊驿,十二月,至保安县,留待顺风,二十六日,入猬岛"(《东国李相国集·年谱》)。高宗十八年(1231)七月李奎报还京,八月蒙古大举入侵高丽,于是李奎报投身抗敌工作,"九月,仍备胡兵,以白衣守保定门"(《东国李相国集·年谱》)。外敌压境,内局混乱的高丽国势之下,李奎报纵有再多才华与报国理想,亦难以施展,此刻他所能做的,只是作为一名普通高丽人,在御敌过程中尽到一己之力,关于此事,李奎报并作有前述《是年九月,因备御胡兵,以白衣守保定门》一诗。而李奎报"以白衣守保定门"句中所言及的"白衣",无疑是遭流放返京后的李奎报身份地位和其才华不相匹配的象征,因为在古时的儒家文化圈,"白衣"在被赋予了阶级性的服装制度中代表的是社会地位之卑贱。吴晗即曾如此总结:"皇帝穿黄袍,最高级的官员穿大红、大紫,以下的官员穿绿,皂隶穿黑。至于平民百姓,就只好穿白了,以此,'白衣'也成为平民百姓的代名词。"① 李奎报的遭际是他所处时代使然。文献曾记述高丽中期武人专政下统治阶层权力内斗给国家造成的危害时言道:"毅、明以后,权臣执命,兵柄下移,悍将劲卒,皆属私家,国有方张之寇,而公无一旅之师。卒至仓皇不振,然后始多方调发,或括京都,无问贵贱,或阅文武散职白丁杂色,或金四品以上家僮,或以屋闲多少为差。国势至此,虽欲不危,得乎?"② 而李奎报于花甲之年"以白衣"备胡一事则在侧面证明《高丽史》关于国家危急存亡时刻兵源不足之载的同时,更将作为社会个体的李奎报在恶劣时代洪流中的悲戚与无奈显现无遗,而这种窘境则与武人擅权暨统治阶层内部相克有很大关联,在内部相克期的整体政治大环境下,李奎报难逃其劫。

三 高丽人民深重的生活苦难

李奎报出生后第三年,高丽武人政治开始,于是高丽历史也便进入一个新的发展时期。这一时期一个重要特点便是人民生活日益艰难,百姓纷纷走上武力抗争之路。翻阅此一时期相关文献,充斥着较多官逼民反的记载。明宗十二年(1182),"全州司录陈大有,颇负清介,用刑极酷,民多苦之。及国家遣精勇保胜军造官船,大有与上户长李泽民等督役甚苛,

---

① 吴晗:《灯下集》,生活·读书·新知三联书店2006年版,第67页。
② [朝鲜]郑麟趾等:《高丽史》卷八十一,兵一。

旗头竹同等六人作乱，啸聚官奴及群不逞者，逐大有于山寺，烧泽民等十余家，吏皆逃窜，乃劫判官高孝升，易置州吏，孝升但授印而已。及按察使朴惟甫入州，贼盛陈兵伍，诉列大有不法状，按察不获已，械大有送京师。因谕贼以祸福，不从，于是悉发道内兵讨之"①。造成人民群起反抗的根本原因无疑在于封建官府对人民的压榨，这从如上"械大有送京师"等记述也可看出，连高丽朝廷自己也不得不承认这一点。再如在明宗十六年（1186），"晋州守金光允、安东守李光宝，皆贪残屠剥，民不堪苦，谋为叛逆，有司议赃并流之"②。而为防止人民反抗，缓和阶级矛盾，国家更是不得不下诏以限制官吏盘剥人民。试以高丽明宗二十年（1190）的王诏就当时的社会矛盾和国家对策作一考察："九月丙辰，诏曰：自古有国家者，所重在民。唐太宗拣天下清直有名之士，分补守令，抚绥黎民，事在简策，垂法后世。今国家酌古思今，扬清激浊，黜陟之法，庶几贞观乃何？近民之官，先私后公，损人益己，剥民膏血，恬不为愧，虽赃状已露，犹且托付权势，以图苟免。故习俗因循，狃于奸宄，欲臻至治，其可得乎？咨尔两界兵马使，五道按察使，尚一乃心力，见善若惊，疾恶若仇，其有守节效职者褒之，使知劝；卖公渔利者劾之，使知戒。如此则廉耻之风兴，而贪残之行息矣。其令有司施行。"③ 如上王诏说明，高丽时代进入武人统治之初，人民与官府之间的矛盾已很突出。

　　而当武人专政进入崔忠献、崔怡父子时代后，人民反抗暴政的事件更是有增无减。尽管崔忠献把持朝政之初为笼络人心也向国王提出了一些迎合人民要求的建议，但崔氏父子的专横与暴戾，足以将百姓推向反抗的地步。李奎报曾有《晋康侯茅亭记》，记崔忠献豪宅之富丽："负鹄岭腋龙首，扼四方之会。据神京之中，葱葱有佳气可掬者。男山也，丽其麓而家焉者。门千户万，若鳞错栉比，而特控引形势。螭起凤舞者，相国晋康侯之甲第也。"（《东国李相国集·全集卷二十三》）而崔忠献之子较之其父，奢侈程度有过之而无不及。史载崔怡裹胁高丽高宗迁都江华后，"怡营私第，役都房及四领军，输旧京材木，又多取松柏植园中，悉以船输入，人多溺死者。其园林延袤数十里。怡于西山，发民私藏冰，民甚

---

①　［朝鲜］郑麟趾等：《高丽史》卷二十，明宗十二年三月。
②　［朝鲜］郑麟趾等：《高丽史》卷二十，明宗十六年闰月。
③　［朝鲜］郑麟趾等：《高丽史》卷二十，明宗二十年九月丙辰。

厌苦，又安养山去江华数日程，怡使门客将军朴承贲等取其柏树植之，时方沍寒，役徒有冻死者。沿路郡县，弃家登山以避之。有人榜升平门云：'人与柏孰重?'"① 崔氏的这种大肆营私行为必将引发更大的反抗。崔忠献上台不久的高丽神宗元年（1198），"私僮万积等六人樵北山，招集公私奴隶，谋曰：'国家自庚癸以来，朱紫多起于贱隶，将相宁有种乎? 时来则可为也。吾辈安能劳筋骨，困于捶楚之下?'诸奴皆然之。剪黄纸数千，皆钑丁字为识。约曰：'吾辈自兴国寺步廊至球庭，一时群集鼓噪，则在内宦者必应之，官奴等诛锄于内，吾徒蜂起城中，先杀崔忠献等，仍各格杀其主，焚贱籍，使三韩无贱人，则公卿将相，吾辈皆得为之矣。'"② "金州杂族人群聚谋乱，杀豪族人，豪族奔避城外，乃以兵围副使衙，副使李迪儒登屋，射首谋者，应弦而倒，其党四散。已而还，告曰：'我等欲除强暴贪污者，以清我邑，何故射我?'"③ 而崔忠献死、崔怡接掌朝政的高宗六年（1219），义州戍卒别将韩恂、郎将多智反叛，而其陈述反叛理由曰："兵马使赵冲、金君绥、丁公寿等清白爱民。余皆贪残，厚敛于民，剥肤椎髓，不堪其苦，乃至于此耳。"闻此理由，方欲效仿其父崔忠献而大展身手的崔怡亦不得不作出一定公允姿态以笼络人心，并以此为契机清除异己。据载："崔怡闻其言，以安永麟、柳庇、俊弼、李贞寿、崔守雄、李世芬、高世霖、洪文叙、李允恭、崔孝全、宋自恭、李元美、崔谥等尝谄事忠献，或为按察，或为分道、分台、监仓使，或求巨邑，侵渔无厌，分配诸岛。"④

　　至于武人专政时代官逼民反的原因，"从根源来讲，是由于特权阶级及官吏，过度贫困和吏道堕落而引起民乱的"⑤。的确，高丽社会等级制度严苛，贵族独享特权，如"仁宗九年（1131）五月，停内外锦绣工作，限十年。禁庶人罗衣绢袴、骑马都中及奴隶革带。……神宗二年（1199）二月，禁工匠着幞头"⑥。再如就接受教育而言，仁宗时发布的学式规定曰："凡系杂路及工商乐名等贱事者、大小功亲犯嫁者、家道不正者、犯

---

① ［朝鲜］郑麟趾等：《高丽史》卷一百二十九，叛逆三，崔怡。
② ［朝鲜］郑麟趾等：《高丽史》卷一百二十九，叛逆三，崔忠献。
③ ［朝鲜］郑麟趾等：《高丽史》卷二十一，神宗三年八月癸巳。
④ ［朝鲜］郑麟趾等：《高丽史》卷一百三十，叛逆四，韩恂。
⑤ ［韩］韩国哲学会编：《韩国哲学史（上）》，白锐译，社会科学文献出版社1996年版，第389页。
⑥ ［朝鲜］郑麟趾等：《高丽史》卷八十五，刑法二，禁令。

恶逆归乡者、贱乡部曲人等、子孙及身犯私罪者，不许入学。"① 而李奎报笔下，社会的这种等级差别和阶级剥削也有着明显反映。试看其《闻国令禁农饷清酒白饭》一诗："长安豪侠家，珠贝堆如阜。春粒莹如珠，或饲马与狗。碧醪湛若油，沾洽童仆味。是皆出于农，非乃本所受。假他手上劳，妄谓能自富。力稼奉君子，是之谓田父。赤身掩短褐，一日耕几亩。才及稻芽青，辛苦锄稂莠。假饶得千钟，徒为官家守。无何遭夺归，一介非所有。乃反掘凫茈，饥仆不自救。"（《东国李相国集·后集卷一》）武人的政变上台从另一角度言，实际也是武人为改变等级差别和阶级剥削而进行的一场斗争，可上台后的武人集团，并未消除等级差别和阶级剥削这一社会痼疾，当然事实上也是难以根本废止的，因而，其上台只能导致更大的社会动荡。类似万积等人为寻求身份上的平等而进行的斗争，并非孤例，并且是早就存在的事实，试如明宗十八年（1188）五月，"癸丑，少监王元之婢婿私奴平亮灭元之家。丙辰流平亮于远岛。平亮，平章事金永宽家奴也，居见州，务农致富，赂遗权要，免贱为良，得散员同正。其妻乃元之家婢也。元之家贫，挈家往依焉。平亮厚慰，劝还于京，密与妻兄仁茂、仁庇等要于路，杀元之夫妻及数儿。自幸其无主，可永得为良"②。平亮夫妇虽勤劳致富，但为获得一个公正的社会名分，先是赂遗权要，后又铤而走险，这种行为实际是不合理社会制度造成的。而理应富足但实际不惯营生的少监王元之不得不求助自己奴婢这种现象，李奎报诗中也有着记载与批评。试看其《士人女乞食，既以与之，因作诗》一首："汝虽生士族，丐食已云卑。更亦怀何耻，犹蒙破幂篱。"（《东国李相国集·后集卷八》）在权贵，尤其是在由中下层武人摇身一变而来的新的特权阶层压迫之下，百姓生活艰难，许多人不得不走上反抗的道路，而就反抗武人暴政的群体言，除如上所述奴婢而外，还有僧人、普通百姓，甚至下层军吏等，而"延续九十余年的武臣统治期，是韩国历史上发生民乱最多的时期，贫民、私奴等下层民众的抵抗动摇了武臣的统治"③。随着高宗四十五年（1258）崔忠献重孙崔竩的被杀，武人的统治最终走到了尽头，而终结崔氏六十余年高压统治的金仁俊等，其出身则基本为

---

① ［朝鲜］郑麟趾等：《高丽史》卷七十四，选举二，学校。
② ［朝鲜］郑麟趾等：《高丽史》卷二十，明宗十八年五月癸丑。
③ ［韩］韩国学中央研究院：《通过世界遗产了解韩国历史》，韩国学中央研究院 2005 年版，第 59 页。

奴婢。

　　高丽武人专政时代，人民反抗封建暴政之行动接连不断地发生。较著名者如明宗六年（1176），"（正月），公州鸣鹤所民亡伊、亡所伊等，啸聚党与（羽——引者注），自称山行兵马使，攻陷公州。甲戌，幸神众院行香，遣祗候蔡元富、郎将朴刚寿等宣谕南贼，犹不从。王引见群臣于便殿，咨访讨贼之策。二月丁亥，招募壮士三千，命大将军丁黄载、将军张博仁等将之，以讨南贼"①。其后更有金沙弥、孝心领导的起义，这一起义历时长久，影响深远。明宗二十三年（1193），"（七月），时南贼蜂起，其剧者金沙弥据云门，孝心据草田，啸聚亡命，摽掠州县，王闻而患之。丙子，遣大将军全存杰率将军李至纯、李公靖、金陟侯、金庆夫、卢植等讨之。……八月辛丑，李公靖、金庆夫等击贼，败绩"；明宗二十四年（1194），"二月癸巳，南贼魁金沙弥自投行营请降，斩之。甲寅，将军史良柱击南贼，败死"②。虽然该次起义被武人所镇压，但余火并未平息，如神宗三年（1200）五月，"密城官奴五十余人盗官银器投云门贼"③。而《东国李相国集·年谱》就神宗四年（1201）东京的叛乱记载曰："壬戌，泰和二年，公年三十五。……冬十二月，东京叛，与云门山贼党举兵。朝廷出三军征之。"李奎报目睹了人民的苦难与反抗，这在其笔下也便有着较多反映。试看李奎报于明宗二十六年（1196）所作《八月五日，闻群盗渐炽》一诗："群盗如猬毛，生民洒腥血。郡守徒戎衣，望敌气先夺。尚未扫蜂毒，况堪探虎穴。嗟哉时无人，谁继来嚼铁。贼臂捷于猿，放箭若星瞥。贼胫迅于鹿，越山如电灭。士卒追不及，聚首空呀咄。幸能触其锋，物故十七八。妇女哭夫婿，髫首吊枯骨。荒村早关门，白日行旅绝。今年况复旱，望雨甚于渴。田野皆赤土，未见苗芽苗。富屋已忧饥，贫者何由活。朱门日吐茵，百爵耳自热。高堂森玉簪，密席拥罗袜。但识门熏灼，不忧国椊杌。腐儒虽无知，流涕每呜咽。嗟非肉食徒，未掉直言舌。已矣若为陈，天陛无由谒。"（《东国李相国集·全集卷六》）

　　而就起义的广度而言，武人统治下的朝鲜半岛实际是无年不民反，无处不烽火，尤以位于朝鲜半岛东南的新罗故都庆州，即高丽东京等边远地

---

① ［朝鲜］郑麟趾等：《高丽史》卷十九，明宗六年。
② ［朝鲜］郑麟趾等：《高丽史》卷二十，明宗二。
③ ［朝鲜］郑麟趾等：《高丽史》卷二十一，神宗三年五月己巳。

区为著。如：明宗十七年（1187），"九月壬子，顺州归化所安置贼数百人溃散行掠，兵马使发兵捕之"①；明宗二十年（1190）正月，"己卯，盗起，东京按察副使周惟氐率兵欲袭贼，贼觉而拒之，杀伤甚众"②，"盗又起东京，与溟州贼合，侵掠州郡。遣郎将吴应夫借阁门祗候宋公绰于溟州道，将作少监赵通、郎将韩祗于东京，招抚之"③。李奎报曾在其《庆州东西两岳祭文》中就庆州乱象痛心曰："呜戏！以国不幸，逆贼崛起。然非特国之不幸，亦神之耻。非唯耻尔，神之不幸亦至矣。何者？国以我神威灵可倚，故崇以大王之号，飨以春秋之祀。所冀者镇卫国家，屏恶兴利，如是而已耳。脱上国有不利，四方将有事，神威听及，无有远迩。宜以阴灵遏绝祸始。何况鸡林之旧邦，实大王所食之地。孽徒肆虐，聚党如蚁，乱纪逆常，违命弃义。神若有灵，理宜枳止。夫何不然，使至于此。"（《庆州东西两岳祭文》，《东国李相国集·全集卷三十八》）而在远离半岛的济州岛，人民的反抗则与本土的反抗遥相呼应。神宗五年（1202），"冬，十月，耽罗叛，遣小府少监张允文、中郎将李唐绩安抚之。庆州别抄军与永州素有隙，是月，乃引云门贼及符仁、桐华两寺僧徒攻永州。……十二月乙亥，耽罗安抚使张允文、李唐绩奏：贼魁烦石、烦守等皆伏诛。丙子，庆州贼宇佐等起，遣金陟侯、崔匡义、康纯义等分道讨之"④；"神宗五年（1202），东京夜别抄作乱，攻劫州郡，遣师讨平之"⑤。而就人民反抗封建暴政的深度言，人民的斗争已严重威胁到统治阶级的核心利益，他们通过对代表封建权威的官府、宗庙、王陵等的破坏，宣泄内心的不满，熙宗三年（1207）八月，"丙申，盗发武陵，王命礼部诸陵署巡审诸陵。又有盗发者五六，即命中使令愿刹僧修之。有司劾罢诸陵直，配陵户人于远岛。明年获盗数人诛之"⑥。高宗时代，这种公然蔑视封建王权的行为更加严重。高宗四年（1217）三月庚寅，"盗发纯陵"⑦；高宗十七年（1230），"五月甲寅，盗窃大庙九室累世所上玉册、绿饰、白金"⑧。

---

① ［朝鲜］郑麟趾等：《高丽史》卷二十，明宗二十年九月壬子。
② ［朝鲜］郑麟趾等：《高丽史》卷二十，明宗二十年正月己卯。
③ ［朝鲜］郑麟趾等：《高丽史》卷二十一，神宗二年二月甲子。
④ ［朝鲜］郑麟趾等：《高丽史》卷二十一，神宗五年。
⑤ ［朝鲜］郑麟趾等：《高丽史》卷五十七，地理二。
⑥ ［朝鲜］郑麟趾等：《高丽史》卷二十一，熙宗三年八月。
⑦ ［朝鲜］郑麟趾等：《高丽史》卷二十二，高宗四年三月庚寅。
⑧ ［朝鲜］郑麟趾等：《高丽史》卷二十二，高宗十七年五月甲寅。

第二节　高丽时代汉文化的勃兴

一　崇儒重文政策的实行

高丽建国后，采取了崇儒重文政策，"太祖十三年（930），幸西京，创置学校，命秀才廷鹗为书学博士，别创学院，聚六部生徒教授，后太祖闻其兴学，赠彩帛劝之"①。自王建以后，高丽历代国王的崇儒重文政策一直没有停止过，因为统治者深知，"儒学作为究其新罗衰亡的原因，实现新王朝高丽的创业和守业所需要的政治哲学，乃是确立高丽王朝文物制度的一门学问。中央和地方的官职，其所需要的科举制度及附属的教育制度等，和改革土地制度的经济问题都需要配套"②。基于上述认识，到了高丽第四代国王光宗时，在中国人双冀的支持下，科举制度在朝鲜半岛开始实行。史载："光宗九年（958）五月，双冀献议，始设科举试，以诗、赋、颂及时务策取进士，兼取明经、医卜等业。"③ 科举制度在高丽的实行意义重大："虽名卿大夫，未必不由科目进，而科目之外，又有遗逸之荐，门荫之叙成，众爱马之选补，南班杂路之升转，所进之途非一矣。原其立法定制之初，养育之方，选取之制，铨注之法，井然有条。累世子孙，凭籍而维持之。东方文物之盛，拟诸中华。"④ 此言可谓公道，且不论别人，就李奎报而言，作为朝鲜历史上最伟大的诗人之一，其文学成就是与科举制度的实行有密切关系的。《东国李相国集·年谱》载高丽明宗十九年（1189）李奎报参加科举的情况："己酉，公年二十二。是年春，举司马试，中第一，以十韵诗赋之。……座主柳公嗟赏不已，遂擢第一。"

而高丽第六代国王成宗即位伊始，即采纳大臣崔承老的建言："华夏之制，不可不遵，然四方习俗，各随土性，似难尽变。其礼、乐、诗、书之教，君臣父子之道，宜法中华，以革卑陋。其余车马衣服制度，可因土风，使奢俭得中，不必苟同。"⑤ 其后，成宗重申崇儒重文政策，并采取

---

① ［朝鲜］郑麟趾等：《高丽史》卷七十四，选举二，学校。

② ［韩］韩国哲学会编：《韩国哲学史（中）》，龚荣仙译，社会科学文献出版社1996年版，第61页。

③ ［朝鲜］郑麟趾等：《高丽史》卷七十三，选举一，科目一。

④ ［朝鲜］郑麟趾等：《高丽史》卷七十三，选举一。

⑤ ［朝鲜］郑麟趾等：《高丽史》卷九十三，崔承老。

增加教学用地，添置校舍等措施，而国子监的创立无疑是一件大事。且看："五年（986）七月，教曰：朕素惭薄德，尚切崇儒。欲兴周孔之风，冀致唐虞之理。庠序以养之，科目以取之。……十一年（992）十二月，教有司：相得胜地，广营书斋学舍；量给田庄，以充学粮。又创国子监。"其后，"穆宗六年（1003）正月，教令三京十道博士师长，奖劝生徒有勤效者，录名申闻，管内有才学者，逐年荐举，勿坠恒规"①。而在高丽官方支持儒学与汉文化的同时，以学习儒家文化和汉文化为目的的私学开始兴起，其首创者则为有"海东孔子"之称的高丽文宗朝大师中书令崔冲。史载："显宗以后，干戈才息，未遑文教。冲收召后进，教诲不倦，学徒坌集，填溢街巷。遂分九斋，曰乐圣、大中、诚明、敬业、造道、率性、进德、大和、待聘谓之。侍中崔公徒，凡应举子弟，必先隶徒中学焉，每岁暑月，借归法寺僧房为夏课。择徒中及第学优未官者为教导，授以九经三史。间或先进来过，刻烛赋诗，榜其次第，唱名以入，设小酌，童冠列左右，奉樽俎，进退有仪，长幼有序，相与酬唱。及日暮，皆作洛生咏以罢。观者莫不嘉叹。及卒，谥'文宪'，后凡赴举者，亦皆隶名九斋籍中，谓之文宪公徒。又有儒臣立徒者十一，……未知为何人。世称十二徒，冲徒为最盛，东方学校之兴，盖由冲始，时谓海东孔子，宣宗三年配享靖宗庙庭。"② 关于崔冲等人创立的私学，李奎报曾在其晚年作《寄金学士（敞）》一诗，在其序中他道："愚闻先贤于儒门，制十二徒，徒各置斋，有多有少。每夏一集隶业，名曰'夏天都会'。近因国家多梗，此风几绝。今闻我斋得成夏课，何喜如之。"（《东国李相国集·后集卷七》）而在《次韵河郎中（千旦）见和》一诗中，李奎报更是深情回忆曰："耘业耕文夏课场，是皆君我曾经地。"（《东国李相国集·后集卷七》）的确，崔冲之于高丽文教事业产生过相当重要的推动作用，难怪李奎报会对崔冲"制十二徒"一事和曾经耘业耕文过的夏课有如此深情之回忆，更难怪直到朝鲜李朝，学者仍就崔冲之功及对李奎报等人之意义赞不绝口："丽代之英，崔清河始唱，而作者辈出。雄博则李文顺、李牧隐、林西河。"③

---

① ［朝鲜］郑麟趾等：《高丽史》卷七十四，选举二，学校。
② ［朝鲜］郑麟趾等：《高丽史》卷九十五，崔冲。
③ ［朝鲜］南龙翼编，赵季校注：《箕雅校注》，《箕雅》序，中华书局2008年版。

　　高丽十六代国王睿宗十分喜欢为文赋诗。李奎报在《睿宗唱和集跋尾》一文就睿宗崇儒重文之事曰："伏闻睿庙聪明天纵，制作如神。席太平之庆，乘化日之长，常与词人逸士若郭玙等，赋诗著咏，纵金振玉，动中韵钧，流播于人间，多为万口讽颂，实太平盛事也。今所谓《睿宗唱和集》是已，行于世久矣。"（《东国李相国集·全集卷二十一》）的确，睿宗在位期间，对于儒学与教育支持颇力。据载："十四年（1119）七月，国学始立养贤库以养士。自国初肇立文宣王庙于国子监，建官置师，至宣宗将欲教育而未遑，睿宗锐意儒术，诏有司广设学舍，置儒学六十人，武学十七人，以近臣管勾事物，选名儒为学官博士，讲论经义以教导之。"① 而睿宗之子仁宗时，虽连续发生李资谦之乱和妙清之乱，但"仁宗朝式目都监详定学式。……五年三月，诏诸州立学，以广教道"②。高丽在地方始置乡学，这无疑会极大促进儒学与文教事业的发展。而在李奎报出生当年，文艺情怀颇深的高丽毅宗就全国范围内的劝学活动亲下诏曰："化民成俗，必由学校。自祖宗以来，于外官差遣文师一员，又有儒臣为守则，兼管勾学事以劝学，近闻任是职者，但以谋利为先，劝学之方略不留意，志学之士无由闻达，朕甚悯焉。如有各官文师及管勾学事者，劝学育才以副朕意，则两界兵马使，各道按察使，注名驰报，朕将不待政满，随即擢用。"③ 高丽历朝崇儒重文政策的推行，对于普及汉文化，传播儒学，作用不可低估。关于高丽文学文化之盛，高丽中期大文人崔滋曾有过一段极具视觉冲击力但同时也极具说服力的总结："至于文庙时，声明文物粲然大备，当时冢宰崔惟善，以王佐之才，著述精妙。平章事李靖恭、崔奭，参政文正、李灵干、郑惟产，学士金行琼、卢坦，济济比肩，文王以宁。厥后朴寅亮、崔思齐、思谅、李颜、金良鉴、魏继廷、林元通、黄莹、郑文、金缘、金商祐、金富轼、权适、高唐愈、金富辙、富佾、洪瓘、印份、崔允仪、刘羲、郑知常、蔡宝文、朴浩、朴椿龄、林宗庇、芮乐全、崔诚、金精文淑公父子、吴先生兄弟、李学士仁老、俞文公升旦、金贞肃公仁镜、李文顺公奎报、李承制公老、金翰林克己、金谏议君绥、李史馆允甫、陈补阙澕、刘冲基李百顺两司成、咸淳、林椿、尹于

---

① ［朝鲜］郑麟趾等：《高丽史》卷七十四，选举二，学校。
② 同上。
③ 同上。

一、孙得之、安淳之，金石间作，星月交辉，汉文唐诗于斯为盛。然而古今诸名贤编成文集者，唯止数十家，自余名章秀句，皆堙没无闻。"① 尽管就高丽时代文学而言，崔滋"名章秀句，皆堙没无闻"句不免令我们有些许之憾，但从崔滋之语，尤其是其所列那些熟悉或不熟悉的名字——我们看到的是一派高丽文坛蔚为大观之景象。

学者有曰："进入地区性文化自主交往的时期以后，如汉唐以后的中国及其周边，18 世纪以至 19 世纪以前的欧洲、中东、南亚等地区，这一时期文化的交流开始变得常见，但主要还是围绕某一个文明社会为中心，以本地区内部和周边的文化交流行为为主。譬如中国本土中原的儒家文化对所谓周边四夷的同化，以及对于日本列岛、朝鲜半岛、印度支那地区诸如越南等国的影响。"② 的确，随着大唐帝国的终结，公元 10 世纪开始的东北亚政治格局发生了极大变化，这其中即包括高丽王朝代新罗而立，而随着新的政治格局的变化，东北亚地区遂进入新的文化自主交往时期，文化面貌呈现出新的特点，就高丽而言，对中国儒学暨中国文化的进一步吸收乃为重要方面。而随着儒家思想、科举制度、汉字与汉诗等来自中国的文化极大影响到高丽时期的朝鲜半岛，高丽文人的政治和社会地位骤然提升，遂导致武人的不满，终于酿成毅宗末年的大祸。其后，武人统治开始，文人遭到打击，崇儒重文政策一时陷入低谷，但由于崇儒重文政策在高丽已培植有深厚的基础，武人集团出于统治需求，对文士及儒学的态度不得不逐渐有所转变，如崔忠献上台后不久，就曾笼络李奎报和"海左七贤"等，李奎报《己未（1199）五月日，知奏事崔公宅（后为晋康公）千叶榴花盛开，世所罕见，特唤李内翰仁老、金内翰克己、李留院湛之、咸司直淳及予占韵命赋云》一诗即为明证，再如崔忠献病故前一年，即高宗五年（1218）七月，"中军宰枢议生徒未登仕版者，试以诗选取八十人，其不中者，皆令从军"③。可以说，李奎报时代，文人虽普遍受到武人的压制，但就整体而言，儒家思想与汉诗创作已在高丽社会奠定了相当广泛的基础，这种便利的文化与社会条件对李奎报而言无疑是相当有利的。

---

① ［高丽］崔滋：《补闲集·序》。
② 陈跃红：《比较诗学导论》，北京大学出版社 2005 年版，第 7 页。
③ ［朝鲜］郑麟趾等：《高丽史》卷七十四，选举二，学校。

二 咏史诗创作在朝鲜半岛的历史积淀

咏史诗创作在朝鲜半岛有着极深的历史渊源，早在唐永徽元年（新罗真德女王四年，650），新罗真德女王作《太平诗》曰："大唐开鸿业，巍巍皇猷昌。止戈戎衣定，修文继百王。统天崇雨施，理物体含章。深仁谐日月，抚运迈时康。幡旗既赫赫，钲鼓何锽锽。外夷违命者，剪覆被大殃。和风凝宇宙，遐迩竞呈祥。四时调玉烛，七曜巡万方。维岳降宰辅，维帝用忠良。三五咸一德，昭我皇家唐。"① 关于该诗，学界有曰："考察《太平颂》五言诗，不难看出，真德王及其新罗决策者此举明显有讨好唐皇帝之意。但为了现实的利益，即摆脱在与丽、济实际交涉中的被动地位，掌握对唐交涉的主动权，新罗最高决策层的政策趋向是无可厚非的。"② 可是，抛开该诗创作之政治背景因素，从诗歌自身而论，它在朝鲜文学发展历程中有着重要的标志性意义，进一步言，由于《太平诗》对大唐建立以来的文韬武略不无溢美之词，故其也系咏史作品无疑，并且就风格和气势而论，"其诗高古雄浑，比始唐诸作不相上下"③。当然，咏史诗这一诗歌形式在朝鲜半岛的真正兴盛是在新罗后期，亦相当于中国晚唐，新罗在唐留学生、官员等对咏史诗在朝鲜的进一步推动功不可没，以下我们就此进行探讨。

在唐王朝大厦将倾，士人普遍出现忧世心态之际，以咏史诗形式抒发对时局的关注成为潮流，此外，"晚唐科举考试中儒学内容的增强，尤重史学，以及中唐文儒观念的流变及影响，是晚唐咏史诗兴盛的一个重要的儒学背景"④，新罗赴唐留学生与仕唐新罗文人也亲历晚唐时代巨变，并也用咏史诗抒发自己心灵的感受。统一新罗时期最著名的文人崔致远入唐求仕，他在中国十六年时间里，结识了罗隐、杜荀鹤、张乔、顾云、裴瓒等诸多唐朝文士，并与其多有诗歌酬唱。

金富轼《三国史记》中即曰："（崔致远）始西游时，与江东诗人罗隐相知。隐负才自高，不轻许可人，示致远所制歌诗五轴。又与同年顾云

① 《全唐诗》卷七百九十七。

② 拜根兴：《七世纪中叶唐与新罗关系研究》，中国社会科学出版社 2003 年版，第 34 页。

③ ［高丽］李奎报：《白云小说》，见蔡美花、赵季主编《韩国诗话全编校注》第一册，人民文学出版社 2012 年版，第 46 页。

④ 向铁生：《晚唐咏史诗兴盛的儒学背景》，《云南大学学报》（社会科学版）2013 年第 2 期。

友善，将归，顾云以诗送别。"① 而罗隐 "天寒而麋鹿曾游，日暮而牛羊不下"② 之语与崔致远《姑苏台》之 "荒台麋鹿游秋草，庭院牛羊下夕阳"③ 残句如出一辙，且罗隐亦有《姑苏台》诗。再如与崔致远、胡曾等同入高骈幕府的杜荀鹤，为在唐任溧水县尉的崔致远作《赠溧水崔少府》一诗："庭户萧条燕雀喧，日高窗下枕书眠。只闻留客教沽酒，未省逢人说料钱。洞口礼星披鹤氅，溪头吟月上渔船。九华山叟心相许，不计官卑赠一篇。"④ 另外，杜荀鹤还有为新罗留学生所作的赠别诗《送宾贡登第后归海东》："归捷中华第，登船鬓未丝。直应天上桂，别有海东枝。国界波穷处，乡心日出时。西风送君去，莫虑到家迟。"⑤ 崔致远在与唐朝诗人的交往中加深了彼此的感情，提高了自身对包括咏史诗在内的汉文学的创作修养，而当他和唐朝诗人一道，见证了黄巢起义的狂风骤雨，亲历了中国民生之凋敝后，对于咏史诗的现实意义必然会有更深刻的理解，上述《姑苏台》残诗就是他内心深处强烈感伤的反映。崔致远在中国时期写的另一首《汴河怀古》也颇具感染力："游子停车试问津，隋堤寂寞没遗尘。人心自属升平主，柳色全非大业春。浊浪不留龙舸迹，暮霞空认锦帆新。莫言炀帝曾亡国，今古奢华尽败身。"⑥ 作者以夹叙夹议之方式表达了对历史沧桑的深沉感触。身处乱世，崔致远却并未放弃自己乘风破浪的气概和诸葛亮般欲以天下为己任的豪情，且看其咏史述怀之名作《潮浪》："骤雪翻霜千万重，往来弦望蹑前踪。见君终日能怀信，惭我趋时尽放慵。石壁战声飞霹雳，云峰倒影撼芙蓉。因思宗悫长风语，壮气横生忆卧龙。"⑦ 而与崔致远几乎同时入唐的朴仁范，在唐期间也与中国诗人多有交游，如朴仁范为唐朝友人所作的《上殷员外》一诗："孔明筹策惠连诗，佐幕亲临十万师。骐骥蹑云终有日，鸾凤开翅已当期。好寻山寺探幽胜，爱上江楼话远思。浅薄幸因游郑驿，贡文多愧遇深知。"⑧ 从该咏

---

① ［高丽］金富轼：《三国史记》卷四十六，崔致远。

② （元）辛文房：《唐才子传》卷九。

③ ［新罗］崔致远：《孤云集》卷一。

④ 《全唐诗》卷六百九十二，杜荀鹤二。

⑤ 《全唐诗》卷六百九十一，杜荀鹤一。

⑥ ［高丽］释子山夹注，查屏球整理：《夹注名贤十抄诗》卷中，上海古籍出版社 2005 年版，第 105 页。

⑦ ［新罗］崔致远撰，党银平校注：《桂苑笔耕集校注》卷二十，中华书局 2007 年版，第 757 页。

⑧ ［高丽］释子山夹注，查屏球整理：《夹注名贤十抄诗》卷中，上海古籍出版社 2005 年版，第 115 页。

史诗可以看出朴仁范与唐人友谊之深，并可见出相互诗文酬唱、相互学习之诚恳。根据崔致远《桂苑笔耕集》卷十中《新罗探候使朴仁范员外》一文记载，唐中和三年（883），朴仁范奉新罗王命，"勿移素志，勉赴远行"，克服重重困难入蜀，以探候使身份问安因黄巢起义避乱西川的唐僖宗。与此相涉，朴仁范则有《马嵬怀古》一诗："日旆云旗向锦城，侍臣相顾暗伤情。龙颜结恨频回首，玉貌催魂已隔生。自古暮山多惨色，到今流水有愁声。空余露湿闲花在，犹似仙娥脸泪盈。"① 安史之乱中的唐玄宗"西幸"成都途中，于马嵬忍痛缢杀杨贵妃，因而马嵬某种程度上说就是唐王朝衰败的象征。而安史之乱后百又二十来年，黄巢起义爆发，唐僖宗不得不再次"西幸"入蜀，诸多士人心灵上的"马嵬"隐痛再次发作。因此，晚唐诗人以"马嵬"为诗题进行咏史诗创作成为必然，朴仁范《马嵬怀古》因而不无深意。而这种深深的内心感叹在朴仁范另一首《九成宫怀古》中有着同样体现，试看该咏史诗："忆昔文皇定鼎年，四方无事幸林泉。歌钟响彻烟霄外，羽卫光分草树前。玉榭金阶青霭合，翠楼丹槛白云连。追思冠剑桥山月，千古行人尽惨然。"② 该诗表达了朴仁范对唐朝衰危的忧怀，同时也是对有唇亡齿寒之虞的新罗前途的担心，因为新罗末期，人民反抗暴政的斗争四起，国家处于风雨飘摇之危境。关于这一点，当崔致远返回与唐王朝唇齿相依的祖国新罗后亦目睹："诸患并臻。始则黑水侵疆，曾喷毒液。次乃绿林成党，兢颠狂氛。所管九州，仍标百郡，皆遭寇火，若见劫灰。加复杀人如麻，爆骨如莽，沧海之横流日盛，昆岗之猛焰风颠。致使仁乡，变为疵国。"③ 新罗的社会动荡自然引起崔致远、朴仁范等有识之士的极大关注，而用咏史诗形式抒发自己对社会的担忧便成为可能。针对新罗末期朝政的腐败，遭冤下狱的王巨仁作《愤怨诗》以表达自己内心的不满。通过该咏史诗，我们对新罗末期的社会危机和统治阶级内部之混乱会有一定把握。试看该《愤怨诗》："于公恸哭三年旱，邹衍含愁五月霜。今我幽愁还似古，皇天无语但苍苍。"④

而通过考察新罗时期咏史诗我们发现，无论是内容还是形式，它与中

---

① ［高丽］释子山夹注，查屏球整理：《夹注名贤十抄诗》卷中，上海古籍出版社 2005 年版，第 112 页。

② 同上书，第 118 页。

③ ［新罗］崔致远：《孤云集》卷一，让位表。

④ 《全唐诗》卷七百三十二。

国咏史诗有诸多相似的特点。如崔致远有《汴河怀古》，晚唐杜牧、皮日休等即有同名咏史诗，胡曾则有《汴水》、汪遵有《汴河》。而崔致远有《姑苏台》这一咏史诗，中唐刘禹锡、晚唐胡曾等人咏史诗中亦有同名者，而盛唐李白更有《苏台览古》。再如朴仁范有《马嵬怀古》一诗，该诗题材系中唐以来咏史诗人所极易感怀者，李商隐、刘禹锡、罗隐、温庭筠等都有"马嵬"题材的咏史诗创作，晚唐名将高骈也有《马嵬驿》诗。高骈诗曰："玉颜虽掩马嵬尘，冤气和烟锁渭津。蝉鬓不随銮驾去，至今空感往来人。"① 朴仁范的《九成宫怀古》则与杜甫、李商隐以《九成宫》命题的咏史诗、杜牧的《隋宫春》有着相同的怀古伤今精神。可以说，新罗时期的咏史诗，成就不容忽视，而究其原因，重要一点就在于：新罗人较大规模进入中国之际，恰逢唐帝国江河日下，中晚唐诗人——尤其是晚唐诗人——有一种普遍的忧患意识与不安情绪，这恰好为咏史诗的繁荣创造了氛围与条件。于是，来华的新罗学子"习得的主要不是格调高亢的盛唐诗，而大多是伤感迷离、具有唯美特征的晚唐诗风。新罗宾贡生创作的汉诗，大多感时伤事、体现游子思乡之情、描写惜别情景、抒发人生无常意识"②。尽管新罗时期的咏史诗保留有浓厚的晚唐咏史诗痕迹，但是必须承认，新罗人学习包括咏史诗在内的唐诗以及唐文化时，不是机械模仿，而是以内化为旨归。所以说，包括咏史诗在内，"韩国古代文人对中国文学的接收，不是盲目的和无条件的。他们的接收意识比较明确，都以透彻的民族主体意识和文化意识为基础"③。在著名的咏史长诗《次韵吴东阁世文呈诰院诸学士三百韵诗》中，李奎报热情赞扬了薛聪、朴仁范、崔致远等人："遒文夸绝壁，神略较灵蓍。仁范笙篁雅，弘儒黼黻披（谓朴仁范、薛聪）。辞清长笛嘏，意逸幅巾咨。竞蹑班联紧，谁辞政事埠。孤云金马客（崔致远，字孤云，入唐，一举及第，同年顾云赠诗曰：'一箭射破金门策'），东海玉林枝。射策鸣中国，驰声震四陲。"（《东国李相国集·全集卷五》）尤其对于崔致远，李奎报另在其《白云小

---

①　《全唐诗》卷五百九十八。

②　金宽雄、金东勋主编：《中朝古代诗歌比较研究》，黑龙江朝鲜民族出版社 2005 年版，第 317 页。

③　蔡美花：《韩国诗学对中国美学理论的接收与革新》，载高旭东主编《多元文化互动中的文学对话（上）》，北京大学出版社 2010 年版，第 345 页。

说》中曰："崔致远孤云有破天荒之大功，故东方学者皆以为宗。"① 李奎报赠崔致远十世内孙《又别成一首谢惠烛》一诗中，表达出对崔致远诗才、人品与贡献的高度概括，试看如下："东海孤云十世孙，文章犹有祖风存（崔致远十世内孙，致远字孤云）。两条金烛兼诗觊，诗足清心烛破昏。"（《东国李相国集·全集卷十七》）从李奎报对崔致远的这种崇敬之辞中，我们不难判断他对于祖国文学、本民族作家的热爱。李奎报曾曰："我东之以诗鸣于中国，自三子始。文章之华国有如是夫！"② 李奎报所谓"三子"中的两位为崔致远、朴仁范，第三位则为高丽初期的朴寅亮（？—1096）。

高丽时期，咏史诗有了进一步发展，如朴寅亮使宋时，在钱塘江边看到伍子胥庙，遂作《伍子胥庙》一诗，曰："挂眼东门愤未消，碧江千古起波涛。今人不识前贤志，但问潮头几尺高。"③ 虽然就《伍子胥庙》等的题材来看，高丽初期文人笔下的咏史诗仍有较强的中国印记，但高丽咏史诗已开始摆脱新罗时代一味套用中国咏史诗题材的陈套，开始关注并发掘朝鲜自己民族的题材。印毅《澄贤国师影堂》《东都怀古》等即颇具民族特色，试看后者："昔年鸡贵国，王气歇山河。代远人安在，江流水自波。旧墟空草木，遗俗尚弦歌。崔薛无因见，嗟嗟可奈何？"④ 印毅充分表达了自己对新罗都城庆州深深的追慕，同时也在对崔致远、薛聪"无因见"的无限遗憾当中透露出对民族文化的热爱之情。足以代表高丽前半期汉诗成就的大文人郑知常（？—1135），曾有怀念崔致远的《月影台》一诗，诗曰："碧波浩渺石崔嵬，中有蓬莱学士台。松老坛边苍藓合，云低天末片帆来。百年风雅新诗句，万里江山一酒杯。回首鸡林人不见，月华空照海门回。"⑤ 而就郑知常，《白云小说》曰："侍中金富轼、学士郑知常，文章齐名一世。"⑥ 从李奎报的话，我们可以看出他对郑知

---

① ［高丽］李奎报：《白云小说》，见蔡美花、赵季主编《韩国诗话全编校注》第一册，人民文学出版社 2012 年版，第 46 页。

② 同上书，第 48 页。

③ ［朝鲜］徐居正编：《东文选》卷十九。

④ ［朝鲜］徐居正编：《东文选》卷九。

⑤ ［高丽］崔滋：《补闲集》卷上。

⑥ ［高丽］李奎报：《白云小说》，见蔡美花、赵季主编《韩国诗话全编校注》第一册，人民文学出版社 2012 年版，第 49 页。

常的崇敬，而由于在妙清之乱中郑知常为金富轼所杀，因此，我们实际更能体会到李奎报"齐名一世"这一表面夸赞之语中所蕴含的无限遗憾之情和人世沧桑之叹。而结合对崔致远、朴仁范为代表的新罗诗人和高丽早期朴寅亮的赞美之词，我们可以推断李奎报对前代朝鲜咏史诗接受的事实，从而也就可以推断出李奎报咏史诗与新罗、高丽早期咏史诗的继承关系。而当咏史诗发展到高丽中期时，李奎报已汲取了中国、朝鲜咏史诗的诸般精华，并顺理成章地担当了朝鲜咏史诗发展过程中承上启下者的责任。

三　文人群体的社会责任感暨咏史诗的兴盛

高丽中期，武人专政，这种状况是高丽社会矛盾长期积压的结果，同时它又使社会矛盾进一步激化，文人成为这场惨剧最直接的受害者，而也正是文人，又多对社会有着强烈的忧患意识。有学者在讲到高丽时代从仁宗到康宗所谓国家内部相克期的社会状况与信佛状态时说："世人大部分是自行追求私欲，争夺权利，这种风气虽弥漫社会，但在社会的一角还有人看出这种风气的不正常情况，于是产生了要求净化被扭曲的精神世界的萌芽。我们可以推察，尽管是少数，但也表示出当时民族良心的迫切愿望。"[1] 而这"在社会的一角"，"表示出当时民族良心"的少数人中，知识分子应该占有相当的比重，他们有着投身报国、甘为天下先的情怀与社会责任感，而人民的反抗、武人专政后随之而来的外敌入侵，则使文人的社会责任感进一步提升。试如李奎报的朋友陈澕有曰："少年慕功名，为善忘早晚。高怀月在天，逸气骥走坂。"[2] 而如下边塞诗中的时代感和豪迈气息更为浓厚，试看《麟州早发》："漏鼓逢逢报五更，张旂出郭赴前程。戍楼隔岭催残角，肠断先闻出塞声。"[3] 作者为国建立功名的豪情和戎马倥偬的羁旅辛劳跃然纸上。再如高丽高宗十三年（1226），西北面兵马副使金希磾击败入侵的金将亏哥下所部后赋诗曰："将军杖钺未雪耻，将何面目朝天阙？一奋青蛇指马山，胡军势欲皆颠蹶。虎贲腾拏涉五江，

---

① ［韩］韩国哲学会编：《韩国哲学史》（上），白锐译，社会科学文献出版社1996年版，第391页。

② ［高丽］陈澕：《追和欧梅感兴四首》其三，见《梅湖遗稿·五言古诗》。

③ ［高丽］金克己：《麟州早发》，见徐居正编《东文选》卷十九。

城郭烂为煨烬末。临杯已畅丈夫心，反面无由愧汗发。"① 以上诗中的时代感和报效国家的豪迈气息颇为浓厚。而就李奎报来说，身处乱世的这种社会责任感体现得也相当明显，如他在"神宗二年（1199）始补全州司录，为同僚所忌，见替。东都叛命，将讨之，以及第末官者充修制，人皆以计避，奎报慨然曰：'予虽怯懦，避国难，非夫也。'遂从军为兵马录事兼修制"②。"避国难，非夫也"，此语何其雄壮！不难看出，面对武人专政下高丽的乱局，李奎报并未表现出太多的沮丧，反倒以积极入世的态度投身到为国效力的事业中来。再如崔忠献专政下的傀儡康宗国王过世之后，"史臣赞曰：康宗在位之日，凡所施为，皆受制于强臣，遽惧疾病，享国日浅，悲夫"③。而李奎报有着同样悲伤的心情，国运势衰，王权旁落，作为臣子他不可能无动于衷。《康宗大王挽词，翰林奏呈》二首可以说是对康宗的悼词，更可以说是对高丽国运的咏叹，试看该挽词其二："御极三年国已肥，忽因微恙辍宵衣。瑶台缥缈仙游远，玉殿凄凉御座非。未信宾天终莫返，尚疑游月倘还归。四方涵泳皇恩久，有眼何人不泪挥？"（《东国李相国集·全集卷十四》）"有眼何人不泪挥"这一反问句的回答当然是：熙宗离世很多人会流泪，但这泪更多是为命运多舛的国家而流。在李奎报看来，外敌入侵高丽带来的国难也就是自己的不幸，外敌不除，己心不宁。试看《内直有感，示右拾遗水丘源》："镜中丝鬘日纷纷，五载迁延直掖垣。岁暮松筠犹有节，春来桃李又无言。仰看天上高鸿举，自笑池边老凤蹲。胡羯腥涎流宇内，一樽何处得眉轩？"（《东国李相国集·全集卷十四》）李奎报该诗中滋味，颇有辛弃疾《永遇乐·京口北固亭怀古》中伤时忧国之强烈况味。

可以说，非独李奎报，此一时期的高丽知识分子普遍存在着较多的忧患意识和较强的社会责任感，这就使咏史诗的繁荣与兴盛成为可能。一者，武人专政使诸多有着儒家经国济世情怀的文人对国家与社会的前途命运产生极大关注，但武人政治的高压迫使文人不敢直陈胸臆，咏史诗这一形式无疑可使其有效避免文祸。二者，文人面对混乱的社会局面，其匡扶国家、赈济社会的愿望又相当强烈，咏史诗是其谏策献言、针砭时弊的真

---

① ［朝鲜］郑麟趾等：《高丽史》卷一百○三，金希磾。关于该诗，《高丽史》载其内容而无诗题，徐居正编《东文选》卷六以《过清房镇》为诗题收之。

② ［朝鲜］郑麟趾等：《高丽史》卷一百○二，李奎报。

③ ［朝鲜］郑麟趾等：《高丽史》卷二十一，康宗二年。

正需要。林椿《观古人笔迹》一诗，即通过对古人墨迹之赞扬，抒发了对王羲之和中唐白居易等人的热爱之情，更表达了对乾坤宴清、政治宽柔、文人自由风流的向往："生绡数幅出鹅溪，醉墨奇踪似会稽。也是元和遗脚在，从今不复厌家鸡。"① 林椿另一首咏史诗《赠皇甫若水》则通过追忆唐朝文士皇甫湜，从而表达了自己对儒学复兴及韩愈的崇敬，并为皇甫湜后人之定居朝鲜并才华横溢欣喜不已。试看如下："早闻风烈盛贞元，几叶传为学士门。文变唐朝今扫地，天教安定世生孙。扶持正道韩公后，破黜诸家恐是尊。鼻祖有灵应自喜，高才真个入吾藩。"② 李奎报挚友陈澕曾作《和李俞诸公题任副枢（景谦）寝屏四咏（神宗甲子年间作）》，分别为《列子御风》《子猷访戴》《陶潜漉酒》《潘阆移居》。试赏其中的《陶潜漉酒》："督邮风味最高高，何用真珠滴小槽。酒罢拂巾还自着，不妨衰鬓带霜糟。"③ 高丽武人专政时代，文人遭受沉重打击，儒学亦一度不为武人所重。因而，用咏史诗形式所抒发出的对中国古人之赞颂与追慕，实际代表着高丽知识分子复兴儒学、重视文教的理想。

　　陈澕亦曾作《追和欧梅感兴》四首，关于该组诗，《梅湖遗稿》的编者如此中肯而言："按此诗，有所感而作也，时权凶窃柄，士类附势，媚毡乞怜，风节扫地。目击时事，因以自警。"④ 的确，由于武人权凶窃柄，文人一度地位骤降，于是文人对武人的不满与对百姓的同情便以咏史诗的形式表达出来。说起高丽武人专政时代的咏史诗，不能不提著名的"海左七贤"，其为武人政权高压下文人避难的产物。"海左七贤"成员之一李仁老曾有《续行路难》诗三首以抒其内心的不满，该组诗第一首曰："登山莫编怒虎须，蹈海莫采眠龙珠。人间寸步千里阻，太行孟门真坦途。蜗角战甘闹蛮触，路歧多处泣杨朱。君不见严陵尚傲刘文叔，七里滩头一竿竹。"⑤ 李仁老形象地道出了高丽中期武人政治的专制与残暴，其中寄托着对时局艰难的谴责与忧虑，同时也通过用典中的相关中国古人事迹，表达出作者隐逸遁世、向往自由生活的心境。再以著名文士林椿为

---

① ［高丽］林椿：《西河集》卷一。
② ［高丽］林椿：《西河集》卷二。
③ ［高丽］陈澕：《梅湖遗稿·七言绝句》。
④ ［高丽］陈澕：《梅湖遗稿·五言古诗》。
⑤ ［朝鲜］徐居正编：《东文选》卷六。

例，因受武人迫害，"耆之避地江南几十余载，携病妻还京师，无托锥之地"①，其《七夕》三首，用咏史诗形式表达了对贫富不公和对人民离乱的感慨。试看其一："银河清浅月华饶，也喜神仙会此宵。多少人间乌与鹊，年年辛苦作仙桥。"紧接下来的其二中曰："坐想豪奢许吏门，曝衣楼上绮罗繁。未能免俗聊为尔，高挂中庭犊鼻裈。"② 林椿如上诗所具有的凄苦滋味实际更体现着作家个人真实的不幸生活遭际。武人统治下的高丽，百姓生活愁苦，这在当时文人笔下也有反映，陈澕在其咏史诗《桃源歌》中道："溪流尽处山作口，土膏水软多良田。红猥吠云白日晚，落花满地春风颠。乡心斗断种桃后，世事只说焚书前。坐看草树知寒暑，笑领童孩忘后先。渔人一见即回棹，烟波万古空苍然。君不见江南村，竹作户、花作藩。清流涓涓寒月漫，碧数寂寂幽禽喧。所恨居民产业日零落，县吏索米将敲门。但无外事来相逼，山村处处皆桃源。"③ 至于李奎报，尽管有韩国学者赵东一称其为"武臣掌权时的代表诗人"，但同时赵东一教授又评价其曰："他还通过描写农民悲惨遭遇的农民诗，对腐败的封建官吏进行了批评，表现出对饱受掠夺之苦的下层人民的关注，这是门阀贵族文学中绝不可能表现的。"④

而在内忧频仍的同时，来自国外女真、契丹和蒙古的压力更是令高丽难以应付。这一状况使得诸多文人痛心疾首，于是在面对国难、反抗侵略和期盼国运昌盛的心情下，他们将咏史诗作为抒发内心感受、表达不屈精神的利器。试如高丽高宗二十七年（1240）庚子，金坵以权直翰林充书状官如元，他在路过多年前曾遭蒙古兵祸的西京平壤和铁州时，为平壤今昔的变化和铁州人民当年反抗蒙寇的精神所感染，遂作咏史诗《过西京》和《过铁州》。前者中作者道："忆曾负笈远追师，正见西都全盛时。月明万户不知闭，尘静九衢无拾遗。如今往事尽如扫，可怜城阙空青草。锄犁半入英雄居，麻麦遍生朝市道。采桑何处倩裙儿，哀唱一声愁欲老。"而《过铁州》中则曰："当年怒寇阑塞门，四十余城如燎原。依山孤堞当虏蹊，万军鼓吻期一吞。白面书生守此城，许国身比鸿毛轻。早推仁信结人心，壮士嚯呼天地倾。相持半月折骸炊，昼战夜守龙虎疲。势穷力屈犹

① ［高丽］李仁老：《破闲集》卷下。
② ［高丽］林椿：《西河集》卷一。
③ ［高丽］陈澕：《梅湖遗稿·七言古诗》。
④ ［韩］赵东一：《韩国文学论纲》，周彪、刘钻扩译，北京大学出版社2003年版，第99页。

示闲，楼上管弦声更悲。官仓一夕红焰发，甘与妻孥就火灭。忠魂壮魄向何之，千古州名空记铁。"① 类似文字不绝于高丽朝野记载。可以说，高丽中期，咏史诗创作已呈"天时、地利、人和"之势，这样一种环境和氛围呼唤一位咏史诗大家的产生，于是李奎报应运而生。

① ［高丽］金坵：《止浦集》卷一。

第二章

《东明王篇》对民族历史肇基之颂

第一节 《东明王篇》本事与其敷演

一 《东明王篇》中的朱蒙本事

东明王，名朱蒙，围绕其身世，朱蒙族系的神话传说得以展开。而关于朱蒙的记录，高丽时代，在李奎报《东明王篇》之前约五十年产生的金富轼《三国史记》中即有相关记载，《东国李相国集·全集卷三》中李奎报于《东明王篇》序文中也曾提到金富轼及其作品："金公富轼重撰国史，颇略其事，意者公以为国史矫世之书，不可以大异之事为示于后世而略之耶。"而李奎报《东明王篇》后约一百年，一然《三国遗事》问世，其中再次提到东明王事迹。由于金富轼《三国史记》、李奎报《东明王篇》和一然《三国遗事》创作年代距离东明王时代已逾千年，其记述内容又多本于前代中国和朝鲜半岛书面或口头材料，因此，研究李奎报《东明王篇》中的朱蒙本事，我们不妨将眼光直接投向李奎报以及金富轼、一然所处高丽以前的时代。

高丽之前的中、朝历史文献里，关于东明王的诸多事迹，记载最早者当属中国东汉王充的《论衡》，其中云："北夷橐离国王侍婢有娠，王欲杀之。婢对曰：'有气大如鸡子，从天而下，我故有娠。'后产子，捐于猪溷中，猪以口气嘘之，不死；复徙置马栏中，欲使马藉杀之，马复以口气嘘之，不死。王疑以为天子，令其母收取奴畜之，名东明，令牧牛马。东明善射，王恐夺其国也，欲杀之。东明走，南至掩淲水。以弓击水，鱼鳖浮为桥。东明得渡，鱼鳖解散，追兵不得渡，因都王夫余，故北夷有夫余国焉。"① 其后，朱蒙族系第二十代长寿王于公元 414 年为其父、第十九代王谈德所立《好太王碑》② 中道："惟昔始祖邹牟王之创基也，出自北夫余，天帝之子，母河伯女郎。剖卵降出，生子有圣……。命驾巡车南下，路由夫余奄利大水。王临津言曰：'我是皇天之子，母河伯女郎，邹牟王。为我连葭浮龟。'应声即为连葭浮龟。然后造渡，于沸流谷，忽本西，城山上而建都焉。"而与《好太王碑》几乎同时代、5 世纪前期的《冉牟墓志》中则有如下叙述："河伯之孙，日月之子，邹牟圣王，元出北夫余，天下四方知此国郡最圣德……"③ 又一百三十年后（554），中国的《魏书》就朱蒙族系有更为完整的记载：

> 出于夫余，自言先祖朱蒙。朱蒙母河伯女，为夫余王闭于室中，为日所照，引身避之，日影又逐。既而有孕，生一卵，大如五升。夫余王弃之与犬，犬不食；弃之与豕，豕又不食；弃之于路，牛马避之；后弃之野，众鸟以毛茹之。夫余王割剖之，不能破，遂还其母。其母以物裹之，置于暖处，有一男破壳而出。及其长也，字之曰朱蒙，其俗言"朱蒙"者，善射也。夫余人以朱蒙非人所生，将有异志，请除之，王不听，命之养马。朱蒙每私试，知有善恶，骏者减食令瘦，驽者善养令肥。夫余王以肥者自乘，以瘦者给朱蒙。后狩于田，以朱蒙善射，限之一矢。朱蒙虽矢少，殪兽甚多。夫余之臣又谋杀之。朱蒙母阴知，告朱蒙曰："国将害汝，以汝才略，宜远适四方。"朱蒙乃与乌引、乌违等二人，弃夫余，东南走。中道遇一大水，欲济无梁，夫余人追之甚急。朱蒙告水曰："我是日子，河伯外孙，今日逃走，追兵垂及，如何得济？"于是鱼鳖并浮，为之成桥，朱蒙得渡，鱼鳖乃解，追骑不得渡。朱蒙遂至普述水，遇见三人，其一人著麻衣，一人著纳衣，一人著水藻衣，与朱蒙至纥升骨城，遂居焉。④

---

① （汉）王充：《论衡》卷二，吉验第九。
② 本处及下文所引《好太王碑》文字见日据时期朝鲜总督府编《朝鲜金石总览（上）》影印本，首尔亚细亚文化社 1976 年版，第 3 页。
③ 转引自范恩实《冉牟墓志新探》，见《东北史地》2011 年第 2 期。
④ （北齐）魏收：《魏书》卷一百，高句丽。

如上几种具有代表性的文献中，尽管掺杂了较多的神话传说，但剥离这些神话传说后，我们还是可以大概厘清朱蒙活动的主要脉络，尤其是朱蒙与夫余之间的联系这一点是相当清楚的。《论衡·吉验》已透露出朱蒙族系与夫余关系的基本信息，而《好太王碑》和《冉牟墓志》则明白无疑地告诉我们朱蒙族系的最早源起当自北夫余，《魏书》中就朱蒙族系"出于夫余，自言先祖朱蒙"等句也说明中国史书相关记载也是来源于朱蒙族系本身叙述。而后世的研究也表明，朱蒙族系早期的发展与夫余之间确实有着紧密的联系，这已为包括中、韩两国学者在内的诸多人士所认可。但由于为时久远，且限于史料的缺失，朱蒙族系和夫余史的诸多问题有待解决，但就朱蒙族系源出夫余这一点，学界基本形成共识。李奎报《东明王篇》中提到"汉神雀三年，孟夏斗立巳"，"神雀三年"即神爵三年，公元前59年。关于这一时间，高丽时代僧人一然依《古记》认为乃北夫余建立时间，当今也有学者认为这一时间系东夫余东迁时间。李奎报并提到"海东解慕漱，真是天之子"之句，并用较多语言讲到解慕漱与河伯女柳花之间的情事及朱蒙的出生。而据学者研究，河伯女神实际即《论衡·吉验》中的橐离王之婢女，解慕漱即同文中的橐离王，"在女神经历了与天帝的如此这般的'关系'之后，东明便具有了作为'天神'后裔与'河神'后裔的双重身份。正是这一种身份，在十二和十三世纪的时候，'东明神话'与'檀君神话'实现了相互的接轨，创造了'天神'民族的神话"①。这样，我们便可以清楚地看到与朱蒙之出生相关的真实情况：解慕漱即《论衡·吉验》中的橐离王，而朱蒙之母、河伯女柳花的真实原型则为橐离王婢女，朱蒙实乃橐离王与其婢女所生。

朱蒙率其部众出走东夫余而趋东南，随其一起出发的还有别的一些部落。李奎报《东明王篇》中言："暗结三贤友，其人共多智。"李奎报在对"三贤友"的注解文字为"乌伊、摩离、陕父等三人"，而这三人或非为真实人物，而是部落名称的演化。同理，《魏书》中所言乌引、乌违虽为二人，且名称也与李奎报所言不一，但此二人实际也该是部落名称的演化，因此他们实际就是跟随朱蒙出发的部落。尤其值得注意的是，"乌伊""乌引"发音相近，故二者有极大可能所指为同一部落。《三国遗事》中引《古记》云："东明帝继北夫余而兴，立都于卒本州，为卒

---

① 严绍璗：《东亚文明进程黎明期的文化研究》，载延边大学亚洲研究中心编《朝鲜—韩国文学与东亚》，延边大学出版社2009年版，第87页。

本夫余。"① 此即朱蒙迁入卒本川,并建立国家。在《东明王篇》中,李奎报则如是形容朱蒙建国的一幕:"形胜开王都,山川郁嵯峨。自坐茀蕝上,略定君臣位。"而关于朱蒙建国的时间,据《三国史记》等,应为西汉建昭二年(前37),这得到了众多学者的肯定。而在建国次年,朱蒙便降服了临近的夫余小方国沸流,金富轼如是记载曰:

> 王见沸流水中,有菜叶逐流下,知有人在上流者。因以猎往寻,至沸流国。其国王松让出见曰:"寡人僻在海隅,未尝得见君子,今日邂逅相遇,不亦幸乎!然不识吾子自何而来?"答曰:"我是天帝子,来都于某所。"松让曰:"我累世为王,地小不足容两主,君立都日浅,为我附庸,可乎?"王忿其言,因与之斗辩,亦相射以校艺,松让不能抗。二年夏六月,松让以国来降,以其地为多勿都,封松让为主,丽语谓复旧土为多勿,故以名焉。②

李奎报《东明王篇》中就征服沸流国一事大加吟颂,并在注解中道:"西狩获白鹿,倒悬于蟹原。咒曰:天若不雨而漂没沸流王都者,我固不汝放矣。欲免斯难,汝能诉天。其鹿哀鸣,声彻于天。霖雨七日,漂没松让都。王以苇索横流,乘鸭马。百姓皆执其索。朱蒙以鞭画水,水即减。六月,松让举国来降,云云。"这一段话,是对朱蒙征服沸流国的描述,通俗而言,即"在东明王神话中,鹿是连接天与地的媒介者,是宇宙动物。朱蒙在卒本建国后,征讨邻国沸流国松让王时,在蟹原的一棵大树上倒挂一只白鹿向着天祝祷,白鹿的悲鸣响彻云霄,天上终于下起了倾盆大雨,霎时间,沸流国变得一片汪洋,松让王吓得率领百姓向朱蒙投降"③。其后,朱蒙便开始了筑城等一系列活动,此正如李奎报《东明王篇》中所云:"有人数千许,斫木声仿佛。王曰天为我,筑城于其趾。"

《东明王篇》中李奎报言及朱蒙的离世和朱蒙子类利的活动:"在位十九年,升天不下莅。倜傥有奇节,元子曰类利。"出于为尊者讳之因,在提到朱蒙在位十九年后离世时李奎报用了"升天不下莅"这种隐讳语

---

①　[高丽]一然:《三国遗事》卷一,北夫余。

②　[高丽]金富轼:《三国史记》卷十三,始祖东明圣王。

③　金宽雄:《熊图腾与东北亚满—通古斯诸民族民间文学》,载延边大学亚洲研究中心编《朝鲜—韩国文学与东亚》,延边大学出版社2009年版,第110页。

言。而在《好太王碑》《三国史记》《三国遗事》等东北亚历史文献中有着基本相同的内容表述和表述手法，如在《好太王碑》中曰："不乐世位，因遣黄龙来下迎王。王于忽本东罡，黄龙负升天。顾命世子儒留王，以道兴治。"而关于朱蒙之死和继承人问题，前述中国史籍《魏书》曰："朱蒙死，闾达代立。闾达死，子如栗代立。如栗死，子莫来代立，乃征夫余，夫余大败，遂统属焉。"① 《北史》亦云："其在夫余妻怀孕，朱蒙逃后，生子始闾谐。及长，知朱蒙为国王，即与母亡归之。名曰闾达，委之国事。朱蒙死，子如栗立。如栗死，子莫来立，乃并夫余。"② 针对如上相关中国史籍中的记载，有学者曰："经考证，闾谐、闾达和如栗皆为一个人，即好太王碑文中的'儒留'、《丽纪》中的'类利（孺留）'"③，关于类利及其事迹，金富轼《三国史记》中的记载可谓集前人相关记载之大成，并为李奎报《东明王篇》中有关类利的记载提供了直接素材。《三国史记》在讲到东明圣王时如是曰："十九年（前19），夏四月，王子类利自扶余与其母逃归，王喜之，立为太子。秋九月，王升遐，时年四十岁，葬龙山，号东明圣王。"④ 其后在讲到琉璃明王时曰："琉璃明王立，讳类利，或云孺留，朱蒙元子，母礼氏。初，朱蒙在扶余，娶礼氏女有娠。朱蒙归后乃生，是为类利。"⑤ 同文还记载了关于类利塞盆止人詈和得断剑寻父继王位的故事，这为李奎报《东明王篇》中相关类利故事的创作提供了直接素材。《东明王篇》中李奎报曰："得剑继父位，塞盆止人詈。"其后李奎报在注释中敷衍类利"塞盆止人詈"并"得剑继父位"的故事，尽管李奎报"得剑继父位，塞盆止人詈"以及注释所言故事有着明显晋干宝《搜神记》卷十一里《三王墓》篇的强烈痕迹，但类利和其母亲之间的对话以及类利逃亡之叙述则与史实亦有关联和相符合者。先试看李奎报《东明王篇》中类利母子二人的对话："'汝父是天帝孙，河伯甥，怨为扶余之臣，逃往南土，始造国家，汝往见之乎？'对曰：'父为人君，子为人臣。吾虽不才，岂不愧乎？'"其后类利便于"前

---

① （北齐）魏收：《魏书》卷一百，高句丽。

② （唐）李延寿：《北史》卷九十四，高丽。"朱蒙死，子如栗立"句，《魏书》作"朱蒙死，闾达代立。闾达死，子如栗代立"。《北史》所载脱七字。

③ 刘子敏：《朱蒙之死新探——兼说高句丽迁都"国内"》，《北方文物》2002年第4期。

④ ［高丽］金富轼：《三国史记》卷十三，始祖东明圣王。

⑤ ［高丽］金富轼：《三国史记》卷十三，琉璃王。

汉鸿嘉四年（前17）夏四月"，奔朱蒙族系。

以上就《东明王篇》中基本的史实作了一番大概爬梳，而在厘清东明王之基本建国史实基础上，李奎报对东明王事迹的神化和敷衍才能找到行为依据和目的，我们也才能更深入地了解作为一代文豪的李奎报，其对自己民族文化的热情赞美和对自己心目中英雄人物的追慕之切。

二　李奎报对朱蒙事迹的艺术加工和美好动机

朱蒙历来得到朝鲜半岛人民的拥护与爱戴，正如《好太王碑》《冉牟墓志》以及中国《魏书》中"出于夫余，自言先祖朱蒙"等材料所显示，朱蒙事迹很早就已在朝鲜半岛北部地区广为流传，而对朱蒙事迹加以敷衍、神化则更成为朱蒙族系表达对自己民族祖先热爱之情的一种方式。《好太王碑》中，朱蒙的出生、建业以至离世都充满了神奇与浪漫的描写：

> 惟昔始祖邹牟王之创基也，出自北夫余，天帝之子，母河伯女郎。剖卵降出，生而有圣……命驾巡车南下，路由夫余奄利大水。王临津言曰："我是皇天之子，母河伯女郎，邹牟王。为我连葭浮龟。"应声即为连葭浮龟。然后造渡，于沸流谷，忽本西，城山上而建都焉。不乐世位，因遣黄龙来下迎王。王于忽本东罡，黄龙负升天。

而这种对朱蒙的神化显然已成为朱蒙族系广泛而自觉的一种行为，这从《冉牟墓志》《魏书》可以明显看出，更为重要的是，朱蒙神话已成为朱蒙族系增强民族凝聚力、提升国家自信心的重要纽带。所以我们也就能够理解朱蒙神话何以会被撰刻于《好太王碑》这一巨大建筑——"正如学者们所反复强调的那样，一座有功能的纪念碑，不管它的形状和质地如何，总要承担保存记忆、构造历史的功能，总力图使某位人物、某个事件或某种制度不朽，总要巩固某种社会关系或某个共同体的纽带，总要成为界定某个政治活动或礼制行为的中心，总要实现生者与死者的交通，或是现在和未来的联系"[1]。而当朝鲜半岛历史进入到李奎报所生活的高丽时

---

[1] [美] 巫鸿：《中国古代艺术与建筑中的"纪念碑性"》，李清泉、郑岩等译，上海世纪出版集团、上海人民出版社2009年版，第5页。

代以后，朱蒙更得到半岛人民的崇拜，其事迹也进一步在朝鲜半岛得以传播。此正如李奎报在《东明王篇》之序文里所云："世多说东明王神异之事，虽愚夫骏妇，亦颇能说其事。"不但如此，朱蒙并为高丽官方所推崇，这尤其体现在著名文人金富轼《三国史记》中。《三国史记》中作者就朱蒙的出生如此道：

> 始祖东明圣王，姓高氏，讳朱蒙（一云邹牟，一云象解）。先是，扶余王解夫娄老无子，祭山川求嗣。其所御马至鲲渊，见大石相对流泪。王怪之，使人转其石，有小儿，金色蛙形。（蛙，一作蜗。）王喜曰："此乃天赉我令胤乎！"乃收而养之，名曰金蛙。及其长，立为太子。后，其相阿兰弗曰："日者天降我曰，将使吾子孙，立国于此，汝其避之。东海之滨有地，号曰迦叶原，土壤膏腴宜五谷，可都也。"阿兰弗遂劝王移都于彼，国号东扶余。其旧都有人，不知所从来，自称天帝子解慕漱，来都焉。及解夫娄薨，金蛙嗣位。于是时，得女子于太白山南优渤水，问之，曰："我是河伯之女，名柳花。与诸弟出游，时有一男子，自言天帝子解慕漱，诱我于熊心山下，鸭渌边室中私之，即往不返。父母责我无媒而从人，遂谪居优渤水。"金蛙异之，幽闭于室中。为日所照，引身避之，日影又逐而照之。因而有孕，生一卵，大如五升许。①

《三国史记》乃金富轼代表高丽官方所修史书，其严肃性不言而喻。按常理，在儒学已得到高度认可的高丽朝廷是会严禁所谓怪力乱神之言论进入史书的，而金富轼以朱蒙神话传说入史，这恰恰说明他在构建本民族文化悠久起源意图时的良苦用心和对朱蒙神话传说的珍视。当然，深入来看，以神话传说入史也是有先例可循，司马迁《史记》即在相关中国上古历史的叙述里有过神话传说历史化的做法。而客观言，司马迁这一做法则有着其依据与必要性，因为上古文化尽管不免扑朔迷离，但总归是有其特定历史成就值得圈点，此正如陈安仁先生所总结："中国上古前期的文化，至尧舜之世，可说是一个阶段。在这时代，有许多的历史事实，是属于神话传说，很难得到正确的信据。在这时代，黄帝是首出的伟大人物，

① ［高丽］金富轼：《三国史记》卷十三，始祖东明圣王。

他所创造的文化，为当时各帝所不及。总结这时代可注意之点，即（一）治术上之进化，（二）生产上之进化，（三）乐制上之进化，（四）历法上之进化，（五）地理区画上之进化。"① 尽管司马迁未必能够如今人般对上古文明成就条分缕析，但将中国上古神话传说历史化的实践说明，他深信上古神话传说背后所蕴含的丰富历史文明成果，正因深谙此理，故《史记》中采用神话传说历史化之做法，其中必有保存信史之期冀。其后，唐代的司马贞则为《史记》补写《三皇本纪》，而"唐代的儒学家们其实不过是把流传于当时的三皇传说进行了整理归纳而已。另一方面，当时的人们开始关心自己的祖先以及人类的起源问题，传说的体系化也可说是这种情势下的必然产物"②。"当然历史家在把神话传说采入历史的同时，也进行了删削修改，使它们以历史的面貌出现，致使后人相信上古史历史人物（实际是神话传说人物）的存在。……因此对以《史记》为代表的史书所记载具有神话传说性质的上古人物，如伏羲、神农、黄帝、炎帝、颛顼、帝喾等，可视作历史人物，可以划归为咏史对象。"③ 同理，作为已在朝鲜半岛流传了千年之久、旧《三国史》早已有载的朱蒙神话传说，将其作为历史而加以采信自然也是十分合理之事，"但作为历史文学创作主体的作家，决非亦步亦趋地跟着史家而行，而是允许对历史文学创作之源的'史实'有所超越，有所创新"④。因此，当一代文豪李奎报读到朱蒙事迹以及其神话传说后，可想而知，他因朱蒙神话的诸般神奇而产生的自豪与激动是何等强烈，于是，以咏史长诗的形式再次赞美朱蒙事迹并敷衍其神话传说、歌颂祖先建国伟业便成为李奎报的必然选择。

李奎报不朽的咏史长诗《东明王篇》正是以朝鲜半岛早已存在的朱蒙神话传说为基础，尤其是以旧《三国史》等文献中东明王相关章节为重要参照，从而对朱蒙暨朱蒙族系建国伟业进行歌颂。在《东明王篇》序文中，李奎报曾就东明王神话广为流传之事曰："仆尝闻之，笑曰：'先师仲尼，不语怪力乱神。此实荒唐奇诡之事，非吾曹所说。'及读《魏书》《通典》，亦载其事。然略而未详，岂详内略外之意耶？越癸丑四

① 陈安仁：《中国上古中古文化史》，河南人民出版社 2017 年版，第 43—44 页。
② ［日］宫本一夫：《从神话到历史：神话时代、夏王朝》，吴菲译，广西师范大学出版社 2014 年版，第 26 页。
③ 韦春喜：《宋前咏史诗史》，中国社会科学出版社 2010 年版，第 20 页。
④ 陈惇、孙景尧、谢天振主编：《比较文学》，高等教育出版社 1997 年版，第 336 页。

月，得旧《三国史》，见《东明王本纪》，其神异之迹，踰世之所说者。然亦初不能信之，意以为鬼幻。及三复耽味，渐涉其源，非幻也，乃圣也。非鬼也，乃神也。况国史直笔之书，岂妄传之哉。金公富轼重撰国史，颇略其事，意者公以为国史矫世之书，不可以大异之事为示于后世而略之耶。”李奎报在序言里并说：“按《唐玄宗本纪》《杨贵妃传》并无方士升天入地之事，唯诗人白乐天恐其事沦没，作歌以志之。彼实荒淫奇诞之事，犹且咏之，以示于后。矧东明之事，非以变化神异眩惑众目，乃实创国之神迹。则此而不述，后将何观。是用作诗以记之，欲使夫天下知我国本圣人之都耳。”李奎报并不认为朱蒙神话传说之缘起目的在于“变化神异眩惑众目”，相反，在他看来“乃实创国之神迹”，而在该序最后，我们不难发现诗人创作《东明王篇》的目的很明确，就是要通过诗歌形式构建自己民族的远古历史，让天下人知道自己的祖国是伟大神圣的国度。而就具体作品正文而言，李奎报不仅继承了一千年以来朝鲜半岛人民对朱蒙神异事迹赞美的传统，并且就篇幅和语言文字来看，呈现出益发宏阔、益发光彩照人之态。

在《东明王篇》正文开篇，李奎报首先引入中国古代神话传说：“元气判沌浑，天皇地皇氏。十三十一头，体貌多奇异。其余圣帝王，亦备载经史。女节感大星，乃生大昊摰。女枢生颛顼，亦感瑶光晧。伏羲制牲牺，燧人始钻燧。生蓂高帝祥，雨粟神农瑞。青天女娲补，洪水大禹理。黄帝将升天，胡髯龙自至。太古淳朴时，灵圣难备记。后世渐浇漓，风俗例汰侈。圣人间或生，神迹少所示。”这段序诗无疑起到很好地烘托气氛、深化主题的效果，为作者就朱蒙话题的正式引入做好铺垫。前文已据相关史料交代朱蒙之父櫜离国王和其婢女之情事，而在李奎报笔下，朱蒙父母被分别演绎为天帝之子解慕漱和河伯之女柳花，并且他们在《东明王篇》中的出场充满了神仙般的奇幻与绚丽。试看：

> 海东解慕漱，真是天之子。初从空中下，身乘五龙轨。从者百余人，骑鹄纷襂襹。清乐动锵洋，彩云浮旖旎。自古受命君，何是非天赐。白日下青冥，从昔所未视。朝居人世中，暮反天宫里。吾闻于古人，苍穹之去地，二亿万八千七百八十里。梯栈蹑难升，羽翮飞易瘁。朝夕恣升降，此理复何尔。城北有青河，河伯三女美（长曰柳花，次曰萱花，季曰苇花）。擘出鸭头波，往游熊心涘。锵琅佩玉

鸣，绰约颜花媚。初疑汉皋滨，复想洛水沚。

关于朱蒙出生的神话传说中，朱蒙父亲名称经历了从橐离国王到天帝之子再到解慕漱这一发展过程，而朱蒙母亲名称则经历了从橐离国王婢女到河伯之女再到柳花这一变化过程，事实表明，朱蒙神话中的诸多成分是在后来才加入的内容。尽管在《东明王篇》中，朱蒙的父母已被有名有姓地神化为解慕漱和柳花，朱蒙父母作为历史人物的本来面貌被掩盖，但这恰好说明李奎报对朱蒙的热爱和对东北亚神圣历史文化的尊重。朱蒙父母出场后，接下来李奎报便对二人的结合作了离奇而浪漫的敷衍："长女曰柳花，是为王所止。河伯大怒嗔，遣使急且驶。告云渠何人，乃敢放轻肆。报云天帝子，高族请相累。指天降龙驭，径到海宫邃。"在经过与河伯的一番武艺较量后，解慕漱赢得了柳花，但随后便弃柳花而去，因为解慕漱有着更为高远的目标，他所想得到的是治理人世的后嗣，"兹非悦纷华，诚急生继嗣"一句正是李奎报对朱蒙伟大理想的总结。李奎报对解慕漱和柳花故事的铺陈是《东明王篇》中的第一部分，朱蒙的出身于是被赋予了神奇的想象和非凡的背景，于是我们所看到的不再是平铺生涩的简单陈述，而是一种富含激情和神异景象的瑰丽画卷，朱蒙的出生因而也就更为五光十色，更加非同寻常，而作者自身的情感也得到了满意的表达。

相关中、朝正史中，关于朱蒙建国前后的具体细节并无太多言语，而在《东明王篇》中，朱蒙建国之伟大行迹被给予热情赞笔。李奎报笔下的朱蒙，在尚未建国之前，便表现出了非凡的才能和智慧，这具体则通过夫余王对朱蒙的提防和朱蒙选择良马时所独具之慧眼这种侧面描写来体现："王令往牧马，欲以试厥志。自思天之孙，斯牧良可耻。扪心常窃道，吾生不如死。意将往南土，立国立城市。为缘慈母在，离别诚未易。其母闻此言，潜然抆清泪：'汝幸勿为念，我亦常痛瘰。'士之涉长途，须必凭骏骃。相将往马闲，即以长鞭捶。群马皆突走，一马骍色斐。跳过二丈栏，始觉是骏骥。潜以针刺舌，酸痛不受饲。不日形甚瘰，却与驽骀似。尔后王巡观，予马此即是。得之始抽针，日夜屡加喂。"一位有着远大志向青年才俊的形象跃然纸上，尤其是对朱蒙巧计择马离奇传说的神奇描写，刻画惟妙惟肖，甚至是摄人魂魄。而朱蒙逃离夫余渡淹滞一节，李奎报则继承了《论衡·吉验》《好太王碑》《魏书》等文献中鱼鳖为桥济朱蒙之神奇描写传统，并以自己独有的诗性语言将这一传说再次加以演绎："暗结三贤友，其人共多智。南行至淹滞，欲渡无舟舣。秉策指彼苍，慨然发长喟。天孙河伯甥，避难至于此。哀哀孤子心，天地其忍弃。操弓打河水，鱼鳖骈首尾。屹然成桥梯，始乃得渡矣。俄尔追兵至，上桥桥旋圮。双鸠含麦飞，来作神母使。形胜开王都，山川郁嵯峨。自坐茀蕝上，略定君臣位。"通过对照李奎报以前关于朱蒙的神话传说我们不难发现，关于朱蒙渡河后"双鸠含麦飞，来作神母使"这一情节，是李奎报以前相关朱蒙作品中所不曾有过的，很明显李奎报是据最新的传说素材及时予以了增益，而在注解文字里李奎报的描写更为浪漫神奇："朱蒙临别，不忍暌违。其母曰：'汝勿以一母为念。'乃裹五谷种以送之。朱蒙自切生别之心，忘其麦子。朱蒙息大树之下，有双鸠来集。朱蒙曰：'应是神母使送麦子。'乃引弓射之，一矢俱举。开喉得麦子，以水喷鸠，更苏而飞去。"据《三国史记》，汉建昭二年（前37），朱蒙族系建国，其后便开始了开国后重要一役，即对沸流国的征讨。这次朱蒙建立国家伊始的重要军事行动，得到了李奎报热情的歌颂：

> 咄哉沸流王，何奈不自揆。苦矜仙人后，未识帝孙贵。徒欲为附庸，出语不慎葸。未中画鹿脐，惊我倒玉指。来观鼓角变，不敢称我器。来观屋柱故，咋舌还自愧。东明西狩时，偶获雪色麂。倒悬蟹原上，敢自咒而谓。天不雨沸流，漂没其都鄙。我固不汝放，汝可助我蕝。鹿鸣声甚哀，上彻天之耳。霖雨注七日，霈若倾淮泗。松让甚忧惧，沿流谩横苇。士民竞来攀，流汗相腭眙。东明即以鞭，画水水停沸。松让举国降，是后莫予訾。

李奎报对朱蒙征服沸流的活动予以夸张而热情的描述，尤其是朱蒙之箭射玉指环而碎、松让使者观屋柱而咋舌、朱蒙以鞭停水沸等情节，联想丰富、语言清新热情，充分体现出诗人对自己心目中理想民族祖先的强烈热爱。而关于这一降服沸流国的伟大胜利和李奎报对朱蒙征服沸流的歌颂，当今韩国学者亦热情称颂曰："在与周边政治势力混合的过程中，南下的朱蒙集团实现了对鸭绿江流域原住政治势力松让国的统合。对此，李奎报在其《东国李相国集·东明王篇》中有很好的描述。在这篇文章中，我们可以清楚地看到朱蒙压倒性征服原住土著政治势力盟主松让的过程。

朱蒙以其闻名于扶余的'善射'之技制服了松让。"①

《东明王篇》中，继朱蒙故事后，李奎报谈到了高句丽第二代王类利之事。据《三国史记》："琉璃明王立，讳类利，或云孺留，朱蒙元子，母礼氏。初，朱蒙在扶余，娶礼氏女有娠。朱蒙归后乃生，是为类利。幼年出游陌上弹雀，误破汲水妇人瓦器。妇人骂曰：'此儿无父，故顽如此。'类利惭，归问母氏：'我父何人？今在何处？'母曰：'汝父非常人也，不见容于国，逃归南地，开国称王。归时谓予曰：汝若生男子，则言我有遗物，藏在七棱石上松下，若能得此者，乃吾子也。'类利闻之，乃往山谷，索之不得，倦而还。一旦在堂上，闻柱础间若有声，就而见之，础石有七棱。乃搜于柱下，得断剑一段。遂持之与屋智、句邹、都祖等三人行至卒本。见父王，以断剑奉之。王出己所有断剑合之，连为一剑。王悦之，立为太子，至是继位。"② 金富轼该段关于类利的文字中，讲到类利弹破妇人瓦器并遭"此儿无父，故顽如此"之责骂，从而问母寻父的浪漫曲折故事。但在《东明王篇》中，这一记载则被进一步敷衍，因而更显完整，情节亦更离奇，人物塑造更加丰满。试看《东明王篇》中李奎报的如下一段夹注：

> 类利少有奇节云云。少以弹雀为业，见一妇戴水盆，弹破之。其女怒而詈曰："无父之儿，弹破我盆。"类利大惭，以泥丸弹之，塞盆孔如故。归家问母曰："我父是谁？"母以类利年少，戏之曰："汝无定父。"类利泣曰："人无定父，将何面目见人乎？"遂欲自刎，母大惊，止之曰："前言戏耳。汝父是天帝孙、河伯甥。怨为扶余之臣，逃往南土，始造国家，汝往见之乎？"对曰："父为人君，子为人臣。吾虽不才，岂不愧乎？"母曰："汝父去时，有遗言：吾有藏物七岭七谷石上之松，能得此者，乃我之子也。"类利自往山谷，搜求不得，疲倦而还。类利闻堂柱有悲声，其柱乃石上之松木，体有七棱，类利自解之曰："七岭七谷者，七棱也。石上松者，柱也。"起而就视之，柱上有孔，得毁剑一片。大喜。前汉鸿嘉四年夏四月，奔

---

① ［韩］琴京淑：《高句丽初期的中央政治结构——以诸加会议和国相制为中心》，载韩国高句丽研究财团编《韩国高句丽史研究论文集》，韩国高句丽研究财团2006年版，第146页。

② ［高丽］金富轼：《三国史记》卷十三，琉璃王。

高句丽。以剑一片,奉之于王。王出所有殷剑一片合之,血出连为一剑。王谓类利曰:"汝实我子。有何神圣乎?"类利应声,举身耸空,乘牖中日,示其神圣之异。王大悦,立为太子。

　　较之于金富轼相关类利的描述,李奎报关于类利的文字中,增加了较多想象的内容,其中如"类利大惭,以泥丸弹之,塞盆孔如故"、朱蒙问于类利之语、"类利应声,举身耸空"以及类利母言类利之父为天帝孙、河伯甥等离奇情节,是《三国史记》相关描写中所不曾有的。综上,李奎报对相关类利历史和传说材料的进一步有机加工与杂糅化一,有利于突出类利不愧为朱蒙之子的神奇与能耐,并充分体现出诗人自身对类利的热爱和对历史文化的珍视。

　　由于受儒家不语怪力乱神思想等因素的影响,中国神话的留存状态不免受到影响。袁珂先生即就此曰:"它的散碎的情况,照旧的图书分类法,简直可说是在经、史、子、集四部里都有。而且有些资料,还须求之于书注,或类书征引的佚亡古书,或古书的佚文。"[1] 美国学者浦安迪亦云:"如果我们肯定神话具有保留'前文字记载时代'的传说(preliterary lore)的功能,那么,西方神话注重保留的是这些传说中的具体细节,而中国神话注重保留的却只是它的骨架和神韵,而缺乏对于人物个性和事件细节的描绘。"[2] 然观高丽李奎报《东明王篇》,则作者虽受中国文学影响深刻,但在前人基础上,李奎报通过较多具体细节和人物个性的描写,将东明王神话加以了史诗性叙事,此不啻为真知灼见。当然,东明神话也遭到了一些人的误解。丽末鲜初朱子学说的积极倡导者郑道传(1342—1398)即云:"若朴氏、昔氏、金氏,相继称'新罗';温祚称'百济'于前,甄萱称'百济'于后;又高朱蒙称'高句丽',弓裔称'后高丽',王氏代弓裔,仍袭'高丽'之号。皆窃据一方,不受中国之命,自立名号,互相侵夺。虽有所称,何足取哉?"[3] 作为朝鲜王朝的开国重臣,郑道传为表明朝鲜王朝的正统性、李成桂空前绝后之德以及"朝鲜"国号之美雅,武断地对诸多真实历史人物予以批评,可想而知,对有"怪

---

① 袁珂编著:《中国神话传说词典》,上海辞书出版社 1985 年版,序。
② [美]浦安迪:《中国叙事学》(第二版),北京大学出版社 2018 年版,第 49 页。
③ [朝鲜]郑道传:《三峰集》卷七,朝鲜经国典上,国号。

力乱神"之虞的朱蒙神话传说，三峰先生自然更难以容忍。随着程朱理学在朝鲜半岛的根深蒂固，轻视民族神话传说、否定其重要意义之趋向益发突出。如朝鲜王朝初期，著名文人徐居正写就《笔苑杂记》，"成化丙午（1486）仲冬有日，门人通善郎掌隶院司议表沿沫序"曰："盖《笔谈》谈林下之阅见，《言行录》录名臣之实迹。而是篇殆兼之，岂若《搜神》《杂俎》等编，摘奇抉怪，夸涉猎之广博，供谈者之戏剧而止耶？"①朝鲜王朝中期时，轻视神话传说的做法依然未变，著名文人柳馨远（1622—1673）即就东明神话如是曰："谓檀君娶河伯女，而东明之母，又是河伯女也。自檀君以至三国丽祖，王者之兴多矣，而不出于卵，则必出于金椟；王妃不是河伯之女，则必是龙女。二者之外，更无他端。其造诡之术，亦狭而不博矣！"②柳馨远生活的时代，正是朱子学说在朝鲜半岛大行其道之际，时距朝鲜王朝理学双璧李滉、李珥去世亦尚不远，儒家思想浸染朝鲜半岛日久且深，朝鲜王朝士人遂难以接受李奎报等前代士人看似"怪力乱神"或有违儒家方正端雅标准之言行，柳馨远关于东明神话的讥讽之辞因而更具代表性。茅盾先生在讲到中国文学的现实主义精神时说："中国神话并没有全部保存下来，只剩了片段。可是这一点点片段，就值得我们深思。我们的先人设想宇宙的起源，颇有唯物主义的色彩。"③茅盾先生接下来进一步道："我们的初期文学（诗经）中所表现的人道主义和现实主义的精神就这样有了它的渊源。从中国神话（虽然只是片段）看来，'神话的现实主义'一词是有根据的，而有些人却对它抱了嘲笑的态度，是不恰当的。"④应该说，"神话的现实主义"一词同样适合于归纳《东明王篇》的真正特质，但是，柳馨远以及其他一些士人并未从李奎报所处的具体时代设身处地去思考东明神话流行的深层原因，因而也就难以洞悉《东明王篇》创作的深意和作者的美好用意，"却对它抱了嘲笑的态度，是不恰当的"。

---

① ［朝鲜］徐居正：《笔苑杂记·序》，见蔡美花、赵季主编《韩国诗话全编校注》第一册，人民文学出版社 2012 年版，第 249 页。

② ［朝鲜］柳馨远：《磻溪杂稿》，东史怪说辨，见首尔大学校宗教问题研究所、尹以钦编《檀君—그 이해와 자료》，서울대학교출판부 1994 年版，第 450 页。

③ 茅盾：《夜读偶记》，百花文艺出版社 1958 年版，第 31 页。

④ 同上书，第 33 页。

三　《东明王篇》与相关中国文学作品的关系

《东明王篇》充分表达了作者对自己心目中民族始祖的热爱和歌颂之情，而我们在感叹诗人文笔之美和感情之真挚的同时，也可感受到《东明王篇》所具有的强烈中国文化气息，更能对以下韩国孙晋泰先生的话有深入理解："从远古开始，朝鲜民族文化就不是孤立的文化，而是作为世界文化的一环而存在。"① 中国与朝鲜半岛在朱蒙神话传说的流传上存在着一种事实上的互动关系，《东明王篇》的创作确曾汲取了中国相关典籍的叙事模式和叙事风格，我们不妨就此进行考察。

首先，就《东明王篇》中关于朱蒙诞生的情节而言，李奎报的描写实际并非首创，而是对前代朱蒙传说和记录传统的继承和再次加工。我们先就有关朱蒙降生的主要历史记录作一由远而近的梳理。前文已述，公元1 世纪中国东汉王充的《论衡·吉验》中即已记载朱蒙母亲关于朱蒙诞生奇异状况之言说："有气大如鸡子，从天而下，我故有娠。"而在建于公元 414 年的《好太王碑》中提及朱蒙父母和朱蒙降生时则曰："天帝之子，母河伯女郎。剖卵降出，生而有圣……"而与《好太王碑》基本同时的《冉牟墓志》也有类似说辞。其后《魏书》中则引用朱蒙族系的说法记录曰："朱蒙母河伯女，为夫余王闭于室中，为日所照，引身避之，日影又逐。既而有孕，生一卵，大如五升。"到了高丽时代，官修的《三国史记》中依据前代记录和传说就朱蒙之母生朱蒙的情节写道："为日所照，引身避之，日影又逐而照之。因而有孕，生一卵，大如五升许。"最后到李奎报《东明王篇》时，朱蒙出生的情景则是："怀日生朱蒙，是岁岁在癸。骨表谅最奇，啼声亦甚伟。初生卵如升，观者皆惊悸。"关于朱蒙降生的诸家说辞，尽管叙述形式与文字有所区别，但在朱蒙系卵生这一点上，各方叙述却是相同的。而从关于朱蒙降生的中、朝双方历史文献载体来看，存在着双边互动的情况。由此我们不难推知：关于朱蒙的神话最初传入中原时，被《论衡》《魏书》等记载，尽管王充并未提到关于朱蒙的材料来源，但《魏书》中"出于夫余，自言先祖朱蒙"这种陈述应该可以表明，王充的记载也非空穴来风，而是言有所本，最有可能的依据亦当属朱蒙族系的自述。中原典籍依据朱蒙族系的表述记载了朱蒙神话，而

---

① ［韩］孙晋泰：《朝鲜民族故事研究》，全华民译，民族出版社 2008 年版，序言。

反过来，朱蒙族系乃至以后的高丽人又据各自族群中流传的朱蒙神话并参照中原的相关记载进一步对朱蒙神话进行了加工，从《论衡·吉验》到《好太王碑》《冉牟墓志》再到《魏书》，关于朱蒙卵生的神话在中原和东北亚之间进行着互动与交换。这种朱蒙神话上的互动情况其结果便是旧《三国史》关于朱蒙神话的出现，其后金富轼《三国史记》中则出现朱蒙父母分别为解慕漱和柳花的材料增益，并也为李奎报《东明王篇》的创作提供了直接、短近的材料参考。《东明王篇》序文言道："世多说东明王神异之事。……及读《魏书》《通典》，亦载其事。然略而未详，岂详内略外之意耶？"这也说明，李奎报在参考旧《三国史》、金富轼《三国史记》等关于朱蒙的记述之外，也同样参考了中国关于朱蒙的神话记录，并且《魏书》《通典》记述之略成为其创作《东明王篇》的一个重要原因。

　　而类似的圣人卵生描述，在中国典籍中也有迹可循，最典型者当属《诗经·商颂·玄鸟》中关于商朝人祖先契之降生："天命玄鸟，降而生商。"郑玄笺曰："天使鳦下而生商者，谓鳦遗卵，娀氏之女简狄吞之而生契，为尧司徒，有功，封商。"[①]《史记·殷本纪》也有云："殷契，母曰简狄，有娀氏之女，为帝喾次妃。三人行浴，见玄鸟堕其卵，简狄取吞之，因孕生契。契长而佐禹治水有功。……封于商，赐姓子氏。"[②] 而关于商朝人之源起，学界多认为其源自于中国东北，而中国东北与朝鲜半岛又相毗邻，因而，关于商朝人卵生起源的神话无疑与朝鲜半岛朱蒙卵生神话传说有着一定的关联。曾有学者如是曰："所有的'卵生殖'都隐含着'鸟'崇拜，它们是属于以'鸟'为族徽的氏族。"[③] 此言颇具道理。有事实证明，朱蒙族系的远祖与商朝人的远祖同出一脉，皆以鸟为图腾崇拜。在遥远的古代，当商人始祖离开朱蒙族系的祖先等东夷诸部由中国东北进入中原时，其关于祖先卵生的神话也一并内播到了广袤的中原。当公元前1600年左右商汤正式建立的商朝于公元前1046年灭亡后，其关于祖先卵生的神话却最终被记载在《诗经》当中。而当商朝灭亡千年后留居

---

　　① （清）马瑞辰撰，陈金生点校：《毛诗传笺通释》卷三十二，中华书局1989年版，第1173页。

　　② （汉）司马迁：《史记》卷三。

　　③ 严绍璗：《东亚文明进程黎明期的文化研究》，载延边大学亚洲研究中心编《朝鲜—韩国文学与东亚》，延边大学出版社2009年版，第77页。

中国东北的夫余人建立朱蒙族系国家并试图构建自己民族的起源历史时，其关于祖先卵生的神话业已发生与商朝人祖先诞生神话既相联系又相有异的变化。而同时，包括《商颂·玄鸟》在内的《诗经》等中国典籍无疑对朱蒙族系产生不小的影响，从朱蒙之子类利（即朱蒙族系琉璃王）所作《黄鸟歌》我们可以推断这一点。《黄鸟歌》曰："翩翩黄鸟，雌雄相依。念我之独，谁其与归？"① 曾有学者曰："朝鲜上古诗歌对《诗经》的接受，主要表现在诗歌主旨表达、艺术表现手法的使用、现实主义创作精神和情感抒发模式的运用等方面。深入剖析《公无渡河》《黄鸟歌》《龟旨歌》三首朝鲜上古诗歌，可以对此有比较明确的了解。"② 因此，在关于自己始祖的官方记述中，建国后的朱蒙族系有意无意间便以中原汉人的思维模式以及《诗经》等的叙事语言对流传在民间的朱蒙卵生神话加以了改造，这种参照中国《诗经》等典籍之叙事思维和叙事方式对朱蒙神话加以敷衍的行为遂被朱蒙族系视为一种光荣之举，并成为了一种传统，更一直延续到高丽时代。到《东明王篇》时，关于朱蒙的传说文字业已大为扩展，情节更为曲折离奇，人物也由起初的模糊状态走向高丽时代的有名有姓。我们不妨就《东明王篇》对中国相关叙事思维和叙事方式的吸收略作探讨。

　　《东明王篇》在谈到朱蒙降生以后的情形时，如是言道："初生卵如升，观者皆惊悸。王以为不祥，此岂人之类。置之马牧中，群马皆不履。弃之深山中，百兽皆拥卫。"而这种叙述却与《诗·大雅·生民》关于周人始祖弃降生后的情景描写惊人相似，试看后者："诞置之隘巷，牛羊腓字之。诞置之平林，会伐平林。诞置之寒冰，鸟覆翼之。鸟乃去矣，后稷呱矣。实覃实訏，厥声载路。"《史记·周本纪》则有中心思想相同的叙述：

　　　　周后稷，名弃。其母有邰氏女，曰姜原。姜原为帝喾元妃。姜原出野，见巨人迹，心忻然说，欲践之，践之而身动如孕者。居期而生子，以为不祥，弃之隘巷，马牛过者皆辟不践；徙置之林中，适会山林多人，迁之；而弃渠中冰上，飞鸟以其翼覆荐之。姜原以为神，遂

① 　［高丽］金富轼：《三国史记》卷十三，琉璃王。
② 　于衍存、黄妍：《试论朝鲜上古诗歌对〈诗经〉的接受》，《东疆学刊》2008 年第 4 期。

收养长之。初欲弃之，因名曰弃。①

前文已述，朱蒙族系中，如琉璃王等接触汉诗并以汉诗形式进行熟练创作为时很早，这一点也是值得肯定的，"朝鲜史学界一些人认为早在公元 1 世纪初，就有朝鲜人背诵《诗经》《书经》《春秋》等中国的经书，这说明当时朝鲜已有不少专学经书者"②。因而，《诗经》《史记》中关于周人祖先降生后的情景描写无疑会影响到朱蒙族系对其始祖降生情景的描写语言，于是，朱蒙降生后便出现了与周人始祖降生情景相同的种种神异现象，并辗转为中国史籍所记载。前述《论衡·吉验》中，谈到北夷橐离国王侍婢生下朱蒙后出现种种神异："捐于猪溷中，猪以口气嘘之，不死；复徙置马栏中，欲使马藉杀之，马复以口气嘘之，不死。"而《魏书》则记载曰："夫余王弃之与犬，犬不食；弃之与豕，豕又不食；弃之于路，牛马避之；后弃之野，众鸟以毛茹之。夫余王割剖之，不能破，遂还其母。"到了高丽时代，这种记述被金富轼作为信史采录入《三国史记》，其后又五十年左右，李奎报就此进一步加以阐发，成为《东明王篇》中的重要一节。

《东明王篇》中，朱蒙之父为天帝之子。关于天帝之子解慕漱，李奎报写道："自古受命君，何是非天赐。白日下青冥，从昔所未视。朝居人世中，暮反天宫里。"而朱蒙之母为河伯之女，李奎报在注解文字里刻画她是"神姿艳丽，杂佩锵洋，与汉皋无异"，如上关于朱蒙以及朱蒙父母的描写无疑是有意而为之的夸赞与安排，其意义在于突出朱蒙之不凡身世，使其身份更加具有神秘色彩，并宣扬了"君权天授"下朱蒙为王的合理性与合法性。而这种笔法在中国文献里也是可以找到先例的。如在《诗经·商颂·长发》中就如是言道："濬哲维商，长发其祥。洪水芒芒，禹敷下土方。外大国是疆，幅陨既长。有娀方将，帝立子生商。"而"此诗'帝立子生商'亦谓立有娀之女子为妃而生契，因契受封于商，遂以生契为生商耳"③。商朝人的始祖被描述为是天帝派来统治下界之神。而这种把天帝和始祖联系到一起的做法并非孤例，如在《诗经·大雅·生

---

① （汉）司马迁：《史记》卷四。
② 姜孟山主编、李春虎副主编：《朝鲜通史》第一卷，延边大学出版社 1992 年版，第 128 页。
③ （清）马瑞辰撰，陈金生点校：《毛诗传笺通释》卷三十二，中华书局 1989 年版，第 1173 页。

民》中关于周人始祖的降生，同样有着一个上帝背景。且看："厥初生民，时维姜嫄。生民如何？克禋克祀，以弗无子。履帝武敏歆，攸介攸止。载震载夙，载生载育，时维后稷。诞弥厥月，先生如达。不坼不副，无菑无害。以赫厥灵，上帝不宁。不康禋祀，居然生子。"周人始祖的降生同样充满了神秘感和崇高的使命感，但是，周人始祖降生的神奇一幕是在天帝的安排之下发生的，并且"克禋克祀，以弗无子"这种语言与李奎报《东明王篇》中"兹非悦纷华，诚急生继嗣"有着异曲同工之妙，都对各自心目中始祖的诞生赋予神圣秉质和伟大使命。

《东明王篇》中提到河伯女时有"长女曰柳花，是为王所止"之语。因此，河伯与朱蒙父亲、天帝之子解慕漱比武："涟漪碧波中，河伯化作鲤。王寻变为獭，立捕不待跬。又复生两翼，翩然化为雉。王又化神鹰，抟击何大鸷。彼为鹿而走，我为豺而趡。"这段描写不禁令人想到《说苑》中伍子胥给吴王的谏言："昔白龙下清泠之渊，化为鱼，渔者豫且，射中其目，白龙上诉天帝。天帝曰：'当是之时，若安置而形？'白龙对曰：'我下清泠之渊，化为鱼。'天帝曰：'鱼固人之所射也，若是豫且何罪？'"[1]《楚辞·天问》中也曰："帝降夷羿，革孽夏民，胡射夫河伯，而妻彼雒嫔？"朱熹就该断文字曰："《传》曰：河伯化为白龙，游于水旁，羿见射之，眇其左目。羿又梦与雒水神宓妃交。亦妄言也。"[2] 尽管朱熹以"妄言"看待《天问》所述，但后羿与河伯相斗且"妻彼雒嫔"的描写与解慕漱为了柳花而与河伯相斗的刻画有着情节上的联系，这则是不争的事实。《东明王篇》中提到解慕漱降服河伯之后的情景："河伯知有神，置酒相燕喜。伺醉载革舆，并置女于辖。意令与其女，天上同腾骞。其车未出水，酒醒忽惊起。取女黄金钗，刺革从窍出。独乘赤霄上，寂寞不回骑。"与这一描写有所类似者，是《九歌·河伯》中如下一段话："与女游兮九河，冲风起兮水横波。乘水车兮荷盖，驾两龙兮骖螭。"在《九歌·河伯》中，河伯与"我"共游九河，且"我"的态度积极主动，而在《东明王篇》里，河伯女是在河伯操纵下被动进入解慕漱革舆；河伯与"我"同游九河，乘双龙车，河伯女欲与解慕漱共同腾骞天际而

---

① （汉）刘向撰，向宗鲁校证：《说苑校证》卷九，中华书局1987年版，第237页。
② （宋）朱熹撰，蒋立甫校点：《楚辞集注》卷三，上海古籍出版社、安徽教育出版社2001年版，第60页。

不果，解慕漱"独乘赤霄"。可见，《楚辞》等中国文学作品对李奎报笔下解慕漱形象的塑造产生过重要的启发作用。

解慕漱与柳花结婚，却迅速离去。因为河伯认为柳花有辱家门，于是乎，"河伯责厥女，挽吻三尺弛。乃贬优渤中，唯与婢仆二。渔师观波中，奇兽行驱骏。乃告王金蛙，铁网投溁溁。引得坐石女，姿貌甚堪畏。唇长不能言，三截乃启齿"。对如上《东明王篇》中的叙述，李奎报援引《旧三国史》作注曰：

> （河伯）令左右绞挽女口，其唇吻长三尺，唯与奴婢二人，贬于优渤水中。优渤，泽名，今在太伯山南。……渔师强力扶邹告曰："近有盗梁中鱼而将去者，未知何兽也。"王乃使鱼师以网引之，其网破裂。更造铁网引之，始得一女，坐石而出。其女唇长不能言，令三截其唇乃言。

以上李奎报诗篇段落以及所作注解材料，与中国南朝刘义庆《幽明录》所载河伯女以及石头的故事有较大关联，试看后者："阳羡县小吏吴龛，有主人在溪南。尝以一日乘掘头舟过水，溪内忽见一五色浮石，取内床头。至夜，化成女子，自称是河伯女。"① 李奎报、刘义庆笔下的女子皆为河伯女；都有涉于石，前者"坐石而出"，后者则由五色石化为女子；前者是三截其唇乃言，而后者则是至夜化女自称河伯女。因而，这诸多的相似之处并非偶然，而是存在前后的影响与继承关系。

在《东明王篇》中，李奎报如此描述朱蒙逃离夫余而"南行至淹滞，欲渡无舟舣"时出现的神奇："秉策指彼苍，慨然发长喟。天孙河伯甥，避难至于此。哀哀孤子心，天地其忍弃。操弓打河水，鱼鳖骈首尾。屹然成桥梯，始乃得渡矣。"而关于该段诗句的注解材料中则如是言道：

> 欲渡无舟，恐追兵奄及，乃以策指天，慨然叹曰："我天帝之孙，河伯之甥，今避难至此。皇天后土，怜我孤子，速致舟桥。"言讫，以弓打水，鱼鳖浮出成桥，朱蒙乃得渡。良久追兵至。

---

① （南朝）刘义庆撰，郑晚晴辑注：《幽明录》卷一，吴龛，文化艺术出版社1988年版，第13页。

　　李奎报笔下这一扣人心弦的描写无论就情节而言还是就其中所涉及的形象而论，皆有着明显中国文学暨文化的影子。屈原《九歌·河伯》中有云："灵何为兮水中，乘白鼋兮逐文鱼。"王逸《楚辞章句》曰："言河伯之屋，伟好如是，何为居水中而沉没也"，"大鳖为鼋，鱼属也。逐，从也。言河伯游戏，远出乘龙，近出乘鼋，又从鲤鱼也。"① 而晋人崔豹则有曰："乌贼鱼，一名河伯度事小吏。兖州人呼赤鲤为赤骥，谓青鲤为青马，黑鲤为玄驹，白鲤为白骐，黄鲤为黄雉。……龟名玄衣督邮，鳖名河伯从事。江东呼青衣鱼为婢鱲，呼童子鱼为土父，呼鼍为河伯使者。"②《九歌·河伯》还曰："波滔滔兮来迎，鱼鳞鳞兮媵予。"关于该句，王逸《楚辞章句》曰："媵，送也。言江神闻己将归，亦使波流滔滔来迎，河伯遣鱼鳞鳞侍从而送我也。"③ 因此，与朱蒙南逃并渡河等情节有关的骏骥、鱼鳖、河伯、浮桥等，其在《东明王篇》中的出现并非空穴来风，鱼鳖做桥渡朱蒙的一幕与《九歌·河伯》《古今注》等有着实实在在的关联。如果再深入考察，则与其他中国典籍与文化，尤其是"鹊桥渡织女"神话有很大联系。"鹊桥渡织女"在中国起源很早。宋代《岁时广记》中，作者即引《风土记》和《淮南子》中语分别言道，"织女七夕当渡河，使鹊为桥"，"乌鹊填河成桥，而渡织女"④ 而在"水上浮"条目中，作者如此曰："《东京梦华录》：禁中及贵家与士庶等，为时物追陪，七夕以黄蜡铸为牛女人物，及凫雁、鸳鸯、鸂鶒、鱼龟、莲荷之类，彩绘金缕，谓之'水上浮'，以供牛女。"⑤《东京梦华录》中所记七夕风俗内容丰富多样，其源起亦很早，并经过了长久的历史沉淀后形成作者孟元老所属之宋代时期风俗面貌。

　　不难看出，一方面，在故事框架安排上，"鹊桥渡织女"与"鱼鳖成桥渡朱蒙"中的飞禽和水族、银河和淹滞、织女和朱蒙存在着结构上的对应关系，另一方面，中原文化暨文献中的乌鹊等鸟禽、鱼龟、莲荷之类，系东北亚文献《好太王碑》《东明王篇》《三国史记》相关朱蒙神话中"连葭浮龟""鱼鳖浮出成桥"诸叙事的事实来源。从高丽时代文人笔

① （汉）王逸撰，黄灵庚点校：《楚辞章句》卷二，上海古籍出版社2017年版，第61页。
② （晋）崔豹：《古今注》卷中，鱼虫第五。
③ （汉）王逸撰，黄灵庚点校：《楚辞章句》卷二，上海古籍出版社2017年版，第61页。
④ （宋）陈元靓编：《岁时广记》卷二十六。
⑤ 同上。

下所反映的题材来看，"鹊桥渡织女"这一神话确是高丽时期文人所常入诗之选，李奎报的前辈林椿曾作咏史诗《七夕》三首，其一曰："银河清浅月华饶，也喜神仙会此宵。多少人间乌与鹊，年年辛苦作仙桥。"① 而李奎报在《读林椿诗》中评价林诗曰："一枝丹桂虽无分，百首清诗合有声。"（《东国李相国集·全集卷十》）李奎报所谓林椿"百首清诗"中也应该包括《七夕》。当然，作为被高丽时代文人所普遍熟悉的题材，"鹊桥渡织女"神话之于林椿、李奎报以及其他文人的创作所产生的影响整体而言是同步的。李奎报《复次韵李侍郎所著女童诗》一诗中"恒娥必愧空奔月，织女当惭也渡河"（《东国李相国集·后集卷八》）句也表明他对"鹊桥渡织女"等中国神话传说故事是相当了解的，因此《东明王篇》中"鱼鳖成桥渡朱蒙"这一情节中实际也是融入了"鹊桥渡织女"神话元素。

另外，正如本章在第一部分所介绍，《东明王篇》中提到关于朱蒙之子类利"得剑继父位，塞盆止人詈"一事，而在注解中李奎报用较多篇幅转写了这一故事。而类利"得剑继父位"故事情节与《越绝书》《吴越春秋》《搜神记》等中国古籍中干将、莫邪故事有诸多类似，其中尤以晋干宝《搜神记》卷十一之《三王墓》为著。在《东明王篇》中，类利向母亲打听父亲的情况，母亲告之父亲"藏物七岭七谷石上之松"，类利遂于堂柱孔中寻得毁剑，并依此见到父亲从而使断剑合二为一。《三王墓》前部分中则有莫邪子询问母亲"吾父所在"之语和依母言寻剑于堂前松柱下石砥之上得剑之描述，且看如下：

> 楚干将、莫邪为楚王作剑，三年乃成，王怒，欲杀之。剑有雌雄。其妻重身当产。夫语妻曰："吾为王作剑，三年乃成。王怒，往必杀我。汝若生子，是男，大，告之曰：'出户，望南山，松生石上，剑在其背。'"于是即将雌剑往见楚王。王大怒，使相之："剑有二，一雄一雌。雌来，雄不来。"王怒，即杀之。莫邪子名赤比，后壮，乃问其母曰："吾父所在？"母曰："汝父为楚王作剑，三年乃成。王怒，杀之。去时嘱我：'语汝子，出户，望南山，松生石上，剑在其背。'"于是子出户，南望，不见有山，但睹堂前松柱下石砥

① ［高丽］林椿：《西河集》卷一。

之上，即以斧破其背，得剑。日夜思欲报楚王。①

　　其后，莫邪子为报父仇，不惜自刎，付自己之头与所逢客，逢客最终替莫邪子完成报仇夙愿。《东明王篇》中的类利故事线索为"询父于母→寻剑堂柱→遇父继位"，而《三王墓》中的莫邪子故事情节发展则是"询父于母→寻剑堂柱→为父报仇"；类利因母亲"汝无定父"这一回答"遂欲自刎"，莫邪子则为报父仇而果断自刎，类利与莫邪子均有着刚烈之性格刻画。不难发现，二者情节基本相似，尽管二者存在"遇父继位"和"为父报仇"结果的差异，但这丝毫不影响《三王墓》之于《东明王篇》重要影响结论的得出。

　　中国神话、传说或志怪、传奇之于朝鲜史书产生的影响是深远而巨大的，这并不仅见于李奎报《东明王篇》，"用一个稍显过分的说法，如果可以说一直发展到近代的朝鲜文化是中国文化的一部分的话，朝鲜的民族故事中中国民间故事和小说及其他方面的影响当然也会很多"②。在漫长的中朝关系历史长河中，中国文学乃至整个中华文化对朝鲜文化有着一种长久的浸染，而朝鲜文学及其整体文化对中国文化而言也有过较多可资借鉴之处，这可谓是中朝关系史中的闪光点。

第二节　《东明王篇》的影响和伟大意义

　　李奎报《东明王篇》的问世，无疑会极大促进朝鲜半岛的民族意识和爱国觉悟，而这首先体现在文学和历史领域中对东明王事迹暨民族理想始祖的歌颂上，几乎于同一时间产生的一然《三国遗事》和李承休《帝王韵纪》充分说明了这一点。本部分将就《东明王篇》和《三国遗事》之间、《东明王篇》和《帝王韵纪》之间的文本影响和思想启发关系作一探讨，以期就《东明王篇》之于其后整个高丽文坛所具有的意义作一管窥。由于《三国遗事》与《帝王韵纪》在体裁、题材、内容范围等方面所存在的差异，因而，在接下来的第一部分中，本书将就《东明王篇》和《三国遗事》与《帝王韵纪》的关联问题作分别讨论，以期就相互文

---

① （晋）干宝撰，马银琴译注：《搜神记》，中华书局2012年版，第240—241页。
② ［韩］孙晋泰：《朝鲜民族故事研究》，全华民译，民族出版社2008年版，第7页。

本之间的影响问题作一可能的研究尝试。

一 《东明王篇》在文本内容方面的影响

（一）《东明王篇》与《三国遗事》的联系

关于这一问题之探讨，我们不妨先将眼光投向更具历史特色的《三国遗事》。"《三国遗事》是一部不朽的历史名著。她是韩国第一部通史性著作、第一部系统而完整的佛教史著作，又是韩国上古文学的宝库，在史学、宗教学、文学上都具有重大文化价值。"① 而通过考察《三国遗事》，我们可以发现其之于旧《三国史》《三国史记》《东明王篇》等前人成果的吸收与继承。愚意以为，《东明王篇》与《三国遗事》之间的联系与影响是有迹可循同时又极具意义的，因此，本部分将尝试着重就此问题作一钩沉。

首先我们不妨就情节角度入手作一考察。在《东明王篇》中，河伯质问解慕漱之本事，曰："君是上帝胤，神变请可试。"其后两人便展开激烈的比试，而就朱蒙与河伯之间的比试情景，李奎报如是描写道："涟漪碧波中，河伯化作鲤。王寻变为獭，立捕不待跬。又复生两翼，翩然化为雉。王又化神鹰，抟击何大鸷。彼为鹿而走，我为豺而趡。河伯知有神，置酒相燕喜。"而在《三国遗事》中，伽耶国建立后首露王遇到了琓夏国脱解的权力挑战。且看脱解与首露王之间的交锋：

> （脱解）语于王云："我欲夺王之位，故来耳。"王答曰："天命我俾即于位，将令安国中，而绥下民，不敢违天之命以与之位。又不敢以吾国吾民付嘱于汝。"解云："若尔可争其术。"王曰："可也。"②

以上言语交锋与《东明王篇》中河伯质问朱蒙之语在情景上有着类似，而一然对脱解和首露王之间比武的描写更有类李奎报笔下河伯与朱蒙的比试场景：

---

① 陈蒲清：《论〈三国遗事〉的历史地位与文化价值》，《广州大学学报》（社会科学版）2007 年第 6 期。

② ［高丽］一然：《三国遗事》卷二，驾洛国记。

　　俄顷之间，解化为鹰，王化为鹫；又解化为雀，王化为鹞。于此际也，寸阴未移。解还本身，王亦复然。

　　不难看出，一然是继承了李奎报情景描写笔法的，只不过在李奎报笔下，河伯与朱蒙是在水里、陆地、天空不同方位进行比试，而在一然那里，脱解和首露王只是在天空进行打斗。另外，《东明王篇》中是以"河伯知有神，置酒相燕喜"结束比试，而在《三国遗事》里，结局如下："解乃伏膺曰：'仆也适于角术之场，鹰之于鹫，雀之于鹞，获免焉。此盖圣人恶杀之仁而然乎。仆之与王，争位良难。'便拜辞而出。"

　　以上是就《三国遗事》之于《东明王篇》具体情节的吸收所作的研究尝试。当然得承认，《三国遗事》之于《东明王篇》情节的吸收是有限、有选择和借鉴性的，因为就情节描写而言，《三国遗事》在《东明王篇》之外的其他文献中也可进行参照。更为要者，《三国遗事》中的情节描写形成了自己独特的风格，饱含的是一然自己的心血。

　　而就创作材料来源来看，一然与李奎报似乎也存在某种共同性。有学者即总结曰："其中的一些故事确与魏晋南北朝的志怪小说有渊源关系。如新罗文武王（661—681）时期的故事《广德严庄》、景德王（742—765）时的《向德舍知割股供亲》、兴德王（826—836）时的《孙顺埋儿》等，分别与《搜神记》里的《山阳死友传》《望夫冈》《郭巨埋儿得金》和晋王嘉《拾遗记》里的《思烟台》等志怪小说有一定的类似点或关联。"[1] 该学者并就《孙顺埋儿》与《郭巨埋儿得金》之间的继承与被继承关系进行了较为详尽的论述。关于《三国遗事》"其中的一些故事确与魏晋南北朝的志怪小说有渊源关系"之论点可以从其他学者那里得到类似的研究佐证。如有学者就《三国遗事》道："第5卷《孝善》部分的5个故事：《真定师孝善双美》《大城孝二世父母》《向得割股供亲》《孙顺埋儿》《贫女养母》，都把儒家的孝道与佛教的因果报应观念结合在一起。'割股''埋儿'等情节，与中国有关故事十分相似。"[2] 事实确实这样，如在该书中有《台山月精寺五类圣众》一篇，一然于其中讲到有信孝居士者，"或云幼童菩萨化身。家在公州，养母纯孝。母非肉不食，士

---

　　①　李岩：《中韩文学关系史论》，社会科学文献出版社 2003 年版，第 356 页。
　　②　陈蒲清：《论〈三国遗事〉的历史地位与文化价值》，《广州大学学报》（社会科学版）2007 年第 6 期。

求肉出行山野。路见五鹤，射之，有一鹤落一羽而去。士执其羽，遮眼而见人，人皆是畜生，故不得肉。而因割股肉进母。后乃出家，舍其家为寺，今为孝家院”①。再如《向得舍知割股供亲（景德王代）》一篇也有“割股”内容，曰：“熊川州有向得舍知者。年凶，其父几于饿死。向得割股以给养，州人具事奏闻，景德王赏赐租五百石。”② 而如上“割股奉父母”明显有着中国“二十四孝”故事中“割肉疗亲”以及其他类似“割股”题材故事的痕迹。尽管一然在其某些作品的选材上直接借鉴或移植中国类似故事情节的迹象明显，但我们有理由相信：《三国遗事》之于中国志怪、传奇故事创作成就的借鉴，同样是受到了百年前左右问世的《东明王篇》间接之影响与启发，而《东明王篇》之作者，正是一然的前辈——文顺公李奎报。既然《东明王篇》中，河伯女优渤水坐化为石和类利寻剑即王位二事分别汲取了中国南朝《幽明录》中河伯女故事和晋《搜神记》中《三王墓》故事情节，那么《三国遗事》中，一然同样可以将中国志怪、传奇等的创作模式复制到自己的文学实践中去。

（二）对《帝王韵纪》文本的影响

接下来我们再就《东明王篇》与咏史长诗《帝王韵纪》之间的关系暨前者对后者所产生的巨大启发作一考察。关于《帝王韵纪》，其作者李承休有着与李奎报类似的特定时代背景和人生曲折。他曾说：“几年孤迹寄江山，更踏京尘一梦间。故旧皆为天上贵，困穷谁啾辙中干？相逢尽怪形容变，欲语先羞舌颊顽。曾忝金兰缘不浅，宽怀时复一弹冠。”③ 人生之不顺、为理想而上下求索的辛劳尽显无遗。朝鲜王朝学者即就李承休其人其事有曰：“动安居士李承休《咏云》诗：‘一片才从泥上生，东西南北便纵横。谓为霖雨苏群槁，空掩中天日月明。’颇含讥讽。承休仕忠烈朝为御史，言事落职，卜居头陀山，终身不仕。盖以云之掩日月以比群小壅蔽之状。”④ 对现实政治丑恶之不满是李承休与李奎报的共同之处。但二李之不同点在于：李承休愤于现状，卜居头陀山，终身不仕，而李奎报则出于报国理想，经过一段时间的思考与彷徨后终究选择了与专权武人的

---

① ［高丽］一然：《三国遗事》卷三。

② ［高丽］一然：《三国遗事》卷五。

③ ［高丽］李承休：《至元甲子到京赠崔大博守璜》，见［朝鲜］徐居正编《东文选》卷十四。

④ ［朝鲜］徐居正：《东人诗话》卷上，见蔡美花、赵季主编《韩国诗话全编校注》第一册，人民文学出版社 2012 年版，第 192 页。

合作。尽管二李经历不同，但从《帝王韵纪》与《东明王篇》的对比考察中，我们感到二者具有共同的民族意识，同时也体悟到二李于不同的外在人生模式背后所潜存的积极入世精神。以下，我们就《东明王篇》与《帝王韵纪》间的关系问题作一试探性挖掘。

首先，二者虽有五言、七言之分，但皆属长篇，并且对部分内容都采用了夹注形式。当然，更为要者还在思想与艺术特点。尽管李奎报只写东明王开国一事，而李承休则写朝鲜半岛全史，但前者对后者无论在创作思维还是在遣词用句方面都有很大启发，这从两篇咏史诗各自的篇首就可看出。在《东明王篇》中，李奎报开篇即曰："元气判沌浑，天皇地皇氏。十三十一头，体貌多奇异。其余圣帝王，亦备载经史。女节感大星，乃生大昊挚。女枢生颛顼，亦感瑶光晔。伏羲制牲牺，燧人始钻燧。生羼高帝祥，雨粟神农瑞。青天女娲补，洪水大禹理。黄帝将升天，胡髯龙自至。"而《帝王韵纪》的开篇方式与此有着惊人的相似，试看如下：

> 混沌形状如鸡子，盘古生于混沌里。生后一万八千岁，上清下浊分天地。又万八千岁之后，摄提之岁元气始。头为五岳膏为海，眼为日月盘古死。爰有三皇次第作，天皇地皇人皇氏。始作巢居号有巢，初兴火熟名为燧。下三皇者问谁钦？伏羲神农皇帝是。少昊颛顼及帝喾，唐尧虞舜五帝起。①

李奎报《东明王篇》基本围绕朱蒙建国事迹进行铺陈，而《帝王韵纪》中，尽管朱蒙建国事迹仅为其中之构成部分，但在朱蒙的刻画上，李奎报与李承休所采用的笔触特色相同。如关于朱蒙创业过程中与沸流国发生争端之一幕，李承休如是写道："沸流国王松让者，礼以后先开国争。寻为大雨所漂突，举国款附输忠诚。"② 这一场景描写可谓李奎报相关描写的简缩版。而关于东明王的离世，李奎报曰"在位十九年，升天不下莅"，而李承休则云"在位十九年九月，升天不复回云辁"。③ 二者的表达方式与用词几无二致。在《东明王篇》中，关于朱蒙之父、天帝

---

① ［高丽］李承休：《帝王韵纪》上卷。
② ［高丽］李承休：《帝王韵纪》下卷。
③ 同上。

之子解慕漱与朱蒙母柳花的初次相见充满了神奇，李奎报这样写道："自古受命君，何是非天赐。白日下青冥，从昔所未视。朝居人世中，暮反天宫里。吾闻于古人，苍穹之去地，二亿万八千七百八十里。梯栈蹑难升，羽翮飞易瘁。朝夕恣升降，此理复何尔。城北有青河，河伯三女美。擘出鸭头波，往游熊心涘。锵琅佩玉鸣，绰约颜花媚。初疑汉皋滨，复想洛水沚。王因出猎见，目送颇留意。兹非悦纷华，诚急生继嗣。三女见君来，入水寻相避。拟将作宫殿，潜候同来戏。马挝一画地，铜室欻然峙。锦席铺绚明，金樽置淳旨。蹁跹果自入，对酌还径醉。王时出横遮，惊走仅颠踬。长女曰柳花，是为王所止。"而在《帝王韵纪》中，尽管对于朱蒙，李承休并未作出类似李奎报般的刻画，但李承休却在《本朝君王世系年代》中也以"自古受命君"起笔，对高丽始祖王建的诞生进行了神奇而华美的铺陈，试看：

> 自古受命君，孰不非常类。惟我皇家系，于此尤奇异。唐肃潜龙时，游赏东山水。礼彼八珍仙，寄宿松山趾。圣骨将军孙，有女贤而美。遂合生景康，善射无伦比。欲觐天子父，寄达商人舣。及至海中央，舟乃旋流止。商人怪其然，且卜而且议。扶出置孤岩，舟行如过鹜。寻即龙王出，披诚陈所以。爰有老野狐，时时忽来此。诈现佛威仪，妖经纷说似。我即发头痛，此患难堪矣。愿子弹神弓，为我而除彼。果如其所云，毙之以一矢。龙王复出谢，引入深宫里。遂妻以长女，乞与金毛豕。兼以七宝随，载进西江涘。还来松岳居，于焉诞圣智。圣母命诶师，指此明堂谓。斯为种穄田，因以为王氏。[1]

不难看出，李承休关于高丽始祖家世的描写与李奎报关于朱蒙族系始祖家世及诞生的描写在情景、用笔、创作思维等方面如出一辙，这明白无误地传达出李承休所受李奎报创作风格的影响。其他描写如李承休关于东明王"往来天上诣天政，朝天石上骢蹄轻"[2] 之铺陈，与李奎报关于解慕漱"朝居人世中，暮反天宫里"之仙化描写在场景上也很类似，诸如此类，同一点很多。因此说李承休《帝王韵纪》中保留有深刻的李奎报

---

①　［高丽］李承休：《帝王韵纪》下卷。

②　同上。

《东明王篇》笔法痕迹。

　　李奎报对李承休的启发更多体现在《帝王韵纪》所呈现出的独特性上。一方面，李奎报《东明王篇》仅就朱蒙族系国家之肇始进行刻画与歌颂，应该说这是围绕着"点"来进行咏史诗的铺陈，而李承休则是将檀君直到高丽忠烈王十三年（1287）之间三千六百余年的历史进行了纵向的"线"性描述。另一方面，李承休在对朱蒙族系国家肇始事迹进行吟诵之同时，也用了基本相当的篇幅对与之同时期的百济、新罗之历史进行吟诵，并推而广之，在《帝王韵纪》上卷中将与朝鲜半岛关系密切的中国三皇五帝以来的历史加以了吟诵，这就在具备纵向吟诵特征之同时又具有了横向比较特点。因此，较之于《东明王篇》"点"性之刻画，《帝王韵纪》呈现出的是全景式的"面"性刻画，它因而也就具有了更为宏阔的视野。尽管如此，我们仍不能说，《帝王韵纪》"面"性创作是李承休个人之完全独创，因为其创作思路实际未脱李奎报窠臼。还有特别重要的一点是，与《东明王篇》一道构成李奎报咏史长诗双璧的《次韵吴东阁世文呈诰院诸学士三百韵诗》中，李奎报在作品开篇以十分之一的篇幅就新罗的历史、文化、风俗、地理等作了言简意赅的概括。尽管置于朝鲜半岛之整体历史与文化，李奎报关于新罗的赞美不免单薄并呈现出局部历史文化刻画之特征，但若从《次韵吴东阁世文呈诰院诸学士三百韵诗》中单独抽出此一部分加以考察，我们则发现，它对新罗一朝历史之吟实际也是全景式的。因此，《次韵吴东阁世文呈诰院诸学士三百韵诗》对《帝王韵纪》之启发作用同样不可低估。《帝王韵纪·卷下》之《本朝君王世系年代》部分，篇幅宏大，既具有《东明王篇》强烈的浪漫艺术之特质，也具有《次韵吴东阁世文呈诰院诸学士三百韵诗》篇首部分就新罗断代史而吟的特征。而综合比较而言，正是由于李奎报《东明王篇》"点"性的刻画和《三百韵诗》中仅就新罗历史文化——而非朝鲜半岛自檀君以降之整体历史——进行的刻画，作者的笔墨因而更便于集中，也更能写出生气，这是《帝王韵纪》有类项链串珠般的语言所难以比拟的。此亦《东明王篇》较之同为咏史诗的《帝王韵纪》更具影响力的原因所在。当然，被高丽忠烈王誉为"非止文才吏用当时罕比，忠诚劲节能格君心之非"① 的李承休，能尝试将通史的理念引入咏史诗并就朝鲜半岛整体历史

---

① ［朝鲜］郑麟趾等：《高丽史》卷一百〇六，李承休。

进行吟诵，真可谓是前所未有的创举。

二　《东明王篇》之民族精神与现实意义

在《东明王篇》的最后，李奎报说："我性本质木，性不喜奇诡。初看东明事，疑幻又疑鬼。徐徐渐相涉，变化难拟议。况是直笔文，一字无虚字。神哉又神哉，万世之所韪。因思草创君，非圣即何以。刘媪息大泽，遇神于梦寐。雷电塞晦暝，蛟龙盘怪傀。因之即有娠，乃生圣刘季。是惟赤帝子，其兴多殊祚。世祖始生时，满室光炳炜。自应赤伏符，扫除黄巾伪。自古帝王兴，征瑞纷蔚蔚。未嗣多怠荒，共绝先王祀。乃知守成君，集蓼戒小毖。守位以宽仁，化民由礼义。永永传子孙，御国多年纪。"李奎报创作《东明王篇》，有着振兴民族精神、反观时政的意味，因而其言论中不无对祖国历史与前途命运的强烈责任感和义务，这和其前辈金富轼在《进〈三国史〉表》中的著名表述就立意而言别无二致，且有继承并推进金富轼民族精神之高义。《进〈三国史〉表》中金富轼言于仁宗国王曰：

> 伏惟圣上陛下，性唐尧之文思，体夏禹之勤俭，宵旰余闲，博览前古，以谓今之学士大夫，其于五经诸子之书、秦汉历代之史，或有淹通而详说之者。至于吾邦之事，却茫然不知其始末，甚可叹也。况惟新罗氏、高句丽氏、百济氏，开基鼎峙，能以礼通于中国，故范晔《汉书》、宋祁《唐书》皆有列传，而详内略外，不以具载。又其《古记》，文字芜苗，事迹阙亡。是以君后之善恶、臣子之忠邪、邦业之安危、人民之理乱，皆不得发露，以垂劝戒，宜得三长之才，克成一家之史，贻之万世，炳若日星。[1]

李奎报在《东明王篇》序中就朱蒙事迹认为："金公富轼重撰国史，颇略其事，意者公以为国史矫世之书，不可以大异之事为示于后世而略之耶。"于是，一方面李奎报继续高扬金富轼民族精神的大旗，另一方面则

---

①　［高丽］金富轼：《进〈三国史〉表》，见金泽荣编《丽韩十家文钞》，首尔保景文化社1983年版，第11—12页。

一改金富轼对待朱蒙神话传说的谨慎甚至保守态度，将朱蒙神话传说视为
"一字无虚字"的"直笔文"与信史，并以汉高祖刘邦相关传说之产生与
流传模式作为自己重要的理论依据，认为"自古帝王兴，征瑞纷蔚蔚"。
李奎报"自古帝王兴，征瑞纷蔚蔚""永永传子孙，御国多年纪"等创新
观点无疑对一然创作《三国遗事》有着极大激励与促进意义。《三国遗
事》中，朝鲜半岛诸多古国始祖卵生等各类神话传说被大胆、广泛记录
下来的事实说明，一然在对自己民族神话传说重要性这一点上，有着与李
奎报相同的认识，因此他便能够突破"不语怪力乱神"之所谓圣贤箴言，
对自己民族的历史与文化进行抢救与保存。于是乎，《三国遗事》较之于
《三国史记》，神话与传说内容更为丰富、情节更为离奇。如《三国遗事》
中描述驾洛国首露王诞生之情景曰：

> 未几，仰而观之，唯紫绳自天垂而着地。寻绳之下，乃见红幅裹
> 金合子。开而视之，有黄金卵六，圆如日者。众人悉皆惊喜，俱伸百
> 拜。寻还，裹著抱持而归我刀家置榻上，其众各散。过浃辰，翌日平
> 明，众庶复相聚集开合，而六卵化为童子，容貌甚伟，仍坐于床。众
> 庶拜贺，尽恭敬止。日日而大，瑜十余晨昏，身长九尺，则殷之天
> 乙；颜如龙焉，则汉之高祖；眉之八彩，则有唐之高；眼之重瞳，则
> 有虞之舜。其于月望日即位也。始现故讳首露，或云首陵，国称大驾
> 洛，又称伽耶国，即六伽耶之一也。①

值得注意的是，如上驾洛国首露王诞生神话中，有着中国文化影响的
痕迹，这一点和李奎报《东明王篇》受到中国文化影响的情况类似。驾
洛国首露王诞生神话中的"黄金卵六"，其"自天垂而着地"的具体处所
为龟旨峰，而"龟旨峰之名与山的形状有关，但与《周易》记载的龟卜
意义与金首露建国神话的基本内容相合，说明龟旨峰的龟卜意义不只停留
在地名层面，还与金首露神话的内容存在着一定的关系"②。再看如下一

---

① ［高丽］一然：《三国遗事》卷二，驾洛国记。
② 张哲俊：《金首露神话中的黄金六卵与龟旨峰》，《东北师大学报》（哲学社会科学版）
2017 年第 6 期。

然《三国遗事》中关于古朝鲜肇始的重要记载,同样体现出作者视神话传说为信史而刻意加以记载的重视态度——当然,这其中所受中国文化的影响也颇明显:

> 《魏书》云:"乃往二千载,有坛君王俭,立都阿斯达(经云无叶山,亦云白岳,在白州地。或云在开城东,今白岳宫是)。开国号朝鲜,与高同时。"《古记》云:"昔有桓因(谓帝释也),庶子桓雄,数意天下,贪求人世。父知子意,下视三危、太伯,可以弘益人间,乃授天符印三个,遣往理之。雄率徒三千,降于太伯山顶(即太伯,今妙香山)神坛树下,谓之神市,是谓桓雄天王也。将风伯、雨师、云师,而主谷、主命、主病、主刑、主善恶,凡主人间三百六十余事,在世理化。时有一熊一虎,同穴而居,常祈于神雄,愿化为人。时神遗灵艾一炷、蒜二十枚,曰:'尔辈食之,不见日光百日,便得人形。'熊、虎得而食之,忌三七日。熊得女身,虎不能忌,而不得人身。熊女者无与为婚,故每于坛树下咒愿有孕。雄乃假化而婚之。孕生子,号曰坛君王俭。以唐高即位五十年庚寅(唐高即位元年戊辰,则五十年丁巳,非庚寅也,疑其未实)。都平壤城(今西京),始称朝鲜。又移都于白岳山阿斯达,又名弓(一作方)忽山,又今弥达。御国一千五百年,周虎王即位已卯,封箕子于朝鲜,坛君乃移于藏唐京,后还隐于阿斯达,为山神,寿一千九百八岁。"①

无论是就思想性还是就艺术性而言,也无论是对于朝鲜历史还是对于朝鲜文学而论,以上檀君神话无疑有着极为重要的地位与意义。尤为重要的是,时至今日,该神话业已融入朝鲜民族之精神血液中,已成为朝鲜民族之精神支柱,这也是驾洛国首露王诞生神话所难以比拟的。而仅从檀君神话之保护这一意义来讲,一然功劳无可比拟。可以说,"这种重视本国历史、反对一味崇拜他国的态度,反映了当时文人学者中的民族意识的觉醒。……《三国遗事》把《三国史记》中未能收入的一些史实、传说乃至神话收录进去。它的出现是上述同一种风尚和思想趋势的体现"②。当

---

① [高丽]一然:《三国遗事》卷一,古朝鲜。
② 韦旭昇:《韦旭昇文集》,中央编译出版社2000年版,第67页。

结合该文创作的具体时代背景来作考察，我们对檀君神话之意义便会有更进一步的认识。一然所处时代，由于高丽遭受蒙古铁骑蹂躏，"所以托始檀君开国与中国圣君唐尧同时，表示其立国之悠久，借以唤起民族的自尊心。而假托檀君建都平壤，则不外欲唤醒国人铭记祖宗的发祥地。总之，檀君开国传说，是韩国民族精神的产物"①。可以说，一然欲以檀君开国神话唤起民族自尊心这一点是不争的事实，并与李奎报之出发点保持一致。但需补充的一点是，搜集、保存朝鲜半岛的民间神话和传说等"遗事"是一然的重要出发点之一，这同时也是唤起民族自觉意识的重要方式。

李奎报的创作态度对李承休咏史诗《帝王韵纪》的创作同样有着极大激励。李承休曰：

> 抑念唯兹不腆之文，是我平生之业。宜以虫吟之无谱，聊申鹤恋之有加。遂乃古往今来，皇传帝受。中朝则从盘古而至于金国；东国则自檀君而洎我本朝。肇起根源，穷搜简牍，较异同而撮要，仍讽咏以成章，彼相承授受之兴立，如指诸掌，凡肯构云，为之取舍，可灼于心，伏望优推圣知，无以人废。暂借离明之焰，许垂乙夜之观，付外施行，为后劝诚。②

在《帝王韵纪·上卷》序中，李承休表达出了相同的观点："自古帝王相承授受兴亡之事，经世君子所不可不明也。然古今典籍浩汗无涯，而前后相纷如也。苟能撮要以诗之，不亦便于览乎？谨据纂古图，采诸子史而广焉。若夫今之未著方策者，姑以彰彰耳目所熟为据，播于讽咏，其善可为法，恶可为诚者，辄随其事而春秋焉，名之曰《帝王韵纪》。"可见，李承休《帝王韵纪》之创作大有深意，他是希望有所作为于多灾多难的祖国，并希望当国者能以史为鉴，引领国家早日强大。李奎报创作《东明王篇》之时，正处于武人内斗的激烈时期，文人遭到重创，国家一片乱象，而李承休创作《帝王韵纪》时，武人势力已经被打压下去，但蒙古对高丽的染指却已深化。因而，在心系祖国这一点上，无论面对内忧的

---

① 朱云影：《中国文化对日韩越的影响》，广西师范大学出版社 2007 年版，第 230 页。
② [高丽] 李承休：《帝王韵纪》进呈引表。

李奎报还是面对外患的李承休，二者实际是一致的。而也正因为此，《帝王韵纪·后题》中文士李源高度评价李承休说："先生业文精博，洞明古今，官以右司谏知制诰，便归老关东，虽迹同去国，而志在匡君，遂于看藏余修此《帝王韵纪》以供乙览。其辞约，其旨畅，如珠之在贯、纲之在网，万代相承，理乱终始，不出乎此，可谓通鉴之粹欤。"李承休在《帝王韵纪》中曰："谨据国史，旁采各《本纪》与夫《殊异传》所载，参诸尧舜已来经传子史，去浮辞，取正理，张其事而咏之，以明兴亡年代，凡一千四百六十言。"① 这与李奎报创作《东明王篇》所具有的"永永传子孙，御国多年纪"这一期冀首先在初衷上是一致的。一方面，李承休说《帝王韵纪》的创作是"去浮辞，取正理"；另一方面，我们看到《帝王韵纪》中充满了许多的神话与传说，且这些神话传说来得比李奎报还要直接。李奎报在《东明王篇》序中有"我性本质木，性不喜奇诡"这一表述，而这种声明似的表述难免给人以作者"心虚"之感，但李承休采神话入史诗之态度却显得更为坦然，如对新罗始祖的诞生所作的描写："新罗始祖赫居世，所出不是人间系。有卵降自苍苍来，其大如瓢红缕系。筒中长生因姓朴，此岂非为天所启？"② 这种以神话入史的创作方法在关于百济等的咏史部分中处处可见，但它们却非作者所随意杜撰，而是凭有所据，并深刻反映出李承休希望国家富强的决心和对民族文化的热爱。

《三国遗事》和《帝王韵纪》充满了瑰丽奇幻的神话传说，它们是朝鲜半岛历史的载体，而其记载本身也体现出高丽知识分子对民族文化的客观态度与珍视情怀。当剥离《三国遗事》和《帝王韵纪》中诸多神话传说中看似怪诞的表层成分后，我们发现的却是历史的真实，即如上述神话传说中，有涉卵生及鸟类的描述实际透露出了东北亚诸多古老部族共同的鸟图腾崇拜痕迹，而"《三国遗事》又明确记载着化为人的母熊生了古朝鲜的始祖——檀君，俨然是古朝鲜的始祖母。这表明，失落的史前熊女神传统并没有因文明历史的展开而销声匿迹，而是在后来的父权制社会意识形成中留下了蛛丝马迹"③。由此可见，一然关于熊女的神话中，实际包

---

① ［高丽］李承休：《帝王韵纪》下卷，序。
② ［高丽］李承休：《帝王韵纪》下卷。
③ 金宽雄：《熊图腾与东北亚满—通古斯诸民族民间文学》，载延边大学亚洲研究中心编《朝鲜—韩国文学与东亚》，延边大学出版社 2009 年版，第 112 页。

含着东北亚人民古老生活的真实因子，一然所言因而并非空穴来风，他实际为我们留下了诸多有价值的真实历史信息，由此我们也便理解了一然乃至李奎报、金富轼何以敢于"冒天下之大不韪"而坚持将神话传说采信入史之苦衷，而我们也同样理解了代高丽而起的朝鲜王朝时期郑麟趾编修的《高丽史》中，何以依然能够看到自金富轼、李奎报、一然依序而来的神话叙事传统轨迹。举例来说，高丽明宗三年（1173）叛乱武人用"裹以褥"并合两釜投之渊中的方式加害于业已被其废黜的毅宗国王，《高丽史》就此有如下记载："忽旋风大起，尘沙飞扬，人皆呼噪而散。寺僧有善泅者，取釜弃尸。尸出水涘有日，鱼鳖鸟鸢不敢伤。"① 毅宗国王毕竟出身高贵，因此尽管其业已罹难，却依然有着不同于常人的神异，"尸出水涘有日，鱼鳖鸟鸢不敢伤"这一《高丽史》中的神异叙事明显是继承了朝鲜半岛自檀君神话、朱蒙神话以降的神话传说信史化传统——当然不可否认，它也有着明显《诗经》等中国文化的影响。朝鲜王朝后期的安鼎福就《三国遗事》及檀君神话有曰："按此说诞妄不足辨，《通鉴》略之是矣。夫檀君东国首出之君，必其人有神圣之德，故人有就以为君矣。古之神圣之生，固有异于众人，亦岂有若是无理之甚者乎？该《遗事》，是丽僧所撰，《古记》亦不知何人所撰，出于新罗俚俗之称，而成于高丽，亦必僧释之所编也。故荒诞之说，不厌烦而为之。……作史者闷其无事可记，至或编于正史，使一区仁贤之方，举归于语怪之科。可胜惜哉！"② 可见安鼎福之说辞偏颇甚深，他显系只知其一而不知其二者。无论是一然、李奎报、金富轼抑或郑麟趾，谁也没有足够说服自己的理由以任意删改本已流行于半岛千年之久的神话传说。如果我们把朝鲜半岛历史的真实比作熠熠生辉的青铜器的话，那么这些神话传说就好比是被沧桑岁月打上厚厚包浆或青铜绿锈之后的国之重器。我们若要看到青铜器本来的面目，则须先谨慎处理附着于其上的包浆或绿锈；同理，若想一睹朝鲜半岛古老神话背后的真实，则须先将这些神话中的传说因子从客观事实中谨慎地予以剥离。任何附着有包浆或绿锈的青铜古器都是历史的真实，而对这些包浆或绿锈的任何不正确处理都会对器物本身及其所承载的历史真实

---

① ［朝鲜］郑麟趾等：《高丽史》卷一百二十八，叛逆二，李义旼。

② ［朝鲜］安鼎福：《东史纲目》附卷中，怪说辩证，见首尔大学校宗教问题研究所、尹以钦编《檀君—그 이해와 자료》，서울대학교출판부1994年版，第466页。

造成严重损伤。同理，金富轼、李奎报、一然等以各自的方式客观记录下朱蒙神话和别的诸多神话传说，这本身就是对历史真实的尊重与保护。

《东明王篇》序文末语曰："矧东明之事，非以变化神异眩惑众目，乃实创国之神迹。则此而不述，后将何观。是用作诗以记之，欲使夫天下知我国本圣人之都耳。"的确，《东明王篇》表达了李奎报对作为"本圣人之都"的祖国发自肺腑的热爱之情，它实际也代表了李奎报所处那个内外交困与危机四伏的时代朝鲜半岛人民所激发出的普遍爱国热忱，并使朝鲜半岛的东明认同更加得以强化，进而对朝鲜半岛民族意识的持续觉醒起到积极的意义。举例来说，康熙后期著名朝鲜文人金昌业随燕行使赴清过辽东，他在与中国少年张奇谟的笔谈中不无骄傲地言道："高丽虽曰东夷，衣冠文物皆仿中国，故有少（小）中华之称矣。"[1] 尽管认同中华文化，但金昌业依然有着明确的本国与本民族意识，这从他与张奇谟交谈不久之前十四天，即进入中国伊始对辽东凤皇山之记述可以见出："东南四五峰尤奇秀，恐我国无可拟者，此处山大抵皆壁立，无余麓逶迤，与我国山形绝不同矣。山之南有古城，石筑宛然，世以此为安市城，而非也！或云：'东明旧城。'其说近似。"[2] 金昌业在比较中国和朝鲜山之不同时，通过"我国"这种表述突出朝鲜与作为"他者"的中国之间存在的不同，而"或云：'东明旧城。'其说近似"之语则在对东明"神迹"之关注与探求中，进一步凸显出作为朝鲜优秀知识分子代表的金昌业，其思维中久已形成的东明认同暨民族主体意识。再如李朝纯祖二十二年（1822）即将跨鸭绿江赴清的燕行使金学民，在游历供奉有明朝援朝将领影帧的平壤武烈祠后感叹曰："由静海门入历武烈祠，奉石尚书星、李提督如柏影帧，著龙鳞红袍，按星文剑，凛然有摧山撼海之风。盖平壤，非但檀君、箕子、东明三王之古都，且有旧迹之可观者。"[3] 朝鲜壬辰倭乱时，中国明朝万历皇帝派出包括石星、李如柏等在内的大批援军并在付出巨大人力物力牺牲之后，最终以七年之耗击败入侵朝鲜半岛的日本，而金学民将相关壬辰倭乱时期抗击日本入侵话题和檀君、箕子、东明等紧密联系在一

---

① ［朝鲜］金昌业：《燕行日记》卷一，见［韩］林基中编《燕行录全集》卷三十一，东国大学校出版部2001年版，第356页。

② 同上书，第320页。

③ ［朝鲜］金学民：《蓟程散考》，见［韩］林基中、［日］夫马进编《燕行录全集（日本所藏编）》卷一，东国大学校韩国文学研究所2001年版，第501页。

起，其中的爱国意识与民族自豪感遂得彰显。要之，"《东明王》神话中，体现出高句丽人对本国历史的自豪感，对国家更加繁荣兴旺充满信心。十二—十三世纪的卓越诗人李奎报面对腐败的高丽朝政和频繁的外族入侵，曾借这个神话表达了对'怠惰'的后代君王的谴责和对祖国前途的美好憧憬"①。可以说，《东明王篇》就是一首高扬民族团结主旋律、处处闪烁着民族觉醒光辉的华章，它无疑为处于内忧外患险境的高丽大地送去了团结的音符，使在黑暗中苦苦挣扎的朝鲜半岛人民听到了希望的铿锵号角、看到了民族解放的熠熠光芒。

---

① 韦旭升：《朝鲜文学史》，北京大学出版社 1986 年版，第 7 页。

第三章

《三百韵诗》：新罗之礼赞与友谊之珍

第一节　新罗之礼赞

据《东国李相国集·年谱》，高丽明宗二十五年（乙卯，1195）"公年二十八，著《和吴东阁三百韵诗》"。《和吴东阁三百韵诗》即《次韵吴东阁世文呈诰院诸学士三百韵诗（并序）》（见《东国李相国集·全集卷五》，为行文便，以下简称《三百韵诗》），它与《东明王篇》共同构成李奎报咏史长诗之双璧。朝鲜王朝时期著名文人徐居正就《三百韵诗》有云："一日濮阳吴君世文与金东阁瑞廷、郑员外文甲置酒林亭，文顺亦与会。吴以所著三百二韵诗索和，文顺援笔步韵，韵愈强而思愈健，浩汗奔放。虽风樯阵马未易拟其速。东方诗豪，一人而已。古人诗集中无律诗三百韵者，虽岁锻月炼尚不得成，况一瞥之间操纸立成乎？"①此言可谓公允。如果说《东明王篇》代表了作者对民族国家创始事迹之高度礼赞的话，那么其后两年李奎报的这一咏史长诗《三百韵诗》则表达了作者对统一朝鲜半岛并为民族历史发展作出重要贡献的新罗的热切追慕。而李奎报创作该作品之年正是高丽武人内斗升级、阶级矛盾激化之时，因而李奎报创作该咏史长诗不能说没有深意。《三百韵诗》中所贯穿的第一思想就是表达对新罗文化的热爱之情，具体来看，这一思想则主要是通过对新罗文明的追慕、对新罗文化名人的歌颂以及对作为新罗王族后裔的吴世文兄弟之赞而加以表达。《三百韵诗》中的第二层思想则是作者在武人专权特定时代背景下所具有的朋友情怀，而其中又包含了诗人"嗟予生薄命，

---

① ［朝鲜］徐居正：《东人诗话》卷上，见蔡美花、赵季主编《韩国诗话全编校注》第一册，人民文学出版社2012年版，第166页。

浪迹几多期"的无奈与感慨。《三百韵诗》中引用了较多中国典故，体现出经典中国文学文化的精神与光芒，这实际也是《三百韵诗》中的一大亮点。

一　"东国古乐国"：新罗历史与地理之美
（一）历史与地理

《三百韵诗》对新罗古国予以了高度赞美，李奎报在该咏史长诗篇首所说第一句话就是"东都古乐国"，这句话不禁令人想到周公制礼作乐和孔子在《论语·八佾》中"郁郁乎文哉"这一慨叹。尽管李奎报写作《三百韵诗》时，新罗业已灭亡将近三百年，并且李奎报自己在该长诗注解文字里也言："新罗第五十六王金傅降我大祖，大祖妻以长女，改新罗为庆州，为公食邑。"但从"宫殿有遗基"等话语中，我们仍旧可以感受到新罗曾经的辉煌与历史文明。尽管新罗最终消亡在历史的大潮之中，但就其历史和文化言，在长达近千年的时间里，新罗经历了三国时期、统一新罗时期两个大的阶段，创造了灿烂的物质与精神文明，为高丽文明新阶段的来临做了准备。李奎报《三百韵诗》中的第一层思想便是对昔日新罗的文化进行全方位的展示。

《三百韵诗》中，李奎报以"青史窥陈迹，淳风记昔时"对新罗暨朝鲜半岛悠久历史和淳厚民风予以高度赞颂和概括。而说到新罗的历史，其源头则可以上溯到古朝鲜时代，"公元前十世纪后，古朝鲜就已建立了国家。古朝鲜与中国各王朝（齐国、燕、西汉等国）之间的关系极为密切，其'文皮'等商品在中国很受欢迎"①。"古朝鲜时代为韩国奴隶制社会时代"②，据传檀君朝鲜或为朝鲜半岛有史可循的第一个国家，其后又有箕子朝鲜、卫满朝鲜以及汉四郡，紧接着则是包括新罗在内的三国时期，其中，"最初形成的新罗民族，是以韩人为主体，吸收了多批中国移民，如上古朝鲜移民、乐浪郡移民、秦移民融合而成"③。新罗武烈王七年（660），新罗以唐为援击灭百济，新罗文武王八年（668），新罗统一三国。而无论就古朝鲜时期、三国鼎立之际抑或统一新罗阶段，朝鲜半岛都

---

① 金京振：《朝鲜古代宗教与思想概论》，中央民族大学出版社 2006 年版，第 36 页。
② 杨昭全：《韩国文化史》，山东大学出版社 2009 年版，第 12 页。
③ 孙泓：《新罗起源考》，载中国朝鲜史研究会、延边大学朝鲜·韩国历史研究所编《朝鲜·韩国历史研究（第十二辑）》，延边大学出版社 2012 年版，第 19 页。

呈现出诗文礼义君子之国的淳朴民风。关于这一点，古今多有赞和者。《论语·子罕》中就孔子欲居朝鲜半岛之想法记载曰："子欲居九夷。或曰：'陋，如子何？'子曰：'君子居之，何陋之有？'"班固结合此一记载进一步言："殷道衰，箕子去之朝鲜，教其民以礼义，田蚕织作。……然东夷天性柔顺，异于三方之外，故孔子悼道不行，设浮于海，欲居九夷，有以也夫！"① 陈寿亦曰："昔箕子既适朝鲜，作八条之教以教之，无门户之闭而民不为盗。"② 从诸家记述不难看出，朝鲜半岛国家总是和"礼义""君子"等相联系，难怪孔子都产生了欲居此地的想法。当代学界也就相关上古时代朝鲜半岛的人文化成景象暨朝鲜半岛在东亚文化流布中的贡献加以肯定曰："在上古时代，正如《论语》是经过百济博士之手传入日本的那样，中日之间的交往主要是借靠朝鲜半岛才得以实现。"③ 这就说明，充分体现儒家礼义思想与君子之道的《论语》不但很早便在重视礼乐化成的朝鲜半岛流布开来，且以朝鲜半岛为中转地而惠及近邻日本。李奎报"青史窥陈迹，淳风记昔时"语则是作者对朝鲜半岛悠久的历史和上述淳厚风俗热爱之情的进一步言说。

　　紧接着李奎报并对新罗古国的山川地理和漫长历史予以了总结："渤海环为沼，扶桑缭作篱。"李奎报此处"渤海"一词，非为今日渤海之概念，而应理解为海之借代词，凡指环朝鲜半岛之大海，此种借代用法有类中国古代诗文中所常出现的借代现象。唐人李洞曾曰："日转须弥北，蟾来渤海西。"④ 骆宾王亦曰："渤海三千里，泥沙几万重。"⑤ 不难看出，"渤海"一词无论是在唐人那里还是在李奎报笔下，都有一种夸张和宏阔的气象，自己祖国为"渤海"所半环绕，李奎报自然不胜欢欣。与"渤海"相对应，李奎报并以"扶桑"比喻护卫自己祖国家园的篱笆，其中同样充满自豪与骄傲。而关于"扶桑"一词，古代或指传说中之神树，或指相对于中国大陆的东方海中之地，无论指树还是指地，都系太阳升起之处，因而古人便有"日出东方"之说，其中不无崇敬之情，而李奎报无疑亦有此种认识，故使用"扶桑"一词以表达对自己国家东方日出之

① （汉）班固撰，（唐）颜师古注：《汉书》卷二十八下。
② （晋）陈寿撰，（南朝宋）裴松之注：《三国志》卷三十，东夷。
③ 严绍璗：《汉籍在日本的流布研究》，江苏古籍出版社1992年版，第20页。
④ （唐）李洞：《秋宿青龙禅阁》，见《全唐诗》卷七百二十二，李洞二。
⑤ （唐）骆宾王：《浮槎（并序）》，见《全唐诗》卷七十九，骆宾王三。

地的骄傲之情。此种情怀在李奎报诗文中并非孤例，如在高丽遭受蒙古入侵之时，李奎报作《上都皇帝起居表》（《东国李相国集·全集卷二十八》），他在该作品篇首即曰："箕封系迹，邈居日出之邦，汉阙悬心，遥祝天长之寿。"尽管今人一说到"扶桑"一词便首先想到日本，但中国古人则多有以"扶桑"美称朝鲜半岛者，唐人即多以此称呼新罗。贯休《送人归新罗》诗曰："昨夜西风起，送君归故乡。积愁穷地角，见日上扶桑。"① 在另外一首《送新罗衲僧》中，贯休也有"扶桑枝西真气奇，古人呼为师子儿"② 之语，再如顾况《送从兄使新罗》中曰"扶桑衔日近，析木带津遥"③。可见，如上唐诗中作为神树名称的"扶桑"是对新罗的美好指代。而唐人以"扶桑"直接指称新罗者亦颇多见。中唐大诗人刘禹锡《送源中丞充新罗册立使（侍中之孙）》中即曰："烟开鳌背千寻碧，日浴鲸波万顷金。想见扶桑受恩处，一时西拜尽倾心。"④ 与新罗崔致远关系甚密的唐人张乔《送新罗僧》一诗中曰："落帆敲石火，宿岛汲瓶泉。永向扶桑老，知无再少年。"⑤ 李益在《送归中丞使新罗册立吊祭》中也有"东望扶桑日，何年是到时。片帆通雨露，积水隔华夷"⑥ 之语。李奎报援"扶桑"入《三百韵诗》以指称新罗，充分体现了他对新罗文化的热爱和对祖国悠久厚重历史的自豪骄傲情怀。

　　李奎报另有《题〈华夷图〉长短句》一首，其中所饱含的对朝鲜半岛之热爱情怀，与"渤海环为沼，扶桑缭作篱"这种舆地之赞所流露之民族自豪感有着同等的感人气韵。试看前者："万国森罗数幅笺，三韩隈若一微块。观者莫小之。我眼谓差大。今古才贤衮衮生，较之中夏毋多愧。有人曰国无则非，胡戎虽大犹如芥。君不见华人谓我小中华，此语真堪采。"（《东国李相国集·全集卷十七》）通过《题〈华夷图〉长短句》，我们能够体会到李奎报对"较之中夏毋多愧"的本民族文化的自信与热爱，而"华人谓我小中华，此语真堪采"句则实际表明李奎报在欣欣然之中对朝鲜半岛"小中华"称谓的接受。客观而言，李奎报时代的朝鲜

---

　　① 《全唐诗》卷八百二十九，贯休四。

　　② 《全唐诗》卷八百三十六，贯休十一。

　　③ 《全唐诗》卷二百六十六，顾况三。

　　④ 《全唐诗》卷三百五十九，刘禹锡六。

　　⑤ 《全唐诗》卷六百三十八，张乔一。

　　⑥ 《全唐诗》卷二百八十三，李益二。

半岛知识界普遍存在着"中国""华夏""中华"意识，这种意识无涉主权国家概念，而是从文化角度出发的一种认同。此即学者所总结："是中华者，不仅表示一定的地域，也表示某种特定的文化，而且不为民族所限。"①类似观点再如学者所曰："文化上的中国，可能是指汉字文明的文化圈，姚大力老师谈到腾冲—黑河线，这条线东面基本上属于这个文化圈，这个圈超出了中国现有的疆域，也包括现在的韩国、日本、朝鲜、越南。他们的史书经常称自己是华夏、中华，我们称这种意识为中华意识。"②《题〈华夷图〉长短句》中所弥漫的浓郁中华意识与华夏气息在《三百韵诗》中实际同样能够被我们所强烈感受到。

（二）新罗之文明初肇

正是在民风淳厚、日出扶桑的朝鲜半岛这一宝地，新罗王朝建立，此即《三百韵诗》所言："千年开际会，累圣享雍熙。"李奎报并援引古史书曰："《新罗记》云：膺一千年之业。《新罗拎记》：九百九十九年。"关于新罗，有认为公元2世纪初立国之观点，也有公元前57年立国之观点，尽管新罗实际享国时间与李奎报所言新罗存续时间不完全符合，但"一千年""九百九十九年"之谓实际包含着作者对民族久远历史文化的深深爱恋和对祖国长久命运的期盼。高丽时代一然《三国遗事》卷一《新罗始祖赫居世王》中就新罗始祖朴赫居世暨新罗国家的诞生曰：

> 剖其卵得童男，形仪端美。惊异之。浴于东泉，身生光彩。鸟兽率舞，天地振动，日月清明。因名赫居世王。……男以卵生，卵如瓠，乡人以瓠为朴，故因姓朴。……国号"徐罗伐"，又"徐伐"，或云"斯罗"，又"斯卢"。初王生于鸡井，故或云鸡林国。以其鸡龙现瑞也。一说：脱解王时得金阏智，而鸡鸣于林中，乃改国号为"鸡林"。后世遂定"新罗"之号。

新罗始祖的诞生不无神异，而这恰好反映出朝鲜半岛人民对新罗的热爱。而自建国直至最终为高丽所取代，其间新罗存续近千年之久，名王如

---

① 胡阿祥：《吾国与吾名：中国历代国号与古今名称研究》，江苏人民出版社2018年版，第343页。

② 刘晓：《也谈元朝统一中国的性质及其历史意义》，载张志强主编《重新讲述蒙元史》，生活·读书·新知三联书店2016年版，第57页。

制定国家法令并颁布官员品秩的法兴王、命令居柒夫撰写《国史》的真兴王、写作《太平颂》的真德女主、消灭百济的武烈王金春秋、最终完成统一三国大业的文武王，等等，不一而足。因此，李奎报"累圣享雍熙"一语可谓得体。李奎报接下来说："肇制宫悬乐，初陈莚篡仪。俭勤师大夏，荒怪黜因墀。"这实际反映的是新罗国家初肇及其后逐步制定法律、整肃纲纪、完善国家机器的事实。而据今人考证认为："依据新罗初期官等的实况，至少可以说明新罗国的官制体系承继辰韩国的官制体系，且官等有所增加；同时也表明辰韩国的官制虽不完善，但已形成具有辰韩国特色的官制体系。"① 据《三国史记》，新罗照知王时期，"二年（480）春二月，祀始祖庙。……七年（485）春二月，筑仇伐城。夏四月，亲祀始祖庙。增置守庙十二家。……九年（487）春二月，置神宫于奈乙。奈乙，始祖初生之处也。三月，始置四方邮驿，命所司修理官道"②。可见，祭祀先祖成为新罗统治阶层所优先考虑的问题，而邮驿作为联系京城与各地、强化中央集权的重要配套设施也得到了应有的重视。为进一步加强新罗国家统治，法律手段亦随之而来，即以新罗智证王时期的相关记载作一考察：

> （智证王四年，即503），冬十月，群臣上言："始祖创业以来，国名未定，或称斯罗，或称斯卢，或言新罗。臣等以为：新者，德业日新，罗者，纲罗四方之义，则其为国号宜矣。又观自古有国家者，皆称帝称王，自我始祖立国，至今二十二世，但称方言，未正尊号。今群臣一意，谨上号新罗国王。"王从之。五年（504）夏四月，制丧服法，颁行。……六年（505）春二月，王亲定国内州郡县，置悉直州，以异斯夫为军主，军主之名，始于此。冬十一月，始命所司藏冰，又制舟楫之利。……十年（509）春正月，置京都东市。三月设监阱，以除猛兽之害。……十五年（514）春正月，置小京于阿尸村，秋七月，徙六部及南地人户充实之。王薨，谥曰"智证"，新罗谥法始于此。③

---

① 高福顺：《新罗初期官制考论——以〈三国史记〉记载为中心》，《延边大学学报》（社会科学版）2019年第1期。

② ［高丽］金富轼：《三国史记》卷三，照知麻立干。

③ ［高丽］金富轼：《三国史记》卷四，智证麻立干。

而法律仪轨制定的目的与结果便是促进安居乐业、阻弃奸邪，此即"俭勤师大夏，荒怪黜因墀"。据《史记·大宛列传》："大夏在大宛西南二千余里妫水南。其俗土著，有城屋，与大宛同俗。无大君长，往往城邑置小长。其兵弱，畏战。善贾市。及大月氏西徙，攻败之，皆臣畜大夏。大夏民多，可百余万。其都曰蓝市城，有市贩贾诸物。"① 不难看出，大夏国居民与世无争、不喜兵战，却以勤恳贸易为好，新罗社会的安定繁荣是与其相类似的。而在用各种法律条文规范人民生活之同时，新罗则对各类社会不良习俗和违法行为采取打击，此亦即李奎报所言"荒怪黜因墀"。关于"因墀"，据东晋王嘉（字子年）《拾遗记》中记载："因墀国献五足兽，状如师子；玉钱千缗，其形如环，环重十两，上有'天寿永吉'之字。问其使者五足兽是何变化，对曰：'东方有解形之民，使头飞于南海，左手飞于东海，右手飞于西泽，自脐以下，两足孤立。至暮，头还肩上。两手遇疾风飘于海外，落玄洲之上，化为五足兽，则一指为一足也。其人既失两手，使傍人割里肉以为两臂，宛然如旧也。'因墀国在西域之北，送使者以铁为车轮，十年方至晋。及还，轮皆绝锐，莫知其远近也。"② 而李奎报在注解文字里也道："《拾遗记》曰：因墀国献五足兽，如师子。苏诗曰：荒怪还须问子年。"可见，李奎报亦如苏轼一样，将王嘉《拾遗记》中相关"因墀"国故事视为荒怪。"因墀"一词便在《三百韵诗》中成为新罗社会所贬嗤之一切不良社会习俗、违纪违法行为等的代名词，而就史实来看，朝鲜半岛确曾存在荒怪陆离之鄙俗。如中国文献有曰："其俗多淫祀，事灵星神、日神、可汗神、箕子神。国城东有大穴，名神隧，皆以十月，王自祭之。"③ 而当今相关专家在研究《三国史记》的基础上亦总结曰："可知新罗有五逆、妖言惑众、诈病离职、背公离私、告逆事不告言、欺谤时政、构辞谤于朝路、敌前不进等罪名。"④ 对社会习俗进行整合与改造成为新罗社会前进和统一新罗时代到来的必要保障，因而在借鉴大唐文化的基础上，新罗统治阶层对国家进行了自上而下的革新，并在唐军的支持之下，实现了国家的统一。《三国史记》就此

---

① （汉）司马迁：《史记》卷一百二十三。

② （晋）王嘉撰，（南朝梁）萧绮录，齐治平校注：《拾遗记》卷九，中华书局1981年版，第208页。

③ （后晋）刘昫等：《旧唐书》卷一百九十九上，东夷。

④ 杨昭全：《中国—朝鲜·韩国文化交流史（Ⅰ）》，昆仑出版社2004年版，第62页。

言道："在上者，其为己也俭，其为人也宽，其设官也略，其行事也简。以至诚事中国，梯航朝聘之使，相续不绝。常遣子弟，造朝而宿卫，入学而讲习。于以袭圣贤之风化，革鸿荒之俗，为礼义之邦。"① 而"俭勤师大夏，荒怪黜因墀"句无疑是李奎报在阅读如上相关材料后的精辟总结。

（三）新罗之兴盛与国泰民安

步入正轨的新罗国家所呈现出的是臣忠君慈、文盛歌欢、国泰民安的繁荣与升平气象。此即李奎报所言："国士登韩信，朝臣重孔戣。恩荣同雨霈，号令剧雷驰。冠带风云盛，讴歌日月迟。谁成平子赋，堪赌孟坚辞。经野当星纪，櫌氓循土宜。"韩信乃西汉开国元勋，他曾在垓下之围中击败楚霸王项羽，帮助刘邦成就汉家江山事业。李奎报对韩信推崇颇深，在《韩信传驳》一文中李奎报如是曰："信当刘、项相拒时，以国士无双之才，鹰瞵虎视。当此时，与楚则汉危，与汉则楚危。楚汉安危在一信手，而信卒与汉，与平天下为功臣。"（《东国李相国集·全集卷二十二》）而孔戣作为孔子第三十八代孙、中唐重臣，"为人守节清苦，议论平正"，甚至在年届七十时"筋力耳目，未觉衰老，忧国忘家，用意深远"②。孔戣岭南节度使之任（817—820）是其一生浓墨重彩的一笔，史载："蕃舶之至泊步，有下碇之税。始至有阅货之燕，犀珠磊落，贿及仆隶，公皆罢之。绝海之商，有死于吾地者，官藏其货，满三月无妻子之请者，尽没有之。公曰：'海道以年计往复，何日月之拘。苟有验者，悉推与之，无算远近。'厚守宰俸而严其法。"③ 故孔戣殁后，白居易为诗《哭孔戣》以悼之，其中曰："洛阳谁不死，戣死闻长安。我是知戣者，闻之涕泫然。戣佐山东军，非义不可干。拂衣向西来，其道直如弦。从事得如此，人人以为难。人言明明代，合置在朝端。或望居谏司，有事戣必言。或望居宪府，有邪戣必弹。惜哉两不谐，没齿为闲官。竟不得一日，謇謇立君前。形骸随众人，敛葬北邙山。平生刚肠内，直气归其间。贤者为生民，生死悬在天。谓天不爱人，胡为生其贤。谓天果爱民，胡为夺其年。茫茫元化中，谁执如此权？"④

---

① ［高丽］金富轼：《三国史记》卷十二，论。

② （唐）韩愈撰，（宋）魏仲举编：《五百家注昌黎文集》卷四十，论孔戣尚书致仕状。

③ （唐）韩愈撰，（宋）魏仲举编：《五百家注昌黎文集》卷三十三，唐故正议大夫尚书左丞孔公墓志铭。

④ 《全唐诗》卷四百二十四，白居易一。

今人则总结孔戣治粤功绩共计有六：体恤民众，减免赋税；严禁鬻口为货，掠人为奴；整顿吏治，清除腐败；推行怀柔的民族政策，反对武力镇压；重贤爱能，提拔人才；发展海外贸易，隆祀南海神庙。① 因此，李奎报对孔戣之崇敬并不奇怪，他《柳枢密公权乞辞职表》中"负孔戣之二宜去"（《东国李相国集·全集卷二十九》）句亦反映出对孔戣之崇敬。可以说，韩信代表了李奎报对将才的喜爱，孔戣则代表了李奎报对相才的尊崇，而"国士登韩信，朝臣重孔戣"实际反映出李奎报对新罗时代文治武功气象的赞许与追慕，也隐含着李奎报希望国家重视人才的愿望。新罗臣子武略如韩信、相才似孔戣，这与国王的奖掖和国家正确的施政号令是分不开的，此即李奎报所曰"恩荣同雨霈，号令剧雷驰"。

考诸史籍，新罗时代在行政与吏治上多有建树，如法兴王四年（517），"夏四月，始置兵部。五年（518）春二月，筑株山城。七年（520）春正月，颁示律令，始制百官公服、朱紫之秩。……二十三年（536），始称年号，云'建元元年'"②。再如景德王十六年（757），"三月，除内外群官月俸，复赐禄邑；秋七月，重修永昌宫；八月，加调府史二人；冬十二月，改沙伐州为尚州，领州一、郡十、县三十"③。从李奎报咏史诗《六月十四日初入尚州》中"尚州古者沙伐国，王侯第宅无余基"（《东国李相国集·全集卷六》）句可以看出，李奎报对新罗时代更改州名等施政号令举措有着一定的认识，而"恩荣同雨霈，号令剧雷驰"一语则更有着深刻的内涵，其中凝结着李奎报难以尽言的赞叹与追思。由于治理有方，新罗呈现出欣欣向荣之景象，此正如李奎报所言："冠带风云盛，讴歌日月迟。"接着李奎报以"谁成平子赋，堪赌孟坚辞"来比拟新罗这一太平气象，同时作者对如上诗句分别作注曰，"平子作《东京赋》，故云"，"孟坚作《东都赋》"。而《三百韵诗》无论就艺术手法抑或就内容而言，确实有着《东京赋》《东都赋》等汉赋的浓郁遗芬。东汉班固（字孟坚）在《东都赋》中曾就东汉首都洛阳的恢宏气势道："天子受四海之图籍，膺万国之贡珍，内抚诸夏，外绥百蛮。尔乃盛礼兴乐，供帐置乎云龙之庭，陈百寮而赞群后，究皇仪而展帝容。"其后张衡（字平

① 冼剑民、刘自良：《孔子三十八世孙孔戣治粤小记》，《广东史志》2003 年第 2 期。
② ［高丽］金富轼：《三国史记》卷四，法兴王。
③ ［高丽］金富轼：《三国史记》卷九，景德王。

子）在其《东京赋》中亦就国家的升平气象铺陈曰："慕唐虞之茅茨，思夏后之卑室，乃营三宫，布教颁常。复庙重屋，八达九房。规天矩地，授时顺乡。造舟清池，惟水泱泱。左制辟雍，右立灵台。"由此可见，李奎报是以班固《东都赋》和张衡《东京赋》中的洛阳盛况比拟庆州暨新罗王朝的繁华。而就在朝鲜半岛这块海东宝地，新罗人民世代辛勤耕耘，享受着收获的喜悦。李奎报"经野当星纪，櫌氓循土宜"语正谓此景，并且从李奎报该诗句，我们可以看到《周礼·天官·序官》所言相关美景："惟王建国，辨方正位，体国经野，高官分职，以民为极。"而李奎报本人也就上述自己所作诗句注解曰："《周礼》：'櫌氓以土宜。'既以东京比周洛，故云。"可见，李奎报以中国《周礼》所述井田制景象比况新罗社会之井然有序和太平咸安。

（四）新罗之精神

在人民安康、经济繁荣的条件保障下，新罗社会呈现出江山一统、文韬武略、蔚为大观的繁荣昌盛局面："乾坤归黍钥，造化入炉槌。嚼鐵忠臣胆，联珠墨客诗。鱼鳞卿相宅，螭首帝王碑。大学迎三老，鸿胪受四夷。楼谙巢凤阁，官认纪龙司。"自公元元年前后，朝鲜半岛形成三国鼎立之势，7世纪中叶，新罗一统局面，于是乎"乾坤归黍钥，造化入炉槌"，而文臣武将对建设国家也表现出极大的热情和忠诚，"嚼鐵忠臣胆，联珠墨客诗"即此谓也。而具体道来，国家之优秀人才不胜枚举，如果用"嚼鐵忠臣胆"形容为统一新罗事业戎马一生的金庾信可谓贴切不过，还可刻画以《愤怨诗》冒死讽谏真圣女王的王巨仁。李奎报对新罗时期为国尽忠赴死之士有着无限崇敬之心，因而其赞美新罗忠勇之士的诗作也很感人。如在李奎报咏史诗《游妙岩寺，次板上洪书记题位金岩诗韵》中，作者即提到同样有着"嚼鐵忠臣胆"气魄的新罗将军位金："妙岩高揖位金岩，偷觑清都愧眼凡。幽涧水淳猿掬饮，阳崖草活鹿来衔。僧高只对虚心竹，寺古空看合抱杉。闻说将军真李牧，区区安数禁中诚。"（《东国李相国集·全集卷十七》）李奎报并不无赞叹地注解说："新罗将军位金来此岩，筑石城御敌，至今犹在，故号位金岩。"而实际就新罗时期之忠臣良将言，人才济济而难以胜数，除诸多武将而外，擅长赋诗联珠之墨客文人更是不少，国家因而也呈现出浓郁的人文积淀与大雅之象，李奎报因此便有"鱼鳞卿相宅，螭首帝王碑"之叹。

从相较于大唐的地缘角度而言，新罗为东方小国，而从文化的角度观察，新罗乃人文化成之君子国，并有着海纳百川、博采外国之长的胸怀。
盛行于新罗时代、以僧徒与学子等入唐求法求学为显征的"西学"之风
即为最好说明，"这种文化指向非常吻合唐代与新罗在朝鲜半岛的地缘关
系，充分显示出新罗朝野在文化教育上对唐代文化强烈而积极的向慕心
态，也彰显了新罗士子及僧徒对入唐游学的精神追求"①。新罗人崇尚
"西学"，这对新罗的强大意义重大，它同时证明朝鲜半岛人民在文化上
博大的开放襟怀。难怪千年以后，朝鲜半岛兴起另一种"西学"，这一
"'朝鲜后期的西学'是指到那时为止，韩民族尚未接触过的欧洲的教育、
宗教、科学等异质的学问及对其具体内容进行扬弃研究的学术活动"②。
可以说，"朝鲜后期的西学"与新罗时代以唐为宗的"西学"在精神上是
一脉相承的。而时至今日，新罗时代的"西学"经验仍不失其积极意义，
并在中国与朝鲜半岛之间延续着唐罗友好关系。如 20 世纪 90 年代中韩建
交不久后，"陕西历史博物馆与韩国国立中央博物馆之间，进行了一次有
深远意义的文化交换。韩国方面提供的是《无垢净光大陀罗尼经》，为目
前世界最早的雕版印刷品复制件；陕西历史博物馆回赠的是唐代新罗学者
《金可记传》的摩崖拓片。这两件物品本身都具有丰富的文化内涵，价值
极高，而它们与这一次交换行动，又共同反映了中韩文化交往的历史与现
状"③。

新罗人学习唐朝文化尤其体现在教育方面，李奎报因而有曰："大学
迎三老。"而据相关新罗史载："国学，属礼部，神文王二年（682）置，
景德王改为大学监，惠恭王复故，卿一人，景德王改为司业，惠恭王复称
卿。位与他卿同。"④ 无疑，新罗的教育制度吸纳了唐朝的模式。据载，
新罗真德女王二年（648），金春秋赴唐，"春秋请诣国学，观释奠及讲
论，太宗许之，仍赐御制温汤及晋祠碑并新撰《晋书》"⑤。而说到唐朝的
教育模式，其起源则可追溯到先秦时代。"商周时代，中国文化已有相当
的积累，知识大体具备规模，这就为中国古代学校教育的兴盛创造了条

---

① 党银平：《唐与新罗文化关系研究》，中华书局 2007 年版，第 21 页。
② ［韩］李元淳：《朝鲜西学史研究·序言》，王玉洁、朴英姬、洪军译，中国社会科学出
版社 2001 年版，第 2 页。
③ 王世平：《中韩间有深远意义的文化交换》，载陕西历史博物馆馆刊编辑部编《陕西历
史博物馆馆刊（第一辑）》，三秦出版社 1994 年版，第 130 页。
④ ［高丽］金富轼：《三国史记》卷三十八，杂志第七。
⑤ ［高丽］金富轼：《三国史记》卷五，真德王。

件。西周时不仅有国学，还有乡学；不仅有大学，还有小学。"① 而关于"三老"，在中国先秦时代即已有之，掌教化之职，后世袭之。据《汉书·高帝纪第一上》云："举民年五十以上，有修行，能帅众为善，置以为三老，乡一人。择乡三老一人为县三老，与县令丞尉以事相教。复勿繇成。"② 新罗开设大学，并择三老掌管大学教化事业，这对促进国家人才的培养和文化事业的进步有着极大推动作用。而在对内实行文教之同时，新罗积极发展与周边国家的关系，来自大唐、日本等国的使节等亦不在少数，因此，紧接"大学迎三老"一句，李奎报用"鸿胪受四夷"一语表达了对诸国来朝盛况的热烈赞叹。抛开该句中的夸张意味和比喻成分，则不难看出新罗国家在对外交往方面的练达。而结合各类历史文献可知，唐罗关系对新罗而言是最为重要的外交关系，彼时中国与朝鲜半岛之间的交流颇为丰富，如前文所提《无垢净光大陀罗尼经》，其原件系雕印于大唐，并在输入新罗之后又于 1966 年出土于韩国庆州佛国寺。再如 2010 年入藏西安大唐西市博物馆的新罗王从兄金日晟墓志，其中曰："新罗慕义，万里朝谒。骏奔沧海，匍匐绛阙。惟公忠壮，位列九卿。"③ 还如有学者认为："结合日僧圆仁《入唐求法巡礼行记》关于唐代连云港地区新罗移民的记载，及对考察朝鲜半岛 5 至 8 世纪横穴式石室墓的相关考察，连云港地区'土墩石室'可推测为唐代新罗移民的墓葬。"④ 另外，李奎报"鸿胪受四夷"句也使得新罗国家欣欣向荣之貌得以勾勒，其盛况令人想到班固《东都赋》中所刻画之"四夷间奏，德广所及"场景。这样一个人才鹜附、秩序井然的国度自然会呈现一派文明气质："楼谙巢凤阁，官认纪龙司。翼翼呀双阙，泱泱辟大池。"李奎报笔下的新罗王朝其形象可谓鼎盛，气势可谓宏大，同时这种结果也是新罗人民智慧的结晶和民族文化顽强生命力的体现。

而说到新罗民族文化，就不能不提到花郎道这一新罗颇具民族特色的文化。《三国史记》就花郎之源起、宗旨等有言简意赅的表述，具体则可

---

① 张岱年、方克立主编：《中国文化概论》，北京大学出版社 2009 年版，第 143 页。

② （汉）班固撰，（唐）颜师古注：《汉书》卷一上。

③ 拜根兴：《新公布的在唐新罗人金日晟墓志考析》，载《唐史论丛（第十七辑）》，陕西师范大学出版社 2014 年版，第 174 页。

④ 张学锋：《江苏连云港"土墩石室"遗存性质刍议——特别是其与新罗移民的关系》，《东南文化》2011 年第 4 期。

从新罗真兴王三十七年（576）说起：

　　三十七年春，始奉源花。初，君臣病无以知人，欲使类聚群游，以观其行义，然后举而用之。遂简美女二人，一曰南毛，一曰俊贞，聚徒三百余人。二女争娟相妒，俊贞引南毛于私第，强劝酒至醉，曳而投河水以杀之。俊贞伏诛，徒人失和罢散。其后，更取美貌男子，妆饰之，名花郎以奉之。从众云集。或相磨以道义，或相悦以歌乐，游娱山水，无远不至。因此，知其人邪正，择其善者，荐之于朝。故金大问《花郎世记》曰："贤佐忠臣，从此而秀；良将勇卒，由是而生。"崔致远《鸾郎碑序》曰："国有玄妙之道，曰风流，设教之源，备详仙史，实乃包含三教，接化群生，且如入则孝于家，出则忠于国，鲁司寇之旨也。处无为之事，行不言之教，周柱史之宗也。诸恶莫作，诸善奉行，竺乾太子之化也。"唐令狐澄《新罗国记》曰："择贵人子弟之美者，傅粉妆饰之，名曰花郎，国人皆尊事之也。"①

　　不难看出，花郎道是新罗文化汲取儒、释、道三教文化因子而形成的朝鲜半岛本土文化，它自产生以来就已溶于朝鲜半岛人民的精神血脉，并在朝鲜民族的发展中起着极为重要的精神支柱作用。前文中李奎报笔下新罗士人"嚼鐵忠臣胆"之精神何尝不与花郎道有密切的关系？而这种花郎道精神即便是在新罗之后的高丽时期亦不失其重要意义。高丽文人李仁老即有曰："鸡林旧俗，择男子美风姿者，以珠翠饰之，名曰花郎，国人皆奉之，其徒至三千余人。若原、尝、春、陵之养士，取其颖脱不群者爵之朝，唯四仙门徒最盛，得立碑。我太祖龙兴，以为古国遗风尚不替矣，冬月设八关盛会，选良家子四人，被霓衣列舞于庭。"② 由此不难看出，源自新罗的花郎道于高丽时期亦在如八关会这类的国家重大政治活动中有着一席之地，其影响力并一直持续到当下，由此，"可以说'花郎道'是新罗时代的核心和精华，是新罗精神的凝结体。三国统一后，'花郎道'亦成为指向未来的韩国思想的中枢。即使由于王朝的交替，'花郎道'这一名称消亡了，但是它的精神和命脉仍存在于当代韩国思想之中"③。此

①　［高丽］金富轼：《三国史记》卷四，真兴王。
②　［高丽］李仁老：《破闲集》卷下。
③　李甦平：《韩国儒学史》，人民出版社 2009 年版，第 57—58 页。

种评价与李奎报就花郎道所持态度异曲同工,后者发出"仙真留异迹,贤圣揭宏规"这一吟诵,并于注解中进一步强调:"新罗有仙郎事迹。"而也或许是因为花郎所具有的"仙真""异迹"特点,故"唐代人眼中的新罗僧多有'神异'色彩,形象往往奇幻莫测而又暗藏神通,乃是神秘的'异僧'。其海东故国新罗的形象与之相互投射,呈现出神秘的'异境'特征"①。

花郎道精神对新罗国家的千年发展意义重大,正因如此,新罗文化独具特色,李奎报谓之曰:"犬首侔东岱,蛟川仿左伊。"此种表述有涉班固《东都赋》中"宪章稽古,封岱勒成,仪炳乎世宗"句,也有类张衡《东京赋》"溯洛背河,左伊右瀍"之语。而李奎报就庆州文物典制与洛阳相比侔,其中充满着对民族独特文化之骄傲情怀,而于注释文字里,在与中国文化相比较的字里行间,李奎报进一步表达了他的这一民族自豪感。就"犬首侔东岱"句李奎报注曰:"《新罗记》有犬首祠,《东都赋》云:勒岱祈嵩。"而对"蛟川仿左伊"一语,李奎报的注释文字为:"《三国史》:东京有蛟川。《东京赋》云:左伊右瀍。"由此可见,在始终以先进的中原礼乐文物制度为参照的同时,李奎报在字里行间充满了对本民族文化独特性的骄傲之情。而汉唐中原王朝诸如"勒岱祈嵩"等庄严盛大的宗教祭祀活动无异于新罗本土"犬首祠"中所举行的神圣宗教活动,这实际是对"新罗有仙郎事迹"的进一步言说,因为"花郎是实现'风流'精神的一种宗教性集团。于是对他们来说音乐和歌舞不是单纯的娱乐活动,而像'祭天仪式'一样是一种供神的神圣行为,还可以培养共同体意识、提高团结意识等,发挥社会作用。正因如此,新罗人认为通过音乐、歌舞等艺术活动才能达到真正的'风流'状态"②。言即至此,不得不提学者关于当下中、韩各自关于"礼"所存差异的思考:"谁都认为中国是礼仪之邦,但现在我们的生活里这个'礼'已经被丢弃了,而我们古代的东西被韩国学去以后,到现在还完好地保存着,这是很不正常的现象。"③ 来自中国的"礼",之所以能够在朝鲜半岛被完整保留,应该

---

① 刘啸虎:《"异僧"与"异境"——试析唐代人眼中的新罗僧及新罗形象》,《宁夏大学学报》(人文社会科学版)2018 年第 3 期。

② [韩]徐希定:《作为东亚共同美感之"风流"的来源与转变——以韩国新罗的文献为中心》,《文艺争鸣》2015 年第 8 期。

③ 彭林:《礼乐文明与中国文化精神——彭林教授东南大学讲演录》,中国人民大学出版社 2016 年版,第 32 页。

说，与"实乃包含三教，接化群生，且如入则孝于家，出则忠于国"的新罗花郎道精神等朝鲜半岛本土文化有较大的关联。而"包含三教"的新罗花郎道，其"或相磨以道义，或相悦以歌乐"的特点，恰恰诠释了"克己复礼为仁"这一古老儒家重要命题的精神实质，尤其是回答了"礼"是什么的问题以及"礼"在朝鲜半岛所呈现的不同于中国的文化格式。此正如学者阿城所曰："礼是什么？礼就是人与人的关系的行为规定。礼的本质简单，仪式则根据文化格式的不同而不同，它似乎是人类独有的创造。"①

二 "贤圣揭宏规"：新罗文学之盛

《三百韵诗》所表达的之于新罗暨祖国的热爱还表现在李奎报对新罗时期的文学前辈无限热爱之情当中，尤其是对崔致远、朴仁范、薛聪等新罗时期大学者的高度概括与赞扬，这种热爱还表现在对作为"新罗王外孙"的吴世文、吴世才兄弟的仰慕与友情方面。在《三百韵诗》里，李奎报如此曰："遒文夸绝壁，神略较灵蓍。仁范笙簧雅，弘儒黼黻披。辞清长笛嘏，意逸幅巾咨。竞蹑班联紧，谁辞政事坤。孤云金马客，东海玉林枝。射策鸣中国，驰声震四陲。"李奎报关于新罗文学及文学巨匠的概括，言语虽然不多，新罗文士之名亦未一一枚举，但却集中地概括了新罗一代文学的总体成就与辉煌。

李奎报所提及新罗文学名家中，7世纪后半叶的薛聪生年最早，他系新罗神文王时期人。据载："聪生而睿敏，博通经史，新罗十贤中一也。以方音通会华夷方俗物名，训解六经文学，至今海东业明经者，传受不绝。"② 其《花王戒》乃为朝鲜半岛最早的散文名篇之一，该作品中，薛聪以花王比喻国王，以蔷薇比喻王宫美女，而以白头翁比喻正直之士，《花王戒》之最后，作者借白头翁之口表达了对国王的忠谏："吾谓王聪明识理义，故来焉耳，今则非也。凡为君者，鲜不亲近邪佞，疏远正直。是以孟轲不遇以终身，冯唐郎潜而皓首。自古如此，吾其奈何？"薛聪及其《花王戒》对朝鲜半岛文学影响较为深远，直到朝鲜王朝时期，文人林悌在《花王戒》启发下，写出了不朽名篇《花史》。薛聪文名之显和为

---

① 阿城：《洛书河图：文明的造型探源（修订本）》，中华书局2015年版，第140—141页。

② ［高丽］一然：《三国遗事》卷四，元晓不羁。

后人仰慕并非仅仅因《花王戒》文笔之美,更在于他勇于谏言,对国家之前途有着认真负责的态度。正因如此,在高丽显宗十三年(1022)正月,"甲午,赠新罗翰林薛聪'弘儒侯',从祀先圣庙庭"①,李奎报"弘儒黼黻披"一句即为对薛聪文学成就的高度概括。薛聪为李奎报所重,而薛聪之父、新罗著名文僧元晓大师在《东国李相国集》中更是得到李奎报推崇。李奎报有多首关于元晓大师的咏史诗。如在《八月二十日,题楞迦山元晓房(并序)》中,李奎报首先序曰:"边山一名楞迦,昔元晓所居方丈,至今犹存,有一老比丘独居修真,无侍者,无鼎铛炊爨之具,日于苏来寺趁一斋而已。"随后为诗道:

> 循山度危梯,叠足行线路。上有百仞巅,晓圣曾结宇。灵踪杳何处,遗影留鹅素。茶泉贮寒玉,酌饮味如乳。此地旧无水,释子难栖住。晓公一来寄,甘液涌岩窦。吾师继高蹲,短葛此来寓。环顾八尺房,唯有一双屦。亦无侍居者,独坐度朝暮。小性(晓师俗号小性居士)复生世,敢不拜偻伛。

(《东国李相国集·全集卷九》)

身处元晓大师昔日的修炼地,李奎报油然生出对元晓大师深深的敬意,而面对继承元晓事业的老比丘,李奎报遂有"敢不拜偻伛"之敬佩感。李奎报对元晓之敬意还体现在《次板上资玄居士韵二首》(《东国李相国集·全集卷九》)、《题通师古笛(并序)》(《东国李相国集·全集卷八》)和《小性居士赞(并序)》(《东国李相国集·全集卷十九》)等作品中。《三国史记》中曾曰:"世传日本国真人赠新罗使薛判官诗序云:尝览元晓居士所著《金刚三昧论》,深恨不见其人。闻新罗国使薛即是居士之抱孙,虽不见其祖,而喜遇其孙。"②可见,无论是薛聪本人,还是其父元晓大师抑或其后人,皆有文名,并声播海外,为国争得了荣誉。因此,李奎报"弘儒黼黻披"一句看似简单的话里,实际包含的不仅仅是对弘儒侯薛聪的赞誉,更是对薛聪及其整个家族文名的称道。

"仁范笙篁雅,弘儒黼黻披"句中,李奎报则提到新罗末期的著名文

---

① [朝鲜]郑麟趾等:《高丽史》卷四,显宗一。
② [高丽]金富轼:《三国史记》卷四十六,薛聪。

士朴仁范，他与统一新罗初期的弘儒侯薛聪同享文名。作为"苦心为诗"① 的文人，朴仁范曾与崔致远等相交好，并于唐僖宗时期来中国留学，他深谙汉诗创作技巧并多有作品传世，对朝鲜半岛文学产生过极大的推动作用。李奎报对其钦慕已久，曾有《明日又用朴仁范诗韵各赋》曰："洞深烟雾碧凄迷，其奈无情日又西。厌雪寒麋争穴燥，避风幽鸟择枝低。走藤遇曲难成杖，卧木因高偶作梯。不识空门闲气味，到山烦觅壁间题。"（《东国李相国集·全集卷七》）此诗与有"冠绝古今之名唱"② 美称的新罗时期朴仁范《泾州龙瓶（朔）寺阁兼简云栖上人》一诗在意境、思想等诸多方面有着类似。试看后者："翚飞仙阁在青冥，月殿笙歌历历听。灯撼萤光明鸟道，梯回虹影到岩扃。人随流水何时尽，竹带寒山万古青。试问是非空色理，百年愁醉坐来醒。"③ 二诗分别以自然世界里的"洞深凄迷"和"仙阁青冥"起笔，幽幻之感强烈，而在二诗之最后，又分别以佛家"空门"和"空色"呼应诗首意境。在感叹二诗异曲同工之妙的同时，我们不难见出李奎报《明日又用朴仁范诗韵各赋》一诗之于朴仁范诗法的成功继承。李奎报在其诗话名著《白云小说》中曾就朴仁范及其如上诗评价曰："学士朴仁范《题泾州龙朔寺》诗云：'灯撼萤光明鸟道，梯回虹影落岩扃。'……我东之以诗鸣于中国，自三子始，文章之华国有如是夫！"④ 李奎报所谓"三子"，一是同为高丽时代文士的朴寅亮，二是新罗时代的崔致远，三是崔致远在其《桂苑笔耕集》卷十《新罗探候使朴仁范员外》一文中所盛赞的文友朴仁范。据崔致远在《新罗探候使朴仁范员外》中就朴仁范所作评价"员外芳含鸡树，秀禀龟山"等句，我们不难理解《三百韵诗》中李奎报"仁范笙篁雅"一句所蕴含的丰富意味。

李奎报关于新罗整体文学成就的前述总结语言中，所费笔墨最多的是新罗后期大文豪崔致远。崔致远字孤云，曾于唐懿宗时期来华，在中国长

① ［新罗］崔致远：《孤云集》卷一，新罗王与唐江西高大夫湘状。

② ［韩］金台俊：《朝鲜汉文学史》，张琏瑰译，社会科学文献出版社1996年版，第31页。

③ ［高丽］释子山夹注，查屏球整理：《夹注名贤十抄诗》卷中，上海古籍出版社2005年版，第115页。此诗中"百年愁醉坐来醒"句之"来"，《夹注名贤十抄诗》中原为"不"，今据张鹏《〈夹注名贤十抄诗〉补正》（见张伯伟主编《域外汉籍研究集刊（第四辑）》，中华书局2008年版）考证改正为"来"。

④ ［高丽］李奎报：《白云小说》，见蔡美花、赵季主编《韩国诗话全编校注》第一册，人民文学出版社2012年版，第48页。

达十六年之久，游历中国地方较多，交结中国人士更不在少数，其间曾在淮南节度使高骈幕下长期为事，为唐王朝出力颇多。崔致远回国后自编文集《桂苑笔耕集》二十卷，该著作系朝鲜三国时期唯一传世之个人作品集，也系朝鲜半岛现存最早、最完整之汉文典籍之一。"《桂苑笔耕集》以其文笔之优美与史料之可贵而受到人们的重视，后世曾屡次锓印传抄，使之得以流传并扩大影响。"① 由于崔致远曾长久在华并曾出仕要职，因而《桂苑笔耕集》在中国与朝鲜半岛关系史上具有重要地位。陈寅恪先生曾曰："崔致远《桂苑笔耕集》代高骈所作书牒，关于汴路区域徐州时溥、泗州于涛之兵争及运道阻塞之纪载甚多，俱两《唐书》及《通鉴》等所未详，实为最佳史料。"② 崔致远在相关唐档保存之贡献与成就而外，其文学上的巨大建树更在朝鲜半岛树立起了光辉的典范，赢得了后世历代朝野一致的尊敬。高丽显宗十一年（1020）八月，"丁亥，追赠新罗执事省侍郎崔致远内史令，从祀先圣庙庭"③。显宗十四年（1023）二月，"丙午，追封崔致远为'文昌侯'"④。前文提到，李奎报在《白云小说》中曾说："崔致远孤云，有破天荒之大功，故东方学者皆以为宗。"此言一语中的，因此，《三百韵诗》中，"孤云金马客，东海玉林枝。射策鸣中国，驰声震四陲"这二十字，就崔致远一生文学成就的概括相当精练。而李奎报就其中"孤云金马客"一句注解曰："崔致远，字孤云，入唐一举及第，同年顾云赠诗曰：一箭射破金门策。"崔致远一生文名的取得，与他在中国十六年的辛勤打拼是分不开的。和崔致远同为高骈幕僚的晚唐诗人顾云曾作《赠儒仙歌》赞叹崔致远道："我闻海上三金鳌，金鳌头戴山高高。山之上兮，珠宫贝阙黄金殿；山之下兮，千里万里之洪涛。傍边一点鸡林碧，鳌山孕秀生奇特。十二乘船渡海来，文章感动中华国。十八横行战词苑，一箭射破金门策。"⑤ 而关于崔致远文学成就以及顾云对崔致远之欣赏，李奎报《白云小说》并曰：

　　　　三韩自夏时始通中国，而文献蔑蔑无闻，隋唐以来，方有作者。

① 党银平：《桂苑笔耕集校注·前言》，中华书局2007年版，第8页。
② 陈寅恪：《寒柳堂集》，上海古籍出版社1980年版，第117页。
③ ［朝鲜］郑麟趾等：《高丽史》卷四，显宗一。
④ ［朝鲜］郑麟趾等：《高丽史》卷五，显宗二。
⑤ ［高丽］金富轼：《三国史记》卷四十六，崔致远。

如乙支之贻诗隋将，罗王之献颂唐帝，虽在简册，未免寂寥。至崔致远入唐登第，以文章名动海内。有诗一联曰："昆仑东走五山碧，星宿北流一水黄。"同年顾云曰："此句即一舆志也。"盖中国之五岳皆祖于昆仑山，黄河发源于星宿海，故云。其《题润州兹和寺》一句云："画角声中朝暮浪，青山影里古今人。"①

《题润州兹和寺》即《题润州慈和寺》，仅有诗题中"兹""慈"之异而已，乃崔致远在唐时所作，是中国与朝鲜半岛人民所喜爱的名诗。朝鲜李朝名士徐居正亦就崔致远及该诗有过如同李奎报般的评价："崔文昌侯致远入唐登第，以文章著名。《题润州慈和寺》诗有'画角声中朝暮浪，青山影里古今人'之句。后鸡林贾客入唐购诗，有以此句书示者。"②由于对崔致远有着无比崇敬的心情，因此即便是与崔致远之后代交往，李奎报都会视之为荣幸，如李奎报于四十八岁时作《又别成一首，谢惠烛》一诗，通过对崔致远十世内孙的赞许，李奎报再次间接表达出对崔致远的仰慕。试看该诗："东海孤云十世孙，文章犹有祖风存。两条金烛兼诗贶，诗足清心烛破昏。"而在对该诗前半部的注解里，李奎报直言道："崔致远十世内孙，致远字孤云。"（《东国李相国集·全集卷十七》）李奎报在诗歌之外的散文里，也对崔致远的不朽文名大加赞赏，如在《唐书不立崔致远列传议》一文中，李奎报曰："则崔孤云年十二，渡海入中华游学，一举甲科及第，遂为高骈从事，檄黄巢，巢颇沮气。后官至都统巡官侍御史。及将还本国，同年顾云赠《儒仙歌》，其略曰：'十二乘船过海来，文章感动中华国。'其迹章章如此。"同文中李奎报并为崔致远才华与待遇之间的反差鸣不平曰："奈何于《文艺》，独不为孤云立其传耶？予以私意揣之，古之人于文章，不得不相嫌忌，况致远以外国孤生入中朝，躏跞时之名辈，是近于中国之嫌者也。若立传直其笔，恐涉其嫌，故略之欤。是予所未知者也。"（《东国李相国集·全集卷二十二》）

李奎报笔下的新罗文士，涉及姓名者虽仅薛聪、朴仁范、崔致远三

---

① ［高丽］李奎报：《白云小说》，见蔡美花、赵季主编《韩国诗话全编校注》第一册，人民文学出版社 2012 年版，第 47—48 页。

② ［朝鲜］徐居正：《东人诗话》卷上，见蔡美花、赵季主编《韩国诗话全编校注》第一册，人民文学出版社 2012 年版，第 162 页。

人，但这并不是说"联珠墨客诗"所代表的新罗文学成就仅显于该三子，实际新罗时期的文学成就是李奎报所难以娓娓详说的。而新罗文学名家虽不及同时代的中国唐代为多，但也不算少数。《三国史记》中即提到新罗文武王所云："强首文章自任，能以书翰致意于中国及丽、济二邦，故能结好成功。我先王请兵于唐，以平丽、济者，虽曰武功，亦由文章之助焉，则强首之功岂可忽也！"① 亦提到崔承祐、崔彦㧑、金大问、元杰、王巨仁、金云卿、金垂训等诸多新罗文士曰：

> 崔承祐，以唐昭宗龙纪二年（890）入唐，至景福二年（893），侍郎杨涉下及第，有四六五卷，自序为《糊本集》，后为甄萱作檄书，移我太祖。崔彦㧑，年十八入唐游学，礼部侍郎薛廷圭下及第，四十二还国，为执事侍郎、瑞书院学士，及太祖开国，入朝，仕至翰林院大学士、平章事，卒谥文英。金大问，本新罗贵门子弟，圣德王三年（704）为汉山州都督，作传记若干卷，其《高僧传》《花郎世记》《乐本》《汉山记》犹存。朴仁范、元杰、巨仁、金云卿、金垂训辈，虽仅有文字传者，而史失行事，不得立传。②

可见，新罗文学的繁荣是李奎报区区数笔所难以尽述的。新罗文学成绩卓著者更有李奎报在《龙潭寺丛林会榜》中"新罗王子道义国师航海入唐，求法于地藏和尚"（《东国李相国集·全集卷二十五》）句所提到的地藏王金乔觉、盛唐时代西行中国及南亚次大陆等地求法的诗僧慧超、七世纪时因创作体现反佛思想之《返俗诗》而名载《全唐诗》的女诗人薛瑶等。由于难以一一细数，李奎报便选取最具代表性的三位文学巨擘以作为新罗时期文学成就之典型和总括。不仅如此，作为新罗王室后裔的吴世文、吴世才兄弟，虽身处高丽时代，但其身上所具有的横溢才华和贵胄气息实际仍在实证着新罗文学曾经的辉煌与成就，而李奎报对吴氏兄弟的赞扬实际也很大程度上包含着对新罗曾经的辉煌暨文学盛景无限眷慕之情。关于这一点，又是与他和吴氏兄弟的深厚私谊紧紧交织在一起的，我们不妨通过以下部分，进一步就此进行考察。

---

① ［高丽］金富轼：《三国史记》卷四十六。
② 同上。

第二节　《三百韵诗》中的朋友情与民族文化心结

一　"饮将同绿蚁，食亦共蹲鸱"：李奎报与吴世文及吴世才的友谊

前文所言《次韵吴东阁世文呈诰院诸学士三百韵诗（并序）》体现了李奎报对新罗文化暨祖国历史的热情赞颂。《三百韵诗》紧接下来的最大亮点就是对作为新罗王室后裔的吴世文及其兄弟吴世才才华所给予的热情赞扬以及与吴氏兄弟所结友情的真诚流露。据《三百韵诗》开篇注解中李奎报所言："吴公自言新罗王外孙，曾寓居东京，故论东京事。"因此，对与作为新罗王室后裔的吴世文及其兄弟吴世才的友谊之颂中实际也饱含着李奎报对祖国无限热爱之情。据高丽文人崔滋载："翰林学士吴学麟《重游兴福寺》云：'日改物自改，事移人又移。鹤添新岁子，松老去年枝。院院古非古，僧僧知不知。悠然登水阁，重验早题诗。'出语圆滑，曲尽重游之意。学士家世业儒，其孙世功、世文、世才三昆季，皆文章大手。季弟世才最优，世文次之。平生诗稿山积，皆散逸不传于世。悲夫！"[①] 作为吴学麟翰林之后，世文、世才有着极深的文学修养和极高的文名，并对李奎报有着很大的影响。尽管他们兄弟就年龄而论，长李奎报至少三十五岁，但二人与李奎报却是志同道合的忘年交，并被李奎报视为大儒。

（一）钟秀夫子吴世文

我们先来看李奎报与吴世文之间的友谊。这一友谊起始实际很早，据《东国李相集·年谱》："甲寅，明昌五年（高丽明宗二十四年，1194），公年二十七。是年，作《论潮水书》，呈吴东阁世文。"李奎报二十七岁这年所作《论潮水书》即李奎报《寄吴东阁世文〈论潮水书〉》一文。作者于其中就他与吴世文的友谊以及交往言道："仆不揆顽骏，自未冠时，已脱略同辈。喜与先生长者游，然未有博大真儒如先生辈者而得与之游，日闻所不闻也。先生长我无虑三十余年，则虽子畜之弟畜之尚可，而乃许以忘年，仆安敢当之？日昨，枉车骑顾仆于蓬荜之中，索仆近所著诗文，方垂览之际，从容谓之曰：'吾尝著《潮水论》，未曾示人，子好学者也。异日过我，当以见示。'仆闻之，自以为今之能文博古老儒宿学，

---

① ［高丽］崔滋：《补闲集》卷上。

不为不多，而独以仆为可教，将示以箱中之秘宝，如仆者宜万万荣且感也。"（《东国李相国集·全集卷二十六》）不难看出，李奎报与吴世文相识很久，李奎报"自未冠时"二人之间的交往即已开始，并且从李奎报的话中我们看到，吴世文虽长李奎报三十余岁，但他却是一位善于发现人才、珍惜人才并有不耻下问精神的学者。在李奎报眼里，他又是对自己多有提携的长者，是为文赋诗多有成绩的大儒，而正因如此，在一年以后问世的《三百韵诗》中李奎报夸赞吴世文曰：

> 寰区归统壹，古国产英奇。夫子尤钟秀，清时特挺姿。九经偏嗜易，三宝最先慈。制作平吞朓，哇淫一扫摛。早腾千里足，曾备四时皮。鲠正李和鼎，风流袁孝尼。诗高成七步，孝过问三答。白玉元难污，悬衡岂易欺。骨清双鹤髓，文丽水蚕丝。后学螟蛉化，诸儒鸟雀随。濯缨承异眷，颓面奏新词。抗志曾高峭，低颜肯呶訾。自珍纫佩蕙，难掩脱囊锥。步纬该金柜，精神捡玉匙。句吴玄系远，大伯素风垂。海内唯方朔，关东独鲁丕。短编嘲蹉踔，古篆辨蟫蚑。师道肩韩愈，时名揖庚羲。

呈现在我们面前的吴世文是一位学识渊博、七步成诗、品质如玉并且有着坚韧性格的清朗儒者，在他身上散发着王族后裔所具有的高贵、清俊与秀挺之气。他既对儒家《易》等经典有着深厚的功底，也有着佛家慈悲为怀的风范，并且通晓阴阳等道家知识，同时他也是一位积极提携后学之士。可以说，在吴世文身上，集中了作为一名正统儒家学者所具有的一切优点，他有着中国唐朝人李甘的浩然正气、三国魏人袁准的音乐天赋、曹植七步成诗的文才和周公般正直忠君的孝行，其学生则螟蛉孵化般出现，多得有如鸟雀。而作为不吝所学、努力为国家培育人才之士，吴世文本人始终保持着良好的品格，其"自珍纫佩蕙"之人生态度与屈原"纫秋兰以为佩"之品格极为相似。蕙，香草名，亦佩兰，《离骚》中即出现"矫菌桂以纫蕙兮，索胡绳之纚纚"等六处之多；兰，"六月开花。至秋结穗。以子种之。叶甚香。兼众芳为裳佩。言集古今之美以服躬也"[1]。具体到屈原，"他把芳草来象征高尚的美德和有用的人才。他认为自己既

---

[1] （清）王夫之：《楚辞通释》卷一，上海人民出版社 1975 年版，第 3 页。

有'内美'，又有'修能'，还是孜孜不倦，及时努力自修，希望贡献自己的力量为祖国效力"①。而品格高洁的吴世文坚信，他本人以及才名也将如囊锥露颖，终究是要显露出来的。李奎报并把吴世文与西周时期吴国的开国者太伯联系在一起，从而赞扬了吴世文家世源系之长久。李奎报将吴世文文才之高与两汉东方朔、鲁丕、东晋庾羲、唐代韩愈等相比拟，充分表达了他对吴世文的景仰之情。而就事实论，吴世文文学成就之高在高丽文坛确有相当影响力。崔滋即有曰："吴秘丞世文《题绿杨驿》云：'有花村价重，无柳驿名孤。乔木日先照，枯桑风自呼。'此联高淡有味，有味不如意尽。"② 吴世文文才之富、人品之正对李奎报有着极大影响，因而，在整个《东国李相国集》中，关于吴世文的诗文如《三百韵诗》《寄吴东阁世文〈论潮水书〉》以及关于其弟吴世才的《吴先生德全哀词（并序）》等都感情饱满，皆为文学精品，从中也可见出青年李奎报对作为长者的吴世文兄弟的真挚感情和崇敬心情。

与吴世文出众的学识和文名形成鲜明对照的是他所经历的官场起伏，这与李奎报所经历的官场挫折有所类似，同时这种挫折也是必然的。在《三百韵诗》中，李奎报就吴世文"直道甘三黜"的人生经历进行了较大篇幅的吟诵。李奎报形容吴世文的第一次贬官是"再乘东去驷，三驾北征辕"，实际这是对吴世文为官边鄙之地的委婉说辞。尽管在边鄙艰苦之地为官，但"薤盂初作守"③ 的吴世文仍然取得了不错的政绩。李奎报就此言道："土风犹带羯，边俗例如黑。青犊何劳剪，膻戎尚可麼。威声加绝塞，忠信质灵祇。"而正因为吴世文出色的表现，他又回到了京师。李奎报就此曰："巨鳌那游井，飞龙旋跃陂。"李奎报并于注解中曰："言公之征还。"回京后的吴世文"才英登陆厥，文翰委微之"，此即李奎报所注解："公自守郡还，复为翰林。"复为翰林的吴世文无疑有如鱼得水之感："银漏声沾滴，花砖影陆离。制词书茧纸，宣馔饫琼糜。"可是，就在吴世文为国家卖力正酣之际，"微毒遭蜂虿，多言任鹡鸰"，他遂遭到

① 游国恩：《楚辞论文集》，古典文学出版社 1957 年版，第 288 页。
② ［高丽］崔滋：《补闲集》卷上。
③ 此句典本《后汉书·列传第四十一·庞参》："拜参为汉阳太守。郡人任棠者，有奇节，隐居教授。参到，先候之。棠不与言，但以薤一大本，水一盂，置户屏前，自抱孙儿伏于户下。主簿白以为倨。参思其微意，良久而还：'棠是欲晓太守也。水者，欲吾清也。拔大本薤者，欲吾击强宗也。抱儿当户，欲吾开门恤孤也。'于是叹息而还。参在职，果能抑强助弱，以惠政得民。"见（南朝宋）范晔撰，（唐）李贤等注《后汉书》，中华书局 1965 年版，第 1689 页。

了第二次罢官的厄运。此正如李奎报就该句特加注释文字所言："公在翰林，以事克弹免官。"但是，罢官后的吴世文并未就此而消沉，他益发出名，丝毫不以享乐为念，最终又官复原职。李奎报吟诵曰："贬斥名弥著，陵兢志莫提。果承申命密，更荷渥光熹。"作者就吴世文第二次复官并注解曰："公复为翰林。"如同以往一样，吴世文积极投身本职。李奎报遂赞之曰："御笔登迁拜，朝仪省阙遗。天威才咫尺，雨泽洽沾滋。伛偻端容止，矜庄慎唾洟。"可是，险恶的仕宦环境中，吴世文难免第三次放逐的厄运。李奎报"忽受言纶降，光承使节持"句正是对吴世文"今春为云中道监仓使"这一降官安排的描述。已习惯于官场起伏的吴世文"命服虽披紫，儒冠不改缁"，他仍然表现出了豁达的态度，在云中道监仓使任上政绩突出："凤觞纤手奉，龙管绛唇吹。画戟森庭陛，香风彻道歧。年祥占格泽，军事验觜觿。"在对吴世文最后的总结中，李奎报不无慨叹地说："朝廷疏敬叔，权贵忌桓彝。直道甘三黜，长谣发五噫。怨尤心岂敢，贤达古如斯。"从李奎报对吴世文命运的慨叹中，我们实际亦可感受到李奎报对自己命运的反观。

（二）"玄静先生"吴世才

李奎报与吴世文有着深厚的友谊，而就吴世文弟吴世才而言，李奎报与之所建立的友谊同样深厚。关于吴世才，《高丽史》如此曰："世才字德全，高敞县人，祖翰林学士学麟。世才少力学，手写六经以读，日诵《周易》。明宗时登第，性疏隽少检，不容于世，仁老三上书荐之，竟未得官。侨寓东京，穷困而卒。与奎报为忘年交，奎报私谥曰'玄静先生'。"① 从《高丽史》中"世才少力学，手写六经以读""竟未得官""穷困而卒"等语，我们看到的是一位才华横溢却命运多舛的儒者形象。吴世才一生文名远播，但仕途却无机会，这就意味着他将付出比其他士大夫文人更多的努力以维持生计。晚景尤其惨淡的吴世才曾在《病目》一诗里就生活与身体状况有曰："老与病相随，穷年一布衣。玄花多掩映，紫石少光辉。怯然灯前字，羞承雪后晖。待看金榜罢，闭目坐忘机。"②

而在李奎报看来，吴世才的文名、人品和其生活的窘迫是极不相称

---

① ［朝鲜］郑麟趾等：《高丽史》卷一百〇二，李仁老。
② ［朝鲜］徐居正编：《东文选》卷九。

的，这无疑是一大遗憾。《忌名说》一文表达了李奎报对吴世才出色文才和谦虚品格的赞叹，同时也抒发了对其人生窘迫的不平：

> 李子问吴德全曰：“三韩自古以文鸣于世者多矣，鲜有牛童走卒之及知其名者，独先生之名，虽至妇女儿童，无有不知者，何哉？”先生笑曰：“吾尝作老书生，糊口四方，无所不至，故人多知者，而连举春官不捷，则人皆指以为今年某又不第矣，以此熟人之耳目耳，非必以才也。且无实而享虚名，犹无功而食千钟之禄。吾以是穷困若此，平生所忌者名也。”其贬损如此，或以公为恃才傲物，此甚不知先生者也。
>
> （《东国李相国集·全集卷二十一》）

吴世才并非“恃才傲物”之徒，他实际是一位喜诗好文的谦谦君子，因而其文学成就颇高，可惜“平生诗稿山积，皆散逸不传于世”。尽管如此，吴世才的诗作中还是有《戟岩》等数首传世。从李奎报《吴德全〈戟岩〉诗跋尾》一文我们可管窥吴世才之诗文成就。试看该文：“吴德全为诗，遒迈劲俊，其诗之脍炙人口者，不为不多。然未见能押强韵，俨若天成者。及于北山欲题戟岩，则使人占韵，其人故以险韵占之。先生题曰：‘北岭巉巉石，邦人号戟岩。迥槎乘鹤晋，高刺上天咸。揉柄电为火，洗锋霜是盐。何当作兵器，败楚亦亡凡。’其后有北朝使，能诗人也，闻此诗，再三叹美。问是人在否，令作何官，倘可见之耶。我国人茫然无以对。予闻之曰：‘何不道今方为制诰学士之任耶。’其昧权如此，可叹哉云。”（《东国李相国集·全集卷二十一》）吴世才一生仕途不顺，其山积诗稿亦最终所存无几，于是乎，文名不朽和仕途坎坷之间所形成的巨大反差，便在同为文人的知识分子群体中形成巨大的心理震撼与深切共鸣，吴世才诗亦便能够引起后辈诗家持续的关注。丽末李齐贤即曰：“吴大祝世才《讽毅庙微行》诗云：‘胡乃日清明，黑云低地横。都人切莫近，龙向此中行。’用‘人’韵赋戟岩云：‘城北石巉巉，邦人号戟岩。迥槎乘鹤晋，高刺上天咸。揉柄电为火，洗锋霜是盐。何当作兵器，败楚亦亡凡。’《病目》云：‘老与病相期，穷年一布衣。玄花多掩翳，紫石少光辉。怯照灯前字，羞看雪后晖。待看金榜罢，闭目学忘机。’李文顺公

奎报谓：'先生为诗学韩、杜，然其诗不多见。'"① 而时至今日，吴世才
《戟岩》仍为学界所称道如下："这首诗风格遒劲，感情沛然，显示出了
诗人不能泯灭的济世之志。一块形状奇特的岩石，正符合诗人心中垒垒不
平的孤愤，所以诗人把现实中不能实现的理想都寄托在了这块岩石身上，
把它想象成可以'刺天''破楚'的利器，奇思异想，都源于不平
之意。"②

李奎报与吴世才有着非同一般的关系，因此也就不难理解《三百韵
诗》中紧接对吴世文文采和经历的吟诵后，李奎报对其弟吴世才所作的
全景式概括：

> 令弟仙骖远，君家玉树亏。我曾同意气，才岂角雄雌。孔户窥弥
> 奥，曹墙入愈罙。碧云何独赵，明月不须隋。共怯当锋刃，其能捶厥
> 锄。辞堪驱宋玉，意欲剪王伾。逝矣乘风久，嗟哉斫垩谁？见诗增感
> 慨，怀旧自凄悯。独洒长康泪，犹思德秀眉。唯公承鸷荐，当世作驷
> 僖。莫便随麋鹿，须期戴骏蚁。流光怜分寸，外物视铢锱。相访曾
> 交臂，清吟自捻髭。惭将栖荟羽，仰触刺天馨。主喜迎王粲，予深慕
> 贾逵。幽居夸钓濮，奇迹说游灗。恰有清风袭，元无素议玭。横弹翻
> 见中，贫病却难医。莫叹辰安在，端知德不衰。那随凫唼藻，会与凤
> 含葳。

李奎报就上文"令弟仙骖远"一句注解曰："公弟世才，字德全，为
名儒，今即世。"吴世才在高丽明宗十七年（1187）"即世"，当八年之后
的高丽明宗二十五年（1195），年方二十八岁的李奎报创作《三百韵诗》
时，他内心对吴世才的那份切切思念再次升腾。他自然发出"我曾同意
气"的追思并深情言道："予与德全为忘年交。""辞堪驱宋玉，意欲剪王
伾"的吴世才已是"逝矣乘风久"，留给李奎报的只有无限的伤感与慨
叹："逝矣乘风久，嗟哉斫垩谁？见诗增感慨，怀旧自凄悯。独洒长康
泪，犹思德秀眉。"李奎报的悲伤是有着个人理由的，因为就他而言，当

---

① ［高丽］李齐贤：《栎翁稗说》，见蔡美花、赵季主编《韩国诗话全编校注》第一册，人
民文学出版社 2012 年版，第 149 页。

② 李岩、徐健顺：《朝鲜文学通史（上）》，社会科学文献出版社 2010 年版，第 333 页。

年吴世才对年少的自己所给予的提携令人铭记不忘。据《东国李相国集·全集序》："方未冠时，有吴先生世才者，世所谓名儒，平生小许可人。一见奇之，许以忘年。人或非之曰：'先生长于李三十余年矣，何媒此顽孺子，使之骄耶？'先生曰：'非尔辈所知也。此子非常人，后必远到矣！'"由此可见，李奎报与吴世才属典型的忘年交，而从"世所谓名儒，平生小许可人"句我们可以看出，吴世才处事谨严、交往有度，但当看到将来必成大器的李奎报时，则一改自己"平生小许可人"之惯常做法而对其称奇，并立刻与之成了忘年交，这就在无形中对李奎报产生了鼓舞，使之有被提携之感，从而也便成为李奎报毕生所珍藏的一幕。难怪乎直到李奎报离世后，右司谏郑芝奉宣述之《诔书》中再次提及李奎报与吴世才之间第一次见面时这难忘的一幕："方未冠时，有吴先生世才者，于人慎许可。一见而奇之曰：'子非常人也。必远到矣。'"（《东国李相国集·后集卷终》）晚年时候，壮志未酬的吴世才东赴庆州，而这一去，竟是他与李奎报永远的离别。吴世才东游庆州，李奎报对似父亦友的吴世才自然难以割舍，遂作诗《吴德全东游不来，以诗寄之》，关于此事，崔滋如此道：

> 世才老不得志，客游东都。弃庵居士淳之赠诗曰：……。文顺公少于吴三十余年，结为忘年交，亦以诗寄之云："海山东去路悠悠，一落天涯久倦游。黄稻日肥鸡鹜喜，碧梧秋老凤凰愁。烟波不返游吴棹，雪月期浮访剡舟。圣代未应终见弃，莫思垂白钓清流。"其为一代英雄所称慕如此。①

中国典籍《国语·越语下》载范蠡助勾践灭吴后，"遂乘轻舟以浮于五湖，莫知其所终极"，李奎报则以"烟波不返游吴棹"比拟吴世才之东游不返，并化用东晋"王子猷雪夜访戴"名典而吟出"雪月期浮访剡舟"佳句，可是，忘年交已逝，所"期"何在？心生怆然方为其实。

李奎报对吴世才的思念是持久的。在《忆吴德全》一首中，李奎报道："心将万里长云远，泪逐空庭密雨零。一别君来谁与语？眼中无复旧时青。"（《东国李相国集·全集卷一》）李奎报失去忘年交后的失落和对

---

① ［高丽］崔滋：《补闲集》卷上。

好友的思念如此的强烈,尤其是"一别君来谁与语"句所表达出的深切思念,其所具有的感染力与"雪月期浮访剡舟"句无疑有着同等的深度。作为"海左七贤"中的重要成员之一,吴世才曾对李奎报多有提携与呵护,使之在人生较早时期便有机会接触高丽文坛高层。因而,李奎报在吴世才离世后不止一次回忆起和其参与文坛高会等的情景。在《吴先生德全哀词(并序)》中李奎报曾曰:

> 昔公之未东也,始访予于城西之庄,留浃辰论怀款密,予年方十八,犹未冠,公已五十三矣。予欲以丈人行事之,公不肯焉,许以忘年曰:"古之人论交,但论志之何如耳,不必以齿。吾才虽不及嵇康,以子为阮籍可矣。"自是尝与游诗酒间。每于名流广会中,以得予为夸。

(《东国李相国集·全集卷三十七》)

吴世才对李奎报以知音遇之,并与其同游诗酒间,使之接触到更多的文坛高手,且对其予以积极鼓励,这是何等珍贵的人生记忆,谁人会不为之动情呢?而在没有吴世才的日子里,每逢诗酒聚会,李奎报总会想起吴世才。试如《次韵东皋子用杜牧韵忆德全》中,作者言道:"归去追彭泽,佯狂忆翰林。一心山色古,双鬓雪痕深。莺日漫多思,雁天空寄音。每逢诗酒会,谁与放高吟?"(《东国李相国集·全集卷一》)而随着时间的推移,李奎报对吴世才的思念越发深刻,急欲见到忘年交的渴望心情亦颇为强烈。试看吴世才东游多年后李奎报所作《重忆吴德全》一诗:"不见吴季重,于今四五年。欲飞身欠翼,相忆眼成泉。"(《东国李相国集·全集卷三》)时年二十五岁左右的李奎报多么希望自己能有一双翅膀飞到吴世才身边,但这是不可能的,他对吴世才的思念之切尽在泉涌般的泪水当中。《重忆吴德全》一诗完成后三年左右,《三百韵诗》写就,深埋于李奎报内心深处的那份对吴世才的思念再次被勾起,因此尽管就该长诗而言,其中关于吴世才的文字只有短短三百多字,并只占《三百韵诗》全文的百分之七,但从李奎报"怀旧自凄惋""独洒长康泪"这种油然而生的悲怆情怀中,我们可以体会到其中所饱含的作者之于忘年交深切的怀念。

二　"道德相磨知友益"：特定时代下的朋友观与民族意识

《三百韵诗》既体现了作者对武人专权下祖国命运的关注，也充分体现了作者对友情的珍视，这从李奎报对吴世文、吴世才兄弟的敬仰之笔可以明显感觉到，更可以从李奎报对金瑞廷、郑文甲二人的溢美之词中得到进一步说明。《三百韵诗》以四分之一强的篇幅对金瑞廷、郑文甲就文才、经历等进行了铺陈，在感叹李奎报诗赋文采高超之同时，我们亦可感受到作者在特定历史时期与文朋诗友的深厚情谊。

（一）"真瑚琏"与"荣阳秀"

在《三百韵诗》中，作者言及金瑞廷曰："京兆真瑚琏，王郎愧桷榱。坦怀无畛域，深识剖毫厘。千首诗张祐，《三都赋》左思。一鸣登鹭序，新沐振蝉绥。岂但校天禄，犹堪羁谷蠡。曩陪清庙寝，肃奉紫坛祠。摩挖陈三俎，擩燔辨六斋。硈硈芳已积，鬵鬵意逾祇。桂酒清如泼，山罍满不欹。"李奎报以宗庙中的礼器瑚、琏比喻金瑞廷，其用意可谓深刻，因为"瑚、琏皆为古代祭祀时盛粟稷的器皿，因其贵重，常用以比喻人有才能，堪当大任"①，《论语·公冶长》中孔子即以瑚琏比喻端木赐。试看如下孔子和学生子贡的对话："子贡问曰：'赐也何如?'子曰：'女，器也。'曰：'何器也?'曰：'瑚琏也。'"而李奎报以瑚琏比喻金瑞廷，是要彰显后者在国家建设中所作出的重要贡献，并以晋代王鉴比拟金瑞廷之于国家的榱桷之用。心胸宽广的金瑞廷不但见多识广，做事仔细认真，而且为文赋诗可与中国唐代张祐和西晋左思相抗。金瑞廷在国家图书机构担任要职，且有统军作战、抵御外寇之功，而作为大庙令，他更是敬神以诚，一丝不苟。李奎报并提到"公为安边守"，且就金瑞廷在任上的政绩曰："下车开郡阁，拥剑课边陴。童戏犹驯雉，军搜竞献貔。卦分畦块圠，星散屋逶迤。廨馆堪方轨，宾筵拟履齐。钱钮明烁烁，竿袏转傂傂。"我们看到的是在金瑞廷的治理下，人民安居乐业、儿童嬉戏、军士尽职尽责的场面，金瑞廷的能力得到李奎报充分的肯定。与金瑞廷类似的是，郑文甲也是有着一定才能、为国努力工作的人。李奎报如是描写郑文甲道："我爱荣阳秀，才如巴郡赍。柏台弹吏懦，肺石活民赢。已历三关塞，曾驱九折陂。疏书应脱腕，草檄仅生视。灂县尝观霍，琅邪亦渡滩。

---

① 《辞源（修订本）》下册，商务印书馆1983年版，第2068页。

岁行临尾次，王事赴干维。竭入龙湾镇，行侵鸭绿湄。军容看仡仡，胡眼笑睢睢。左衽犹旁午，中心尚忸怩。家皆藏剑槊，人罕用镃锜。始使生榛地，浑为聚笠甾。蜇弧欺考叔，鲸赋壮崔倕。"才华横溢的郑文甲曾在柏台为御史，后作为刑部员外，为百姓主持公道。此外，郑文甲也曾有过边塞军旅生涯，他在义州统领劲勇抵御过鸭绿江对面的女真等对国家的骚扰，其身先士卒之精神丝毫不差于中国春秋时代执掌郑国蜇弧军旗一马当先的颍考叔。此外，在郑文甲的治理下，边鄙榛芜之地变为了良田，民风也由尚勇好斗变为勤于田亩。

不难看出，无论是金瑞廷还是郑文甲，其所具有的学识与才干都值得称道，但二人却也有着仕途上的坎坷。依照李奎报所言，由于"公以阍门剩员，未出官"，因而金瑞廷便闲居在家，以赋诗饮酒打发时光，大器不为武人政权所用。这在李奎报看来是一件颇为可叹之事，于是，他就此言道："旧列薪犹积，孤忠石不移。端居长隐几，清梦尚乘舻。书圃谁为伴，仁邻孰与比。一钱当不蓄，万卷本何裨。幅被胜狐貉，盘蔬当鱐鱁。摅怀唯酩酊，知命敢呜戏。冠檵初投谒，门墙不见麾。惘然迷界限，恍未测津涯。霜若碧天远，露寒殷叶萎。夕阳嗟暮矣，凉夜问何其。扼腕俱相笑，论情颇自悲。草堂初饮水，尘釜晚燃萁。避谤虽缄口，逢时必壮頄。威仪诚棣棣，阘茸谩嘻嘻。"金瑞廷虽未出官，但他却对国家抱着"孤忠石不移"的坚韧态度，并以诗酒为伴。当时未谋得一官半职的李奎报与之相遇时，遂有"扼腕俱相笑，论情颇自悲"的自嘲与悲情。金瑞廷显然有所不顺，而郑员外文甲也有着基本相同的命运。李奎报有感于郑文甲"公今免官"的状态，于是抱不平曰："昔何荣赫煽，今反退嚘咿。公辈皆如此，皇天亦似私。"与金瑞廷、郑文甲惺惺相惜的李奎报知道，在武人专政之下，"避谤""缄口"不失为自保的可选方式，若逢时机成熟，必定壮頄扬眉。但是，李奎报想错了，就在该《三百韵诗》创作次年，即高丽明宗二十六年（1196），毅末武人政变后执掌高丽朝政的李义旼被同为武人出身的崔忠献、崔忠粹兄弟所杀。其后崔忠献等并未还政于国王，而是采取了更为专制的手段，高丽历史由此进入了崔氏一手遮天，更为漫长黑暗的另一武人专权时期。李奎报本人则出于报效国家之考虑，不得不于此诗写就后五年左右选择了与崔氏的合作。

（二）友谊之珍

李奎报对于朋友情分极为珍视，这尤其体现于对志同道合者或诗酒唱和者的友情上。从李奎报的诗文来看，唱和诗或者反映朋友情怀的诗作在其中占有很大比重，从中我们可以感受到作者所受儒学友爱伦理浸染之深。"友爱伦理构成了家庭（德性）和社会（德性）不可或缺的沟通桥梁。在朝向德性的共同追求中，友爱主体凭借相互的同情、同感或共鸣，逐步将家庭德性所包含的爱意、关怀和尊重等积极要素，扩展到非血缘亲情性的社会关系领域，即'君子以文会友，以友辅仁'。"① 儒学友爱伦理是李奎报珍视与文人士大夫间诗酒酬唱交往的原动力，另一重要现实因素则在于李奎报所生活时代武人专权、文人遭受打压的特殊事实，它使得文人阶层有一种普遍的危机感，因而文人便更能相互团结、彼此勉励、心心相照，高丽时期"海左七贤"文人团体的出现即为典型。"由于政局不稳，文人普遍以放浪山水、纵情诗酒来全身避害，于是结社之风大兴。高丽的'海左七贤'是模仿中国魏晋间'竹林七贤'而结社的。所聚集的七个文人，都是武臣政变的受害者和不满于社会的知识分子。在交游的过程中，他们各自体现出了类似的社会批评意识、文艺观念和审美趣味。"② 可以说，共同的嗜酒赋诗之好、共同面临的政治高压、对时代共同的心灵体验是促成高丽武人专权时期文人以结社等方式相与安抚、彼此照应的重要原因，而李奎报和其诗朋酒友相互唱和之实践以及其诗作则很大程度上反映了他在特定历史时期对友情的理解和重视。《七贤说》一文中，李奎报如是言道：

先辈有以文名世者某某等七人，自以为一时豪俊，遂相与为七贤，盖慕晋之七贤也。每相会，饮酒赋诗，旁若无人。世多讥之，然后稍沮。时予年方十九，吴德全许为忘年友，每携诣其会。其后德全游东都，予复诣其会。李清卿目予曰："子之德全，东游不返，予可补耶。"

（《东国李相国集·全集卷二十一》）

从上文我们可以看到，海左七贤以中国魏晋时期的竹林七贤为楷模，

---

① 陈治国：《早期儒学友爱伦理的范围、功能与地位》，《光明日报》2019 年 10 月 28 日第15 版。

② 李岩、徐健顺：《朝鲜文学通史（上）》，社会科学文献出版社 2010 年版，第 324 页。

二者皆有着躲避强权这一背景，吴世才带年方十九的李奎报参加竹林高会，其中不无心灵上相互照应之思考。而吴世才东游不返后，李奎报之所以仍然参加竹林高会，其内心深处对作为心灵依靠的吴世才的那份执着期盼则为重要因素。"海左七贤"之一的李清卿之所以希望李奎报能补吴世才东游不返所留下的空缺，实际也是有着寻求心灵抚慰的强烈动机。进一步言，由于在强权面前普遍的忧虑感，文人对其群体中成员相互间的离别与生死看得很重。吴世才东去庆州不返，"海左七贤"中的其他六子自然不免失落，因而便有了李清卿欲以李奎报替补吴世才以全"七贤"人数之一幕，其中所升腾的"抱团取暖"坚韧精神与文人自我期许心理亦颇明显。台湾学者对传统儒士此类心态中肯地评价曰："这样的自我期许与自负绝不是个别的'士'的独特表现，而是儒士共同的自我认同，是具有普遍性的。儒士透过经义（特别是《诗》）的陶冶、'士'节的要求与自我期许，强化了共同的认可。有了共同的信念与认可，个别的'士'被黏合在一起，不再是松散的力量了。"① 就李奎报来说，朋友的离去、同道的飘零，都会对其心理构成强烈的冲击。如在《读林椿诗》中他道："一枝丹桂虽无分，百首清诗合有声。英魄如今何处在，儿童犹解说君名。"（《东国李相国集·全集卷十》）作为海左七贤之一的林椿离世业已多年，人去诗存的现实对李奎报而言无疑是苦涩而沉重的，但人生没有不散之筵席，李奎报不得不接受朋友一个个离自己远去的事实并努力寻求解脱。在《与全履之手书》一文中，李奎报曾道：

前日晨起，偶阅吾箱箧中所贮诗稿，见诗卷中所载平昔与游中辈行故人之姓字，一半已为鬼录，余各飘散千里，耗音不相闻者亦多，念之不觉失声惊呼。中间遇咸子真、吴德全辈数四君，为忘年友，亦皆长逝，此则先辈也，理必应尔。虽少壮亦不可恃，人命脆弱，一何如此，噫！唯足下与仆，幸各无恙。日相与游，未尝暌折有间也。虽然，人生聚散无常，今日会合，不知明日又各去何处也。未尔间，但努力图穷乐事耳，外此何与于我哉？

（《东国李相国集·全集卷二十七》）

① 林聪舜：《儒学与汉帝国意识形态》，上海人民出版社 2017 年版，第 104 页。

由于对朋来友去的场景有着太多的经历和对生离死别有太敏感的体验，李奎报深知人生苦短的道理，因而也便发出“人命脆弱，一何如此”的慨叹，并不无庆幸地说：“噫！唯足下与仆，幸各无恙。”同时他也就于无奈之下选择了以及时行乐作为解脱之法：“但努力图穷乐事耳，外此何与于我哉?”当然，我们不能简单地将“但努力图穷乐事耳”一语理解为吃喝玩乐，因为该句就深层而言实际也包含有诗酒高会、酬唱相磨之意。《三百韵诗》序文中曰：“濮阳吴公世文，自北使见劾，入洛闲居一日，与金东阁瑞廷，置酒郑员外文甲林园。予访之预饮坐末。吴公夸予曰：……因出其诗示之。是日还家，次韵赓和，奉寄吴公兼简郑员外、金东阁。”这实际也证明李奎报所谓的“乐事”实际也包含赋诗。因而，当我们反观《三百韵诗》，便会理解李奎报何以用洋洋洒洒三百韵对朋友之情给予热烈铺陈，而从李奎报之于吴世文、吴世才兄弟和金瑞廷、郑文甲的热情言语中，我们也便能够真实读懂其中所弥漫的浓郁友情意味。

（三）“道德相磨知友益”

李奎报对朋友情谊十分看重，因而他自身亦就朋友问题有自己独到的一套看法。“道德相磨知友益”（《次韵其日座客李谏议（世华）和亲字韵诗见寄二首》其二，《东国李相国集·后集卷四》）一语可谓李奎报朋友主张中最核心的方面：朋友贵在相互督促，相互切磋磨砻，自我的磨砺进步需要朋友给力支持，了解自己的知心朋友对自我而言是有益的。尤其是作为武人专权下为文好诗之人，李奎报所希望的不仅仅是在与同道者的切磋中诗文水平愈来愈有进步并达到“磨砻老益智，吟咏闲弥精”① 的境界，实际更有着通过相依相靠以克服当时文人普遍的心理不安窘境这一需要。李奎报曾有《相磨木（俗云“磨友木”也）》一诗，曰：

> 吾闻于古人，朋友贵切偲。道德以磨砻，如去玉之疵。嗟尔异于此，相磨反伤肌。南山有桥梓，俯仰父子仪。又闻交让树，东枝避西枝。尔幸同根生，何遽相仇为。日夜抷且斗，仰视无完皮。声亦听不平，赤憎鼓扬飔。此木有佳实，我不愿食之。呼奴即斫去，嘱以充晨炊。友道丧已久，此足为箴规。
>
> （《东国李相国集·全集卷十二》）

① （唐）刘禹锡：《酬湖州崔郎中见寄》，见《全唐诗》卷三百五十五，刘禹锡二。

　　按照"吾闻于古人"一语，李奎报"朋友贵切偲""道德以磨砻"这一观点实际也是通过研读古人相关典籍而得出，于是我们从中体会到一种浓郁儒家朋友理论的气息。而就事实论，"朋友"一词起源于先秦，后作为"五伦"之一成为儒家理论重要范畴。儒家相关理论中诸如"朋友有信"①"君子以文会友，以友辅仁"②"嘤其鸣焉，求其友声"③ 等探讨颇多，今人亦就相关"朋友"问题云："'道义'是儒家文化中含义很丰富的一个概念。不过就朋友这一伦理来看，'道义'既是一种政治理想，又表现为一种道德追求，它可谓是人间一切美好事物的总称。因此，以'道义'相合，既表明了儒家交友的高尚性，又含蕴了其修齐治平的历史抱负。"④ 深受汉文化影响的李奎报其朋友理论无疑有着深刻的儒家印记，但同样也有着明显新罗时代之花郎道精神。前文已述花郎道的精神体现为"相磨以道义，或相悦以歌乐，游娱山水，无远不至"，而从"道德相磨知友益"这一论断和李奎报自身的表现而言，其朋友理论主张即是汲取儒家相关理论精华而成，也是朝鲜半岛本土优良文化滋养的结果。正如《相磨木（俗云"磨友木"也）》一诗所示，李奎报借相磨木"日夜抍且斗""相磨反伤肌"的特性对武人专权下社会转型时期"友道丧已久"的现实表示痛心，并就友情问题提出"道德以磨砻，如去玉之疵"这种精辟看法。而在散文作品里，李奎报也提到类似观点，如在《与金秀才怀英书》中曰："同学相磨。"（《东国李相国集·全集卷二十六》）在《华严律章疏讲习结社文（代人作）》中曰："然由文句诘屈，不可易解，则必须师友以相磨，群集讲习，然后是可以言道矣。"（《东国李相国集·全集卷二十五》）由于深信与知心朋友间的磨砻切磋有诸多益处，李奎报也就对朋来友去之事特别上心。如在《十月五日，陈澕见访，留宿置酒，用苏轼诗各赋》中，李奎报如此形容他与陈澕相互切磋的情景："端坐萧然肖衲僧，爱君闲话更挑灯。人呼白日无双客，身到青云第几层。况有新诗清似玉，解教尘眼冷于冰。少年气逸应欺我，沈约衣宽渐不胜。"（《东国李相国集·全集卷十一》）该诗为我们呈现了一幅诗友秉烛切磋、相与唱和的动人画面，作者并于字里行间流露出幽默和愉快之情，可见其对诗

---

① 《孟子·滕文公上》。

② 《论语·子路第十三》。

③ 《诗经·小雅·伐木》。

④ 胡发贵：《儒家朋友伦理研究》，光明日报出版社2008年版，第10页。

酒友情的积极态度。再如《次韵李平章（仁植）和符字韵诗见寄》其三中，作者曰："忆昔家乡遇我侯，两心自合不须符。娇擎玉砚犹红脸，笑把金杯各绀须。"（《东国李相国集·后集卷三》）而在相关注释文字里，李奎报曰："予游乡时，每于君家作诗，君命妓奉砚。"从对昔日朋友间诗酒场景的追忆中散发出一股浓浓的友情温暖，"道德相磨知友益"句所蕴含的深意便也得以图解。而随着李奎报年龄的增长，他对友情的怀念与珍视愈加强烈，即便在李奎报去世前一年所作《次韵崔枢府（公衍）见访，自言路上得诗写赠》中，他还就美好的友谊记忆言道："结发同游媒莫疏，申之共作孔门徒。访来应记当年旧，眷眷恩情得可孤。"（《东国李相国集·后集卷六》）作者因崔公衍见访而不禁回忆起曾经与对方有过的难忘时光，并深情曰："予昔与公游学，公以大学生改虎官，历官至枢府。"如此这类体现同学相磨精神和朋友情怀的佳句在《东国李相国集》中则俯拾皆是，试如"故人不见增惆怅，落日茫茫莫倚楼"（《题沙平院楼》，《东国李相国集·全集卷十》）、"怀旧鼻酸辛，不觉珠泪滴"（《李注书邀饮林园》，《东国李相国集·全集卷十七》）等。

由于对"道德相磨知友益""朋友贵切偲""道德以磨砻"等儒家朋友理论的笃信，李奎报诗作自然也就呈现出颇为浓郁的友情味道。而作者自身对人事变迁和生命消逝的体验反过来又进一步强化了他对朋友理论的认识，这一点在作为海左七贤之一的李仁老去世后李奎报所作悼念诗可知。试看《次韵皇甫书记用东坡哭任遵圣诗韵，哭李大谏眉叟》：

> 士当择人交，不必论少长。门第颜回死，孔子称天丧。况公真我师，礼法绳吾放。不敢狎而媟，事以丈人行（公长我十余年）。我昔始垂髫，公时年方壮。我壮公已衰，片雪黏鬓上。始谒竹林会，此会群不党（公与赵、咸、吴等六君为竹林会）。容我预其末，文战补偏将（予屡参七贤会）。自尔渐忘年，多负士林谤。六君皆鬼录，相继归黄壤。公独颇耆寿，方有三台望。今日又盖棺，浮荣真一饷。千里闻讣音，未识何日葬。东望哭声长，重云暗青嶂。披箧得遗篇，宛如珠在掌。但愧三十年，竟莫窥宇量。生死已殊途，丹台何处访。行潦犹未羞，咄咄大无状。

（《东国李相国集·全集卷十五》）

　　虽然按照李奎报自己在该诗中的夹注可知李仁老长作者十余岁，但李奎报却认为"士当择人交，不必论少长"，而其对择友原因的进一步注释则与李仁老的文学活动有关，即"公与赵、咸、吴等六君为竹林会"，且"予屡参七贤会"，可见以竹林高会为代表的文学活动才是李奎报择友的真实动力与出发点。前述吴世才，长李奎报三十五岁，但由于对文学的共同追求，吴、李两人遂成为忘年交。同理，李仁老虽长李奎报十余岁，但爱好文艺的李奎报同样不把"少长"看作确立两人关系的唯一标准。不难看出，"同学相磨""朋友贵切偲"等才是李奎报认可朋友关系的依据，而也正因如此，当"海左七贤"凋零得只剩李仁老一人之时，李奎报便有了"六君皆鬼录"这一无奈感叹。而李奎报"我壮公已衰"这一同样无奈的感慨与其说是说与李仁老之语，倒不如说是其对"海左七贤"全体成员表达出的一种思念，其中况味，颇类"君生我未生，我生君已老"句所具有的低回与沉痛。随着李仁老的离世，"海左七贤"终成绝响，这对李奎报而言不啻为更大打击，诗人于是便在沉痛之中发出"生死已殊途，丹台何处访"这一无奈高呼，这和李奎报在《三百韵诗》中"公辈皆如此，皇天亦似私"句所具有的心灵震撼效果极相仿佛。

　　韦旭升先生如是评价《三百韵诗》曰："这首诗虽然艺术性稍差，堆砌了过多的典故，但它热情洋溢地赞美了祖国历史和文化。"[①] 对自己祖国的历史文化予以热情洋溢的赞美的确是《三百韵诗》不争和值得称道的事实，但"艺术性稍差，堆砌了过多的典故"则也能够理解。正如上文所述，在武人专权、文人普遍受到打压的特定历史时期，李奎报对吴世文、吴世才兄弟以及志同道合朋友之情义有着特别的理解，因而也就格外珍惜友情，甚至可以说李奎报对朋友情义的这种珍惜实际是代表了当时诸多人士，尤其是文人的心声与期盼。李奎报是将文人阶层中普遍存在的寻求心灵慰藉、期盼内心共鸣、关注国家未来这一愿望通过《三百韵诗》表达了出来，而大量的典故运用一方面体现了武人专横年代文人对自我文才与价值的肯定，另一方面则体现了文人在特定时代相互打气、彼此给力的"道德相磨知友益"精神。

---

　　① 韦旭升：《朝鲜文学史》，北京大学出版社 1986 年版，第 85 页。

第四章

《开元天宝咏史诗》 与祖国命运

第一节　玄宗的荒废朝政与高丽王权之衰

　　李奎报的咏史组诗《开元天宝咏史诗（四十三首，并序）》（以下简称《开元天宝咏史诗》）以集中的笔墨、统一的主题，系统地阐述了作者对唐王朝由盛而衰的深沉思考，发表了自己独特的见解。李奎报在《开元天宝咏史诗》序言里如是道："予读书之间，见唐明皇遗迹。开元已前，勤政致理，太平之业，几于贞观。天宝已后，怠于政事，嬖宠钳固，信用谗邪，遂致禄山之乱。至播迁西蜀，几移唐祚，可不悲夫！是用拾善可为法恶可为诫者，播于讽咏。虽事有不关于上者，其时善恶，皆上化之渐染，故并掇而咏之，岂敢补之《风》《雅》，聊以示新学子弟而已。"这实际是李奎报就《开元天宝咏史诗》创作所进行的原因交代。李奎报创作该组诗之时，高丽毅宗国王已经被戮多年，武人实际掌控政权，各种矛盾激化，而武人之间你争我夺的局面仍在持续。有感于现状，李奎报不胜忧心，社会的责任感使得他不得不就此有所反应。但是，在武人横行、文人惨遭打压的恐怖之下，李奎报难以直笔陈怀，只能借中国古代事以间接抒发对高丽当代事实的不满与意见，这与朝鲜半岛古典小说喜以中国为背景如出一辙："要描写宫中生活和贵族横暴的真相，并加以讽刺，无法正面着手，借用中国的宫廷和贵族……"[①] 而安史之乱作为唐王朝历史兴衰的一个转折点，它在后世士人心中留下了难以抹去的悲伤记忆。人们开始探讨灾难的起源。于是，开元、天宝年间唐王朝上层所发生的点点滴滴便成为他们的关注点，而这些点点滴滴却清晰地折射出了唐朝衰败的必然，

──────────

　　① ［韩］金台俊：《朝鲜小说史》，全华民译，民族出版社2008年版，第5页。

尤其是李隆基、杨玉环的情事更被许多人视为导致唐玄宗疏于政事以致安史之乱爆发的原因，因而，后世关于李、杨情事和开元、天宝遗事之文颇多。丁如明先生曾曰："唐玄宗在位四十四年，其间大故迭起，理乱兴衰，足资后人借鉴。这是有关玄宗一朝事迹的野史笔记、小说丛谈如此之多的首要原因。其次，有关他与杨贵妃的情事，自白居易的《长恨歌》问世之后，流布渐广，稗乘野史，一时蜂起。流风绵延，至宋不衰。"①的确如此，安史之乱、李、杨情事以及开元、天宝遗事成为中国后世极大思考点，而与中国山水相依的朝鲜半岛士人也在对此进行反思。如前文已述，早在统一新罗时代，朴仁范《马嵬怀古》一诗既有"龙颜结恨频回首，玉貌催魂已隔生"等句，其所传递的李、杨悲情气氛足以令人对唐王朝不堪回首的安史之乱一幕悲从中生。王建建立高丽后，国家出现了一段相对平和的时期，可随着时间的推移，高丽社会的积弊愈来愈多，它们在等待着爆发社会动荡的条件，而就在李奎报出生前后的高丽仁宗、毅宗、明宗时代，这些积弊与矛盾终于如洪水般汹汹而来。李奎报生当乱世，武人暴政的现实与国家的乱局引起他强烈的思索，于是他便用自己手中的笔，写出了《开元天宝咏史诗》以抒发自己心中的不安感受和对高丽混乱现状的反思。另外，在无意之间，这组咏史诗引文也保存"《玄宗遗录》在《樊川文集夹注》所引之外佚文一段一百五十多字，……这组咏史诗引文包含的小说文献意义无疑是很重要的"②。

一　唐明皇形象与高丽仁宗、毅宗的联系

在李奎报《开元天宝咏史诗》中，关于唐玄宗李隆基荒废朝政之事所提最多。而仔细看来，李奎报笔下的李隆基，其荒废朝政之表现又基本可从三方面来考察：宠幸杨贵妃、嬉戏游乐、放任贵族奢侈。

（一）宠爱杨氏之过

唐玄宗在位四十四年，其为政之初亦多建树，及至开元、天宝之际，大唐国力强盛，四方来朝，而也正是在这样一种太平盛世外衣之下，以唐

---

① （五代）王仁裕等撰，丁如明辑校：《开元天宝遗事十种·前言》，上海古籍出版社1985年版。另：下文所引《明皇杂录》《开元天宝遗事》《开天传信记》《杨太真外传》等文献皆自《开元天宝遗事十种》。

② 严杰：《李奎报〈开元天宝咏史诗〉的小说文献意义——以〈玄宗遗录〉佚文为重点》，《文献》2012年第1期。

玄宗李隆基为首的封建贵族过起了花天酒地的生活。就唐玄宗来说，宠幸杨贵妃在后世人的眼里无疑是导致唐王朝衰败的主因。欧阳修就曾说："呜呼！女子之祸于人者甚矣！自高祖至于中宗，数十年间，再罹女祸，唐祚既绝而复续，中宗不免其身，韦氏遂以灭族。玄宗亲平其乱，可以鉴矣，而又败以女子。"① 欧阳修明确认为"女子之祸于人者甚矣"，而李奎报虽未直言杨贵妃为祸，但却对唐玄宗专宠杨贵妃有颇多看法。在《开元天宝咏史诗》之《荔支》中，李奎报首先在序中说："《唐书》云：'贵妃嗜荔支，必生致之。乃置驿骑，传送数千里，味未变，已至京师。'杜牧诗云：'一骑红尘妃子笑，无人知是荔支来。'"其后李奎报作诗曰："玉乳冰浆味尚新，星飞驲骑走风尘。却因咫尺三千里，添得红颜一笑春。"李奎报"添得红颜一笑春"与杜牧名句"一骑红尘妃子笑"有着异曲同工之妙，李隆基为了杨贵妃而不惜民力、千里快送荔枝的行为在此也得到了有力的讽刺。结合李奎报其他相关作品，我们可以发现，在李奎报眼里，唐玄宗宠幸杨贵妃是失误耽国之举，如在《花妖》序中，李奎报首先转述五代王仁裕《开元天宝遗事》中《花妖》之载："初有木芍药，一日，忽开一枝两头。朝深红，午深碧，暮黄，夜白，昼夜香艳各异。帝曰：'此花木之妖，不足讶也！'"其后李奎报进一步阐发认为，唐明皇识得花妖，但对误国的"人妖"，即杨贵妃却视而不见，遂赋诗道："芍药红黄朝暮态，杨妃媚妩百千姿。明皇独识花妖在，爱却人妖自不知。"

　　从"爱却人妖自不知"这种提法，我们不由联想到商纣王的宠妃妲己。李奎报实际是在说，唐玄宗喜欢杨贵妃，被该"人妖"美貌所迷惑而不能自拔。这一看法可在其他诗中得到印证，如在《念奴》中，李奎报也是首先引述相关中国《开元天宝遗事》记载曰："念奴者，有姿色，善歌唱，未尝一日离帝左右。每执板当席，顾眄左右。帝谓妃子曰：'此女妖艳，眼色媚人。'每转声歌喉，则声出于朝霞之上，虽钟、鼓、筝、笙嘈杂而莫能遏。宫妓中帝之钟爱也。"紧接着李奎报为诗曰："帝意方专眷玉环，尚知娇艳念奴颜。若均宠幸分人谤，老羯何名敢作艰？"关于此诗，崔滋曰："虽使古人幸出此新意，其立语殆不能至此工也。"② 的确，李奎报用颇具新意的语言道出了安史之乱发生重要原因之一，依李奎

① （宋）欧阳修、宋祁：《新唐书》卷五，玄宗皇帝，赞。
② ［高丽］崔滋：《补闲集》卷中。

报看法，如果唐玄宗不是专幸杨贵妃一人而是"均宠幸分人谤"，"老羯"安禄山就不会造反，唐王朝也就不会陷入艰困状态了。

（二）明皇之穷奢极欲

李奎报认为唐玄宗的失误还在于穷奢极欲地享乐生活，对于国政失察，终至误国。如在《开元天宝咏史诗》之《绣凫钑舟》一首中，诗人首先交代了唐宫廷的奢侈，曰："《遗事》云：'温泉御汤中，有玉莲汤，从莲中涌出。每浴，以锦绣为凫，雁浮之。又钑镂小舟，以为戏玩。'"接着便写道："玉莲花底沸汤流，红绣为凫更钑舟。只是骊山无汴水，未成千里锦帆游。"该诗中的"骊山"位于唐首都长安南部，唐太宗时建汤泉宫于此，唐玄宗时扩建为华清宫，又以温泉之因而名为华清池。而此处的"汴水"，又称汴河，系隋炀帝时为沟通苏杭而所开凿运河之一段。为这一工程，隋炀帝役使大批百姓，民怨迭起，终于成为隋末民变诱因之一。后世吟诵炀帝开凿汴水之咏史讽喻诗颇多，如中唐李益《汴河曲》曰："汴水东流无限春，隋家宫阙已成尘。行人莫上长堤望，风起杨花愁杀人。"[1] 再如晚唐咏史诗大家胡曾的《汴水》曰："千里长河一旦开，亡隋波浪九天来。锦帆未落干戈起，惆怅龙舟更不回。"[2] 而皮日休更有《汴河怀古二首》，其一曰："万艘龙舸绿丝间，载到扬州尽不还。应是天教开汴水，一千余里地无山。"其二曰："尽道隋亡为此河，至今千里赖通波。若无水殿龙舟事，共禹论功不较多。"[3] 因此，"汴河""汴水""隋宫"等词眼，成为隋后文士哀叹炀帝、抒发吊古情怀的重要表现形式。而李奎报以隋炀帝事比况唐玄宗绣凫钑舟一事，并以"只是骊山无汴水"等语讥刺唐玄宗，其讽谏意味十足。唐玄宗主政的开元和天宝初期，国家呈现出一片表面上的升平与四方咸服景象，李奎报在《开元天宝咏史诗》之《辟寒犀》一首序中转述《开元天宝遗事》同题内容曰："交趾国进犀一株，使者请以金盘置于殿中，温温有暖气袭人。上问其故。曰：'此辟寒犀也！'上甚悦，厚赐之。"接着李奎报对唐玄宗纳辟寒犀一事批评曰："罗绮香熏暖似春，君王犹爱辟寒珍。人间腊雪盈三尺，白屋那无冻死民？"唐玄宗等穷奢极欲，在其深处暖宫之时，民间的疾苦

---

①《全唐诗》卷二百八十三，李益二。

② 赵望秦、潘晓玲：《胡曾〈咏史诗〉研究》，中国社会科学出版社 2008 年版，第 349 页。

③《全唐诗》卷六百一十五，皮日休八。

寒冻却不曾听闻。李奎报该诗与杜甫作于安史之乱即将发生时的"朱门酒肉臭，路有冻死骨"句有着极为相似的忧民精神。关于唐明皇之奢侈与荒废政事，五代王仁裕有曰：

> 明皇与贵妃，每至酒酣，使妃子统宫妓百余人，帝统小中贵百余人，排两阵于掖庭中，目为"风流阵"。以霞被锦被张之，为旗帜攻击相斗，败者罚之巨觥以戏笑。时议以为不祥之兆，后果有禄山兵乱，天意人事不偶然也。①

李奎报则在其《开元天宝咏史诗》之《风流阵》一诗序文中，转述该段记载，并作如下咏史诗曰："禁掖庭深辟斗场，锦衾霞被散浓香。明皇谩有风流阵，未御胡雏犯上阳。"唐玄宗为个人享乐愉悦，不顾九五之贵尊，竟然在掖庭以宫妃假扮军人相互打斗嬉戏，这在后人来看是极为不严肃、极为不吉利的事情。嬉闹玩乐的结果便是安史之乱的降临，而风流阵是不可能御敌的，李奎报该诗正是对此的讽刺。唐朝郑处诲在其《明皇杂录》中另载唐玄宗于勤政楼观看教坊王大娘表演杂技一事。李奎报在其《戴竿舞》序文中曰："《明皇杂录》云：'帝御勤政楼，张乐百技，女优大娘善戴竿舞，头戴长竿施木床，命小儿持绛节立其上而舞，中音节。'"随后李奎报赋诗曰："此楼当日迓英奇，玉色曾无乙夜疲。胡奈今朝陈百戏，大娘头上戴孩儿。"勤政楼见证过唐玄宗当年开创开元盛世的过程，因而有着重要地位。大诗人王维曾作诗《三月三日勤政楼侍宴应制》，就唐玄宗千秋节时的太平盛况描绘道："彩仗连宵合，琼楼拂曙通。年光三月里，宫殿百花中。不数秦王日，谁将洛水同。酒筵嫌落絮，舞袖怯春风。天保无为德，人欢不战功。仍临九衢宴，更达四门聪。"② 而安史之乱后，更有诗人就勤政楼古今的沧桑变化赋诗凭吊，试如杜牧《过勤政楼》："千秋令节名空在，承露丝囊世已无。唯有紫苔偏得意，年年因雨上金铺。"③ 而在李奎报眼里，勤政楼作为禁地，百戏女优杂陈于此，"勤政"为欢闹杂耍所替代，实在令人心痛，而李奎报该诗的潜台词便就

---

① （五代）王仁裕：《开元天宝遗事》卷下，风流阵。
② 《全唐诗》卷一百二十七，王维三。
③ 《全唐诗》卷五百二十一，杜牧二。

是玄宗荒废政事，导致唐朝衰落。王仁裕有曰："明皇于禁苑中，初有千叶桃盛开。帝与贵妃日逐宴于树下，帝曰：'不独萱草忘忧，此花亦能销恨。'"① 关于此事，李奎报则以诗《消恨花》讥刺玄宗穷欢之态曰："趁日穷欢拥色娇，时平莫虑泰山摇。心头有底些些恨，却倚妖花欲自销。"可是，唐玄宗却是日日尽享太平欢乐，丝毫没有未雨绸缪之举措。李奎报《醒醉草》则敷衍《开元天宝遗事·天宝上》中《醒醉草》一文内容，不无遗恨地道："兴庆池南紫草繁，清香扑鼻似兰荪。莫言此草能醒酒，未解君王色醉昏。"

（三）皇亲之骄奢

唐玄宗作为一国天子，其宠幸杨贵妃、废政以享乐的行为无疑有着极为不良的示范效应，上行下效因而便成为必然。此正如李奎报批评语曰："上化之渐染"。首先是杨氏一门，在杨玉环的权荫之下，飞扬跋扈，横行京师。《开元天宝遗事》中即载曰："杨国忠子弟，恃后族之贵，极于奢侈，每春游之际，以大车结彩帛为楼，载女乐数十人，自私第声乐前引，出游园苑中，长安豪民贵族皆效之。"② 作为杨贵妃从兄的杨国忠如此张扬，杨贵妃的直系亲属就更不用说了。现辽宁省博物馆所藏盛唐画家张萱的名作《虢国夫人游春图》中，杨贵妃三姐虢国夫人的雍容富贵、优游纵情之态表现得极为立体，关于这一点，学者并曰："虢国夫人等常撤去幕帐，公然在市街上乘马驰骋，这种大胆行为引起社会的惊讶。……这一骑从行列在表现当时豪贵的骄纵生活方面具有概括的意义。"③ 而又据唐人记载：

> 杨贵妃姊虢国夫人，恩宠一时，大治宅第。栋宇之华盛，举无与比，所居韦嗣立旧宅，韦氏诸子方午偃息于堂庑间。忽见妇人衣黄罗帔衫，降自步辇，有侍婢数十人，笑语自若，谓韦氏诸子曰："闻此宅欲卖，其价几何？"韦氏降阶曰："先人旧庐，所未忍舍。"语未毕，有工数百人，发东西厢，撤其瓦木。韦氏诸子乃率家童，絜其琴书，委于路中。而授韦氏隙地十数亩，其宅一无所酬。虢国中堂既

---

① （五代）王仁裕：《开元天宝遗事》卷上，销恨花。

② （五代）王仁裕：《开元天宝遗事》卷下，楼车载乐。

③ 王逊：《中国美术史》，上海人民美术出版社1985年版，第241—242页。

成，召匠圬墁，授二百万偿其值，而复以金盏瑟瑟三斗为赏。后复归韦氏，曾有暴风拔树，委其堂上，已而视之，略无所伤。既撤瓦以观之，皆乘以木瓦，其制作精致，皆此类也。虢国每入禁中，常乘骢马，使小黄门御。紫骢之俊健，黄门之端秀，皆冠绝一时。[1]

虢国夫人倚仗妹妹杨玉环之势，公然强取韦氏宅，一人得道，鸡犬升天之态尽收该段文字中。而李奎报的《开元天宝咏史诗》之《木瓦》则对虢国夫人的奢靡和贪婪予以揶揄，该诗序中李奎报首先简述郑处诲《明皇杂录》中语曰："杨妃妹虢国夫人，恩倾一时，夺韦嗣立宅，以广其堂。后复归韦氏，因大风折木堕堂上不损瓦，视之皆坚木也。"随后在诗中作者曰："雕成木瓦费何如，虚葺人家竟未居。不是韦公被豪夺，天教虢国理韦庐。"虢国夫人作为杨贵妃的姐姐，其穷奢极欲极其高调，尤其是其对豪宅的追求，在历史上甚为有名。但是，权倾一时的虢国夫人却惨死于安史之乱，他如杨国忠等以杨玉环而贵者，下场皆惨。而虢国夫人强占人宅，却不以居住而更多以满足感和比富为目的，一旦香消梦散，旧宅复归其主。李奎报"天教虢国理韦庐"句不正是对虢国夫人极大的讽刺吗？进一步言，李奎报《木瓦》一诗，实际也是对高丽社会类似巧取豪夺现象的反映与批判。高丽灭亡不久后李朝学者即就李奎报《木瓦》一诗言道："废朝时有称内人亲族夺人家舍者，才修葺，贮财产，而靖国后旋为本主所据，此之谓也。"[2]

杨贵妃兄弟姐妹显贵的同时，唐玄宗诸亲更会飞黄腾达。《开元天宝遗事》中如是载曰："申王亦务奢侈，盖时使之然。每夜宫中与诸王贵戚聚宴，以龙檀木雕成独发童子，衣以绿衣袍，系之束带，使执画烛，列立于宴席之侧，目为烛奴。诸宫贵戚之家皆效之。"[3] 在李奎报《开元天宝咏史诗》之《烛奴》一诗中，诗人写道："身是亲王富贵俱，合陈珠翠日歌呼。宫中岂乏僮千指，费尽龙檀作烛奴。"或许是对家中僮仆久看产生了审美疲劳，申王别出心裁，以珍贵木材雕刻仿真烛奴，其奢豪生活到了无以复加的地步。而同样在王仁裕笔下，关于申王之奢侈糜烂生活记载不

① （唐）郑处诲：《明皇杂录》卷下。
② ［朝鲜］曹伸：《謏闻琐录》卷一，见蔡美花、赵季主编《韩国诗话全编校注》第一册，人民文学出版社 2012 年版，第 331 页。
③ （五代）王仁裕：《开元天宝遗事》卷上，烛奴。

止一处，即如《醉舆》曰："申王每醉，即使宫妓将锦彩结一兜子，令宫妓辈抬舁归寝室。本宫呼曰'醉舆'。"①《妓围》一篇则有同样滑稽可笑却又尽显申王奢靡的记载，其曰："申王每至冬月，有风雪苦寒之际，使宫妓密围于坐侧，以御寒气，自呼为'妓围'。"② 何止是申王，唐玄宗兄弟辈中如四弟岐王李隆范香肌暖手一幕，则更为奢侈糜烂："岐王少惑女色，每至冬寒手冷，不近于火，惟于妙妓怀中揣其肌肤，称为暖手，当日如是。"③ 李奎报是难以将开元天宝时期李隆基兄弟等人的丑行逐一罗列的，但李奎报《烛奴》一诗可以说是一篇讽刺亲王贵族的代表作。而实际上，在李隆基等人的示范下，整个封建统治上层都处在追求物欲和享乐的气氛之中，如《开元天宝遗事》中《金笼蟋蟀》一篇曰："每至秋时，宫中妃妾辈，皆以小金笼捉蟋蟀闭于笼中，置之枕函畔，夜听其声。庶民之家亦皆效之也。"④ 李奎报据此赋诗道："蟋蟀偏宜砌底听，金笼那有别般鸣。风流漏泄人间世，偷作宫中一枕声。"李奎报认为蟋蟀就该在墙角等处作自然之鸣叫才有天籁滋味，而它们被捉入金笼，风流遂亦被"偷"无存，从李奎报该诗语言，我们不难看出作者对宫中奴妾辈的讽刺和批评。宫中如此，社会上有钱有势之人物也自然纷起效尤，王仁裕就此记载道："王元宝，都中巨豪也。常以金银垒为屋，壁上以红泥泥之。于宅中置一礼贤堂，以沉檀为轩槛，以碔砆甃地面，以锦文石为柱础，又以铜线穿钱甃于后园花径中，贵其泥雨不滑也。四方宾客，所至如归。故时人呼为'王家富窟'。"⑤ 这种奢侈之居与西晋富豪石崇的金谷园何异？王元宝又何异于汉文帝时的佞臣邓通？据《史记·佞幸列传》："上使善相者相通，曰'当贫饿死'。文帝曰：'能富通者在我也。何谓贫乎？'于是赐邓通蜀严道铜山，得自铸钱，'邓氏钱'布天下。其富如此。"⑥ 后世遂以"邓氏铜山"比喻富贵或致富之道。李奎报在《开元天宝咏史诗》之《富窟》一首中感叹说："王郎富窟真奢僭，邓氏铜山敢抗当。惟有一端堪采处，个中兼置礼贤堂。"李奎报将王元宝和邓通相提并论，意在说明前者

① （五代）王仁裕：《开元天宝遗事》卷上，醉舆。
② （五代）王仁裕：《开元天宝遗事》卷上，妓围。
③ （五代）王仁裕：《开元天宝遗事》卷上，香肌暖手。
④ （五代）王仁裕：《开元天宝遗事》卷上，金笼蟋蟀。
⑤ （五代）王仁裕：《开元天宝遗事》卷下，富窟。
⑥ （汉）司马迁：《史记》卷一百二十五。

之富有。而该诗又提到"礼贤堂",看似是在赞扬王元宝之"礼贤"品格,实际则是在用一种讥讽和反衬的方式更为突出地表现王氏的奢僭。

（四）唐玄宗外表下的高丽毅宗

李奎报《开元天宝咏史诗》中的唐玄宗,其身上实际集中了高丽仁宗、毅宗的诸多特点。如在高丽仁宗死后,"史臣金莘夫曰:睿庙末年,属念房帏,驯致外家贪恣之行。仁宗幼冲即位,宰相韩安仁等不能长虑,却顾潜夺其权,而悁忿生事,反被窜戮。徒使奸凶跋扈,毒流三韩。至于射黄屋,焚寝庙,胁至尊,置私第,杀戮左右,并夺国衡。祖宗之业,几于坠地,可以鉴矣。又惑于净心、寿翰阴阳之说,卒致西都之叛。逆者何也?盖以天性一于慈爱,优游不断故耳。是以典刑未正于丙午之逆类,处置不均于西都之叛民,又深信浮屠,增益生民之弊,惜哉。其不喜游宴,减省宦寺,恭俭以饬身,诚信以交邻,虽古帝王何以加焉?"[1] 金莘夫所言"丙午之逆类"指仁宗四年（丙午年,1126）幽禁仁宗的外戚李资谦。李资谦是高丽时代颇有恶名的典型外戚,他有三女先后嫁给高丽睿宗、仁宗父子,因而,他既是睿宗的岳父,也是仁宗的岳父,而这种特殊外戚身份给了李资谦一家飞黄腾达的机会。不妨一看史载:"睿宗纳资谦第二女为妃,由是骤贵,至参知政事,尚书左仆射柱国,进开府,仪同三司,守司徒,中书侍郎,同中书门下平章事,寻加守大尉,赠翼圣功臣号,封其母金氏通义国大夫人,妻崔氏朝鲜国大夫人,同日降三敕于其第,累加同德推诚佐理功臣,邵城郡开国伯,食邑二千三百户,食实封三百户,诸子并进爵。王薨,太子幼,诸弟颇觊觎。资谦奉太子即位,是为仁宗,拜资谦协谋安社功臣守太师中书令邵城侯,食邑五千户,食实封七百户,下诏欲异其礼数,群臣请书表不称臣,宴会不与百官庭贺,待制金富轼以为不可,从之。寻册为汉阳公,以母丧去位。母平章事廷俊之女,性贪眢,抑买市人财物,或全不与直,又纵女婢横暴,及死,市人相贺。"睿宗死后,"资谦恐他姓为妃权宠,有所分强,请纳第三女于王,王不得已,从之。……后又纳其第四女"[2]。由于外戚的干扰,高丽王室势衰,仁宗甚至险些禅位于李资谦。可见,外戚之于高丽国家产生的负面作用十分明显,而这与唐玄宗宠杨玉环及杨氏一家的做法有诸多相似点,安史之乱的

---

[1] ［朝鲜］郑麟趾等:《高丽史》卷十七,仁宗三。
[2] ［朝鲜］郑麟趾等:《高丽史》卷一百二十七,叛逆一,李资谦。

发生即与外戚的干政有着有相当大关系。

至于金莘夫所言"西都之叛",则指仁宗十三年（1135）发生在高丽西京（今平壤）的妙清之乱。仁宗六年（1128）开始，西京僧人妙清反复诓骗仁宗，欲促使仁宗迁都至西京，为达目的，妙清"乃与近臣内侍郎中金安谋曰：'吾等若奉主上移御西都为上京，当为中兴功臣，非独富贵一身，亦为子孙无穷之福。'遂腾口交誉"①。而关于妙清的动机，尽管有当时各种大的社会矛盾的驱使，但不可否认，妙清等人的个人私欲是重要原因之一。妙清关于迁都之期待终为仁宗所拒绝，妙清遂反，"国号'大为'，建元'天开'，号其军曰'天遣忠义'，署官属"②。而妙清等人久为仁宗所重，但其心怀鬼胎，图谋不轨，这与安禄山之流天宝之乱中建国号、定年号等行为也有着很大相似性。而仁宗作为君王，显有失察之误，这与李隆基也极相似。尽管高丽仁宗因很快平息妙清之乱而比唐玄宗看起来幸运很多，但就妙清之乱后高丽王权之继续衰弱这一点来看，与安史之乱后唐皇权的势衰并无差别。尽管在生前即已努力重新强化王权，但仁宗死后，其子毅宗国王生活腐化奢靡，且重用文臣贵族，遂导致武臣不满，终致毅宗末年武臣叛乱，毅宗自己亦遭黜，并于不久后被杀。仁宗之子高丽毅宗，虽不及唐玄宗般专宠某一女子，但他却与唐玄宗在爱好风流、追求文雅、优游享乐等诸多方面有着极多共性。仅就奢侈而言，毅宗丝毫不减于唐玄宗，仅以毅宗末年如下一幕为例："还宫，命诸王结彩幕于广化门左右廊管弦房大乐署，结彩棚，陈百戏，迎驾，皆饰以金银珠玉、锦绣罗绮、珊瑚玳瑁、奇巧奢丽，前古无比。国子学官率学生献歌谣，王驻辇观乐，至三更乃入阙，承宣金敦中、卢永醇、林宗植飨王于奉元殿，王欢甚，达晓而罢。"③如此记载实际是相当多的，仅在《高丽史》中即俯拾皆是。而追求奢靡、怠弃政事则是唐玄宗与高丽毅宗分别"西幸巴蜀"和"远逊巨济"的主因。

二 安禄山形象里的高丽武人印记

李奎报《开元天宝咏史诗》中，对于唐玄宗荒废朝政进行批评的同

---

① ［朝鲜］郑麟趾等：《高丽史》卷一百二十七，叛逆一，妙清。

② 同上。

③ ［朝鲜］郑麟趾等：《高丽史》卷十九，毅宗三。

时，也多次提到安禄山。而安禄山的形象里实际包含了李奎报对高丽武人的比况。

（一）叛乱武人之忘恩

安禄山是唐玄宗、杨贵妃曾经极为喜爱的将领，他受唐廷恩遇不可谓不深。《开元天宝遗事》中曾曰："安禄山受帝眷爱，常与妃子同食，无所不至。帝恐外人以酒毒之，遂赐金牌子，系于臂上。每有王公召宴，欲沃以巨觥，禄山即以牌示之，云准敕断酒。"① 关于此事，李奎报在其《开元天宝咏史诗》中也特地赋咏史诗《金牌断酒》一首曰："开元天子计何疏，准敕扶持孕祸躯。正是护成铦鋂日，朝臣争肯害胡雏。"不光唐玄宗对安禄山恩宠有加，关心备至，甚至杨贵妃对安禄山也颇有好感。文献曾如此记载杨贵妃对安禄山的态度："交趾贡龙脑香，有蝉蚕之状，五十枚。波斯言老龙脑树节方有，禁中呼为瑞龙脑，上赐妃十枚。妃私发明驼使（明驼使腹下有毛，夜能明，日驰五百里），持三枚遗禄山。妃又常遗禄山金平脱装具、玉合、金平脱铁面碗。"② 作者乐史所言并非全信，但至少我们可以推知，杨贵妃与唐玄宗一样，对安禄山颇为赏识，但是，安禄山却并不领情，而是积极准备造反。安禄山的忘恩嘴脸为高丽文人所不齿，李奎报之友李百顺曾就此在咏史诗《过渔阳次李眉叟韵》其二中曰："宴会骊山玉蕊宫，芙蓉那似酒酣容？不知今有明驼使，千里殷勤寄瑞龙。"③ 李奎报则在其《开元天宝咏史诗》中以《龙脑蝉》为诗题就此记载发表了自己的看法，在该诗序中李奎报先云："《杨妃外传》曰：'交趾贡龙脑，有蝉蚕之状。帝以赐妃，妃私遗安禄山。'"随后并不无遗憾地赋诗曰："龙脑奇香帝属嫔，胡雏何事得为珍。渔阳犯顺君知否？都为杨妃暗许亲。"唐玄宗、杨贵妃之于安禄山可谓恩重如山，《唐书》曾有唐玄宗为安禄山建造豪宅的记录，也有唐玄宗觉察到安禄山叛相之说法。李奎报曾在《开元天宝咏史诗》之《为禄山起第》一首序文中道：

> 《唐书》曰："帝为禄山起第京师，以中人督役，戒曰：'善为部
> 署。禄山眼孔大，毋令笑我。'为琐户交疏，台观沼池华僭，帝幕率

---

① （五代）王仁裕：《开元天宝遗事》卷下，金牌断酒。
② （宋）乐史：《杨太真外传》卷下。
③ ［朝鲜］徐居正编：《东文选》卷十九。

缇绣，金银为筹筐、爪篱，大抵服御虽乘舆不能过。帝登勤政楼，幄坐之左，张金鸡大障，置特榻，诏禄山坐，以示尊宠。太子谏：'幄坐非人臣当得。'帝曰：'胡有异相，我欲厌之。'帝又曰：'胡有叛相。'"①

　　紧接该序，李奎报赋诗曰："胡奴反相帝曾知，斥去犹迟更宠为。眼孔已容天下大，区区第宅若为支。"正如李奎报所言，"区区第宅"在安禄山眼里已不是什么稀奇物，他所觊觎的是整个大唐的江山。或许正如史家以及李奎报所言"胡奴反相帝曾知"，也或许唐玄宗压根儿就不知道抑或不相信安禄山有反心。史载："时安禄山恩宠特深，总握兵柄，国忠知其跋扈，终不出其下，将图之，屡于上前言其悖逆之状，上不之信。"②安禄山的反心，即便是同为佞臣的杨国忠都看得很清楚，而理应对这一重大军政情报谨慎处置的唐玄宗却宁可信其无，而直到叛乱爆发后，"太原具言其状，东受降城亦奏禄山反。上犹以为：恶禄山者诈为之。未之信也"③。唐玄宗及杨贵妃对安禄山的信任真是无可复加，但唐玄宗不得不面对事实：他所宠信的"爱将"安禄山确确实实背叛了唐朝。

　　就李奎报《开元天宝咏史诗》中的安禄山形象而言，其身上实际也有着浓重的高丽武人，尤其是毅宗末郑仲夫、李义方、李义旼等人的痕迹，而就安禄山与高丽毅宗末的武人相较而言，二者确实有着诸多相似点。如关于郑仲夫，"毅宗初，为校尉。御史台奉诏锁寿昌宫北门，禁群少出入。仲夫与散员史直哉擅开，出入自恣，御史台请下吏，王不听，累转上将军"④。再如李义旼，史载其年少时，"与兄二人横于乡曲，为人患。按廉使金子阳收掠栲问"，后其进入高丽国家军队，由于"义旼善手搏，毅宗爱之，以队正迁别将。郑仲夫之乱，义旼所杀居多"⑤。在郑仲

<hr>

　　① 此段系自宋代欧阳修、宋祁所撰《新唐书》卷二百二十五上之"安禄山"条，其中"为琐户交疏，台观沼池华僭，帷幕率缇绣，金银为筹筐、爪篱，大抵服御虽乘舆不能过"句，在《东国李相国集·全集卷四》之《为禄山起第》一诗原序中为"为锁户交疏，台观池沼华簪·帷幕率缇绣，金银为筹筐、篱，大抵服御，虽乘舆不能过"，故存在"琐—锁""沼池—池沼""僭—簪""爪篱—篱"这一字词方面之不同。今据《新唐书》（中华书局1975年版）改之。

　　② （后晋）刘昫等：《旧唐书》卷一百〇六，杨国忠。

　　③ （宋）司马光撰，（元）胡三省音注：《资治通鉴》唐纪三十三，玄宗天宝十四载十一月。

　　④ ［朝鲜］郑麟趾等：《高丽史》一百二十八，叛逆二，郑仲夫。

　　⑤ ［朝鲜］郑麟趾等：《高丽史》一百二十八，叛逆二，李义旼。

夫、李义方等人发动的政变中，李义旼将毅宗对他的恩遇忘得干干净净，大肆杀戮。明宗三年（1173），金甫当起兵讨郑仲夫等，毅宗被奉出居鸡林。郑仲夫等遂遣李义旼和朴存威等人到鸡林镇压，鸡林应叛势力"乃引义旼等入城，出毅宗，至坤元寺北渊上，献酒数盅。义旼拉脊骨，应手有声，便大笑，存威裹以褥，合两釜投之渊中"①。不难看出，郑仲夫、李义旼等人有着如同安禄山一样的恶劣品行，毅宗对他们关爱提携，但他们却恩将仇报，李义旼甚至亲手加害于毅宗，将其沉入渊中，嘴脸肮脏至极。

（二）叛乱武人之内讧丑态

大唐天宝十五载（756）正月，安禄山自称大燕皇帝，改元圣武；至德二载（757）正月，在"皇帝"位一年、"眼孔已容天下大"的安禄山在双目失明的天谴中被其子安庆绪纠合部下严庄、李猪儿所杀；乾元二年（759）三月，史思明诱杀安庆绪而为大燕皇帝；两年后的上元二年（761）三月，因担心史思明将来不传"帝位"于己等原因，史朝义杀死其父史思明及弟弟史朝清等，而他也在广德元年（763）被唐军击败后自缢。安史之乱被剿灭，"眼孔大"的安禄山终究没能成为真龙天子，此诚如李奎报之友李百顺在《过渔阳次李眉叟韵》其一所讽刺："一上鹅毛寺后峰，禄山曾此炼军容。只因欲夺鸡头肉，岂是争为月化龙？"② 李奎报在其《开元天宝咏史诗》中并未就安禄山、史思明等人涉及太多，这与对唐玄宗的描写形成分量上的鲜明对比。愚意以为，安禄山、史思明等人的行为、品德等与高丽毅宗末年以来的武人有着太多明显的相同之处，因而一旦在安禄山等形象上着墨过多，李奎报不免有影射高丽武人之嫌疑，而李奎报创作此组诗时，正是高丽明宗二十四年（1194），该年"王册义旼为功臣，两府文武群臣皆就第贺"③，李义旼权力达到顶峰。有鉴于武人横暴，李奎报在安史之乱众叛将中，仅取安禄山事少数进行吟诵。而虽无太多安史之乱中的叛将形象，但这并不代表李奎报对高丽叛乱武人视而不见。实际上，隐忍之中的李奎报有太多想法要表达。李奎报笔下的安禄山首先代表的是李奎报对高丽毅宗末以来武人内讧丑态的憎恶。

---

① ［朝鲜］郑麟趾等：《高丽史》卷一百二十八，叛逆二，李义旼。
② ［朝鲜］徐居正编：《东文选》卷十九。
③ ［朝鲜］郑麟趾等：《高丽史》卷一百二十八，叛逆二，李义旼。

　　高丽毅宗末武人政变得逞后，遂废毅宗，拥立李皓为国王，冬十月庚戌，在叛乱武人胁迫下，明宗"以郑仲夫、李义方、李高为壁上功臣，图形阁上"①。可是，尝到甜头的叛乱者并未因此而满足，他们相互之间又开始了新一轮的权力争斗。明宗元年（1171），叛乱武人当中的重将李高首先图谋独吞叛乱果实。作为叛乱主要成员，"高有非望之心，阴结恶少及法云寺僧修惠、开国寺僧玄素等，日夜宴饮。因谓曰：'大事若成，汝等皆登峻班。'遂作伪制及太子，加元服"，而作为叛乱分子，"义方素忌李高逼己"②，因此，当李高的阴谋被同为叛贼出身的李义方获知后，后者便更有理由先发制人，诛灭李高及其同党。李高被杀后，"仲夫虑祸及己，欲辞位，杜门不出，义方兄弟携酒诣其家致款。仲夫迎入，以实告之，义方等相与约誓，结为父子，言甚切至，仲夫乃安"③。尽管有了李义方的安抚和"结为父子"这一层保障，始终难以对李义方放心的郑仲夫还是决定消灭李义方。而被"胜利"冲昏头脑的李义方"自纳女东宫，益擅威福，浊乱朝政，众心愤怨"④，郑仲夫消灭李义方似乎更有了依据，于是，"仲夫子、知兵马事上将军筠，密诱僧宗旵，欲杀义方兄弟，宗旵推筠为谋主"⑤。明宗四年（1174），郑仲夫利用与西京赵位宠军作战的混乱之机将李义方除掉。李义方这一心腹之患被除去后，郑仲夫并未完全释怀，如在明宗六年（1176），"诸领军士揭匿名榜云：'侍中郑仲夫及子承宣筠、女婿仆射宋有仁，擅权横恣，南贼之起，其源繇此，若发兵讨之，必先去此辈，然后可。'筠闻之惧，乞解职，累月不出"⑥。但常言道：躲得过初一，躲不过十五。明宗九年（1179），处处提防的郑仲夫还是没能逃过一劫。史载："将军庆大升素愤仲夫所为，且筠潜图尚公主，王亦患之。大升锐意讨之，既杀筠，因发禁军分捕仲夫及有仁、有仁子将军群秀。仲夫等闻变，逃匿民舍，悉捕斩之，枭首于市，中外大悦。"⑦ 庆大升诛灭郑仲夫后，"武官或宣言曰：'郑侍中首唱大义，沮抑文士，雪吾曹累年之愤，以张武威，功莫大焉。今大升一朝而尸四公，孰讨之耶？'

---

① ［朝鲜］郑麟趾等：《高丽史》卷十九，明宗一。
② ［朝鲜］郑麟趾等：《高丽史》卷一百二十八，叛逆二，李义方。
③ ［朝鲜］郑麟趾等：《高丽史》卷一百二十八，叛逆二，郑仲夫。
④ ［朝鲜］郑麟趾等：《高丽史》卷一百二十八，叛逆二，李义方。
⑤ ［朝鲜］郑麟趾等：《高丽史》卷一百二十八，叛逆二，郑仲夫。
⑥ 同上。
⑦ 同上。

大升惧，招致死士百数十人，留养门下以备之，号'都房'。为长枕大被，令输日直宿，或自共被，以示诚款。未几，辞职家居，然国有大事，必就关决。大升自去郑、宋以来，心不自保，常令数人潜伺里巷，偶闻飞语，辄拘囚鞠问，累起大狱，用刑深峻。时京城寇盗多起，自称大升都房，有司逮捕囚之，大升辄释之，由是公行夺掠，无畏忌大升"①。由于生活在武人相克的险恶环境当中，且有了阴谋夺取郑仲夫等人性命的经历，庆大升知道"不怕贼偷，就怕贼惦记"的道理，因而消灭郑仲夫之后的他便将自己绑架在了对仇家的过度警惕之中。为了防止自己复被他人，尤其是被郑仲夫旧党所杀，他加强了对自身的保护措施，并且这种自我保护意识颇具神经质。而从郑仲夫、庆大升的表现来看，此一时期的武人，相互猜忌，以防可能之祸，毅宗末年参与叛乱的武人尤其害怕被诛杀。而随着郑仲夫死于非命，毅宗末年的武人政变者，仅有李义旼尚在，但此时的他已是惊弓之鸟。据《高丽史》相关明宗时期文献，"九年（1179），庆大升诛仲夫，朝士诣阙贺。大升曰：'弑君者尚在，焉用贺为？'义旼闻之，大惧，聚勇士于家以备之。又闻大升都房人谋害，所忌益惧，乃于里巷树大门以警夜，号为闾门。京城坊里皆效而树之。十一年（1181），拜刑部尚书，上将军。初，大升之诛许升也，义旼以兵马使出镇北塞，有人谬传国家诛大升，义旼闻之，大喜曰：'吾欲杀大升未果，是谁之谋欤？先我著鞭矣。'大升闻而衔之。义旼还，惧不自安，称疾归其乡，王屡召不至。及大升卒，犹不至。王惧为乱，授上部尚书，遣中使敦谕乃至，引见便殿。王内实畏忌，外加恩慰。中外叹王柔懦"②。高丽王朝自上而下都弥漫着一股强烈的猜忌与暗战气氛。

（三）叛乱武人之败坏品行

李奎报笔下的安禄山，实际是高丽毅宗末年叛乱武人的形象代表，而其形象所代表的，除了高丽武人忘恩负义的行为和你争我夺的丑态之外，还有品德之败坏。当高丽武人叛乱成功后，为独掌权柄，彼此间的你争我夺也便开始，而其丑恶的品德和龌龊的内心世界也暴露无遗。

明宗元年（1171）试图复制上年武人叛乱、独控高丽朝政的李高被先发制人的李义方所杀，其后，李义方"令巡检军分捕高母及党与，皆

---

① ［朝鲜］郑麟趾等：《高丽史》卷一百，庆大升。
② ［朝鲜］郑麟趾等：《高丽史》卷一百二十八，叛逆二，李义旼。

诛之。其父尝恶高不肖，不以为子，故独配流"①。李高的父亲竟然因为儿子之不肖而不认其为子，由此可见李高品行之差，而李高父亲因为不认李高为儿子而在无意之间免于一死，这不能不令人唏嘘。而李义方也非善辈，在毅宗末的叛乱发生后，"或告仲夫、义方曰：'金敦中先知而逃。'仲夫等惊曰：'若敦中入城，奉太子闭城固拒，奏捕乱首，则事甚危矣，如之何？'义方曰：'若尔，我不南投江海，则北投丹狄以避之'"②。李义方计划若叛乱告败，则叛国投契丹。当叛乱事成并消灭同为叛将的李高后，李义方愈加飞扬跋扈，"（明宗）三年（1173），封王女为宫主，近臣上寿，夜分未罢，义方携妓入重房，与诸将纵饮，喧嚷、击鼓声闻于内，略无畏忌"③。春风得意的李义方恣意纵乐，把国王也不放在眼里。明宗四年（1174），归法寺、弘化寺、护法寺等处僧人反对李义方，义方遂大开杀戒，烧杀劫掠无辜寺院并欲毁之。这种暴行连其兄李俊仪也看不过去，于是"俊仪止之，义方怒曰：'若从尔言，事不成矣。'遂焚之，取货财器皿以归。僧徒要击于路，还夺之，府兵死者甚众。俊仪骂义方曰：'汝有三大恶：放君而弑之，取其第宅、姬妾，一也；胁奸太后女弟，二也；专擅国政，三也'"④。而"仲夫性本贪鄙，殖货无厌，及为侍中，广殖田园，家僮门客依势横恣，中外苦之"⑤。郑仲夫还有着如李义方般的残暴与专横，史载明宗八年（1178）："会旗头禄尚告仲夫曰：'大将军张博仁、前将军赵存夫等，潜结失职辈，期以暮夜犯公家。'仲夫信之，请系诏狱。王命内侍将军吴光陟等按问无状。又旗头告同领旗头八十人会酒家饮，谋出博仁于狱。仲夫潜遣家僮捕系鞫问，亦无验，竟窜博仁于海岛，余悉流南裔。又旗头康宝诬告枢密崔忠烈谋害仲夫，仲夫请按鞫，由是狱事连起。"⑥郑仲夫为了除掉任何潜藏的可能危险，大构冤狱，无所忌惮。再来看亲手杀死毅宗的李义旼："二十四年（1194），王册义旼为功臣，两府文武群臣皆就第贺。义旼擅铨注，政以货成，支党连接，廷臣莫敢谁何。多占民居，大起第宅，夺人土田，肆其贪虐，中外震慑。尝自骆驼桥至猪桥筑堤，高数尺，挟堤种柳，人称为'新道宰相'。义

①　［朝鲜］郑麟趾等：《高丽史》卷一百二十八，叛逆二，李义方。
②　［朝鲜］郑麟趾等：《高丽史》卷一百二十八，叛逆二，郑仲夫。
③　［朝鲜］郑麟趾等：《高丽史》卷一百二十八，叛逆二，李义方。
④　同上。
⑤　［朝鲜］郑麟趾等：《高丽史》卷一百二十八，叛逆二，郑仲夫。
⑥　同上。

盷妻崔氏凶悍，因妒，格杀家婢，且与奴私。义盷杀奴逐妻，多引良家女子有姿色者为婚，旋复弃之。诸子倚父肆横，至荣、至光尤甚，世谓之'双刀'。"①

　　而李奎报的诗文，对高丽武人的败坏品质予以了影射与讽刺。《开元天宝遗事》卷上有《鹦鹉告事》一篇，李奎报在其《开元天宝咏史诗》中则以《绿衣使者》为诗题就此加以吟诵，但李奎报不同于王仁裕的是，他将话题扩展开来，从而给该诗赋予更为深层的含义。在《绿衣使者》诗序里，李奎报综《鹦鹉告事》篇之主旨略曰："《遗事》曰：长安富民杨崇义妻刘氏，与邻人李弇通，共杀崇义。有鹦鹉语曰：'杀者李弇也。'遂败。明皇闻之，封为绿衣使者。"随后李奎报便颇有深意地道："秦帝宫松传口实，卫公禄鹤丧人心。唐皇不见分明鉴，又爵喃喃巧舌禽。"李奎报将鹦鹉泄密、卫灵公爱鹤封鹤并最终亡国之典搬出，与唐玄宗封鹦鹉一事相较，从而批评了唐玄宗的昏聩，李奎报在此并未就鹦鹉为男主人报仇的正义之举而加以赞赏，而是从鹦鹉揭发女主人使之最终被判死刑的角度入手。"巧舌禽"一词，则不无双关地表达了李奎报对那些笑里藏刀、诌媚之徒的厌恶之情，而安禄山作为唐玄宗和杨贵妃眼中的宠臣，正好具有巧言媚上的本事，并最终博得唐玄宗的信任，时机成熟，便背叛自己的主子，这与告发主人的"绿衣使者"何异？而高丽武人背叛毅宗并弑之，不也有类鹦鹉背叛主人吗？

三　开元盛世与高丽曾经的辉煌

　　李奎报《开元天宝咏史诗》，有着对开元盛世的强烈追忆之情。关于开元盛世，杜甫曾在安史之乱后有过美好的回忆。他在《忆昔二首》其一中如是道："忆昔先皇巡朔方，千乘万骑入咸阳。"而在第二首中，则进一步云："忆昔开元全盛日，小邑犹藏万家室。稻米流脂粟米白，公私仓廪俱丰实。九州道路无豺虎，远行不劳吉日出。齐纨鲁缟车班班，男耕女桑不相失。宫中圣人奏云门，天下朋友皆胶漆。百余年间未灾变，叔孙礼乐萧何律。"② 开元时期是中国历史上著名的太平岁月，正如杜甫上诗所云，国家仓廪富足，人民生活安乐，但在随之而来的天宝之乱中，一切

---

① ［朝鲜］郑麟趾等：《高丽史》卷一百二十八，叛逆二，李义盷。
② 《全唐诗》卷二百二十，杜甫五。

美好烟消云散，因而开元的升平与天宝的萧败形成鲜明而强烈的落差对比，这便在后人的心理中留下难以抚平的伤痛。于是，追吟开元盛世之诗作屡屡出现，而李奎报《开元天宝咏史诗》中，对开元盛世的吟诵当中，实际也包含着诗人对天宝之乱、对高丽时局深深的伤痛之情。

（一）明皇、毅宗用人之探

李奎报对开元盛世的认可之一首先体现在他对开元政治的清明、唐玄宗任人唯贤的赞扬。据《旧唐书》等，唐玄宗上台伊始，勤于政治，善于纳谏，而这是开元盛世到来的重要政治保障。《开元天宝遗事》中王仁裕曰："明皇忧勤国政，谏无不从。或有章疏规讽，则探其理道优长者贮于金函中，日置于座右，时取读之，未尝懈怠也。"① 李奎报遂依此在其《开元天宝咏史诗》之《金函》一首里赋诗道："开元几致大平期，总为虚怀纳谏词。若置金函长鉴戒，翠华争肯幸峨嵋。"的确，"虚怀纳谏"成就了唐玄宗开元盛世英名，可是，开元盛世的华章却随着天宝十五载（756）唐玄宗西窜"幸峨嵋"而付诸东流，李奎报不禁为此而难过。王仁裕《开元天宝遗事》中《步辇召学士》一篇如此写道："明皇在便殿，甚思姚元崇论时务。七月十五日，苦雨不止，泥泞盈尺，上令侍御者抬步辇召学士来。时元崇为翰林学士，中外荣之。自古急贤待士，帝王如此者，未之有也。"② 李奎报就此不禁感慨道："步辇迎来玉帝家，从教秋雨泻如河。六街泥泞知多少，未污花砖学士靴。"唐玄宗励精图治，秋雨之中，特意令属下以辇抬姚元崇入便殿商讨国政，其为政之勤、礼贤之诚令人佩服，而开元时期唐玄宗"步辇召学士"的这一幕与发生在天宝时期唐玄宗内殿召太真的一幕有着行为模式上惊人的相似性，但不同点在于事件、地点、所召人物、起因、经过、结果。试看如下文献所载：

　　（天宝）五载七月，妃子以妒悍忤旨。乘单车，令高力士送还杨铦宅。及亭午，上思之不食，举动发怒。力士探旨，奏请载还，送院中宫人衣物及司农米面酒馔百余车。诸姊及铦初则惧祸聚哭，及恩赐浸广，御馔兼至，乃稍宽慰。妃初出，上无聊，中官趋过者，或笞挞之，至有惊怖而亡者。力士因请就召，既夜，

① （五代）王仁裕：《开元天宝遗事》卷下，金函。
② （五代）王仁裕：《开元天宝遗事》卷上，步辇召学士。

遂开安兴坊,从太华宅以入。及晓,玄宗见之内殿,大悦。贵妃拜泣谢过。因召两市杂戏以娱贵妃。贵妃诸姊进食作乐。自兹恩遇日深,后宫无得进幸矣。①

唐玄宗天宝时期专以杨贵妃为宠的做法与开元时期励精图治、专心政事的做法无疑形成鲜明对比。《开元天宝遗事》记载了唐玄宗褒奖忠臣的事迹,其文曰:"宋璟为宰相,朝野人心归美焉。时春御宴,帝以所用金箸令内臣赐璟。虽受所赐,莫知其由,未敢陈谢。帝曰:'所赐之物,非赐汝金,盖赐卿之箸,表卿之直也。'璟遂下殿拜谢。"②宋璟以正直贤良闻名,《赐箸表直》一文真实地反映出宋璟以国事为己任和因此而受到的尊敬和朝野认可,并从一个侧面就唐玄宗在开元时期对国政的关心进行了赞扬。而李奎报对此感触亦颇深,遂在《开元天宝咏史诗》中,也以《金箸表直》为题赋诗曰:"重价那能赌一贤,合将金箸表心坚。岂惟当食犹忧国,画作谋筹不借前。"李奎报认为,即便再高的价钱,也难以买到宋璟那样的贤良之士,唐玄宗以金箸赠宋璟,表明其爱贤勤政之坚定决心。而除了宋璟,开元时期诸臣贤明者不在少数,如《开元天宝遗事》中对著名的宰相张九龄予以褒扬云:"明皇勤政楼,以七宝装成山座,高七尺,召诸学士讲议经旨及时务,胜者得升焉。惟张九龄论辩风生,升此座,余人不可阶也。时论美之。"③而李奎报同样以热情洋溢的笔触对其加以夸奖。试看李奎报《开元天宝咏史诗》中《七宝山》一诗:"谈经汉殿惟重席,落笔龙门只夺袍。争及开元张学士,独升七宝玉山高。"

李奎报诗中对开元盛世的缔造者不乏赞美之辞。但是,开元盛世固然由唐玄宗和其麾下众贤臣缔造,而天宝之乱同样是由唐玄宗和其周围奸佞之徒所为。李奎报《开元天宝咏史诗》中的开元群贤无疑和天宝时期李林甫、杨国忠之流形成鲜明对照,更与高丽仁宗、毅宗时期的佞臣形成对照。由于唐玄宗为政前期积极纳谏、广开言路,因而造就了中国历史上不朽的开元盛世,而与唐玄宗早期的积极纳谏相仿佛,高丽睿宗也是一位颇

① (宋)乐史:《杨太真外传》卷上。
② (五代)王仁裕:《开元天宝遗事》卷上,赐箸表直。
③ (五代)王仁裕:《开元天宝遗事》卷上,七宝山座。

有纳谏气度之贤王。著名文人金富轼曾作咏史诗《闻教坊妓唱〈布谷歌〉有感（睿王喜听此曲）》，对高丽睿宗曾经广开言路、积极纳谏的行为有过令人唏嘘不已的追忆："佳人犹唱旧歌词，布谷飞来枥树稀。还似霓裳羽衣曲，开元遗老泪沾巾。"① 毅宗的祖父睿宗励精图治，广开言路，这与毅宗明显有别。毅宗为政昏聩，加之佞臣曲意逢迎、媚上误事，致使谏路不通，仅以毅宗末武人政变前一年，即毅宗二十三年事为例。史载：

> （二月）乙卯，设三界醮，时斋醮之费寔繁，都祭、都斋二库未支其用，又立馆北、奉香、泉洞三宫，各置员僚，征求诸道，转输三宫者络绎于道，民皆愁叹。内侍刘邦义、秦得文、李竦金，应和金存伟、郑仲壶、希胤、魏绰然等，深结宦寺，约为兄弟，以剥民媚主为事，创寺绘佛，设斋祝圣。又制别贡，金银、鍮铜、器皿山积。由是得幸，不次除官。任言责者皆阿上意，无一直谏者。②

佞臣们为获取个人私利而误导国王，致使毅宗日益昏聩，当灾难酝酿之时亦毫无察觉而仍一味沉溺于逍遥优游。毅宗末期的这一幕与安史之乱祸事酝酿阶段唐廷的情况又有何异？安史之乱爆发后有老父郭从谨者进言于唐明皇曰："禄山包藏祸心，固非一日。亦有诣阙告其谋者，陛下往往诛之，使得逞其奸逆，致陛下播越。是以先王务延忠良，以广聪听，盖为此也。臣犹记宋璟为相，数进直言，天下赖以安平。自顷以来，在廷之臣，以言为讳，惟阿谀取容，是以阙门之外，陛下皆不得知。草野之臣必知有今日久矣。但九重严邃，区区之心，无路上达。事不至此，臣何由得睹陛下之面而诉之乎？"③ 而后人在对毅宗进行评价时，也就此加以深刻反思，"史臣金良镜赞曰：昔唐明宗时，大理少卿康澄上疏言时事曰：'为国家者，有不足惧者五，深可畏者六。三辰失行不足惧；天象变见不足惧；小人讹言不足惧；山崩川渴不足惧；水旱虫蝗不足惧。贤士藏匿深可畏；廉耻道丧深可畏；上下相徇深可畏；毁誉乱真深可畏；直言不闻深可畏。'欧阳公记此言曰：凡为国家者，可不戒哉。有是哉，斯言也！夫

---

① ［朝鲜］徐居正编：《东文选》卷十九。
② ［朝鲜］郑麟趾等：《高丽史》卷十九，毅宗三。
③ （宋）范祖禹：《唐鉴》卷五，玄宗下。

王崇奉佛法，敬信神祇，别立经色，威仪色，祈恩色，大醮色，斋醮之费，征敛无度。区区事佛事神，而奸谀若李复基、林宗植、韩赖为左右，恺壬若郑诚、王光就、白子端为内宦，阿曲若荣仪、金子几为术士。所幸嬖妾无比主于内，希意导志，更相妖媚，利口纷腾，谗言疏绝，变生辇毂之间。而卒莫之知也。此岂惧其所不惧，不畏其所畏之然耶？且祸乱之初，无一人效死，尤可叹也"①。由于自身的昏聩以及佞臣的阿曲，高丽毅宗疏于朝政并痴迷于佛教等，从而导致朝鲜半岛发生严重的政治动荡，毅宗本人则也死于兵变，令人唏嘘不已。正因如此，李成桂建立朝鲜王朝以后，鉴于佛教在高丽衰亡过程中的负面作用，遂严禁佛教，同时以儒家为独尊。而朝鲜李朝初期儒士亦对高丽时期佛教之盛多有诟病，如下说辞即极具代表性："昔者先朝西教盛行，妖僧学悦之徒诳惑愚民，举世风奔。崇奉之隆，冠诸缁髡。"② 李成桂建立朝鲜王朝近四百年后，朝鲜著名文人朴趾源赴北京时与中国文人尹嘉铨、王民皥的对话中特意提及之："而土风国俗各有易代之制，至于敝邦，专尚儒教，礼乐文物皆效中华，古有'小中华'之称。立国规模，士大夫立身行己，全似赵宋王君。"③正因易代革命后"建国初的朝鲜王朝标榜性理学之邦，文学主张就自然呈现出依据宋代性理学的美学观念"④。而中国当今学人曹春茹、王国彪之研究结论中亦曰："受到中朝宗藩关系以及朝鲜崇尚儒家文化因素的影响，朝鲜诗家对明清诗歌的评价具有较为鲜明的儒学化特色，如有些评论明显受到诗歌主题、诗人身份、品格及气度的影响。"⑤ "专尚儒教""标榜性理学"确系朝鲜李朝意识形态领域的特色所在，而曹春茹、王国彪所言"儒学化特色"则也是朝鲜李朝诗家在明清诗歌评价当中存在的客观现实。但无论是朝鲜半岛古今学者总结的"专尚儒教""标榜性理学"，还是中国当下学者所言的"儒学化特色"等与朝鲜李朝儒家文化有关现象之出现，实际很大程度上都是缘于对高丽时期佛教负面性的持续性、强

---

① ［朝鲜］郑麟趾等：《高丽史》卷十九，毅宗三。

② ［朝鲜］金安老：《龙泉谈寂记》，见蔡美花、赵季主编《韩国诗话全编校注》第一册，人民文学出版社 2012 年版，第 405 页。

③ ［朝鲜］朴趾源：《热河日记》卷六，见［韩］林基中编《燕行录全集》卷五十四，东国大学校出版部 2001 年版，第 158—159 页。

④ ［韩］朴性日：《儒家诗学在朝鲜王朝前期的发展——以"文道论"为中心》，《燕山大学学报》（哲学社会科学版）2019 年第 3 期。

⑤ 曹春茹、王国彪：《朝鲜诗家论明清诗歌》，中央编译出版社 2016 年版，第 6 页。

有力反拨。

（二）开元盛世与前毅宗朝之升平

开元之治创造了国富民安的大唐盛世神奇，而作为最高统治者的唐玄宗更是沉浸在一片歌舞升平景象之中。李奎报《开元天宝咏史诗》中，有咏史诗《月宫》一首曰："横空一杖作银桥，行趁冰宫度碧霄。欲向玉妃夸舞态，细看仙袂雪飘飘。"而在该诗序中作者曰："《逸史》云：罗公远以柱杖掷空，化为银桥，引明皇入月宫。见数百人皆着素练，舞于广庭，问其曲，曰：'霓裳羽衣。'"《霓裳羽衣曲》系唐代名乐，关于该曲的创制，《逸史》所云显为浪漫传说，而唐人诗歌中亦就其创制多有提及。白居易即曰："由来能事皆有主，杨氏创声君造谱。君言此舞难得人，须是倾城可怜女。"① 而据《杨太真外传》，天宝四载（745）七月："于凤凰园册太真宫女道士杨氏为贵妃，半后服用。进见之日，奏《霓裳羽衣曲》。"紧接前文，作者并曰：

> 　　《霓裳羽衣曲》者，是玄宗登三乡驿，望女几山所作也。故刘禹锡诗有云《伏睹玄宗皇帝望女几山诗，小臣斐然有感》："开元天子万事足，惟惜当时光景促。三乡驿上望仙山，归作《霓裳羽衣曲》。仙心从此在瑶池，三清八景相追随。天上忽乘白云去，世间空有《秋风词》。"又《逸史》云："罗公远天宝初侍玄宗，八月十五日夜，宫中玩月，曰：'陛下能从臣月中游乎？'乃取一枝桂，向空掷之，化为一桥，其色如银。请上同登，约行数十里，遂至大城阙。公远曰：'此月宫也。'有仙女数百，素练宽衣，舞于广庭。上前问曰：'此何曲也？'曰：'《霓裳羽衣》也。'上密记其声调，遂回桥，却顾，随步而灭。旦谕伶官，象其声调，作《霓裳羽衣曲》。"以二说不同，乃备录于此。②

以上记载充满了浪漫色彩。不管诸家就《霓裳羽衣曲》的创制如何解释，有一点是可以肯定的，即该曲是在精通音律的唐玄宗亲自主持下制作完成的，杨贵妃则在配舞中扮演着主要角色，并且《霓裳羽衣曲》某

---

① （唐）白居易：《霓裳羽衣歌（和微之）》，见《全唐诗》卷四百四十四，白居易二十一。
② （宋）乐史：《杨太真外传》卷上。

种程度上是唐王朝繁荣的象征，而李奎报《月宫》一诗及序文明显本事于该段记录。唐人关于演出《霓裳羽衣曲》盛况的诗篇亦不在少数，除乐史所引刘禹锡相关诗作外，唐朝诗人张祜《华清宫四首》其二有曰："天阙沉沉夜未央，碧云仙曲舞霓裳。一声玉笛向空尽，月满骊山宫漏长。"① 而现存杨玉环本人唯一的诗作《赠张云容舞》虽描写的是侍女张云容的舞姿，但深谙音律舞蹈的她在该诗中无疑已融入了自己对包括《霓裳羽衣曲》在内诸般演艺经验的体会。试看其描写："罗袖动香香不已，红蕖袅袅秋烟里。轻云岭上乍摇风，嫩柳池边初拂水。"② 可是，"舞罢霓裳欢未足，一朝雷雨送猪龙"③，随着安史之乱的爆发，《霓裳羽衣曲》成为开元盛世的绝响而湮没不闻。

唐玄宗时期的升平景象并非只体现于《霓裳羽衣曲》，张说曾有《舞马千秋万岁乐府词三首》，形象地描写了安史之乱前唐王朝的另一番升平景象。试撷该组诗中其二："圣皇至德与天齐，天马来仪自海西。腕足徐行拜两膝，繁骄不进踏千蹄。髦鬣奋鬣时蹲踏，鼓怒骧身忽上跻。更有衔杯终宴曲，垂头掉尾醉如泥。"④ 唐玄宗调教群马以舞蹈，这是前所未闻之事，而这也正是盛唐之世天下太平的体现。今人研究证明："唐代舞马演出以大规模群体舞形式呈现，乐人和舞马的着装配饰都力求奢华，追求恢宏华美的舞台效果。舞蹈动作丰富多样，除以往已备受瞩目的衔杯上寿、舞马登床等演出形式外，还包括俯拜、蹀步、疾驰、骤停、徐趋、蹲踏等一系列高难动作。配乐采用商调法曲，配唱采用五言、六言、七言体之齐言声诗。演出过程中各种舞蹈动作随音乐的节奏变化自然承转，体现出舞蹈与诗、乐的完美融合。"⑤ 李奎报《开元天宝咏史诗》中，《舞马》一首则在刻画盛唐升平图景之同时，其所展现的舞马尽殒、欢娱之后的失落感丝毫不亚于"惊破霓裳羽衣曲"所具有的心灵震撼。李奎报在该诗序文中转述郑处诲《明皇杂录》中语曰："帝教舞马四百蹄，分为左右部，各有名称，曰'某家骄'。其曲谓之《倾杯乐》者十曲。马皆衣之以锦绣，络以金环。乐作，奋首鼓尾，纵横应节。又设三层木榻，置马其

① 《全唐诗》卷五百一十一，张祜二。
② 《全唐诗》卷五。
③ ［高丽］李仁老：《过渔阳》，见徐居正编《东文选》卷二十。
④ 《全唐诗》卷八十七，张说三。
⑤ 于海博：《唐代舞马演出形态新探》，《北京舞蹈学院学报》2016 年第 1 期。

上，周旋益妙。禄山入京，取数千匹归范阳。禄山败，入田崇嗣军，不知其技也。一日，大飨乐作，马闻乐而舞。厩人以为妖，击之至毙。"此段文字尽管简略，但它呈现出在舞马扬蹄、奋首鼓尾的欢歌笑语中唐王朝的繁华与升平气象，亦呈现出了舞马的丧命暨其所代表一代盛世的终结。当唐代"鎏金舞马衔杯纹银壶"于1970年出土于西安何家村并呈现在我们面前时，相信熟悉《倾杯乐》暨盛唐时代舞马历史的我们，定会难掩心中的无名惆怅，而这种感觉在高丽诗人李奎报《舞马》一诗中亦颇明显。试看："厌见宫腰束素回，更教骄马巧徘徊。三层榻上跳呈技，舞破唐家始下来。"的确，盛唐宫掖，日日笙歌，夜夜舞乐，霓裳羽衣之飘动、舞马之腾挪见证了盛唐旷世之伟丽，而天宝十四载，大唐由盛而衰，舞马剧情遂急转而为悲剧。李奎报《开元天宝咏史诗》中，与《舞马》有着同样伤怀基调的作品还有《羯鼓》，在该作品序里，李奎报同样先就创作本源作了交代："《羯鼓录》云：'鼓如漆桶，下以牙床承之，击用两杖。宜高楼晓景，明月清风。明皇尤爱之。春雨始晴，景物明丽，帝取鼓临轩纵击。'又《广记》曰：'小殿亭内，柳杏将吐。上取鼓纵击，曲名《春光好》，顾柳杏皆已发拆。指而笑曰：此一事，不唤我作天公，可乎？'"

　　作为唐朝著名政治家，"玄宗先天中再平内难，后以中外无事，锐意政理，好于观书"①，并作为中国历史上少有的精通声乐艺术者，能诗、懂声律、创梨园，并亲自实践，以上李奎报引述《羯鼓录》所云虽不免夸张，但唐玄宗尚文艺和作为盛世之君所具有的风发意气确是不争之事实。李商隐曾在咏史诗《龙池》中就昔日唐玄宗好羯鼓之状曰："龙池赐酒敞云屏，羯鼓声高众乐停。夜半宴归宫漏永，薛王沉醉寿王醒。"② 可是，无论是霓裳羽衣，还是羯鼓，安史之乱妖风扫过，一切皆成过去。此正如张继《华清宫》一诗所感慨："天宝承平奈乐何，华清宫殿郁嵯峨。朝元阁峻临秦岭，羯鼓楼高俯渭河。玉树长飘云外曲，霓裳闲舞月中歌。只今惟有温泉水，呜咽声中感慨多。"③ 而当四百四十年后的李奎报忆及

---

① （唐）李濬等撰：《松窗杂录、杜阳杂编、桂苑丛谈》，中华书局1958年版，第3页。
② 《全唐诗》卷五百四十，李商隐二。
③ 《全唐诗》卷二百四十二。

唐玄宗羯鼓催花此段繁华时，在追忆之中更多的是对历史的怅然与慨叹，试看："高楼春晓响如雷，催却微红杏拆开。一代繁华云雨散，牙床玉索委尘埃。"

李奎报笔下的盛唐繁华，实际也是对高丽武人政变之前"升平气象"的比况。在高丽毅宗末年以前，尽管社会有着诸多潜在的暗流，但就表面来看，是与同样暗流涌动的盛唐所呈现出的升平气象有着极大的相似性。试如毅宗二十一年四月之"升平"一幕：

> 戊寅，以河清节幸万春亭宴，宰枢侍臣于延兴殿大乐署管弦坊争备彩棚、樽花、献仙桃、抛球乐等声伎之戏，又泛舟亭南浦，沿流上下相与唱和，至夜乃罢。亭在板积窑。初，因窑亭而营之，内有殿曰延兴。南有涧盘回，左右植松竹花草，其间又有茅亭草楼凡七，有额者四，曰：灵德厅、寿御堂、鲜碧斋、玉竿亭。桥曰锦花，门曰水德。其御船饰以锦绣，假锦为帆，以为流连之乐。穷奢极丽，劳民费财，凡三年而成。①

毅宗朝表面的繁荣较之唐玄宗时期，尽管在"升平"的具体形式上有所区别，但就其所导致的终极结果而言实际又无太大区别。唐玄宗好诗文、通音律，而高丽毅宗尽管在音律等方面并无唐玄宗般的盛名，但至少也是文艺活动的积极爱好者，就在武人发动政变前三个月，即毅宗二十四年五月，毅宗仍沉醉在与文人宴乐欢歌的享乐当中。史载：该月庚寅，毅宗"御大观殿，受朝贺，仍宴文武常参官以上，王亲制乐章五首，命工歌之，结彩棚，陈百戏，至夜乃罢。赐赴宴官马各一匹，是夜又与韩赖、李复曲宴便殿，特赐红鞓犀带以示宠异"②。唐玄宗时期，华清宫、勤政楼见证了大唐的兴盛，也见证了其衰落，而高丽毅宗时期的普贤院、延福亭等，同样目睹了毅宗朝的繁华和高丽武人长久专政时期的开始。仅以延福亭言，史载毅宗二十一年六月，"庚午，移御玄化寺。先是，王闻城

---

① ［朝鲜］郑麟趾等：《高丽史》卷十八，毅宗二。
② ［朝鲜］郑麟趾等：《高丽史》卷十九，毅宗三。

东沙川龙渊寺南有石壁数仞，削立临川，曰虎岩，流水停滀，树木蓊蔚。命内侍李唐柱、裴衍等构亭其侧，名'延福'。奇花异木，列植四隅。以水浅不可舟，筑堤为湖"①。此后，延福亭成为毅宗巡幸之常所，而毅宗二十四年八月武人叛乱发生时，延福亭则见证了毅宗与之永别而走向灾难的悲催时刻："丙子，王自延福亭如兴王寺。丁丑，王将幸普贤院，至五门前，召侍臣行酒，酒酣，顾左右曰：'壮哉！此地可以练肆兵法。'命武臣为五兵手搏戏。至昏，驾近普贤院。李高与李义方先行矫旨，集巡检军，王才入院门，群臣将退，高等杀林宗植、李复基、韩赖，凡扈从文官及大小臣僚、宦寺皆遇害。又杀在京文臣五十余人，郑仲夫等以王还宫。"②面对延福亭芜草，忆昔唐玄宗"西幸"，李奎报在现实与回忆的时空对比当中，不禁倍感怆然，他于是作咏史诗《过延福亭》一首吊古曰："忆昔明皇游幸日，龙舟锦缆髣江湖。劝欢仙妓回眸笑，被酒词臣倒腋扶。自古穷奢难远驭，几人怀旧发长吁。颓堤不见沧涛拍，复道浑成碧草芜。罗绮飘将云共散，笙歌换作鸟相呼。个中殷鉴分明在，莫遣遗基扫地无。"（《东国李相国集·全集卷二》关于该诗，高丽文人崔滋即沉郁但又公允地评价曰："感古情深，读之凄然。殷鉴一联，含蓄深切。"③而当今学者就李奎报该诗如是曰："在这首诗里，他回顾了唐明皇因荒淫误国的往事，并认为现在没有几个人记住了历史的教训，但穷奢必遭祸乃是历史的规律，因此他深深担忧国势。可见他评论唐明皇完全是借古讽今之意。"④不难看出，在《开元天宝咏史诗》中李奎报之于毅末武人之乱的痛心疾首与深刻反思。

　　高丽毅宗时期的升平已经如云烟般消散殆尽，而"毅、明以后，权臣执命，兵柄下移，悍将劲卒，皆属私家，国有方张之寇，而公无一旅之师"⑤这一幕与开元盛世后肇始于安史之乱的唐朝藩镇势力尾大不掉局面何其相似。

---

① ［朝鲜］郑麟趾等：《高丽史》卷十八，毅宗二。
② ［朝鲜］郑麟趾等：《高丽史》卷十九，毅宗三。
③ ［高丽］崔滋：《补闲集》卷上。
④ 李岩、徐健顺：《朝鲜文学史（上）》，社会科学文献出版社 2010 年版，第 358 页。
⑤ ［朝鲜］郑麟趾等：《高丽史》卷八十一，兵一。

第二节 动荡的社会条件与弱势群体

一 杨贵妃：爱情、女性悲剧与阴柔之美

安史之乱颠覆了唐王朝的盛世，同时也彻底击碎了唐玄宗李隆基和杨贵妃天长地久的爱情理想，而在社会动荡之下李、杨爱情的覆灭则成为后世久久思索探讨的一个话题。"一个集盛世英主与败政之君于一身，一个集绝代佳人与祸国妖姬于一身，而他们的爱情，更是纠结着情感、政治、伦理与人性等种种冲突的矛盾体。人们对他们爱不起来又恨不起来，却又不由得去爱，不由得想恨，思索了千年，咏叹了千年。"①《开元天宝咏史诗》则能充分说明这一点。对李、杨爱情之描述与探讨，既体现了李奎报对不渝爱情的歌颂，也抒发出他对以杨贵妃为代表的封建社会女子悲剧命运的慨叹，同时还包含对女性阴柔之美的赞颂。

（一）爱情之赞

李隆基、杨贵妃之间的爱情是安史之乱以来人们所常议论的话题。抛开政治的因素而论，李、杨之间这种爱情实际代表着一种普遍的男女相悦，可是，这一爱情最终因为社会的原因而演变为一个彼此分离的悲剧，但也正因为这样一种结局，李、杨的爱情便更具感染力和震撼力，后世咏叹这段情事者也大有其人。白居易在其名作《长恨歌》中就李、杨的爱情有过经典的咏诵："天长地久有时尽，此恨绵绵无绝期。"而"在这点题之笔里，刻骨的相思变成了不绝的长恨，特殊的事件获得了广泛的意义，李、杨的爱情得以升华，普天下的痴男怨女则从中看到自己的面影，受到心灵的震撼"②。关于李、杨的爱情，唐代以来的正史、野史笔记等多有记述，尤其在野史与笔记之中，李、杨间的爱情更被热情敷衍。如《杨太真外传》即记曰："九载（750）二月，上旧置五王帐，长枕大被，与兄弟共处其间。妃子无何窃宁王紫玉笛吹。故诗人张祐诗云：'梨花静院无人见，闲把宁王玉笛吹。'因此又忤旨，放出。……初，令中使张韬光送妃至宅，妃泣谓韬光曰：'请奏：妾罪合万死。衣服之外，皆圣恩所赐。惟发肤是父母所生。今当即死，无以谢上。'乃引刀剪其发一缭，附

---

① 张润静：《唐代咏史怀古诗研究》，上海三联书店 2009 年版，第 163 页。
② 袁行霈主编：《中国文学史（第二卷）》，高等教育出版社 1999 年版，第 349—350 页。

韬光以献。妃既出,上怃然。至是,韬光以发搭于肩上以奏。上大惊惋,遽使力士就召以归,自后益嬖焉。又加国忠遥领剑南节度使。"① 而唐郑綮撰《开天传信记》中也有类似记载:"太真妃常因妒媚,有语侵上,上怒甚,召高力士以辎𫐐送还其家。妃悔恨号泣,抽刀剪发授力士曰:'珠玉珍异,皆上所赐,不足充献,惟发父母所生,可达妾意,望持此伸妾万一慕恋之诚。'上得发,挥涕悯然,遽命力士召归。"从如上"上怃然""挥涕悯然"等语我们看到的是一个柔肠男子对悦己者深深的爱恋。唐玄宗深爱杨贵妃,更难以割舍杨贵妃,而在李奎报《开元天宝咏史诗》里,李、杨的爱情得到了作者热情的讴歌。如在《杨妃吹玉笛》一首中,诗人根据乐史相关记述赋诗曰:"春风深院没人知,皓腕闲将玉笛吹。窃向宁王非细事,可怜君意未终移。"

正如"可怜君意未终移"一句所揭示,唐玄宗对于杨贵妃坚定不移的爱情连李奎报自己都不无感动。而在《剪发》一首中,杨贵妃短暂地失去李隆基后的伤心与难过、以发传情并得到李隆基原谅后之喜悦跃然纸上。试看该诗:"极爱翻生拂意间,故将侵语屡抒干。敕还外第妃何恨,一朵乌云足市欢。"但是,人生无常,人是难以完全把握个人命运的,尤其是处在时代风口浪尖上的李、杨爱情,更是会受制于社会政治因素。据《开元天宝遗事》记述:"玄宗八月十五日夜与贵妃临太液池,凭栏望月不尽。帝意不快,遂敕令左右:于池西岸别筑百尺高台,与吾妃子来年望月。后经禄山之兵,不复置焉,唯有基址而已。"② 欢悦未尽而变故先至,曾经的卿卿我我遂随着安史之乱的狼烟而散向远方,留下的只有无尽的遗憾,年年中秋月仍圆,而李隆基、杨贵妃这对情侣却没能实现心中那份圆月般的浪漫爱情。此正如李奎报《开元天宝咏史诗》中《望月台》一诗所言:"良辰乐事喜参差,虚筑高台指后期。唯有年年秋夜月,一轮依旧挂天涯。"李、杨爱情随着安史之乱而归为空梦,但是,谁人愿意轻易相信这场爱情就这样在无限遗恨当中结束呢?谁不愿意看到李、杨能够彼此再有相会之日呢?中唐白居易所作《长恨歌》诗、陈鸿所撰《长恨歌传》等中,李、杨终于又在蒙太奇式的梦境之中相见,可是,这种相见所具有的悲怆意味较之李、杨在马嵬坡生离死别的一幕更有过之而无不及。而李

---

① (宋)乐史:《杨太真外传》卷上。
② (五代)王仁裕:《开元天宝遗事》卷下,望月台。

奎报被李隆基梦游玉妃太真院这一情节所深深打动，他在《开元天宝咏史诗》最后一首《梦游大真院》序言中引述《玄宗遗录》中语如是道：

> 帝谓力士曰："吾自弃去妃子，杳无梦寐，斋心膳素，宜有所祷。"果有梦应，梦至一处，万壑烟霞，千峰花木，满目寒涛，惊人绝景，翠烟绛气，云云。白玉挂牌，黄金题字曰"东虚第一宫"。又翠衣童子前导至一院，题曰"太一大真元上妃院"。大真妃隔云母屏而坐，不见其形，但闻其声。帝曰："愿得一见天姿，何恨此屏，似非畴昔相爱之意。"妃露半身，仿佛新妆，依俙旧色。帝一见踊跃，前执其手，则惊风起于足下，若堕天云。

随之李奎报吟诵云："缥缈烟霞紫翠重，仙童导入大真宫。依俙一见严妆面，清梦惊来若堕空。"[①]爱情是人类永恒的话题，而将爱情置于国家盛衰转折的大背景进行考察，则会有愈加深刻的意义，此恰如李、杨爱情所揭示：李、杨与其说是上演了一出由喜而悲的个人爱情大剧，不如说是通过二人的悲欢离合演绎了时代的风云际会和国运的大起大落。"由于李、杨的爱情本身具有的特殊性，加之文人骚客对此的渲染，李、杨的关系就益发具有传奇性、神秘性，因此也就有人从情感的世界对这场悲剧进行反思。这种异于探讨国家兴衰的努力，当属于另类思考，它们同样在咏史诗歌中占有一席之地。"[②]

（二）杨贵妃暨女性之悲剧命运

李奎报《开元天宝咏史诗》，有着对于女性命运的深深思考。安史之乱中，杨贵妃在马嵬坡香消玉殒，而作为一国之君的李隆基，却无力保护自己所爱之人。杨国忠、杨贵妃姊妹为人所诟病的一切实际也非杨贵妃直接造成，至于安史之乱的发生，也实际是归咎于唐玄宗自己的荒废朝政行为。杨贵妃作为妃子，她所扮演的角色仅仅是唐玄宗的心上人而已，她也并没有像武则天、太平公主那样处心积虑地寻求政治上的野心。李奎报曾有一首咏史诗《杨贵妃》，该诗曰："未必杨妃色绝奇，只缘误国作娇姿。

---

① 该李奎报咏史诗及其诗题、诗序内"大真"一词中的"大"，同"太"。古汉语中，"大"又同"太"，属常见现象。

② 李晓明：《唐诗历史观念研究》，人民出版社2009年版，第233页。

君看贞观太平日,宫掖那无一美姬?"(《东国李相国集·全集卷七》)该诗前半部分不妨作如下理解:杨贵妃未必就是绝代佳人,只是因为国家出现了乱子,才迁怒于她的美貌。而后半部分则明白无疑地否定了杨贵妃为安史之乱所承担的罪名,在李奎报看来,唐太宗贞观之治时,宫掖照样有美女,但唐太宗并没有因此而耽于女色乃至误国。正因为李奎报对女人祸国论持否定意见,因而在对杨贵妃的看法上他持同情的态度,这从他对杨贵妃的刻画中可以清楚地看到。

李奎报《开元天宝咏史诗》曾援引《开元天宝遗事·天宝下》中之《红汗》一篇及《玄宗遗录》相关内容道:"《遗事》曰:'贵妃每至夏月,常衣轻绡,使侍儿交扇鼓风,犹不解其热。每有汗出,红腻而多香。或拭之于巾帕之上,其色如桃红。'又《玄宗遗录》云:'贵妃缢马嵬,高力士奏以拥项罗上,视泪痕皆若淡血。'"李奎报遂以如上内容为据作《红汗》一诗曰:"弱质难堪夏日迟,玉颜沾汗滴燕脂。那知一点红桃色,却是香罗溅血期。"李奎报该诗中描述杨贵妃禁不起夏日长久的阳光,实际其潜台词即杨贵妃在安史之乱这种大的社会动荡之中绝无把握自己命运之机会,再进一步品味,则更似有为杨贵妃开脱的意味,从"弱质""难堪""红桃色"等形容杨贵妃的词语,我们可以看出作者对于杨贵妃的同情和怜惜之情。李奎报在《开元天宝咏史诗》之《雪衣娘》一首中,通过人与鹦鹉命运的比况,再次表达出了对属于弱势女性群体的杨贵妃深切的同情。李奎报据《明皇杂录》相关记载为序曰:"岭南进白鹦鹉,养之宫中,颇驯熟,洞晓人言,号'雪衣娘'。一日飞上妃子妆台,曰:'梦为鹰鹯所抟。'妃子授以《心经》,持诵甚精。后携之苑中,果为鸷鸟所毙,立冢。"白鹦鹉梦为鹰鹯所抟,这实际已经暗示了作为柔弱女子的杨贵妃后来的悲剧命运,而杨贵妃持颂《波罗蜜心经》这一向善描写则突出了杨贵妃的无邪,并与后来香殒于安史之乱狼烟一幕形成鲜明对照,这便益发显出她无辜而悲惨的结局。以如上《雪衣娘》内容为序文,并同以该题为诗名,李奎报赋诗阐发曰:"美人鹦鹉略相同,偏受宫妃眷爱丰。鸷鸟掠残先有谶,玉颜随毙虏尘中。"李奎报就是这样一位有着强烈人文主义情怀的诗人,他对生命、对弱势群体有着由衷的爱惜和同情。与对杨贵妃的同情形成对照,李奎报在以下《开元天宝咏史诗》中之《送妃子》一首中,批评了唐玄宗失于保护杨贵妃之过,并就女人作为弱势一方在动乱面前的无助而感伤。试看该诗:"军情汹汹固难违,忍遣红颜

正掩晖。岂以大唐天子贵，势穷莫庇一宫妃。"在该咏史诗序文里，李奎
报《送妃子》一诗的创作意图则有着更为直白的展现：

> 《明皇遗录》曰："渔阳叛书闻，六军不进。力士奏曰：'军中皆
> 言祸胎尚在行宫，侯元吉前奏愿斩贵妃首，悬之太白旗以令诸中。'
> 帝叱曰：'妃子，后宫之贵人。投鼠尚忌器，何必悬首而军中方知
> 也？'力士奏曰：'愿陛下面赐妃子死，以慰军心。'贵妃泣曰：'上
> 帝之尊，势岂不庇能一妇人使之生乎？一门俱族，而延及臣妾，得无
> 甚乎？'帝曰：'万口一辞，牢不可破。国忠等虽死，军犹不发，妃
> 子一死，以塞天下之谤。'妃子曰：'愿得帝送妾数步，妾死无憾。'
> 左右引妃子去，帝起立目送之。妃子十步九反顾，帝泣下交颐。"

李奎报对杨贵妃所给予的同情与晚唐温庭筠在《马嵬佛寺》中所表
达的精神异曲同工，试看温诗："荒鸡夜唱战尘深，五鼓雕舆过上林。才
信倾城是真语，直教涂地始甘心。两重秦苑成千里，一炷胡香抵万金。曼
倩死来无绝艺，后人谁肯惜青禽？"[1] 青禽乃古代神女名，温庭筠以此指
称杨贵妃，"后人谁肯惜青禽"句则充分表达出了他对杨贵妃打抱不平之
情。失去爱妃的李隆基伤痛不已，试看唐人所载：

> 明皇既幸蜀，西南行初入斜谷，属霖雨涉旬，于栈道雨中闻铃，
> 音与山相应。上既悼念贵妃，采其声为《雨霖铃》曲，以寄恨焉。
> 时梨园子弟善吹觱篥者张野狐为第一，此人从至蜀，上因以其曲授野
> 狐。洎至德中，车驾复幸华清宫，从官嫔御多非旧人，上于望京楼中
> 命野狐奏《雨霖铃》曲，未半，上四顾凄凉，不觉流涕，左右感动，
> 与之欷歔。其曲今传于法部。[2]

一曲《雨霖铃》，唱出的是一国之君无奈的家恨与国恨，道出的是从
叱咤风云的巅峰跌落到困厄无措境地的窘迫。而李奎报则从《明皇杂录》
所载这撕心裂肺的一幕中，感受到了人在命运面前的极度无助。他作

---

① 《全唐诗》卷五百八十三，温庭筠九。
② （唐）郑处诲：《明皇杂录》补遗。

《雨霖铃》一诗曰："栈道崎岖雨潦俱，此时犹念玉妃姝。殷勤自制《霖铃曲》，觱篥时凭张野狐。"该诗虽说是在描写唐玄宗"犹念玉妃姝"的悲情与无奈，但换一个角度想，曾经在刀光剑影中拼将出开元盛世的李三郎都因难应如此乱局且不能保护自己的爱妃而不胜悲恸，"弱质难堪"的杨贵妃又有何种能力去保护自己呢？因此，李奎报该《雨霖铃》诗，看似在写唐玄宗，但实际也是在用反衬的方法突出杨贵妃的悲剧命运并自然地表达出对女性、对弱者的关爱之情，这在《开元天宝咏史诗》中之《金粟环》一首中有着同样的表达。试看如下："国破杨妃一笑姿，銮舆播越是因谁？不曾惩创当时事，更对遗环雪泣泪。"该《金粟环》诗序中李奎报云："《明皇杂录》曰：'女伶谢阿蛮善舞《凌波曲》，出入宫中及诸姨宅，妃子待之甚厚。帝自蜀还，过华清宫，令召焉。阿蛮出金粟宝环以献，曰：此贵妃所赐也。帝持玩，不觉坠泪。'"依李奎报口吻，明皇事业与人生的重大转折乃咎由自取，尤其"銮舆播越是因谁"一句，在对唐明皇的明显讽刺与批责中，实际道出安史之乱的发生原因有其深层次原因，它尤其缘于唐明皇对朝政之荒废，因而该诗有着为杨贵妃开脱"罪责"的意味。而这种对命运的无奈，尤其是对作为弱势群体的女性所具有的大爱在如下《落妃池》一诗中有着相同的体现。关于落妃池，《杨太真外传》开篇即曾有云："杨贵妃小字玉环，弘农华阴人也。后徙居蒲州永乐之独头村。高祖令本，金州刺史；父玄琰，蜀州司户。贵妃生于蜀。尝误坠池中，后人呼为落妃池。池在导江县前。"① 关于杨贵妃的这一出生记载不无传奇和浪漫色彩，并已经在字里行间流露出一种怜香惜玉之情愫，而当安史之乱后杨贵妃被逼迫自缢马嵬坡后，后世对于她的怜爱更有加之。而具体到李奎报，他则在《开元天宝咏史诗》中以《落妃池》为题，无限怜惜地兴叹曰："太真虽本出峨嵋，玉辇巡游岂所期。一旦行宫西入蜀，忍看当日落妃池。"该诗中"忍看当日落妃池"等句，将唐玄宗"西幸"的无奈和内心之悲痛精练地概括了出来，而我们同时可以感觉到在该诗表面语言背后，站立着一位如泣如诉的弱女子形象，那正是杨贵妃，她是唐玄宗西幸的牺牲品。在歌舞升平的太平岁月，她是贵妃，是大唐天子最喜爱的心上人，而当大难临头时，她便成为万夫所指的祸水，并成了唐玄宗的替罪羊，这是她所没有想到的，这也正是李奎报所哀叹的。

---

① （宋）乐史：《杨太真外传》卷上。

（三）"羞花"暨女性阴柔之美

作为中国古代四大美女之一的"羞花"，李奎报笔下的杨贵妃实际也是封建社会广大善良女性的化身，她所代表的是一种女性的阴柔之美，在她身上体现着作者对美好事物的追求和对生活的热爱。李奎报在其《开元天宝咏史诗》之《木芍药》一首中，将杨贵妃与牡丹花相提并论曰："香露低沾照夜车，一枝轻拂晓风斜。禁园桃李浑无色，独敌宫中解语花。"唐人称牡丹为木芍药，此诚如唐人李濬在《松窗杂录》中所曰："开元中，禁中初重木芍药，即今牡丹也。"① 唐朝时朝野上下种植牡丹、观赏牡丹成为风气，而《开元天宝遗事》中更有数篇涉及木芍药者，如《四香阁》《解语花》《花妖》《醒酒花》《百宝栏》等，且内容亦多有涉杨贵妃。如《百宝栏》中有云："杨国忠初因贵妃专宠，上赐以木芍药数本，植于家，国忠以百宝妆饰栏楯，虽帝宫之内不可及也。"② 而《解语花》一篇则曰："明皇秋八月，太液池有千叶白莲数枝盛开，帝与贵戚宴赏焉，左右皆叹羡。久之，帝指贵妃示于左右曰：'争如我解语花？'"③ 《李太白全集》中也有唐玄宗与杨贵妃共赏木芍药的浪漫记载。美人配好花，这种情景遂成为后世文人雅士所叹赏不已之事，牡丹于是便与杨贵妃常常同时出现在后世诗文当中，如罗隐在《牡丹》一诗中曰："艳多烟重欲开难，红蕊当心一抹檀。公子醉归灯下见，美人朝插镜中看。当庭始觉春风贵，带雨方知国色寒。日晚更将何所似，太真无力凭阑干。"④ 牡丹花的娇艳与杨贵妃的柔媚两相比照，妙趣横生。而李奎报显然也注意到了花中牡丹与人间杨贵妃之间的联系与可比性，他在《木芍药》一诗序中说："《李白集》序曰：'开元中，初重木芍药，植沉香亭前，会花繁开，上乘照夜车，大真妃以步辇从之。'《李白集·清平调》略曰：'名花倾国两相欢，长得君王带笑看。'又《天宝遗事》云：'帝指妃子曰：此解语花。'"而李奎报《木芍药》一诗所流露出的，不是像同组《开元天宝咏史诗》中别的诗般那样有着太多的沧桑与感叹意味，而更多是对杨贵妃之美、对牡丹之美和对生活的热爱之情。

实际上，在《开元天宝咏史诗》中《木芍药》一诗而外，李奎报在

① （唐）李濬等撰：《松窗杂录、杜阳杂编、桂苑丛谈》，中华书局1958年版，第4页。
② （五代）王仁裕：《开元天宝遗事》卷下，百宝栏。
③ （五代）王仁裕：《开元天宝遗事》卷下，解语花。
④ 《全唐诗》卷六百六十五，罗隐十一。

别的诗作里也有将牡丹、杨贵妃相参相比者，如李奎报曾作《次韵诸君所赋山呼亭牡丹（并序）》。在该诗序中李奎报首先道："内殿山呼亭，有牡丹盛开，赋之者多矣，几至百首。一时名士、大夫皆赋之，予亦闻之，次韵和成九首。奉寄殿主内道场天其僧统。"（《东国李相国集·后集卷三》）山呼亭位于高丽王宫内，高丽时代为君臣赏花吟诗的重要场所，牡丹作为其中重要的花卉，则尤受高丽君臣喜爱，而其中重要原因之一即：牡丹作为君臣吟诗作乐的重要媒介物，已被赋予自盛唐明皇、杨贵妃、李白等以来的诸般风流与意趣，而唐人诗文中，写及牡丹则亦多对照以美姬，此种雅好也同样为高丽时代君臣所欣赏。《东人诗话》中即曰："高丽毅宗游上林，赋《芍药》诗，贤良皇甫倬和进云：'谁道花无主，龙颜日赐亲。宫娥莫相妒，谁似竟非真。'上嘉叹，遂补馆职，倬以是知名于世。"① 而山呼亭作为高丽王宫内牡丹的栽培地，它在功能上与盛唐兴庆宫内沉香亭无疑是高度一致的。可想而知，在山呼亭吟诵牡丹，李奎报联想到昔日盛唐沉香亭内的木芍药和杨贵妃乃为十分自然之事。在《次韵诸君所赋山呼亭牡丹（并序）》其六中，李奎报曰："宋紫姚黄岂及丹，可怜妃子醉凭栏。问渠若是留情待，虽老犹堪拭眼看。映沼自成临镜笑，隈林还作隔帷颜。沉香态度今如在，须唤花砖旧客观。"李奎报将杨贵妃昔日的美艳动人、李白踩着专为学士准备的花砖入值的尊荣尽糅于对山呼亭牡丹的赞美之中。而在《次韵诸君所赋山呼亭牡丹（并序）》其九中，李奎报再次表达了这一思想："天爱娇姿过与丹，锦房霞蕚混彤栏。身如未遽为莺去，梦亦何妨化蝶看。若得暂明儒老眼，不须更较贵妃颜。我衰堪赋《清平调》，无路亲陪御幸观。"

观李奎报诗文，其中以杨贵妃形容鲜花者颇多，这一方面反映出作者抛开一切政治因素而对杨贵妃美貌的客观赞美，另一方面，也从以杨贵妃之美貌比拟鲜花这一举动可以看出李奎报内心对世间美好的喜爱与追求。如在《御留花》中，李奎报道："把底娇姿被御留，余花见斥得无羞。杨妃一笑六宫沮，宠辱由来不自谋。"（《东国李相国集·后集卷三》）再如在《海棠》中，李奎报如此满含人文情怀地道："海棠眠重困欹垂，恰似杨妃被酒时。赖有黄莺呼破梦，更含微笑带娇痴。"（《东国李相国集·全

---

① ［朝鲜］徐居正：《东人诗话》卷上，见蔡美花、赵季主编《韩国诗话全编校注》第一册，人民文学出版社 2012 年版，第 174 页。

集卷十六》）而在《论地棠花寄李少卿（需）并序》中，李奎报对不为帝王所选的地棠花打抱不平曰："君不见汉宫却座慎夫人，本非上意未可妨其亲。又不见遣还私第杨贵妃，未几复召宠爱日逾新。花娇不愧二妃色，何必便为君所斥。黄中正色正合人君观，我愿移之上林植。龙颜赏咏锵天韵，侍臣争和笔落如风迅。状渠姿态无遗妍，为雪当年曾见摈。"（《东国李相国集·后集卷三》）而在李奎报散文中，我们照样可以看到李奎报之于花、之于杨贵妃相互间的比况与喜爱之情。如在《通斋记》一篇里，李奎报将各种鲜花之美姿喻为贵妃出浴："众允通人杨生应才者，卜筑于城北，善接养花木。其园林之胜，颇有闻于京都，予遂往观焉。……花各数十种，皆世所罕见。或方开或已落，映林绣地，交错纠纷。日萼红，张丽华之娇醉也；露葩湿，杨贵妃之始浴也。"（《东国李相国集·全集卷二十三》）

（四）红颜薄命

进一步言，李奎报咏史诗中对女性阴柔之美的赞扬并不体现于对杨贵妃一人，还体现于他吟诵西施、王昭君等人的作品之中。如春秋末期的越王勾践献美貌的西施于吴王，终使吴王耽于女色并最终导致其误政亡国，而李奎报笔下，则似无半点谴责，反倒是在诙谐的口吻中透出对西施沉鱼之美的赞赏，并不时以西施比拟牡丹等花卉。如在《红芍药》一诗里，李奎报如是道："严妆两脸醉潮匀，共道西施旧日身。笑破吴家犹不足，却来还欲恼何人。"（《东国李相国集·全集卷十六》）在看似批评的语气里，我们感受到的是李奎报对西施之美貌和红芍药的赞叹。而在《醉西施芍药》一首里，李奎报则把风姿妖娆、随风而动的芍药比喻为吴宫起舞的西施："好个娇饶百媚姿，人言此是醉西施。露葩欹倒风抬举，恰似吴宫起舞时。"（《东国李相国集·后集卷一》）据流行的一种说法，西施帮助越国打败吴国后，随鸱夷子皮（即范蠡）漂流五湖四海，因而后世吟诵此一韵事之诗文颇多。杜牧《杜秋娘诗（并序）》中即有句云："西子下姑苏，一舸逐鸱夷。"[1]而李奎报则在《次韵李平章复和牡丹诗见寄四首（并序）》其三就此赋咏史诗道："忆昔西施醉颊丹，吴王殿里倚红栏。似闻随得鸱夷去，何事今于凤阙看。坐尔巧谗难解语，尚余旧习好矜颜。吾皇勤俭稀游幸，付与游人自在观。"（《东国李相国集·后集卷三》）

---

[1] 《全唐诗》卷五百二十，杜牧一。

在赞叹牡丹之美时，李奎报以西施来比喻之，言辞里充满戏谑，并借西施"巧谗"一事加以发挥。关于这一点，在该诗序里李奎报曰："伏承盛作，辞语愈益妍丽。反复吟咏不已，谨复和成四首，奉呈左右。此诗赋者多矣，莫不穷侈极靡。予恐溺于奢淫，故于第三、第四篇，反之于正，亦诗人风雅之意也。"

　　李奎报笔下的女子，许多时候是与花一起出现的，这样她们便呈现出一种自然本真之美。实际这正体现了作者自身的审美取向，因为正如前文所分析，在李奎报的眼里，女性属于弱势群体，且女性独具一种阴柔之美，李奎报对其更有发自内心的怜爱之意，这种怜爱在高丽特定的时代被赋予更为深刻的意义。由于高丽时代内忧外患的驱使，李奎报在其诗文里表达了对祖国命运深深的关注之情，而关注女性命运、吟诵历史上和亲题材之诗，其所体现出的正是李奎报的这一情怀。谈及这一话题，就不能不提到汉代的出塞名媛王昭君，"王昭君的命运对于中国诗人有一种特殊的兴趣，她是很早就成为乐府诗的一个主题，而且在文人咏史诗中也是魅力最持久的历史人物，因而也是唐代咏史怀古诗的一大热点题材"[①]。的确，王昭君在唐人咏史诗，尤其是晚唐咏史诗中出现频繁，李白、杜甫、白居易等皆有吟诵。试如白居易《王昭君二首（时年十七）》之二曰："汉使却回凭寄语，黄金何日赎蛾眉。君王若问妾颜色，莫道不如宫里时。"[②]再如李商隐咏史诗《王昭君》："毛延寿画欲通神，忍为黄金不顾人。马上琵琶行万里，汉宫长有隔生春。"[③]而据传说，有落雁之美的王昭君由于未能贿赂宫廷画师毛延寿而被其故意画丑，并最终被汉廷远嫁塞外，因此，关于王昭君之咏史诗，往往也和"毛延寿"联系在一起。试如晚唐咏史诗大家周昙《毛延寿（丹青）》一诗："不拔金钗赂汉臣，徒嗟玉艳委胡尘。能知货贿移妍丑，岂独丹青画美人。"[④]就唐代刺和亲之咏史诗所体现出的思想，有当代学者认为"唐代刺和亲的诗篇，一是指斥君主的软弱无力和谋臣猛将的尸位素餐"，而在提及和亲结果时，作者并认为和亲"造成了公主们无休止的感情痛苦"[⑤]。而王昭君的遭遇在包括李奎

---

①　张润静：《唐代咏史怀古诗研究》，上海三联书店2009年版，第117页。

②　《全唐诗》卷四百三十七，白居易十四。

③　《全唐诗》卷五百四十，李商隐二。

④　《全唐诗》卷七百二十九，周昙二。

⑤　陈建华：《唐代咏史怀古诗论稿》，华中科技大学出版社2008年版，第137—138页。

报在内的高丽中期文人群体中也引起极大反响，如李仁老即有《明妃》诗，而李奎报也作《王明妃（二首）》。崔滋就李奎报《王明妃（二首）》其一并结合李仁老《明妃》公允而言道："李眉叟《明妃》长篇略云：'早年若贮黄金屋，一笑声中汉业空。不教尤物留帝侧，延寿错画真是忠。'文顺公云：'若将一女使和邻，何恨胡沙委玉人。狼子贪婪终莫厌，可怜虚辱后宫嫔。'前诗弄天机，后诗言人情。"① 李奎报对王昭君所遭受的"虚辱"给予极大同情，而在《王明妃（二首）》其二中，李奎报则说："庙算难降犷悍伦，反将宗女结和亲。汉庭无限垂绅客，不及椒房一妇身。"（《东国李相国集·全集卷十》）作者对汉廷的对敌妥协予以谴责，并讽刺汉廷无人能却敌的状况。可以说，中、朝有关王昭君之咏史诗以及对不幸女性命运之同情话语中，实际也折射出诗人对国运之不济、现实之无助和对自我命运的反观与感慨，而李奎报概莫能外。

然实际就李奎报所处的时代而言，高丽确实也遭受了类似和亲的耻辱。即以对高丽社会形成严重伤害的蒙古而言，史载高丽高宗十八年（1231）十二月甲戌，率军入侵高丽的蒙古将领撒礼塔所遣蒙使九人持牒致书高丽，牒曰："蒙古大朝国皇帝圣旨：……王孙男孩儿一千底，公主、大王每等郡主进呈皇帝者外，大官人母女孩儿，亦与来者。你底太子、将领大王令子，并大官人男孩儿，要一千个。女孩儿亦是一千个。进呈皇帝作扎也者，你这公事疾忙勾当了。"② 而李奎报就此事曾代表高丽政府作《蒙古国使赍回，上皇太弟书》，在该书中，李奎报曰："以小国不曾发遣女孩儿及会汉儿文字言语人，亦不进奉诸般要底物等事，督责甚严。闻令惶悸，不知所图。上件人、物，皆下国所乏，前已再陈所不能应副之由，输写肝胆，无所隐蔽。……伏惟大王殿下挟太弟之贵，导天子之化，以绥靖四方为己任。其于远人，时有以宽容，以示字小之义，实小邦之望也。所征物件，虽不能依数准备，粗竭帑储，具如别录。谨附回使，俾所过州郡交领检献，以此为籍手之资。惟大王谅之，请勿以些小为罪也。惶恐惶恐。"（《东国李相国集·全集卷二十八》）从前述《王明妃（二首）》等我们已知，李奎报对和亲一事本无好感，因此对蒙古人索取女孩等事，他进行了委婉的回绝。该书虽为李奎报代表高丽政府所作，但

---

① ［高丽］崔滋：《补闲集》卷中。
② ［朝鲜］郑麟趾等：《高丽史》卷二十三，高宗二。

实际也是李奎报个人对输女于敌之态度，甚至也是对和亲政策态度的流露。可是，李奎报去世后，随着高宗四十六年（1259）高丽朝廷弃江华岛出陆投降蒙古以及随之而来的丽蒙"和平"关系的到来，高丽贡女制度也便正式拉开帷幕，"高丽女子以婉媚见称于元代，官宦之家，竞相收纳丽女为妻妾侍婢。元廷本身也屡屡诏令高丽贡女为宫女"①。关于这一不合理的贡女制度，有学者如是言道："它体现着元帝国与高丽王国之间不平等的国家利益关系，是元帝国同高丽王国之间政治地位、法律地位的一种象征和具体体现，是针对高丽王国而实施的赤裸裸的民族压迫和野蛮的人口掠夺政策。"② 李奎报生前所极力反对的和亲政策还是被蒙元强加给了高丽。

李奎报笔下的杨贵妃人生与爱情之悲剧、"羞花"之美以及王昭君、西施等形象，暗含着作者本人以及朝鲜人民的文艺审美取向。正如在谈到作为传统文化的韩国文学之特性时，有学者提到"女性偏向性"这一论点，并认为"《公无渡河歌》和《井邑词》《思美人曲》这些古典作品自不必说"，"这一传统同作为其源泉——母性的女性意识相结合，很早就已确立。因此，女性不单单只表现为孱弱，且具有作为精神能源的功能"③。在李奎报作品，尤其是在其诗歌世界里，"女性偏向性"的确表现较为突出，关于这一点，在下章还将有所涉及。

二　李白等文人形象中的自我反照

李奎报《开元天宝咏史诗》，体现着作者对自身所属文人群体的深深反思，而文人的入世精神、文人为国建功立业的斗志以及文人在社会洪流中的自我价值判定等都是李奎报所思考的。

（一）贤臣与文人理想

李奎报《开元天宝咏史诗》，有着开元天宝时期诸多的贤臣名相，如张说、张九龄、姚元崇等，而在这些人身上，我们看到的是一个充满活力、积极向上的群体风貌，而以此为观测面，则可以解读出大唐盛世产生的原因所在。进一步言，这些极富生机和责任感的文人具有的诸多优良特

---

① 萧启庆：《内北国而外中国：蒙元史研究》，中华书局2007年版，第778页。
② 喜蕾：《元代高丽贡女制度研究》，民族出版社2003年版，第3—4页。
③ ［韩］禹汉镕：《韩国文学的传统及特征》，载金虎雄主编《中韩交流与韩国传统文化研究》（朝鲜—韩国学丛书Ⅷ），延边大学出版社2008年版，第186页。

点实际也是李奎报自身对文人价值的定位。前文所提李奎报《七宝山》一诗无疑表明诗人对追求建功立业进取精神所持之积极赞赏态度，而在该诗序中李奎报曰："《遗事》云：'明皇于勤政楼，以七宝妆成山座，高七尺，召诸学士讲议经旨及时务，胜者得升焉。唯张九龄论辨（辩——笔者注）风生，升此座，余人不可阶也。'"张九龄论辩风生，拔取头筹，作为官僚文人，荣登七宝山座无疑是无上的荣耀，而唐明皇作为一国天子，他对文人的优遇行为必定在李奎报心中激起不小的波澜，此乃李奎报内心所久已向往之事。再如前文所及李奎报《金箸表直》一诗，无疑有着相同的精神旨归。在该诗序文里李奎报云："《天宝遗事》曰：'宋璟为宰相，朝野人心归美。时春御宴，帝以所用金箸赐璟。璟虽受所赐，莫知其由，未敢陈谢。帝曰：所赐之箸，盖表卿之直也。'"在该文里，明皇爱宋璟之贤而赠金箸，这一幕与李奎报《七宝山》序文所及明皇赠张九龄荣登七宝山何其相似，而更为要者，二者所褒扬的臣贤君明思想实际也是一致的。而在对贤臣良相的赞誉里，实际更包含了作者自身大显身手、一展宏图的决心与意志。在《开元天宝遗事》之《截镫留鞭》一文中，作者云："姚元崇初牧荆州，三年，受代日，阖境民吏泣拥马首，遮道不使去。所乘之马鞭镫，民皆截留之，以表瞻恋。新牧具其事奏之，褒诏美焉。就赐中金一千两。"① 李奎报据此赋诗曰："良牧临民似母慈，一方如仰乳沾滋。留鞭截镫犹为浅，娘去儿留得不悲。"姚元崇作为贤臣，在荆州任所治理有方，而人民对他也很拥戴，以致在姚元崇离开荆州时，老百姓不忍其离去。开元之治的产生，与姚元崇等贤士群体的积极努力有着紧密的关系。类似的贤士形象暨太平场面再如在唐朝郑棨《开天传信记》中所载：

> 上御勤政楼大酺，纵士庶观看，百戏竞作，人物阗咽。金吾卫士白棒雨下，不能制止。上患之，谓力士曰："吾以海内丰稔，四方无事，故盛为宴乐，与百姓同欢，不知下人喧乱如此，汝何方止之？"力士曰："臣不能也。陛下试召严安之处分打场，以臣所见，必有可观。"上从之。安之到则周行广场，以手板画地示众曰："踰此者死！"以是终五日酺宴，咸指其地画曰"严公界境"，无一人敢犯者。

---

① （五代）王仁裕：《开元天宝遗事》卷上，截镫留鞭。

开元盛世下，唐玄宗与百姓同欢，盛况可谓空前，而严安之以法治民，更成为后来为臣者所追慕之典范。李奎报则以严安之治民事为据，并以《严公界》为诗题，赋诗曰："君王号令剧雷驰，一震无人不失匙。何事反卑京兆尹，殷勤呼却一安之。"可以说，李奎报《开元天宝咏史诗》中的文人贤臣形象所表达的正是对文人积极致仕、为国效力精神的追求。

　　而当反观高丽武人专政之下有如唐末"横戈负羽正纷纷，只用骁雄不用文"① 般的残酷现状，李奎报自然不会十分满意。文人在毅宗末的武人杀戮中遭受重大打击，文人受宠的历史业已过去，而留给李奎报的只有无尽的惆怅和实现自身文人价值的热切憧憬。李奎报出生时，毅宗尚在王位，文人的地位也很高，即如武人政变前三个月，即毅宗二十四年五月，此时李奎报尚为三岁幼童，史载毅宗"辛亥朔，宴文臣于和平斋，唱和至夜，命内侍黄文庄执笔，以书群臣称赞盛德，谓之大平好文之主"②。毅宗国王"宴文臣"，"唱和至夜"，这情景何异于开元盛世，而文人与国王一起宴乐唱和，作为文人的荣耀又是如此的特出，这不就是李奎报所乐于见到的场景吗？而毅宗的父亲，即高丽仁宗，对文化以及文人也是特别重视，关于这一点，仁宗薨后，史臣金富轼赞曰：

> 仁宗自少多才艺，晓音律，善书画，喜观书，手不释卷，或达朝不寐。及即位，闻明经，申淑贫，甚召入内侍，受《春秋》经传。性又俭约，尝不豫宰枢入内问疾。所御寝席，无黄绸之缘，寝衣无绫锦之饰。初年，宫中宦寺及内僚之属甚多，每黜以微罪，不复补，至末年，不过数人，日再视事，或奏事者稽迟，必使小臣趣之。专以德惠安民，不欲兴兵生事。③

　　对国外强邻金国，国内叛臣李资谦、拓俊京等，仁宗皆待以宽仁，因此，紧接上赞，金富轼并曰："斯可以见度量之宽矣。故其薨也，中外哀慕，虽北人闻之，亦且嗟悼。庙号曰'仁'，不亦宜哉?!"而仁宗之父，

① （唐）陆龟蒙：《五歌·食鱼》，见《全唐诗》卷六百二十一，陆龟蒙五。
② ［朝鲜］郑麟趾等：《高丽史》卷十九，毅宗三。
③ ［朝鲜］郑麟趾等：《高丽史》卷十七，仁宗三，赞。

即高丽睿宗国王对文人以及文化的态度更令李奎报神往不已。李奎报曾说:"夫天下之未至太平,则虽好文之主,有不得与学士词臣吟咏风月,以遂优游之乐矣。属太平多暇,上不喜文章,则虽才如沈、宋、燕、许,安可预清燕侍从,得为雍容赓载之事耶? 伏闻睿庙聪明天纵,制作如神,席太平之庆,乘化日之长,常与词人逸士若郭玙等赋诗著咏,搅金振玉,动中韶钧,流播于人间,多为万口讽颂,实太平盛事也。今所谓《睿宗唱和集》是已。行于世久矣,臣未得奉览,始于某人家得而拜读,想目睹当代之君臣庆会,嗟叹不足,不觉涕之横流也。弟恨不得生于其时,缀词臣之尾,以鼓缶俚音,续天章之末耳。然今上尤好文,但朝夕致太平,则臣亦庶几矣。又何恨不生于彼时哉?"(《〈睿宗唱和集〉跋尾》,《东国李相国集·全集卷二十一》)

理想与现实总是相互矛盾的。李奎报写下《开元天宝咏史诗》之年,毅宗末年武人之乱的起事者正处于权力巅峰,该年"王册义旼为功臣,两府文武群臣就第贺",而关于李义旼,在对文人造成巨大打击的那场叛乱中他表现突出,尤为骇人的一幕是他亲自送毅宗命丧黄泉,正因此,他得到武人器重并升迁,史载"郑仲夫之乱,义旼所杀居多。拜中郎将,俄迁将军"①。可想而知,在武人对文人形成压倒性优势的情况下,李奎报内心该是何其悲怆。曾有文学史家就晚唐诗歌如是论道:"国事无望,抱负落空,身世沉沦,使晚唐诗人情怀压抑,悲凉空漠之感常常触绪而来。这种种抑郁悲凉,在晚唐诗歌的多种题材作品中都有体现,而体现得既早又突出的是怀古咏史之作。"②而李奎报《开元天宝咏史诗》创作之时,作为一介文人,其心情又何尝不是压抑、悲凉的呢? 这种压抑与悲凉在《开元天宝咏史诗》中又何尝不是"体现得既早又突出"呢? 李奎报在《开元天宝咏史诗》之《记事珠》一诗序中转述《开元天宝遗事》同题内容说:"张说为宰相,有人惠一珠,绀色有光,名曰'记事珠'。或有阙忘之事,则以手持弄,便觉心神开朗,一无所忘。说秘而宝也。"文人特有的脱俗潇洒之姿和春风得意之态跃然纸上。可是,唐玄宗在位后期的荒废朝政以及由此而导致的悲惨结局与张说身上所体现出的时代的蓬勃感和文人贤臣积极向上之精神又是多么不对称,因此当进一步与高丽武人

---

① [朝鲜]郑麟趾等:《高丽史》卷一百二十八,叛逆二,李义旼。
② 袁行霈主编:《中国文学史》第二卷,高等教育出版社1999年版,第407页。

专权、文人被疯狂打压的残酷现实相较,李奎报伤悲难忍。他痛心疾首道:"燕公遗阙想应无,记事犹凭一绀珠。底事后来居位者,锢聪涂眼故昏愚。"而李奎报该《开元天宝咏史诗》写就之时,连他本人可能都难以想到:两年后武人的独裁将进入更为漫长、更为残酷的阶段,即崔忠献家族专权时代。

(二)儒教纲常之坚守

李奎报《开元天宝咏史诗》,有着对开元盛世的高度赞扬,而这种赞扬并非仅仅就歌舞升平的繁华或臣贤君明的政治而言,实际更是对盛世社会伦理秩序方面"夫义妇顺""父慈子孝""兄友弟恭"景象的赞誉,实际也体现着诗人对自身所处时代与环境中人伦关系的反思。李奎报《开元天宝咏史诗》中有《义竹》一首,曰:"帝性怡怡笃友于,天心感应合如符。故教义竹生蒙密,何异相承棣萼跗。"(《东国李相国集·全集卷四》)而据该首诗的序文,《义竹》一诗源于《开元天宝遗事》之《竹义》一篇,且看该《竹义》篇:"太液池岸有竹数十丛,牙笋未尝相离,密密如栽也。帝因与诸王闲步于竹间。帝谓诸王曰:'人世父子兄弟,尚有离心离意,此竹宗本不相疏,人有怀贰心生离间之意,睹此可以为鉴。'诸勖王皆唯唯,帝呼为'竹义'。"①唐玄宗教导自己的孩子要团结一心,彼此不可离心离意,并刻意为其诸子创造团结和睦的环境。据载:"先天之后,皇子幼则居内,东封年,以渐成长,乃于安国寺东附苑城同为大宅,分院居,为十王宅。……外诸孙成长,又于十宅外置百孙院。每岁幸华清宫,宫侧亦有十王院、百孙院。"②唐玄宗则身体力行以为示范,其良苦用心令人佩服,而诸子的表现也令人感动,试如"璘数岁失母,肃宗收养,夜自抱眠之"③。而李奎报在《开元天宝咏史诗》之《爇须》一首序中也就唐玄宗兄弟五人的亲密无间转《明皇杂录》中语曰:"帝友爱至厚,设五幄,与诸王更处,号'五王帐'。薛王病,亲设药,误爇其须。"李奎报此处所提到的"五王",即岐王李范、薛王李业、宋王李成器、申王李成礼和最终成为皇帝的临淄王李隆基。而关于"五王"典故及其所体现的友爱孝悌儒家理念,在自唐而后的中国文化乃至整个汉字文

① (五代)王仁裕:《开元天宝遗事》卷下,竹义。
② (后晋)刘昫等:《旧唐书》卷一百〇七,玄宗诸子。
③ (后晋)刘昫等:《旧唐书》卷一百〇七,永王璘。

化圈国家中影响深远，这另从《五王醉归图》的不断绘制和传播即可看到。就目前可以掌握的资料来看，《五王醉归图》以元代任仁发所绘制最为出名，该画作通过"五王"兄弟欢宴后的憨朴醉归场景表达出对亲情团结、国祚昌隆的由衷希冀，尤其在作品中任仁发"凭借自己的技艺和想象加工而成一个李隆基"①。该作品在 2016 年北京保利秋拍中以 3.036 亿元人民币的价格成交，而任仁发《五王醉归图》拍卖高价的构成要素中，"五王醉归"视觉表象所激活人们深层次的至真至善心理诉求，则应是不容小觑的一个重要方面。任仁发之外，赵孟頫之子赵雍亦有《五王醉归图》，该作品中"'一王目送四王'的画面，是借众王英姿，表达赵氏一家对往昔荣光的追忆"②。此图于明末入藏日本黑田藩，并被日本名画师狩野荣信于 1821 年所临摹，"摹本的线条鲜亮如初，已定为重要文化财产，收藏于东京国立博物馆"③。而民国时期中国岭南著名画家陈缘督的《五王醉归图》，其绘制则不无对国内军阀混战、外寇虎视眈眈这一特殊时局的考量，这与高丽文人李奎报在《开元天宝咏史诗》中对唐朝"五王"典故之观照在时代背景上如出一辙。

可是，无论包括李奎报在内的后人如何扼腕叹息，最终"五王"离散甚至成仇的历史事实毕竟无法改变。安史之乱发生次年，即天宝十五载（756）七月，李亨即位于灵武，改元至德，遥奉远在巴蜀的李隆基为太上皇。关于此事，宋代即有学者批评曰："肃宗以皇太子讨贼，至灵武，遂自称帝。此乃太子叛父，何以讨禄山也？唐有天下几三百年，由汉以来，享国最为长久，然三纲不立，无父子君臣之义，见利而动，不顾其亲，是以上无教化，下无廉耻。"④唐玄宗纳儿媳杨玉环为妃，此显属有违儒家伦理之举，而李亨在国祚艰危之际称皇自立，全然不顾唐明皇之感受，这实际是有违君臣、父子伦理规范的大逆行为。可是，令人难以接受之事远不止此。即位于灵武不久后的十月，李亨下帝令于弟李璘，"是月，遣永王璘朝上皇天帝于蜀郡。璘反，丹徒郡太守阎敬之及璘战于伊娄埭，死之"，"二载（757）正月，永王璘陷鄱阳郡"⑤。被唐肃宗自幼抚

---

① 赵旭晴：《〈五王醉归图〉卷真伪考》，《荣宝斋》2018 年第 4 期。
② ［日］增本：《〈五王醉归图〉的流传及猜想》，俞岚编译，《文物天地》2012 年第 5 期。
③ 同上。
④ （宋）范祖禹：《唐鉴》卷六，肃宗。
⑤ （宋）欧阳修、宋祁：《新唐书》卷六，肃宗。

养长大的永王李璘不顾大局，公然起兵向自己的父亲和哥哥发难。关于此事，李白在《永王东巡歌十一首》中有相关描述。如在该组诗第一首中，太白曾道："永王正月东出师，天子遥分龙虎旗。楼船一举风波静，江汉翻为雁鹜池。"① 好景不长，至德二载二月，"戊戌，庶人璘伏诛"②。而据《新唐书》："璘未败时，上皇下诰：'降为庶人，徙置房陵。'及死，（皇甫）侁送妻子至蜀，上皇伤悼久之。"③ 在安史之乱发生后，为浑水摸鱼，永王李璘不顾父亲李隆基和抚养自己长大的哥哥之情义，公然造反，为本已糟糕的局面添乱，而唐肃宗则忍心将其自幼带大的弟弟杀掉，这一幕多么残酷。可是，令人难过的又何止如此，玄宗所寄予厚望的诸子多无善终。史家有赞为证："螽斯之咏，乐有子孙。用建藩屏，以崇本根。谗胜瑛废，恩移至尊。盗炽琬卒，情乖万民。口祸丰珙，自灾永璘。惜乎二胤，不如仁人。"④ 该赞中所提不成气候的玄宗诸子中，有李瑛、李琬、李琪，还有造反的李璘，他们可悲的结局与当年玄宗的期望值之间差别是何其之大，这即便在今人眼里，也是令人唏嘘不已之事。于是，我们也就理解了为什么李奎报在《爇须》一诗中有如此语言："世情渐薄似秋云，兄弟犹为行路人。一见唐皇爇须事，临书不觉泪沾巾。"李奎报对君臣父子等儒家伦理有着深刻的认同，因而他不忍看到自己心目中的思想圣殿被不义、不臣、不忠、不孝等逆流所破坏。因而，《义竹》《爇须》等诗文对唐玄宗的称赞实际反映了李奎报对儒家伦理的认可，同时体现出其对家国安定、人民团结的渴望。李奎报对唐玄宗行为的认同实际也包含着对李亨、李璘兄弟相残的无限悲哀之情，实际这也是对安史之乱灾难的深层次评估。李隆基作为帝王，其对待兄弟、教育孩子的行为令人敬佩，而李璘拥有子与臣双重身份，却公然造反并被兵刀之祸，这确令人无语。

而与李璘之行为形成对照，仅具臣子这一种身份的王维在安史之乱中之表现得到李奎报的高度赞扬。据载："天宝末，群贼陷两京，大掠文武朝臣及黄门宫嫔乐工骑士，每获数百人，以兵仗严卫送于洛阳。至有逃于山谷者，而卒能罗捕追胁，授以冠带。禄山尤致意乐工，求访颇切，于旬

① 《全唐诗》卷一百六十七，李白七。
② （宋）欧阳修、宋祁：《新唐书》卷六，肃宗。
③ （宋）欧阳修、宋祁：《新唐书》卷八十二，永王璘。
④ （后晋）刘昫等：《旧唐书》卷一〇七，玄宗诸子，赞。

日获梨园弟子数百人。群贼因相与大会于凝碧池，宴伪官数十人，大陈御库珍宝，罗列于前后。乐既作，梨园旧人不觉歔欷，相对泣下，群逆皆露刃持满以胁之，而悲不能已。有乐工雷海清者，投乐器于地，西向恸哭。逆党乃缚海清于戏马殿，支解以示众，闻之者莫不伤痛。王维时为贼拘于菩提寺中，闻之赋诗曰：'万户伤心生野烟，百官何日更朝天。秋槐叶落空宫里，凝碧池头奏管弦。'"①王维以及乐工雷海清之表现无疑完全符合儒家所倡之忠臣标准，而李奎报则依据这一记载作《凝碧池》一诗。在该诗序文里，李奎报简明扼要地转述《明皇杂录》相关记载曰："禄山犯阙，王维等数人为贼拘执于僧寺。一日，逆党会饮于凝碧池，以梨园数百人奏乐。维闻，作诗一绝曰：'万户伤心生野烟，百官何日再朝天。秋槐落叶深宫里，凝碧池头奏管弦。'书于壁。贼平，维以此诗免谴。"②李奎报则在其所作诗里高度称赞王维曰："禁池清浪浣胡尘，独有王郎自惨神。慷慨题诗真有胆，贼中宁欠解文人。"

李奎报《开元天宝咏史诗》中《义竹》《爇须》《凝碧池》等诗篇所表达的思想无疑与作者所处的高丽特定时代有着紧密联系。高丽毅宗末武人政变上台以来，高丽社会陷入一种混乱状态之中，而在伦理道德方面，也出现了诸多有违儒家伦理纲常之事。李资谦之乱、妙清之乱以下克上明显属于大逆不道，再就叛乱后上台的武人而言，相互之间你争我夺、毫不礼让，儒家伦理纲常被抛弃得无影无踪。如明宗四年（1174），叛臣李义方之兄李俊仪指斥义方自武人政变以来的三大恶时，"义方大怒，拔剑欲杀之，文克谦止之曰：'以弟杀兄，恶莫大焉。何面目见人乎？'"③在文克谦的劝阻下，李义方虽勉强作罢，但同为叛臣的李俊仪、李义方兄弟终为与自己有山盟海誓的郑仲夫所灭。再如李奎报《开元天宝咏史诗》写就后两年，即明宗二十六年（1196），崔忠献、崔忠粹兄弟灭掉李义旼后

---

① （唐）郑处海：《明皇杂录》补遗。

② 李奎报《凝碧池》诗序中所提王维诗即《菩提寺禁，裴迪来相看，说逆贼等凝碧池上作音乐，供奉人等举声，便一时泪下，私成口号咏示裴迪》。该诗内容在《全唐诗》中记载为"万户伤心生野烟，百僚何日更朝天。秋槐叶落空宫里，凝碧池头奏管弦。"（《全唐诗》卷一百二十八，中华书局1960年版），"百僚何日更朝天"中的"僚"，在郑处海《明皇杂录》中则易为"官"，李奎报《凝碧池》诗序中则记载为"万户伤心生野烟，百官何日再朝天。秋槐落叶深宫里，凝碧池头奏管弦"，由加点词语可知，李奎报所载有五处不同于《全唐诗》，有四处不同于《明皇杂录》，盖该诗于东传朝鲜半岛过程的久远时空中发生了值得关注的一定变化。

③ ［朝鲜］郑麟趾等：《高丽史》卷一百二十八，叛逆二，李义方。

废明宗而立神宗李旼，其后为取得干政的优势，崔忠粹强行拆散太子李渊夫妇而欲以自己之女嫁太子，并聚工大备装具，旋即被崔忠献所阻。其后崔忠粹又欲施故技，"曰：'大丈夫行事当自断耳。'复集工人，督办如旧。其母谓之曰：'汝从兄言，予实喜之，又何如此耶？'忠粹怒曰：'非妇人所知。'以手推之仆地。忠献闻之，曰：'罪莫大于不孝。今辱母如此，况于我乎？必不可以言语谕之。明朝当令吾众候广化门，拒其女不纳。'"① 崔忠献以弟弟崔忠粹对母亲不孝为由准备"拒其女不纳"，其真实目的虽是阻止弟弟权力膨胀，但崔忠粹对待母亲的行为本身也说明在高丽武人干政时代传统伦理道德的缺失。而面对崔忠献的强势阻止，"忠粹谓其众曰：'以弟攻兄，是谓悖德。吾欲奉母入球庭见兄乞罪。汝等宜各遁去。'将军吴淑庇、俊存深、朴挺夫等曰：'仆等所以游公之门者，以公有盖世之气，今反怯懦如此，是族仆等也。请一战以决雌雄。'忠粹许之"② 。崔忠粹最终突破了他一开始所标榜的伦理底线，与哥哥展开了决战，并最终被其兄所杀。由于上行下效之示范作用，加之武人专政以来民生的凋敝等问题的产生，于是在高丽社会出现了世风日下的趋势，这对李奎报的心理产生了极大的冲击。李奎报在《路上弃儿》一诗里就其所目睹到伦理危机的一幕痛心疾首地道："虎狼虽虐不伤雏，何妪将儿弃道途。今岁稍穰非乏食，也应新嫁媚于夫。若曰今年稍歉饥，提孩能吃几多匙。母儿一旦成仇敌，世薄民漓已可知。"（《东国李相国集·后集卷一》）

李奎报是有着严格儒家自觉规范的文人，他崇尚规范合理的社会秩序和儒家社会伦理，因而自高丽毅宗武人政变以来，有悖儒家仁爱友悌准则的社会丑恶现象为其所难以容忍。也正是由于社会伦理危机的出现，使李奎报对儒家伦理纲常进行自我的一番思索。如明宗二十一年（1191），李奎报作《寓天磨山有作》曰："世人但取山崔嵬，乃以天磨而号之。尔虽高高千万仞，天可磨耶义不宜。"（《东国李相国集·后集卷一》）而该诗诗题下作者自注文字则曰："予辛亥年，久寄此山，至自称'白云居士'，时有此作。"可见，貌似不睬世事的"白云居士"实际无时无刻不在关注着社会的发展，并就此进行着深入的思考。《寓天磨山有作》后三年，《开元天宝咏史诗》这一辉煌组诗产生。再往后的高丽熙宗元年（1205），

---

① ［朝鲜］郑麟趾等：《高丽史》卷一百二十九，叛逆三，崔忠献。
② 同上。

从征讨云门山"山贼"军幕凯旋不久的李奎报写下《相磨木（俗云磨友木也）》："吾闻于古人，朋友贵切偲。道德以磨砻，如去玉之疵。嗟尔异于此，相磨反伤肌。南山有桥梓，俯仰父子仪。又闻交让树，东枝避西枝。尔幸同根生，何遽相仇为。日夜抨且斗，仰视无完皮。声亦听不平，赤憎鼓扬飔。此木有佳实，我不愿食之。呼奴即斫去，嘱以充晨炊。友道丧已久，此足为箴规。"（《东国李相国集·全集卷十二》）该诗创作前后，高丽农民起义此起彼伏，而李奎报则亲自参与了镇压云门山"山贼"的行动，也目睹了社会的动乱和伦理友道的丧失，因而，《相磨木（俗云磨友木也）》可谓是作者在十年左右后对《开元天宝咏史诗》中《义竹》《蓺须》《凝碧池》等相关诗篇思想的进一步延续与阐释。

（三）李白之思

《开元天宝咏史诗》，实际也包含着诗人对自由和诗名的追求，而这又集中反映在李奎报对李白形象的描写方面。据载："宁王宫有乐妓宠姐者，美姿色，善讴唱。每宴外客，其诸妓女尽在目前，惟宠姐客莫能见。饮欲半酣，词客李太白恃醉戏曰：'白久闻王有宠姐善歌，今酒肴醉饱，群公宴倦，王何吝此女示于众。'王笑谓左右曰：'设七宝花障，召宠姐于障后歌之。'白起谢曰：'虽不许见面，闻其声亦幸矣。'"① 而在《开元天宝咏史诗》中，李奎报则以《隔障歌》内容为本，作《宠姐隔障歌》一诗并序。且看该诗："娇莺歌罢柳阴深，不见金衣听玉音。谩抱平生余恨去，宁王空恼谪仙心。"李奎报看似是在讪笑李白的失落，但实际则是在吟诵李白的倜傥风流和不拘一格的个性。而某种程度上可以说，李白的个性所表现出的自由浪漫则是李奎报一生都在刻意追求的。作为文人，李白无疑在李奎报的心里树立起了一个典范，其所作所为颇为李奎报所强烈认同。《开元天宝遗事》有《美人呵笔》一篇，其文如下："李白于便殿对明皇撰诏诰，时十月大寒，笔冻莫能书字。帝敕宫嫔十人，侍于李白左右，令各执牙笔呵之，遂取而书其诏，其受圣眷如此。"② 李奎报在李白诸般事典中，选取《美人呵笔》，并以此为序赋同名诗曰："丹口何须用意呵，君恩才煦暖先加。谪仙才思春葩艳，却对红颜一倍多。"可以看

---

① （五代）王仁裕：《开元天宝遗事》卷下，隔障歌。
② （五代）王仁裕：《开元天宝遗事》卷下，美人呵笔。

出，李奎报《美人呵笔》一诗并不是简单就《开元天宝遗事》里同题故事的变相重复，而是在其基础上的阐发，在李奎报看来，美人呵笔以暖墨之举是难以同唐玄宗之于李白的知遇之恩相提并论的。可以说，李白所受帝王之隆盛知遇，正是李奎报所憧憬向往者，而这也乃李奎报所盼望自我价值得以体现与被认可的最好形式。正因如此，在李奎报的作品世界里，李白处处存在，时时出现，尤其是李白进《清平词》的洒脱一幕更是令李奎报永生难忘。据文献载：

> 开元中，禁中重木芍药，即今牡丹也。得数本红紫浅红通白者，上因移植于兴庆池东沉香亭前。会花方繁开，上乘照夜白，妃以步辇从。诏选梨园弟子中尤者，得乐十六色。李龟年以歌擅一时之名，手捧檀板，押众乐前，将欲歌之。上曰："赏名花，对妃子，焉用旧乐词为！"遽命龟年持金花笺，宣赐翰林学士李白立进《清平乐词》三篇。承旨，犹苦宿醒，因援笔赋之。①

乐史《杨太真外传》中所提《清平乐词》即《清平调词》，而这三篇《清平乐词》在出色的文采和特定荣耀背景双重作用下，成为后世文人士大夫所津津乐道的文学经典，即如其三："名花倾国两相欢，长得君王带笑看。解释春风无限恨，沉香亭北倚阑干。"②而李奎报对李白这足以给文人带来莫大荣耀的一幕赞赏不已，这在其诗中多有反映。如《晋阳侯集其日上番门客之姓为韵，命门下诗人辈赋冬日牡丹，予亦和进一首，傍韵自押》有曰："忆昔沉香爱此花，游赏多乘照夜车。立进《清平》白也豪，续而和者无余曹。"（《东国李相国集·全集卷十八》）再如在咏史诗《问谪仙行，赠内翰李眉叟坐上作》中，李奎报表达了他对李白无限的崇敬之情，而李白赋《清平词》、美人呵笔等李白的重要人生辉煌再次出现：

> 我不见太白，思欲梦见之。梦亦不可见，久矣吾之衰。今日逢君真谪仙，梦耶觉耶心复疑。问君天宝中，幸荷明皇知，沉香亭前赋芍

---

① （宋）乐史：《杨太真外传》卷上。
② 《全唐诗》卷一百六十四，李白四。

药，洒面立进《清平词》。又于便殿草纶诰，宫娥呵笔天寒时。宝床赐食降辇迎，是时恩遇亮不赀。胡为反见斥谢家，青山浪迹空吟诗。一朝捉月入沧海，瀛洲蓬莱何处采灵芝？公之去今已千载，胡今眷眷复来思。笔下风流余旧态，饮中情味今何亏（李不饮，故云）。应悔当年不自检，枉被将军贝锦辞。塌翼落天上，遽失九万图南期。意欲改旧调，唾手取爵凌皋夔。所以不饮酒，此意识者谁？谪仙谪仙吾已见，虽使执鞭安敢辞。

（《东国李相国集·全集卷十三》）

　　而作为文人，李奎报在"文人"的标准方面显然也在处处以李白为标尺，因此也就努力朝李白的方向靠拢。与李奎报同时期的文人安淳之曾就李奎报作品作小序，略云："发言成章，顷刻百篇。天纵神授，清新俊逸。人以公为李太白。盖实录。然以仆言之，其醉吟之际，狂海荡然，锦肠烂然，即已相类。至于律格严正，对偶真切，于忽忽不暇中尤见功夫，似过之也。"① 而当今学者也有着异曲同工之看法，如有人就李奎报文学活动对李白成就的继承问题作了如下四点总结：第一，李奎报时常对李白或他的为人抱有仰慕之情；第二，李奎报尊敬李白，崇尚李白的文采，在文学上的最高信奉者为李白；第三，李奎报常学习李白之诗文，因此不但熟悉诗的内容，而且深入理解其意境；第四，李奎报将李白诗与李白诗所展现的仙境，作为自己的彼岸。②

　　《开元天宝咏史诗》中的李白形象实际体现的是李奎报自我人生价值的追求与理想，而正如前文所述，高丽时代特定的武人专权体制下，李奎报是难以实现自己如李白般出入掖庭、立进《清平乐词》乃至有力士为之脱靴、美人为之呵笔等等一切的殊荣与风流，更不可能像李白那样自由云游。而事实上，李奎报虽号为"白云居士""海东谪仙"，他在人生的中后期选择的却是与李白不同的道路，毕竟随着安史之乱的结束李白终究度过了狂风暴雨，而李奎报则必须在政变成功的武人刀剑下调整好心态以尽力适应。李白的时代不复存在，李奎报面对的是生存环境远远险恶于李

---

　　① ［高丽］崔滋：《补闲集》卷中。
　　② ［韩］林贞玉：《李白与李奎报对月亮的审美意识之比较》，《中国比较文学》1998 年第2 期。

白时代的高丽武人强权时代。

曾有学者就唐代咏史组诗作《唐代咏史组诗论述》一文曰："如果说咏史怀古诗是唐诗百花园里一株璀璨的花树,那么,咏史组诗就是这株花树上一枝艳丽的花朵。"① 而观《开元天宝咏史诗》,其所含四十三首咏史诗,既可以独立成篇,又有着共同的主题指向,作为咏史组诗,该作品实乃李奎报创造性地奉献于朝鲜半岛和汉字文化圈的宝贵精神财富,因而视其为朝鲜文学史这株大树上的一朵鲜艳花朵再合适不过。李朝时期的徐居正有云:"古人咏明皇贵妃事者多。尝爱韩子苍诗'尚觅君王一回顾,金鞍欲上故迟迟',张祜诗'桃花院静无人见,闲把宁王玉笛吹'。今观李文顺《开元天宝四十二咏》,随事讽咏,抑扬顿挫,沉深痛快,虽置之唐宋作者亦无愧焉。其《赋剪发》云:'敕还外第妃何恨,一朵乌云足市欢。'其《赋玉笛》云:'窃向宁王非细事,可怜君意未终移。'虽韩、张老臊不得不屈。予尝读罗隐诗'佛屋山头野草春,贵妃轻骨此为尘。从来绝色终难得,不破中原不是人。'语虽工,非仁人君子之言。文顺《赋辟寒犀》云:'罗绮香薰暖似春,君王犹爱辟寒珍。人间腊雪盈三尺,白屋那无冻死民。'岂不有关于治教乎?"② 关乎"治教"的特点可以说是《开元天宝咏史诗》之所以成为朝鲜文学史上亮丽奇葩的真正原因,读李奎报该咏史组诗,我们感受到的是一种深沉的时空思考和对人生命运的理解。另外,由于"'安史之乱'是那些新胡蕃将的'他者',对于中国的挑战,甚至还可认为是五胡至北朝,长期胡华冲突的延长"③,故作为对文化层面上的"中国""中华"有着深刻认同的儒家学者,李奎报于《开元天宝咏史诗》中无疑也表达着东亚儒家知识分子在风云诡谲的十二、十三世纪对既有农业文明秩序的肯定与价值认同。

---

① 赵望秦:《宋本周昙〈咏史诗〉研究·代前言》,中国社会科学出版社 2005 年版。

② [朝鲜]徐居正:《东人诗话》卷上,见蔡美花、赵季主编《韩国诗话全编校注》第一册,人民文学出版社 2012 年版,第 168—169 页。徐居正语"今观李文顺《开元天宝四十二咏》",则《东国李相国集》中《开元天宝咏史诗》为四十三首,此或徐居正所见版本稍有出入于《韩国文集丛刊》所采用版本之故。

③ 许倬云:《我者与他者:中国历史上的内外分际》,生活·读书·新知三联书店 2015 年版,第 70 页。

第五章

咏史诗中的诗人自我定位

第一节 自由不羁的生活

李奎报自幼熟读诗书，见多识广，这对其自由个性的形成有很大影响。据《东国李相国集·年谱》载："丁未，大定二十七年（高丽明宗十七年，1187），公年二十。是年春，又赴司马试不捷。公自四五年来，使酒放旷，不自检，唯以风月为事，略不习科举之文，故连赴试不中。"不难看出，李奎报性格放达，纵便是沉溺于诗书已久，但对于科举此类具有约束意义的事情不很上心。而即使是科场升达，李奎报也并没有太多的兴奋，试看《东国李相国集·年谱》载："庚戌，大定三十年（高丽明宗二十年，1190），公年二十三。六月，赴礼部试，擢第同进士。公嫌其科劣，欲辞之，以严君切责，且无旧例，不得辞。因大醉，谓贺客等曰：'予科第虽下，岂不是三四度陶铸门生者乎？'坐客掩口窃笑。公既不事科举之文，其作赋荒芜，不合格律。又试围内奉命承宣朴纯，与座主受宣酝，次召公饮以一觥，即大醉乱书，欲裂弃之。傍座孙得之夺而呈之，其诗题：'戴君若鳌冠灵山。'公诗第四句云：'壮似支三鳌，忧无钓六逃。'第五句云：'奉天呈屹屹，负岳出滔滔。'知贡举李讳知命爱此句，遂不摈之。"李奎报之举止言行颇具玩世不恭之色彩。而从李奎报诗文作品所具有的风格来看，其中之典型文人色彩甚为突出。尽管李奎报在官场混迹多年，但能看出，他对于仕途并不练达，这与他早年养成的自由个性、放浪性情及终其一生所具有的诗文爱好等有着很大关系。而当对仕途本来就无大兴趣的这样一种旷达性格遇到来自武人暴政的压力时，高官厚禄便会失去意义，李奎报便更易滑向对自由不羁生活之依恋境地，因而，其咏史诗中出现较多狎妓、饮酒作乐、为文赋诗等自适情怀内容也便不足为奇。

李奎报曾于晚年作组诗，其题目为《予年老久已除色欲，犹未去诗酒。诗酒但有时寓兴而已，不宜成癖，成癖即魔。予忧之久矣。渐欲少省，先作"三魔诗"以见志耳》（《东国李相国集·后集卷十》），而所谓"三魔"者，色魔、酒魔、诗魔。我们不妨一看李奎报"三魔"诗。《色魔》曰："自颜和好犹堪喜，彼面虽妍奈我何。多向美人终蛊惑，男儿谁免误于魔。"《酒魔》曰："人于吃物嫌辛物，酒味深辛乐奈何。必欲使人肠腐烂，不知元是毒中魔。"《诗魔》曰："诗不飞从天上降，劳神搜得竟如何。好风明月初相谕，着久成淫即是魔。"如上诗中所谓"三魔"，基本可以概括李奎报自由不羁生活追求中的主要方面，而许多情况下，三者在李奎报诗文中同时出现、相映生辉。美国加州大学韩文与比较文学教授H. Lee 曾如是评价李奎报："他的自传体诗、历史题材短文，尤其关于女性、酒和诗论，是以一种自我批评的语调与态度写就——怪诞、机智并且讽刺。"① 的确，李奎报诗作中，女性、酒、诗往往是并提的，从李奎报诗文中大量关于色、酒、诗等内容以及以"魔"命色、命酒、命诗的言论。我们可以推知，李奎报对于三者有着难以割舍的情怀，而进一步言，三者寄托着李奎报对人生、对自我的认识。

一　"书生于色真膏肓"：狎妓之乐

高丽时代，文人士大夫有着普遍的狎妓之风。李奎报概莫能外，关于这一点，《高丽史》有曰："益培（李奎报）以文学名于世，通敏强记。然好色，嗜酒，无节操。"② 我们翻阅《东国李相国集》，不难发现文人狎妓之风的影子。如李奎报于七十一岁时所作《次韵李平章（仁植）和符字韵诗见寄》三首之其三："忆昔家乡遇我侯，两心自合不须符。娇擎玉砚犹红脸（予游乡时，每于君家作诗，君命妓奉砚），笑把金杯各绀须。"（《东国李相国集·后集卷三》）正如该诗所示，高丽文人在为文赋诗之际，总喜欢以妓相伴，风流倜傥之态可谓十足，而该诗中的奉砚之妓形象亦颇可爱。当然，妓女作为李奎报等高丽文人生活中不可或缺者，并非简

---

① Peter H. Lee, *A History of Korean Literature*, Cambridge：Cambridge University Press, 2003, p. 121. 英语原文为："His autobiographical poems, the fictions representations of historical utterances, especially on women, wine, and poetry, are written in a tone and attitude of self-criticism——whimsical, witty, and ironic." 中文为笔者自译。

② ［朝鲜］郑麟趾等：《高丽史》卷一百〇二，李奎报。

单出现在文人吟风弄月之时，许多时候是作为文人之尤物而出现。如下几首李奎报诗里，高丽文人狎妓生活之糜烂即令人瞠目结舌，试看《入尚州，寓东方寺。朴君（文老）、崔、金两秀才携妓、酒来访，口占一首》曰："感君携酒访青山，无限襟怀目击间。尚有狂心余旧习，屡抬双眼注红颜。"（《东国李相国集·全集卷六》）从该首诗中，我们可以窥见高丽时代文人狎妓之风的普遍与时尚。并且，文人对狎妓一事，非但不觉不好意思，且往往搭帮结伙而为之，此亦为李奎报所欣赏。且看李奎报《是日日暮，朴君文老邀予往宿汉谷别业，夜归置酒有作》："并辔丹枫路，青蛾细马驮（时二妓从之）。卸鞍喧枥马，抬炬落林鸦。爱客期投辖，游仙到烂柯。旅情多感寓，击节自狂歌。"（《东国李相国集·全集卷六》）再如《冠成，置酒朴生园，饯梁平州公老，得黄字》："忆昔城西傍，相见鬓已苍。……同游白莲庄，共问红楼倡。红叶秋风冷，绿杨春日长。携手聊倘徉，此乐亮难忘。"（《东国李相国集·全集卷七》）在《次韵其日座客李谏议（世华）和亲字韵诗见寄二首》其二中，李奎报回忆与李世华当年一起时候的美好时光道："紫井坊中狂使酒，红娘巷里醉寻春。莫嗟颜色无何变，看取光阴几许巡。"（《东国李相国集·后集卷四》）而对"红娘巷里醉寻春"一句，李奎报刻意注曰："予昔与君醉访一妓，其妓名有'红'字者。古亦有红娘。"对包括狎妓在内年少时与李世华一起经历的事情，李奎报颇为满足，因而在该诗最后他说："回首平生无一欷，但期携榼往来频。"的确，李奎报对狎妓有着特别的爱好，其诗集中为数不少的狎妓诗即为明证，仅以李奎报直接以赠示或唱和妓女之事命名的作品为例，即有《赠教坊妓花羞》《妓至又和》《病后饮席赠妓》《饮席示小妓》《戏赠美人》《次韵金大年赠妓》等。李奎报三十二岁补全州牧司录兼掌书记之时，曾作《刘同年冲祺见和，次韵答之》一诗，从诗中所反映的刘冲祺之于李奎报的酒色之诫来看，李奎报狎妓之好是相当严重的。试看该诗："子语重金玉，临行吟复吟（君诗有酒色之诫）。大山宁倒地，壮士不移心。绿蚁浮连海，青蛾笑直金。此时斟我意，训诫不须深。"（《东国李相国集·全集卷九》）李奎报这一狎妓爱好即使在其晚年也未曾有所收敛，如下狎妓诗形象地表明了这一点。试看李奎报《庚子三月日，李学士（百全）病中大设筵并妓乐，邀予及朴枢副、崔仆射、朴、丁二学士觞之。即席得诗二首呈之》其二："阻觌清姿心似渴，忽承喜唤脚如飞。一言相接犹为得，更赏红裙醉倒归。"（《东国李相国集·后集卷六》）该诗创作时，距李奎报离世只有一年。迟暮之年的一介老叟，当听闻有一群故旧相聚饮酒狎妓，恨不得立马跑去参会，其内心的欢喜溢于言表。

李奎报生活的时代，文人狎妓之风的盛行，与唐代，尤其中唐以后文人狎妓之风流行之因有较多类似："大历以后，唐代诗坛上有一部分作者专写风花雪月、流连光景的诗篇，有超脱人生、逃避现实的不良倾向。"①由于受到武人的打压，强权统治下的高丽中期文人普遍有一种纵乐避祸思想。此外，狎妓风气与高丽时代随汉文化一道输入的唐宋文人士大夫狎妓观念有很大关系。高丽时代，随着汉文化的输入和高丽文人中兴起的汉诗文创作风气，中国文人士大夫，尤其是唐宋文人所普遍具有的狎妓之风也深深地影响到了高丽文人。而就李奎报而言，他对李白、杜甫、白居易、杜牧、刘禹锡、苏轼、陆游等人有着强烈的追慕与向往，而唐宋文士所具有的放荡不羁、风流倜傥之行为也为李奎报所接受。如李奎报作品中常提及的杜牧，《唐才子传》对其载曰："牧御史分司洛阳，时李司徒闲居，家妓为当时第一，宴朝士，以牧风宪，不敢邀。牧因遣讽李使召己。既至曰：'闻有紫云者妙歌舞，孰是？'即赠诗曰：'华堂今日绮筵开，谁唤分司御史来？忽发狂言惊四座，两行红袖一时回。'意气闲逸，傍若无人，座客莫不称异。"②而在李奎报笔下，杜牧此一狎妓事则多次出现。《次韵李君见和》中作者曰："新帖罗襦细折裙，双鸾帐底笑留君。多情杜牧风流在，欲发狂言问紫云。"（《东国李相国集·全集卷五》）在《书记使名妓第一红，奉简乞诗，走笔赠之》二首之其一则曰："云作双鬟月作眉，刀头相见更何时。十年不作湖州守，长笑多情杜牧之。"（《东国李相国集·全集卷六》）还如《九日二日，书记开筵公舍见邀醉赠（一首）》："犀镇红筵辟画堂，绮罗交斗玉簪光。优人得意多供笑，官妓承欢屡整妆。石竹裙翻微露袜，樱桃口小细调簧。紫云在席谁先问，忽忆分司御史狂。"（《东国李相国集·全集卷六》）该狎妓诗中，李奎报再次提到杜牧与紫云之事，而"樱桃小口"则又巧妙化用了白居易狎妓诗语句。唐孟棨曾曰："白尚书（居易）姬人樊素，善歌，妓人小蛮，善舞，尝为诗

----

① 郭绍虞主编，王文生副主编：《中国历代文论选（一卷本）》，上海古籍出版社 2001 年版，第 150 页。

② （元）辛文房：《唐才子传》卷六。

曰：'樱桃樊素口，杨柳小蛮腰。'"① 而白居易也云："还携小蛮去，试觅老刘看。"② 直至今日，"樱桃小嘴""小蛮腰"等仍为形容女性的流行词语。而白居易狎妓韵事对李奎报无疑有着很大影响。李奎报曾诗曰："安石在东山，游赏必携妓。"（《临上阙，复与寮友游茅亭走笔（典郡第二年季夏，以起居注见征）》，《东国李相国集·全集卷十五》）再试如李奎报在《次韵和白乐天病中十五首》序文中就自己和白居易病中状态之同异比较道：

> 及见白乐天后集之老境所著，则多是病中所作，饮酒亦然。……其余亦仿此。予然后颇自宽之，曰："非独予也，古人亦尔。此皆宿负所致，无可奈何矣。"又白公病眼满一百日解绶，予于某日将乞退，计病暇一百有十日，其不期相类如此。但所欠者，樊素、少蛮耳！然二妾亦于公年六十八，皆见放，则何与于此时哉？
>
> 　　　　　　　　　　　　　　（《东国李相国集·后集卷二》）

不难看出，李奎报以能与白居易有共同的经历与爱好为荣，并对白居易蓄妓行为无丝毫批评之意，反倒是遗憾地说："但所欠者，樊素、少蛮耳！"李奎报紧接如上话语，不无宽慰而自豪地说："噫！才名德望，虽不及白公远矣。其于老境病中之事，往往多有类予者。"而在《次韵和白乐天病中十五首》其十二《放柳枝，以忆旧妓代之》中，李奎报曰："少年携妓梦魂中，已是萧然白首翁。红颊翠娥何处散，落花飘荡总随风。"（《东国李相国集·后集卷二》）这实际即是李奎报自身对放浪少年时代的追忆，也是对白居易狎妓作风的吟诵。而"小蛮""樊素"在李奎报诗文中作为妓女的代称，更是频频出现。如高宗二十五年（1238）所作《次韵李学士（百全）见和前篇》二首之第二首有云："要呼歌妾如樊素，更索诗僧似贯休。把酒寻春何处是，绿杨堤畔杏园头。"（《东国李相国集·后集卷二》）再如同年所作《六月七日，访朴学士（仁著）家，以诗嘲深缩不出游》一首："故人家宅合相过，何事深藏似缩蛙。应有小蛮樊素

---

① （唐）孟棨：《本事诗》事感第二，见（唐）孟棨等撰，李学颖标点《本事诗、续本事诗、本事词》，上海古籍出版社1991年版，第16页。

② （唐）白居易：《晚春酒醒寻梦得》，见《全唐诗》卷四百五十六，白居易三十三。

在，朝昏贪听柳枝歌［家畜（蓄——笔者注）一妓，故云］。"（《东国李相国集·后集卷四》）白居易在其《与元九书》中曾提到："及再来长安，又闻有军使高霞寓者，欲聘倡妓。妓大夸曰：'我诵得白学士《长恨歌》，岂同他妓哉？'由是增价。……又昨过汉南日，适遇主人集众乐，娱他宾，诸妓见仆来，指而相顾曰：此是《秦中吟》《长恨歌》主耳！"[①]由此可见，狎妓作为一种当时的流行时尚，是白居易所追求并为妓者所熟知的，而李奎报《寄西京妓真珠》则与如上白居易狎妓事有异曲同工之况味："国色诗名世尽知，无由会面浪相思。一言堪喜还堪恨，误把文章当奕棋（真珠云：愿一生见诗人李某）。"（《东国李相国集·全集卷十一》）再如中唐刘禹锡，其人其诗对李奎报无疑也产生过较大影响。刘禹锡好狎妓，相关诗篇也有不少，我们试看其《怀妓》一诗："三山不见海沉沉，岂有仙踪更可寻。青鸟去时云路断，姮娥归处月宫深。纱窗遥想春相忆，书幌谁怜夜独吟。料得夜来天上镜，只应偏照两人心。"[②]而李奎报《友人家饮席赠妓》一诗，则在狎妓的意味与诗句典故的化用上皆有着明显刘禹锡的况味。试看："久作孤臣心已灰，忽逢名妓眼方开。桃花仿佛曾相识，不是刘郎去后裁。"（《东国李相国集·全集卷十六》）该狎妓诗之后二句无疑脱胎于刘禹锡《元和十一年自朗州召至京戏赠看花诸君子》一诗，试看后者："紫陌红尘拂面来，无人不道看花回。玄都观里桃千树，尽是刘郎去后栽。"[③]

　　而李奎报咏史诗中相关狎妓之诗，有的属于纯粹的赠妓狎妓之作，其思想性实际也很一般。试如《即席醉赠名妓御留欢》："岂唯吾辈鬓成斑，红粉年来换旧颜。到处逢渠犹绿发，长春应为御留欢。"（《东国李相国集·后集卷四》）时光荏苒，自己已是两鬓成霜，但御留欢仍旧焕发着青春的光彩。御留欢作为名妓，自然会对李奎报有极大吸引力。我们试看如下：《次韵李学士（百全）和赠御留欢诗（二首）》，其一曰："眩眼华筵锦绣斑，倡儿拥坐斗红颜。门生丛里吾宜乐，不意贤侯许一欢。"作者面对良辰美景，认为时机不易错过，其二则曰："青楼风味颇窥斑，老去无心玩玉颜。犹有些些余习在，一枝花畔寄清欢。"（《东国李相国集·后集

---

　　① （唐）白居易：《与元九书》，见夏传才著《古文论译释（上）》，清华大学出版社2007年版，第270页。

　　② 《全唐诗》卷三百六十一，刘禹锡八。

　　③ 《全唐诗》卷三百六十五，刘禹锡十二。

卷四》）作者虽言"老去无心玩玉颜"，但又说"犹有些些余习在"，可见，旧习是难以改变的。李奎报咏史诗中的狎妓诗，有些写得过于平实，因而颓废之感突出。且看《戏赠妓》："书生于色真膏盲（盲——引者注），每一见之目频役。今因身老佯不看，非是风情减平昔。一杯酿醉情复生，无复惭羞呼促席。汝应憎我老丑颜，我亦知渠匪金石。"（《东国李相国集·后集卷六》）作者坦言对狎妓的爱好，并对妓者的言辞也充满了揶揄与讽刺之意，因而妓女在李奎报眼里无疑就是玩物而已。而在如下《老妓》中，李奎报则对容颜已老技未衰的老妓报以同情。试看："红颜换作落花枝，谁见娇饶十五时。歌舞余妍犹似旧，可怜才技未全衰。"（《东国李相国集·后集卷一》）

　　当然，李奎报笔下的妓女，更多时候是作为李奎报声色愉悦生活的组成内容而出现在作者的咏史诗中的，而这些具有狎妓内容的咏史诗，它们所体现的，更多是对人生繁华与美好时光的留恋与回忆。如《游冰靖寺示住老》曰："一饷繁华梦已空，故乡还与故人同。烟峦远似妆眉绿，霜叶浓于醉脸红。往日狂携金谷妓，今朝始礼雪山童。陶潜习气犹依旧，尚恐攒眉对远公。"（《东国李相国集·全集卷六》）繁华似梦，江山依旧，昔日携妓岁月已渐远去，且再看如下咏史诗一首，其中所具有的忆旧心理、对故妓怀念之中所渗透出的人去楼空之苍凉感同样甚为强烈。试看《分行驿，次板上韵。忆旧（甲子年，携妓宴此楼）》："黄泥壁后昔留诗，漫灭无踪莫记思。杨柳尚垂曾去路，江山犹似旧游时。青蛾安在空追忆，白首重来但暗悲。持节他年虽得到，上楼筋力恐先衰。"（《东国李相国集·全集卷十五》）而从官场隐退后，李奎报对于曾经走过的人生路不时有着回忆，而狎妓作为自己曾经所好之事，是李奎报经常在其咏史诗中所反映的题材。李奎报晚年多次上书乞退，但又多次被拒，而当他在高宗二十四年（1237）七十岁高龄之际终于获得朝廷允许而退休后，内心十分高兴，于是写诗以志之。且看《丁酉十二月二十八日，乞退表蒙允可。是夜喜不得寐，因成长句二首，奉寄李学士（百全）》其二："备尝荣辱得身抽，惊破槐安梦里游。鳄渚鲛洲曾窜谪，鸾台凤阁亦优游。周行世界闲僧坐，遍阅夫郎老妓休。官罢偶思陈迹耳，渐无一事到心头。"（《东国李相国集·后集卷二》）李奎报盼望已久的退休终于实现了，在彻夜难眠的同时，李奎报还不忘用"遍阅夫郎老妓休"这种看似不甚贴合个人身份的诗句来比况自己阅历之多。实际上，该诗句与其说是老妓遍阅夫郎后该隐退，倒不如说是李奎报自身遍阅娼妓、内心得到满足后的一种夸耀。而退休后的李奎报，终日以饮酒作乐为事，且在感慨来日不多的同时，他对包括狎妓在内的人生美好时光有着较强的依恋，因而也便不失时机地想阅尽人间繁华。李奎报退休次年作下诗《李学士新作温房，十月九日，会洞中诸老落成。予亦参赴，及酒酣，于席上赋诗一首，兼呈坐客》，曰："杜门无处得从容，忽被招邀鸟出笼。与子相同欢亦足，见人皆旧乐弥融（坐客无一人非旧者）。谁知疏散一狂客，来对昂藏九老翁。肺渴更酣霞液酽，眼昏犹注茜裙红。乾坤总入讴吟内，日月空奔酩酊中。此会焉知还似梦，残年急景水流东。"（《东国李相国集·后集卷五》）对美好人生、对醇酒美女，李奎报有着难以割舍的依恋，可以说，此时李奎报眼里的美妓，是青春与人生美好的象征，因而美妓已非单单社会意义上的人。这种心态，实际也反映在前文所提李奎报作于离世前一年的《李学士（百全）病中大设筵并妓乐。邀予及朴枢副、崔仆射、朴、丁二学士觞之。即席得诗二首呈之》。

值得一提的是，李奎报作为咏史诗创作大家，其创作的数首狎妓词也写得颇为温婉而不失凄凉意味。如高宗二十三年（1236）五月十七日，李奎报作《丙申年，门生及第等设宴，慰宗工朴尚书。予于筵上作词一首》："光华庆席，正玉笋参罗迎致嘉客。还有娇花解语近前堪摘，殷勤好倒千金酒。幸相逢不妨欢剧，两翁俱老门生献寿，古今难得。念往日贪游好乐，恨枯瘦如今何处浮白。多喜开筵别占洞天仙宅（借朴枢府宅，花草奇景最胜）。莫教舞妓停飘袖，顾看看红日西侧。笑哉残叟，摇肩兼将手双拍。"（《东国李相国集·后集卷十》）作者同日又作《是日三朴学士见和，复次韵》曰：

> 笙歌簇席，更锦绣衾熏琼弁宾客。门拥桃华李艳往年亲摘，仙香暗动金杯酒。兴飞扬饮酣谈剧，红妆慢唱，争前祝寿不教归得。记昔日曾经此乐（戊戌年。予之四度门生等，设如此筵。慰于致政。此门生亦于其日在焉），俱重到欢场双鬓添白。侵夕将回更坐忘还家宅，有时豁起遭牵袖，任蹉跎乌帽欹侧。笑哉残叟，连呼倡儿促檀拍。

（《东国李相国集·后集卷十》）

　　李奎报如上咏史词，充满了对人生时光强烈的咏叹和留恋，而"舞妓""倡儿"等与李奎报自身的耄耋之态形成鲜明的对照，因而，狎妓生活对李奎报而言，成为美好的回忆。而在"笑哉残叟，连呼倡儿促檀拍"的自嘲当中，我们可以感受到李奎报内心的凄苦与无奈。面对青春红颜，李奎报感慨油然而生，再如"起离妓簌香余袖，要归时扶我身侧。笑哉残叟，洪崖肩高醉堪拍"（《又别赠门生》，《东国李相国集·后集卷十》）、"千葩烂映倡儿袖，奈无言解语同侧。可怜衰叟，还图舼船与君拍"（《次韵李侍郎需和〈桂枝香词〉见寄二首》其一，《东国李相国集·后集卷十》）、"纵欣掷玉堆盈袖，欲亲攀歌咏陪侧。许容迂叟，词源相夸浪相拍"（《次韵李侍郎需和〈桂枝香词〉见寄二首》其二，《东国李相国集·后集卷十》）。高丽高宗二十八年（1241），李奎报写就人生最后一词，即《六月一日，朴学士（暄）设华筵会客，并邀予参赴。酒酣，作词一首赠之。清平乐》，该词中，再次出现"皓齿笑劝"的"可怜两个红妆"，试看："虚台豁樹，自足清风未知朱夏（广厦虚豁，足容百人。华侈不可胜言）。不分豪门亦呼我，宴席绮包罗裹。可怜两个红妆，皓齿笑劝玉筋。感极敢辞芳酒，唯愁归路扶将。"《东国李相国集·后集卷十》）此作后不久，李奎报完成其人生中最后一首诗《七月八日，因患眼不作诗》，九月二日，"门下侍郎平章事致仕李奎报卒"①。

二　"一世生涯付醉歌"：嗜酒之习

　　一方面，李奎报是以其文学成就，尤其是汉诗创作闻名于世的伟大作家，而酒在其成就中发挥了重要作用，可另一方面，李奎报有着放荡不羁的性格，并嗜酒如命。《东国李相国集·全集序》曾就李奎报云："少放旷，自号为'白云居士'，酣饮赋诗为事，人不以经济待之，无何，名振海外，独步三韩，翱翔玉堂，出入凤池。"这一评价可谓公允，而就李奎报善赋诗、好酒、性狂放等性格特点而言，是与李白有着相似点的。李奎报之所以被誉为"海东谪仙"，其中重要的一点恐怕也正在于李奎报对于酒，有着像李白一样的强烈嗜好。在李奎报的笔下，"酒香"无处不在，仅从《家泉久涸，酒亦未继，因赋之》《卯饮（双韵）》《三月八日与族人蔡郎中大醉歌唱》《无酒》《酒熟》《白酒诗一首（并序）》等诗作我们

---

　　①　［朝鲜］郑麟趾等：《高丽史》卷二十三，高宗二十八年九月。

就可推断李奎报饮酒之好。可以说，酒是李奎报佳诗迭出的催化物，是诗人欢娱时的兴奋剂，也是诗人忧愁孤单时的伴侣，更寄托了诗人对人生美好时光的感慨。而李奎报咏史诗中的酒，实际也正体现出如上几点。

（一）"淡酒一壶诗一籭"

作为一代伟大诗人，李奎报的成就与酒有着不解之缘，在李奎报笔下，诗、酒常常是一起出现的，有诗就有酒，有酒就有诗。试如"淡酒一壶诗一籭"（《南轩戏作二首》其一，《东国李相国集·后集卷二》）、"一见暂开诗酒会，清谈聊洗簿书昏"（《十一月二十日，出宿属郡马灵客舍，重台堂头携酒来访，以诗赠之》，《东国李相国集·全集卷九》）、"美酒全胜吞绛雪，清篇还似读青苔（《同文长老访尹学录世儒家，主人与文公次古人韵作诗，予亦次韵》，《东国李相国集·全集卷二》）、"病谙诗魄减，醉觉曲神尊"（《梁公见和，复用前韵》，《东国李相国集·全集卷五》）、"纸上何劳窥黑蚁，心中已负六经醉。……多才行迫簪缨縻，无事何嫌诗酒污"（《金先达南秀见和，走笔奉答》，《东国李相国集·全集卷十二》）、"襟期付歌诗，意气许杯酒。颠狂白千篇，酩酊刘五斗"（《戊午二月九日，同全履之饯朴还古之南，得旧字》，《东国李相国集·全集卷七》），等等，真是不胜枚举。不难发现，李奎报对于诗与酒的关系有着自己独到的理解，在李奎报眼里，诗与酒是诗人理想的寄托，是对人生的诠释，而生命里缺少了酒，人生的乐趣无疑将会大打折扣，诗歌创作灵感无疑也将受到影响。李奎报曾说："为引诗天子，方斟酒圣人。"（《借名劝酒》，《东国李相国集·后集卷一》）此语实际反映了酒之于李奎报诗歌创作的启发与引导作用，而有了酒，诗才会写得成功有趣，作诗的灵感也将会闪现。我们不妨再从如下两首完整诗就李奎报对诗酒关系的理解作进一步把握。先看《吟诗自笑》："清晨酬得两三杯，长啸招邀好句来。好句来迟伴偃蹇，故应妨我锦肝开。"（《东国李相国集·后集卷六》）再看《酒旆（二首）》其一："春风斜拂酒旗青，一望犹宽渴饮情。无赖垂杨摇眩绿，不教诗眼见分明。"（《东国李相国集·后集卷一》）如上二诗笔调开朗，内容清新，字里行间透露出作者为文赋诗中对酒的依赖与喜爱。崔滋《补闲集》中曾就弃庵居士安淳之曰："以旷世大手，于文章慎推。"而就是这样一位"于文章慎推"的大家，却对李奎报的评价如此大胆而公允："发言成章，顷刻百篇。天纵神授，清新俊逸。人以公为李太白，盖实录。然以仆言之，其醉吟之际，狂海荡然，锦肠烂然，即已相类。至于律格严整，对偶真切，于忽忽不暇中尤见功夫，似过之也。"①
安淳之的评价虽不免有夸大之虞，但至少说明李奎报文学成就中"酒"
所发挥的重要作用。

　　李奎报有"海东谪仙"之称，而这一称号与诗、与酒有着极深的渊
源。据载："李太白初自蜀至京师，舍于逆旅。贺监知章闻其名，首访
之。既奇其姿，复请所为文。出《蜀道难》以示之。读未竟，称叹者数
四，号为'谪仙'，解金龟换酒，与倾尽醉。期不间日，由是称誉光
赫。"② 而作为"海东谪仙"，李奎报对诗、酒有着如同李白般的爱好与理
解，在其咏史诗中，即有不少作品反映了他对诗酒关系的看法。试看
《偶吟》：

> 无酒诗可停，无诗酒可斥。诗酒皆所嗜，相值两相得。
> 信手书一句，信口倾一酌。奈何遮老子，俱得诗酒癖。
> 酒亦饮未多，未似诗千百。相逢乃发兴，是意终莫测。
> 由此病亦深，方死始可息。不唯我自伤，人亦以之责。
>
> （《东国李相国集·后集卷九》）

　　该诗中，作者深深感叹自己对于诗与酒长期的痴迷。由于太爱诗酒，
不但李奎报自己，即使别人都对他爱诗之痴有所责备。再如以下《次韵
璨师》一首，作者于垂暮之际无限感慨人生之短暂和自己对诗、酒曾经
的依恋。李奎报说："咄咄浮生隙驷驰，病于杯酒老于诗。谁将明镜来相
照，珠在皮肤自不知。"（《东国李相国集·全集卷一》）对于时光，李奎
报充满了无限留恋，而时光又是如此的无情，他带走了李奎报的青春，留
给李奎报的则是华发斑斑和在杯酒之中对人生的思考。试看下诗《又用
东坡诗韵赠之》："鲇鱼缘竹一何迟，渐愧头衔似昔时。只为别来长饱恋，
故应相见更多姿。诗教雪晕微侵鬓，酒放春红半蘸肌。我亦参禅老居士，
祖师林下旧横枝。"（《东国李相国集·全集卷八》）

　　（二）酒为娱媒

　　李奎报的咏史诗，有着积极入世的一面，但正如前文所析，在武人统

---

　　① ［高丽］崔滋：《补闲集》卷中。
　　② （唐）孟棨：《本事诗》高逸第三，见（唐）孟棨等撰，李学颖标点《本事诗、续本事诗、本事词》，上海古籍出版社 1991 年版，第 17 页。

治时代的高丽，文人对于现世有逃避的一面，他们在武人暴政下，委屈隐忍，因而便尽量以诗酒自娱，从而躲避可能的政治迫害，于是，本就对诗酒风流有相当感情的高丽文人，其以酒为娱媒的倾向越发明显。李奎报去世后，为其所撰《谏书（右司谏郑芝奉宣述）》中如此评价退休后的李奎报曰："解位家居，常以诗酒自娱。"（《东国李相国集·后集卷终》）实际上，何止是解位后，李奎报的一生都充满了对吃喝玩乐的追求。李奎报曾有《次韵全履之，文长老见访，用吾江南集中诗韵》一诗曰："闭阁留宾手挽衫，细斟家酝绿如蓝。闲呼玉局争双六，醉把朱弦弄十三。不必论文期渭北，端宜联句会城南。殷勤最爱曹溪老，约我青山共结庵。"（《东国李相国集·全集卷六》）文人们赋诗饮酒、弄弦弈棋的雅集图卷呈现于我们面前。而就李奎报咏史诗言，在对酒的描写里，夹杂了他对于快乐人生和美好时光的深深依恋。试以李奎报《访通首座，剧饮走笔》为例，该诗中作者曰："青山似故人，相逢即开眉。美酒如新妇，相对不知疲。我昔欲访来，期以芳菲时。春光不我负，春日为我迟。是时不剧饮，不若孤其期。此语方未既，师已罄倾卮。前言特戏耳，于此竖降旗。"（《东国李相国集·全集卷十一》）李奎报眼里，美酒是百看不厌的新妇，而春光不可辜负，因此就应该抓紧时间享受人生、倾卮畅饮。"是时不剧饮，不若孤其期"可谓李奎报以酒作乐的人生宣言。而他自己的实际行动也表明了他的这一立场。如《酒乐》："手拍肩摇拊髀多，跳成舞节叫成歌。此身自有天生乐，不用笙箫更倩他。"（《东国李相国集·后集卷一》）在美酒的作用力下，作者纵情欢娱的情景展现在世人面前。李奎报是有着相当娱乐情怀的诗人，而错过欢娱场合对于李奎报而言则是一件遗憾的事情。如李奎报三十岁时曾有一首《重九日，既以手病未出游》，该诗曰：

　　去年尚州遇重九，卧病沉绵未饮酒。强携藜杖起寻僧，手捻寒香空自嗅。去年已去莫追悔，却待今年作高会。岂知今年又病手，未趁好事诗酒辈。

　　亦复起饮嚼霜蕊，未能免俗聊尔耳。山妻笑劝良足欢，何必登高烂熳醉。书生命薄何足道，佳节年年病中度。落日愁吟绕菊篱，西风有信犹吹帽。

（《东国李相国集·全集卷七》）

　　实际李奎报的这种及时行乐的心态一直到其晚年都未曾有所改变。前文我们提到李奎报诗《李学士新作温房，十月九日，会洞中诸老落成。予亦参赴，及酒酣，于席上赋诗一首，兼呈坐客》，其中云："杜门无处得从容，忽被招邀鸟出笼。"（《东国李相国集·后集卷五》）李奎报有着不甘寂寞的性格，并有着狂放不羁甚至玩世不恭的人生态度，酒中包含着李奎报对人生的解读和对时代的态度，酒可以使李奎报忘却一切烦恼，醉可以使李奎报的精神从迫不得已认同武人强权之苦中解放出来。此即有学者所总结："'醉'字在中国诗中常常表示一种沉迷于酒而暂时脱离日常关心琐事的精神状态，而不一定是真正地喝醉了。"[①] 李奎报曾有《嘲李道士》一诗曰："道根未熟骨犹膻，浪逐吾侪放酒颠。莫把鼎丹夸向我，诗人自古尽神仙。"（《东国李相国集·后集卷一》）他在看似对李道士的戏弄中，实际也表达了个人对自由心性和酒乐人生的赞赏与追求，而"诗人自古尽神仙"所表达的豪气与高丽明宗二十六年（1196）所作《九月十三日会客旅舍，示诸先辈》一诗所具有的气象同样豪壮。在后者中李奎报曰："我李本仙枝，家在紫霞洞。……得酒每呼叫，狂言屡惊众。糟肉慕陈暄，井瓶笑张竦。"（《东国李相国集·全集卷六》）放荡不羁，及时行乐，这就是李奎报以及高丽当时许多人的真实面貌，而从李奎报咏史诗中的饮酒作乐内容，我们实际感受到的是作者对人生岁月的感慨和留恋。这正如李奎报在咏史诗《庾公见和，复次韵奉答二首》其一中所表达的："古来聚散如抟沙，好倩佳人唱踏莎。莫教一日杯心空，百岁浮生不饮何？千金散尽君勿惜，醉乡路坦舍安适？此杯此酒至今犹在眼，云母微笼琼液碧。"（《东国李相国集·全集卷十七》）

　　（三）交友

　　李奎报咏史诗里的酒，是朋友欢会与友情的象征。朋友们欢聚一堂，酒即为欢声笑语的催化剂；而若门庭冷落车马稀，酒则成为一种勾起无限神伤与惆怅的引子。李奎报的挚友李百顺去世后，李奎报作《哭李学士百顺》一诗，他无限伤感地回忆起昔日与李百顺"有酒招呼各挽牵"等美好片段，说"交臂同游四十年，葭莩重结好因缘。卜邻来往元亲款，有酒招呼各挽牵。学士资崇曾纵步，文围望重再提权。但嗟未践鸿枢地，

---

　　① 詹杭伦：《刘若愚：融合中西诗学之路》，北京出版社出版集团、文津出版社2005年版，第63页。

赍恨无穷入九泉"（《东国李相国集·全集卷十八》）。李百顺是李奎报"交臂同游"的挚友，并且两家"葭莩重结好因缘"，就这一亲戚关系，李奎报特地以"儿子为其子婿"予以注释。可是，故人已去，每当经过李百顺曾经的家时，李奎报不禁无限思念，与李百顺曾经欢饮美酒的场景浮上心头。试看李奎报《望故李学士百顺家有感》其二：

> 被招无日不经过，大醉扶来趁晚鸦。
> 今日定将谁举爵？出门痛哭望君家。

紧接该诗，李奎报在《望故李学士百顺家有感》其三中继续感慨地说：

> 地下应无一滴春，我今独吸杯中酒。
> 谁能作苋连泉扃，激此淡觞沾子味。

（《东国李相国集·全集卷十八》）

李百顺已是人在黄泉了，可李奎报觉得地下应无酒可喝，他幻想着分李百顺一杯酒以继前欢。从以上诗中我们不难看出，李奎报眼里的酒，寄托了他对朋友的真挚感情。进一步言，酒就是友谊、是欢乐、是人生，对酒的热爱中实际体现的是李奎报对友谊、欢乐和人生的热爱，人生美好的消逝是李奎报所不愿看到的。不妨再看下诗《庚子三月日，李学士（百全）病中大设筵（席）并妓乐。邀予及朴枢副、崔仆射、朴、丁二学士觞之。即席得诗二首呈之》其一："初来欲问维摩病，不分还倾太白杯。慎勿自言生死别，饮中此语忍闻哉。"（《东国李相国集·后集卷六》）李奎报就"慎勿自言生死别，饮中此语忍闻哉"一语加注道："是日，主人连有此语。"与朋友饮酒是多么美好的事情，可李百全连有"生死"之语，李奎报自然不忍听闻。由于对人生欢娱有着别样的爱好，孤独因而成为李奎报所难扛之事。李奎报曾在《南轩偶吟》中说："南轩长老日高眠，起拥孤衾坐坏毡。脍却红鳞方吃得，半倾瓶酼已颓然。"（《东国李相国集·后集卷二》）南轩长老李奎报独处独饮，神情颓然，这种情状在其诗作中并非孤例，再如《南轩独酌戏作》："浓醅始熟待交亲，肯有何人访散人。莫笑孤斟犹得醉，手能为主口为宾。"（《东国李相国集·后集卷二》）由于无人与酌，作者便只有自斟自饮，其无奈与孤独况味中散发出凄苦之情，而较之上诗，如下诗则显然有异曲同工之感觉。且看《独酌自嘲》一诗中语："闻有芳醪耳辄倾，一杯方到眼还明。自将樽酒供闻见，余事来干故聩盲。"（《东国李相国集·后集卷六》）在不无幽默的言语当中作者透露出丝丝的孤独之感。暮年的李奎报对朋友、对亲情都有一种留恋，孤独自处是一种痛苦，试如李奎报离世前整半年儿子李涵离家赴官，次日李奎报作《明日独坐书怀》曰：

> 昨晨送阿儿，今日无来客。空房坐萧然，有酒谁与酌？
> 咄咄是浮生，未死翻自责。此时若有人，令我解颦额。
> 一笑足销忧，丝竹非所忆。

（《东国李相国集·后集卷九》）

可以看出，李奎报是多么的孤独，他多么希望能有人来与其一起饮酒欢笑一场。于是，每有朋友造访，李奎报便十分高兴，一切忧愁便也会消解。如高宗二十七年（1240）三四月间，李奎报好友崔公衍来访，李奎报于高兴之余写下《次韵崔枢府（公衍）见访，自言路上得诗写赠》一诗，回忆了与崔公衍曾经的友谊："结发同游媒莫疏，申之共作孔门徒。访来应记当年旧，眷眷恩情得可孤。"（《东国李相国集·后集卷六》）紧接前诗，李奎报又作《予亦别作一首，谢携三亥酒来觌》，曰："闲门寂寞雀堪罗，岂意君侯肯见过。更把一壶情已重，况名三亥味殊嘉。"（《东国李相国集·后集卷六》）朋友在门可罗雀的时候造访，且携三亥酒来，二人相饮话旧，与其说是"三亥味殊嘉"，不如说是故友重逢时内心的欢喜使然。次年，李奎报作《五月日，文祭酒（廷轼）携酒觳来访，俄有玄源禅师，又携酒果来访。各以诗谢之》，在其中赠文公的一首诗中他说："五纪同游投分笃，三年方始枉骖来。个中但喜携芳酝，宿怨浑消数四杯。"（《东国李相国集·后集卷十》）老友相见，李奎报内心不胜欢喜，因而杯来盏往之间内心的孤寂与宿怨随即消散。

（四）以酒浇愁

李奎报生活的时代，国家内忧外患不断，武人统治下的文人又遭长期的压制，李奎报自身便曾遭遇多次的仕途挫折（大的挫折则有三次），每次挫折后，酒和朋友便会成为李奎报心灵的慰藉。高丽神宗二年

（1199），时年三十二岁的李奎报被上台不久的崔忠献赏识，补全州牧司录兼掌书记，秋九月赴全州，可次年李奎报就因性格耿直为通判所排挤，这是他人生遭遇的第一大挫折，但当朋友携酒而来，对失意中的李奎报无疑会有较多宽慰。试看此时期李奎报所作《次韵卢同年携酒见访有诗》："此身如系不能飞，寂寞张衡咏四思。无赖夕阳还送恨，多情芳草可胜悲。檐间语燕还留客，枝上啼莺又唤谁。赖有玉川千日酒，赌他宾客缀珠诗。"（《东国李相国集·全集卷十》）在这一时期的另一首《次韵朴上人》中，李奎报道："未除旧习犹中酒，已谢浮名更外身。道直自甘人共弃，情同唯有子相亲。繁开芍药歃红颊，烂熟樱桃点绛唇。多喜新诗堪咀嚼，泠然洗我笔头尘。"（《东国李相国集·全集卷十》）其后李奎报仍旧选择了进入仕途以报效国家这一道路，但在武人专政之下，正如李奎报自己所言"此身如系不能飞"，他不能左右自己的命运。高宗六年（1219），五十二岁的李奎报再遭官场险恶，被权臣崔忠献贬谪至偏僻的桂阳。在桂阳李奎报创作了较多反映贬谪生活的诗篇，其中就有一首《无酒》，该诗曰：

> 我本嗜酒人，口不离杯卮。虽无与饮客，独酌亦不辞。
> 顾无樽中绿，燥吻何由滋。忆昨在京辇，月俸有余赀。
> 酿得如许瓮，挹酌无停时。家酝或未继，沽饮良足怡。
> 嗟嗟桂阳守，禄薄酿难支。萧条数家村，何处有青旗。
> 亦无好事者，载酒相追随。端坐一堂上，竟日独支颐。
> 业已为逐臣，饥渴固其宜。胡为浪自恨，攒我数寸眉。
> 开口强大笑，笑冷反噢咿。此语勿轻泄，闻者当哂之。

（《东国李相国集·全集卷十五》）

在桂阳谪所孤独寂寥的李奎报对酒和朋友的渴望如此强烈，难怪崔忠献死后被召回京的李奎报于《入关侍宴》一诗中今昔对照曰："蓬艾二年寻鹿径，云霄今日侍龙墀。江城薄酒犹曾饮，如此宣杯得可辞。"（《东国李相国集·全集卷十六》）崔忠献虽死，但其子崔怡专权下的高丽朝廷仍然充满着不公，高宗十七年（1230）十一月，时已六十的李奎报被流猬岛，次月，有乡校诸生来探慰李奎报，李奎报遂作《十二月，移寓保安县李进士翰材家，谢乡校诸生携酒来慰，坐上作》，曰："孤身一间屋，方寸万端愁。无人肯相顾，园鹿以为俦。不意青衿生，怜我白首囚。各挈一壶酒，其酒旨且柔。老儒饮量浅，为子覆琼舟。始知同门生，恩义亮绸缪。感之不可道，唯有涕如流。百世庇弟子，遥感吾师丘。"（《东国李相国集·全集卷十七》）仕宦之不易、文人互恤之情谊、岁月之流逝等诸般感受一齐涌出，李奎报不免老泪纵横。

（五）莫辞对月倾金罍

李奎报咏史诗中的酒，其所掺杂的是对人生与生命强烈的感叹和留恋。李奎报曰："日无胫又无翼，胡为劫劫飞走不少息。日来日去暮复朝，使我鬓发如银颜如墨。吾欲东走扶桑看日上，西入蒙汜观日匿。日上时遮拥金乌拉翼坠，日匿处牵挽羲和使沉醉。是时日未行，留待羲和醒酒乌生翅。三百六十日三千，一百年作一千年。使我两颊更赤双鬓玄，日换美酒醉倒放颠狂，问君能有许多钱？"（《醉歌行赠全履之》，《东国李相国集·全集卷一》）人生短暂，李奎报对此有着深刻理解，如上诗真实反映出了李奎报内心深处对生命时光的热爱，他希望岁月不老，青春永驻，日日美酒，可是，生命有限，人人必将老去，因而，在该诗浪漫主义表象的背后，我们感觉到的是一种深深的感慨。而品味李奎报咏史诗中的酒，我们可以体悟到在对过去与将来、生与死的解读中，诗人笔下的酒所散发出的深沉历史沧桑感。如在《醉中走笔赠李清卿》中，作者道：

> 去年园上落花丛，今年园上依旧红。唯有去年花下人，今年花下白发翁。花枝不减年年好，应笑年年人渐老。春风且暮又卷归，慎勿对花还草草。我歌君舞足为欢，人生行乐苦不早。颠狂不顾旁人欺，要使千钟如电釂。君不见刘郎饮酒趁芳菲，解道风情敌年少。又不见东坡居士簪花老不羞，醉行扶路从人笑。古来得意只酒杯，莫辞对月倾金罍。荣华富贵一笑空，请看魏虎铜雀台。
>
> （《东国李相国集·全集卷二》）

年年花开花红，但人却年年见老，而用酒麻痹自己无疑会减少心中之于晚岁迫近的恐慌，"古来得意只酒杯，莫辞对月倾金罍"，此语与李白"人生得意须尽欢，莫使金樽空对月"在况味上是何等的相似。李奎报深知，再富再贵也将会成为过去，正如当年的魏武王铜雀台，繁华过后一切都将灰飞烟灭。此种认识再如《赠沈天曹允章，是日大醉作》一诗中所曰："二月青春光，浮动黄金柳。园花酒噤唇，林鸟已柔咮。问君气侠豪，能复觞吾否？自言有醽绿，可以濡君口。君不见长篇短篇诗万首，何人记我千年后。不若未死前，一杯绿蚁酒。"（《东国李相国集·全集卷七》）大好的青春岁月，柳枝抽芽，小鸟轻歌，好一派美景，可是，饮酒赋诗的欢宴终有散的时候，人之生命也将有穷尽的一天，想到这一点，诗人无限伤感，于是，酒就成为忘忧物。而下诗中，李奎报重复了与如上诗相似的苍凉基调，且看《同文长老方、崔秀才升圭，用古人韵各赋》："蚁坑名官奈为何，一世生涯付醉歌。词格清哀珠有泪，道心虚寂井无波。禅公旅寓窠依鸟，园客仙期茧作蛾。绿发相逢须痛饮，他年重见鬓霜多。"（《东国李相国集·全集卷八》）

　　李奎报咏史诗中的酒，有时是与"坟"明明白白地一起出现的，于是，生命存续时的纵酒欢娱与人最终老去后的身埋黄土形成强烈的反差，这实际代表着李奎报对死亡深深的思考，因而其咏史诗中的酒便有了丰厚的含义。试看《续将进酒歌》：

　　　　寄语杯中蓝色酒，百年莫厌相逢遇。绿发朱颜能几时，此身危脆如朝露。

　　　　一朝去作松下坟，千古万古何人顾。不期而生蒿与蓬，不速而至狐与兔。

　　　　酒虽平生手上物，争肯一来沾我咮。达哉达哉刘伯伦，载酒自随长醉倒。

　　　　请君听此莫辞饮，酒不到刘伶坟上土。

　　　　　　　　　　　　　　　（《东国李相国集·全集卷十六》）

　　而在该诗的小序中，李奎报说："李贺《将进酒》曰：'酒不到刘伶坟上土。'此诚达道之言也。故广其辞，命之曰《续将进酒》云。"可以说，《续将进酒歌》所散发的是对生命易逝的无奈悲哀、对人生美好的留恋和对岁月的深沉感叹。"酒不到刘伶坟上土"，这就是李奎报对美酒和人生欢娱的清晰理解。这种理解在如下《端午郭外有感》一诗中再次体现："旧坟新圹接相邻，几许平生醉倒人。今日子孙争奠酒，可能一滴得沾唇。"（《东国李相国集·全集卷十六》）而如下诗中，作者对死亡的看法更直接，言语也更平实，更能完整体现作者真实的内心世界。且看

《示子侄长短句》："可怜此一身，死作白骨朽。子孙岁时虽拜冢，其于死者亦何有。何况百岁之后家庙远，宁有云仍来省一回首。前有黄熊啼，后有苍兕吼。古今坟圹空累累，魂在魂亡谁得究。静坐自思量，不若生前一杯濡。我口为向子侄道，吾老何尝涸汝久。不必击鲜为，但可勤置酒。纸钱千贯奠觞三，死后宁知受不受。厚葬吾不要，徒作摸金人所取。"（《东国李相国集·后集卷三》）"其于死者亦何有""死后宁知受不受"等语言所表达的思想，与《端午郭外有感》别无二致。

三　"吾爱陶渊明"：文学之爱与仕宦之厌

（一）文学之爱

据《东国李相国集·全集序》，李奎报"九岁能属文，时号奇童。稍长，经史百家、佛书道秩，无不遍阅，一览辄记。为诗文，略不蹈古人畦径，以诗捷称"。《补闲集》卷下也曰："文顺公少年时走笔，皆气生之句，脍炙众口。"的确，李奎报自幼就对为文赋诗有着强烈的爱好，这一爱好并未随年龄的增长而有所减弱，反倒是愈老弥笃，依李奎报自己的话说就是"诗癖"。李奎报就自己的这一爱好不止一次地进行自我"批评"。如李奎报作《诗癖》一首，而关于该诗创作缘由，李奎报说"自知渐作痼疾，犹不能自止，故作诗伤之"。其后在《次韵和白乐天病中十五首（并序）》中李奎报再次说："予本嗜诗，虽宿负也。至病中尤酷好，倍于平日，亦不知所然。每寓兴触物，无日不吟，欲罢不得，因谓曰此亦病也。曾著《诗癖》篇以见志，盖自伤也。"（《东国李相国集·后集卷二》）而在李奎报七十三岁时，他又作《复自伤诗癖（予旧作诗，自伤诗癖犹不能止，复伤之）》，对自己好诗之嗜再次作"检讨"："卧病数四月，作诗几许篇。呻吟与讴吟，相杂仍相连。此癖亦一病，难以药石痊。自召非自召，偶然非偶然。掩被欲默已，啸忽来吻边。天耶必鬼耶，似有祟所牵。或欲移他事，驱之心不前。嗟嗟竟莫理，终以此死焉。"（《东国李相国集·后集卷八》）李奎报就是如此，他对诗有着非同一般的痴迷，这种痴迷实际已经到了"难以自拔"的境地。他曾就自己爱诗之痴作《答客问诗》一首，在其序中李奎报写道：

客有问于予者曰："子言累月被沉疴不起，似妄语也，何者？以今观之，其于和人之诗，多至三十、二十或十余首，然诗中犹无恙气。此岂病者之能尔耶?"予答曰:"诗无惫气,是子之过言也,予何足以当之哉!予向言诗癖,亦一病也。既为病之所使,病可免乎?是予所以难之,以至再作诗以伤之者也。今之病疴,如不死则行当自止矣,非若诗癖之不已也。因作诗以答之。"

(《东国李相国集·后集卷八》)

李奎报作诗有着永无消退的热情,如在《两君见和,复次韵》其二中他曾道:"主人诗作癖,未有暂停时。泉水莫夸涨,干予一砚池。"(《东国李相国集·后集卷四》)话语中充满了自信与豪情。作诗一事,对李奎报有着极大的吸引力,正因李奎报有极强的诗瘾,故他也曾尝试停止作诗,如《诗成后有作》中他说:"耄矣白头人,著诗何大迫。如予诗癖中,能忍不之作。"(《东国李相国集·后集卷八》)再如《又吟》中他还说:"目暗不成稿,宜停此鄙作。尚吟唇吻间,是谓真诗癖。"(《东国李相国集·后集卷八》)李奎报之于诗确是欲罢不能了,作为文坛巨匠,他即使想退出诗歌这片阵地也已是难上加难,在《末有余纸,又以一绝寄之》一诗中李奎报曾自豪地说过:"多少词人和我诗,数篇成了竖降旗。"(《东国李相国集·后集卷九》)一位如此成功的诗人,他自然不会轻易退出自己曾叱咤风云数十载的诗歌阵地。李奎报在高宗二十八年(1241)八月二十九日,即其离世前三天,作了其生命中最后一首诗《七月八日,因患眼不作诗》:"比因左目患,久矣不作诗。犹有右目存,云何乃如斯。君看一指伤,满身苦难支。安有目官协,同类恬不随。兴复从何出,而事作诗为。"(《东国李相国集·后集卷十》)可见,到生命的最后,李奎报仍纠结于作诗这件伴随了自己一生的事情。

与文学之好相关,李奎报的咏史诗,有着对曾经的求学道路的回忆。如高丽康宗二年(1213)所作《归法寺川上有感》其二,充满了对昔日求学时光的无限深情:"白葛婆娑散发游,茂林深樾绕川周。少年蘸足浮杯处,病脚难堪暂下流。"(《东国李相国集·全集卷十四》)而李奎报在诗题下自注曰:"冠童趁岁夏课处也,予少年时,亦惯游。"第二天李奎报又作《明日次夏课诸生韵》,在该诗中李奎报有感于夏课诸生,遂触景生情,曰:"此生此地几回来,无奈年年白发催。我辈何嫌今老大,后生犹减旧游陪。只缘恶雨倾河水,未向清流送酒杯。倒载归程唯似昔,依然落日隐城隈。"(《东国李相国集·全集卷十四》)再如,由于在明宗十九年（1189），即己酉，"举司马试，中第一。……座主柳公嗟赏不已，遂擢第一"（《东国李相国集·年谱》），所以李奎报对座主柳公权也一直念念不忘，他曾作《呈柳承宣二首（予于门下登进士）》，回忆了自己曾经参加科举考试的情况并表达了对柳公权的深深敬意。其一曰："一树门前李，逢春喜渐暄。有心承雨露，莫谓久无言。"其二曰："出谷莺犹在，低徊渐下乔。禁林期托柳，愿借一长条。"（《东国李相国集·全集卷二》）而在李奎报墓志铭中，就李奎报与柳公权之间的师生情谊，侍郎李需述曰："岁己酉，于名宰相柳公权座下，中司马试第一。"（《守大保、金紫光禄大夫、门下侍郎平章事、修文殿大学士、监修国史、判礼部事、翰林院事、太子太保致仕。赠谥文顺公墓志铭（并序）》，《东国李相国集·后集卷终》），由此可见，柳公权暨文教事业对李奎报影响之深刻。而在柳公权座下中司马试第一多年以后，李奎报自己又四度成为科举考试的主考官员，当其学生于李奎报垂暮之年来看望他时，李奎报赋诗数首描写了当日的欢会并回忆了自己主持闱场的辉煌。其中有一首《又别赠门生》如此曰："当年试席，在蚁战正酣谁是门客。经了千淘万汰始登采摘，天墀拜受黄封酒。便飞荣翼修鸣剧，奈今开宴称觞奉寿。此情良得，老坐主乘酣快乐。更呼索华笺濡染冰白，方信门生以是美田良宅。起离妓簇香余袖，要归时扶我身侧。笑哉残叟，洪崖肩高醉堪拍。"（《东国李相国集·后集卷十》）

（二）仕宦之厌

而与强烈文学情怀形成鲜明对照的是，李奎报对宦途有着相对勉强的态度。尽管李奎报有着报效国家的恒愿，且在三十岁以后开始向仕途发展，但就其随后的一系列表现来看，他对自由自在的生活更为向往，他总是抓紧一切机会赋诗饮酒等，因而，我们从李奎报身上看不到典型封建官僚的气质，我们看到的是一个本质上对当官并无太大热情的儒者和人生思考者。如当李奎报在三十二岁于全州迎来人生第一次仕宦时，他即作《莫道为州乐四首》（《东国李相国集·全集卷九》），以表达对仕途的厌倦。如在该组诗其一中，他就全州时的办公环境说："莫道为州乐，为州乃反忧。公庭喧似市，讼牒委如丘。忍课残村税，愁看满狱囚。也无开口笑，况奈事遨游。"在其二中，李奎报就在全州宦场复杂的人事关系和工作强度道："莫道为州乐，为州忧转新。怒颜诃郡吏，曲膝拜王人。属郡行春惯，灵祠乞雨频。片时闲未得，何计暂抽身。"而再就在全州的俸禄和个人生活状况他道："莫道为州乐，为州忧转稠。身无尺帛暖，囊欠一钱留。妻恚啼难解，儿饥哭不休。三年如未去，白发欲浑头。"最后，李奎报提到了全州任所无欢歌笑语、无美酒佳妓的枯燥无趣："忧深何以遣，些少宴游晨。盏罥生青晕，琴筝幂素尘。江山应蓄怨，花柳若为春。不是风情薄，官箴大逼人。"而当李奎报从全州罢归后，他不无感触地说："年来腰带渐宽围，梦绕青山尚未归。曾被营营来点白，春寒犹恐有蝇飞。"（《草堂与诸友生置酒，取王荆公诗韵各赋之》，《东国李相国集·全集卷十》）紧接此诗，他又兴奋地赋诗《又和二首》，在其一中他言道："薄寒不用妓成围，剧饮须教客倒归。罢郡闲居君莫唁，野禽方喜出笼飞。"罢归不但未使李奎报难过，反倒使其有囚鸟出笼之感。的确，自由自在的生活中有美女、有美酒、有弈棋之乐，还有诗人所喜爱的为文赋诗之趣，试看"棋战争雄正对围，醉乡得路共寻归。少年习气犹依旧，雪色蛮笺笔似飞。"（《东国李相国集·全集卷十》）其后李奎报虽官至相位，但随着年龄的增大，他对于宦途更加厌倦，遂生乞退之心。

据李奎报墓志铭中"冬十月，上乞退表"（《东国李相国集·后集卷终》）等文献，高丽高宗二十二年（1235）之后，李奎报开始乞退。高宗二十三年（丙申，1236）十月十六日，时年六十九岁的李奎报向朝廷递交《乞退表》，次日，心怀隐退憧憬的李奎报写下《以黄柑寄李学士（百全）》一诗："紫殿年年侍宴回，面承君赐烂盈怀。从今此事应难得，倦马思休已乞骸（昨方上表乞退）。"（《东国李相国集·后集卷二》）尽管该诗在一定程度上仍然流露出李奎报在乞退速得预设心理之下对官场的片刻留恋，但上《乞退表》之后李奎报乞退之心一直不曾动摇。三天后，李奎报在乞退的期盼之中赋诗《十月二十日，写〈乞退表〉有作》曰："已写蝇头字，欲抛蜗角名。一言蒙许可，众噪哗讥评。"（《东国李相国集·后集卷二》）可是二十一日，李奎报的《乞退表》就被拒绝，李奎报曾就此在其所上《乞退表》作注曰："丙申十月十六日，上表。二十一日，内侍某至，奉传圣旨。所上表留中，仍敦谕起视事。"（《东国李相国集·全集卷三十一》）李奎报并赋诗《丙申十月日，上表乞退。上留表于内，遣内侍金永貂曲谕复起。是日送天使后有作》曰："中使传宣入草堂，鞠躬如对赭袍光。虽然朽质沾春露，其奈残生迫夕阳。身似云轻宜可卷，语从天随若为量。圣朝求旧真如此，拜命憧惶泣数行。"（《东国李相国集·全集卷十八》）乞退心切的李奎报又于该年年底"冬十二月，上表乞退，上留其表于内，遣内侍金永貂，敦谕令复起，公称病焉"（《东国李相国集·年谱》）。"公称病焉"一语固然明显表明李奎报为乞退而在寻求托词，但就事实来看，晚年时期的李奎报确实身体欠佳，因而当乞退不为朝廷许可时，其内心不免难过与焦虑，正如其《久病》一首所曰："一婴沉瘵度三秋，卧腐公家俸禄优。乞退欲休君不颔，天将使我大休休。"（《东国李相国集·全集卷十八》）由于为病躯所累、加之乞退一事未获预期结果，因而暮年的李奎报不得不为乞退成功而付出更多"努力"，这从其所写《丁酉年乞退表》（《东国李相国集·全集卷三十一》）、《二度乞退表》（《东国李相国集·全集卷三十一》）、《三度乞退表》（《东国李相国集·全集卷三十一》）等即可见出。我们不妨就李奎报乞退之切试看其于古稀之年所作《有乞退心有作》：

> 我欲乞残身，得解腰间绶。退闲一室中，日用宜何取。
> 时弄伽倻琴，连斟杜康酒。何以祛尘襟，乐天诗在手。
> 何以修净业，楞严经在口。此乐若果成，不落南面后。
> 耆旧余几人，邀为老境友。

（《东国李相国集·后集卷一》）

由该诗我们不难想见李奎报对于饮酒弹唱、赋诗会友自由生活的追求。同一乞退时期李奎报所作《九月二十七日，梦削青竹作笔管，不知其数，是何祥耶，以诗记之》，亦曰："梦中自削碧琅玕，作管千千提复弄。江淹五色笔可还，反见纪君青镂梦。朝廷制作已无心，更事文章老安用。"而在解释该诗创作缘由时他说："予欲乞退，故云。"（《东国李相国集·后集卷一》）而在与朋友的交往中，李奎报也流露出这一想法，如在《答敦裕首座手简》之《同前小简》中，李奎报说："仆亦迫老病，方有乞退之心。若果如志，以幅巾短褐，往奉杖屦，一泻郁怀宜矣。"（《东国李相国集·后集卷十二》）高宗二十四年（1237）年底，当李奎报的乞退要求终于获准后，他兴奋异常，写诗《丁酉十二月二十八日，乞退表蒙允可。是夜喜不得寐，因成长句二首，奉寄李学士（百全）》。我们试看第一首，其曰："有用如公先限退，无才愧我剩期牵。赖因长假牢称病，果荷优恩许得便。从此自称天放客，与君同作地行仙。两家有酒频相唤，断送人间未尽年。"（《东国李相国集·后集卷二》）

（三）诗乃痼疾

李奎报的咏史诗中，有着自己对诗书求索历程的深刻记忆。李奎报曾作《焚稿，焚三百余首》，回忆自己对作诗之严格态度，他忆曰："少年著歌词，下笔元无疑。自谓如美玉，谁敢论瑕疵。后日复寻译，每篇无好辞。不忍污箱衍，焚之付晨炊。明年视今年，弃掷一如斯。所以高常侍，五十始为诗。"（《东国李相国集·全集卷十三》）而参考《东国李相国集·全集序》所言李奎报"其平生所著，不蓄一纸"等语，我们可以想见李奎报对于作诗态度之严谨。而也正是这种认真态度，使李奎报得逢仕进之机会。由于作诗、科举带给李奎报以高官与荣誉，他因此而有过得意与骄傲，如在高宗二十年（癸巳，1233）冬十二月，李奎报官拜金紫光禄大夫，知门下省事，次年年初，意气风发之中的李奎报作《甲午正月日夜，直内省有作。明日，呈金相国仁镜》说："青云有分晚飞荣，得意长驱路坦平。旧恨书生多薄命，如今不复旧书生。"（《东国李相国集·全集卷十八》）作者在诗题下特别提到"癸巳十二月入省，至甲午正月入直"一事，他内心的那份喜悦溢于言表。可我们读李奎报诗，发现诗书带给李奎报的这种兴奋毕竟是较少的，不少时候李奎报发出的是对诗书的审美疲劳之叹、自我质疑乃至不快。如早在李奎报三十岁时，他即有"多病逢春不自聊，吟诗旧习独难消"（《又次韵二首》其二，《东国李相国集·全集卷七》）之叹，其后随着时光的推移，李奎报对作诗这一所谓"旧习"的态度进一步变得复杂。如在《苦寒》一诗中，李奎报道："读书千卷强，位至登黄阁。能贵不能富，赋分何杂驳。是亦与事迁，营生信淡薄。他门手可炙，我屋冷如剥。御寒犹未备，余事亦可酌。残生能几存，一月鲜欢乐。"（《东国李相国集·后集卷七》）由于对诗书长久的痴迷，李奎报不免有书呆子气，并对日常营生失去灵敏反应，生活不免拮据，他自己许多时候也是颇为苦闷。在《读书》一诗中，李奎报质疑活到老、学到老的自我生活模式，他说："已免生徒首又皤，残年勤苦读书何？我虽老死精神在，一字添知尚足多。"（《东国李相国集·后集卷八》）对诗书用途的质疑可谓强烈，而在著名的《诗癖》一首中，李奎报更结合自己的一生总结曰：

> 年已涉从心，位亦登台司。始可放雕篆，胡为不能辞？
> 朝吟类蜻蜓，暮啸如鸢鸱。无奈有魔者，夙夜潜相随。

一着不暂舍，使我至于斯。日日剥心肝，汁出几篇诗。

滋膏与脂液，不复留肤肌。骨立苦吟哦，此状良可嗤。

亦无惊人语，足为千载贻。抚掌自大笑，笑罢复吟之。

生死必由是，此病医难医。

（《东国李相国集·后集卷一》）

　　该诗表达了李奎报对作诗一事的极深感情和对诗"过犹不及"的那份无奈。的确，爱之深恨之切，李奎报对作诗的感情就是如此的复杂。李奎报离世前数月，曾作《次韵李侍郎需复和郁怀诗》二首，其中第二首有："宅心是寥沉，如何奈纤郁。赫显矜富贵，是皆物所物。白发衰耄翁，悒！悒！悒！悒！如鸟笼囚逃欲逸。赤锦披华词，瞑眼开朗月。碧酒香盈杯，访来当欲横纵倒污中淹之情实。淫癖唯其诗痼疾，知谁有折屈。"（《东国李相国集·后集卷十》）从"悒！悒！悒！悒！如鸟笼囚逃欲逸"等语言，我们似乎可以推知李奎报对自由自在生活的无限向往和对诗这一"痼疾"深刻而又复杂的爱恨情愫。

第二节　崇高的人文情怀与高洁的心灵

一　对生命的人文观照与心灵的童真

　　李奎报有着对自然、对世间万物的强烈热爱和对生命的关爱，在他的笔下，山水、花草、飞禽走兽，甚至虫豸鼠蝇等，都显得那么可爱。从中我们不难看出作为喜好游山玩水的诗人，李奎报所具有的博大人文主义情怀。正因自然万物之美和生命之张力对于诗人所具有的极大吸引力，李奎报对其有着深深的眷恋。试看李奎报二十九岁时《舟行》一首："江海浩无际，烟涛千里碧。终日在湖中，久统泛舟役。旧羡画屏人，今作屏中客。波摇碎明月，水落出孤石。商船一叶去，杳杳何处适。行入芦花洲，林雾翠滴滴。头轻肌发凉，不觉沉疴释。"（《东国李相国集·全集卷六》）该诗之美有如山水画，读来令人神清气爽，而在大自然中，诗人的心灵得到洗涤，元气得以恢复，因而山川自然、花红柳绿之美无疑对李奎报具有强烈的吸引力。而也正因如此，面对时光与岁月的如梭流转，李奎报内心的失落与光阴之叹也就难免，而这在其咏史诗中留下了深深的印记。如在

《题石泉》中,李奎报曰:"每见东流疾,潜怀逝者悲。"(《东国李相国集·全集卷十四》)这种感慨时光流逝的情怀在《次韵白乐天负春诗》中有着相似反映,试看后者:"病后身犹坐愁然,非痴非醉亦非禅。无端自负芳菲节,误认春光旷此年。"(《东国李相国集·后集卷三》)而观李奎报咏史诗,其中冬去春来、花开花落、燕去复回等自然万物生命的轮回与时光的流转,在李奎报的心里有着别样的滋味,因而,李奎报的咏史诗中,有着生命与时空的强烈咏叹。

(一)植物

李奎报咏史诗中,体现着对于生命无比的热爱之情和对人生美好的留恋。李奎报热爱生命,在他眼里,花草等虽属植物,但这些花花草草有着旺盛生命力,它们有着等同于人的意义。正因如此,李奎报笔下的花草树木,体现出的人文主义情调颇为浓厚。如在《樱桃》一诗中,李奎报曰:"天工独何妙,调味适酸甘。徒尔圆如弹,难防众鸟含。"(《东国李相国集·全集卷十六》)在赞美樱桃味美的同时,他不忘深情地为樱桃的命运担忧。还如《玉梅》中,李奎报也是先就玉梅腊天开放的脉脉含情作一怜香惜玉般的陈述,接着表态认为玉梅不该在寒冷的冬季开放,而应在春日百花盛开的热闹时候再展现芳容。试看该诗:"何人呼作玉梅传,脉脉无心趁腊天。应忌雪中开冷淡,入春方作别般妍。"(《东国李相国集·后集卷三》)再如《九月十三日泛菊》中,李奎报曰:"菊残重九后,还有一枝开。似欲媒吾饮,何妨更泛杯。"(《东国李相国集·后集卷五》)而这种赋予植物以生命进而予以吟诵的诗篇在李奎报诗歌世界里,真是不胜枚举。李奎报就是这样一位人文主义者,他将无生命的植物看作有生命的物体,甚至视之为朋友加以对待,这其中更寄托着诗人对人生的思考、对时光的感慨。如在《春感二首》其二中,李奎报曰:"满城歌管醉春风,尽日无人访老翁。唯有楼前一株柳,解抬青眼媚窗栊。"(《东国李相国集·全集卷十六》)春意盎然,满城歌管,但暮年的李奎报却无人造访,只有青柳婆娑在眼前,其内心的孤寂与眼前青柳的蓬勃生气遂形成鲜明的对比。再如《题李花》:"汝与我同姓,逢春发好花。吾颜不似旧,反得鬓霜多。"(《东国李相国集·全集卷十四》)李奎报先以"汝与我同姓"这一幽默语言表达出对李花的赞叹,复话锋一转,透露出对时不我待的怅然。李奎报内心深处有着对生命和美好事物强烈的爱,因此,凡逢花开柳绿，李奎报总是掩饰不住内心的喜悦，而多数情况下会同时表现出对生命的爱惜之情和对时光流逝的感慨。如在《八月见梨花忽开（二首）》其二中，李奎报道："秋光春色忽同枝，造物由来固莫涯。若验一年花再发，衰颜倘有更红时。"（《东国李相国集·全集卷十三》）李奎报在假想，如果花有再次开花的机会，那么自己衰老的容颜是否也可以再次返老还童呢？李奎报的想法看似天真，但从中我们也不难见出其对生命的热爱和对时光流逝的无奈。

前文提到李奎报作品中的梅，而李奎报咏史诗中，菊花亦为经常出现之事物。"频频登场的菊花和梅花并非为了表现其所具有的花的美丽，而是为了同人类的道德进行联系而选择的素材。"① 菊花具有独特的象征意义，李奎报对此有着同样深沉的思考。如在《咏菊二首》其二中，李奎报道："不凭春力仗秋光，故作寒芳勿怕霜。有酒何人辜负汝，莫言陶令独怜香。"（《东国李相国集·全集卷十四》）李奎报面对秋菊，想起了陶渊明爱菊，并富有爱意地告诉菊花，自己与陶渊明有着一样的爱菊情怀。而在《又次韵丁秘监于车君家九月二十日后泛菊（至十月见之方和）》中，李奎报曰："黄菊含情似有须，殷勤金蕊不全疏。及迎诗老倾坛奉，莫讶重阳泛酒余。应是晚芳齐绽后，却逢新酿拨开初。问君把盏方吟赏，能记残翁独块居。"（《东国李相国集·后集卷五》）在拟人化的描写中，作者把菊花、美酒、友情和岁月流逝的怅然杂糅于一体，菊花也便有了别样的深沉意味。《重九日咏菊》则有着甚于上诗的感叹与无奈基调，试看："三十九重阳，寒花一样黄。奈何双鬓发，换绿半染霜。"（《东国李相国集·全集卷十二》）菊花开放在重阳时节，而作者的双鬓却是半染白霜。

李奎报咏史诗中的植物，一方面，多数时候都是有着生命的张力，而李奎报更是赋予了这些植物以人性的意义，可另一方面，好多情况下李奎报在怜爱这些充满生命力的植物之时，总是饱含对岁月时光的感慨和自我的神伤。仅以花而言，李奎报爱花、惜花，在这一点上，即便是垂暮之年的他有着如同林黛玉般的柔肠，如李奎报《种花》："种花愁未发，花发又愁落。开落总愁人，未识种花乐。"（《东国李相国集·全集卷十六》）

① ［韩］禹汉镕:《韩国文学的传统及特征》，载金虎雄主编《中韩交流与韩国传统文化研究》（朝鲜—韩国学丛书Ⅷ），延边大学出版社2008年版，第185页。

再如《惜花》曰："春君用意蕲成花，其奈狂风摆落何。风是春风春不制，忍教红锦委泥沙。"（《东国李相国集·全集卷十六》）这种怜香惜玉的柔肠颇有苏轼《水龙吟·次韵章质夫杨花词》中的况味，亦与曹雪芹《葬花吟》中"忍踏落花来复去""红消香断有谁怜"等句几无二致。而如下《妒花风》则更为明白地表达出了李奎报在对花的怜惜中所体现出的惆怅和对悠悠人生的思考。该诗曰："花时多颠风，人道是妒花。天工放红紫，如剪绮与罗。既自费功力，爱惜固应多。岂反妒其艳，而遣颠风加。风若矫天令，天岂不罪耶？此理必不尔，我道人言讹。鼓舞风所职，被物无私阿。惜花若停籁，其奈生长何。花开虽可赏，花落亦何嗟。开落总自然，有实必代华。莫问天机密，把杯且高歌。"（《东国李相国集·全集卷十四》）该诗意味同样与《葬花吟》中"花谢花飞花满天""怜春忽至恼忽去，至又无言去不闻"等句所具有的时光感慨与悲凉意境极其神似。

（二）动物

而对于有生命的一切东西，李奎报更是以一颗童心对待之。无论是水中的游鱼，还是天上的飞鸟，抑或是地上跑的生灵，李奎报皆予以关怀，这无疑对当下文学领域兴起的动物研究不失启发意义。"进入21世纪，动物研究成为文学理论的六大发展趋势之一。动物批评主要涉及三个问题：首先，文学如何伦理地再现动物。具体而言，文学如何再现动物他者并赋予其声音？文学如何讲述在人类现有认知范式内所无法理解的动物他者的经验？如何书写动物他者的差异却不对其进行篡改？"[1] 李奎报作品中较多的动物书写则在某种程度上诠释了动物批评的内涵。如在《稻畦鱼》中，李奎报对人类贪得无厌而捕捞水中游鱼的行为予以谴责："播谷望西成，鱼肥本非意。既获又烹鲜，人欲何穷已。"（《东国李相国集·全集卷十四》）再如《三月十四日，大雨雹，二首（双韵）》其一中，李奎报对大雨雹下的鸟儿的安危表示关注："雹者由来阴胁阳，人云亦自征动羽。幸无飞鸟中辄僵，免似河平大于斧。"（《东国李相国集·后集卷九》）而相关陆地生灵的诗作更不在少数。在李奎报诗作里，鸟的形象出现频率很高，而多数时候，鸟又是以纯净、无邪，甚至是有类朋友身份出现的。如在《春日寓兴》中，李奎报道："春光荡起词人兴，清啸声高莫自禁。

---

① 刘彬：《动物批评：后人文时代文学批评新方法》，《文学理论前沿》2018年第1期。

鸟亦喃喃终日咋，安知不为赏花吟。"（《东国李相国集·全集卷十七》）
而即便是在对于鸟看似训斥、不甚友好的语气里，我们所感受到的也依然
不是真正的讨厌之情，而是一种关心、亲昵和友好。如在《憎乌啼》中，
李奎报道："举世无人怜尔者，如何多作百般声。有如陇右喜吟客，朝暮
啾啾莫善鸣。"（《东国李相国集·全集卷十六》）李奎报对乌鸦言"憎"，
但我们却感受不到任何恨意，相反我们觉得李奎报是在对一个顽皮的孩
子说话，并把它比喻为喜好吟诵的陇右肤浅文人。而如对家中猫狗等，
李奎报从来都是视之以宽仁之心和菩萨心肠。试如《责猫》中，李奎
报曰：

> 盗吾藏肉饱于肠，好入人衾自塞声。
> 鼠辈猖狂谁任责，勿论昼夜渐公行。
>
> （《东国李相国集·后集卷八》）

再如李奎报在《谕犬》中曰：

> 我家虽素贫，食禄许多斛。恐尔舐秽物，亦许日餐谷。
> 胡奈不知足，盗我所藏肉。恋主虽可尊，巧偷良不淑。
> 我有手中杖，鞭之足令服。守门任莫重，未忍加惨酷。
>
> （《东国李相国集·后集卷一》）

对自己家不认真负责捉鼠的猫和失职于看门任务的狗，李奎报虽似斥
责，但从字里行间揶揄的口吻我们可以感受到作者对它们的怜爱。而尤其
到了晚年，李奎报更是充分享受着家园之乐，在人生的暮年所具有的对生
命的珍视也愈加明显，如在下诗里李奎报对待家鸡的态度，透露出作者怡
然自乐的暮年人生态度，并在对家鸡的"责备"中透露出内心无比的童
真，这与他对待猫狗的态度别无二致，显然都属对生命的崇敬与热爱。试
看《家有众鸡，匦宅啄虫，予恶而斥之。因有诗（自三言至七言）》："朱
朱公（昔朱氏公化鸡，因号朱朱），好啄虫。予不忍视，斥勿使迩。汝莫
怨我为，好生本所期。我今退老疏散，不卜朝天早晏。岂要闻渠报曙声，
贪眠尚欲避窗明。"（《东国李相国集·后集卷四》）而该诗说明，李奎报
的生命之情怀是普遍的，虫豸亦不例外，此等悯虫诗再如《扪虱（三

首)》，第一首曰："宰相长扪虱，非予更有谁。岂无炉火炽，投地是吾慈。"李奎报不忍将虱子投入炉内焚化，而是选择将其放生，接着便以教训人的口吻孩子般地说："虽云贫宰相，未至如回臭。何必苦寻来，扪搜烦我手。"但面对无"家"可归的虱子，李奎报最后却同情地道："汝亦无所寄，以我为之家。无我则无是，益发有身嗟。"（《东国李相国集·后集卷四》）如果说以上猫狗虫豸等尚不足以体现李奎报对生命的仁爱之心的话，李奎报《拯堕酒蝇》中对待蝇、《放鼠》中以"好生本所期"的豁达态度对待老鼠等常人所难以做到之事则更让人为其好生之心所信服，而"好生本所期"实际也是李奎报所尊奉的信条。读李奎报诗，其对生命所持有的那份尊重和心灵的童真是相当有感染力的。再来看李奎报如下咏史诗中的动物形象以及其所传达的人文主义关怀，这些关于动物的咏史诗，同样掺杂着深刻的岁月之叹与时空观念。如在《次韵和白乐天病中十五首》其十一《卖骆，以伤瘦马代之》一首中，李奎报道："白沙堤上几年行，破厩天寒叫数声。汝与主人俱老矣，相看瘦骨忽伤情。"（《东国李相国集·后集卷二》）诗人已老，而坐骑也衰，两相对照，李奎报不禁悲从中来。再如《闻早鸡》一首，诗人曰："昔年朝阙辨昏明，枕上欣闻第一鸣。自是退闲唯嗜睡，不须勤叫费虚声。"（《东国李相国集·后集卷三》）作者听见早晨鸡鸣，情绪慵懒，但我们在作者对公鸡略似责备的言语和对鸡鸣声今昔的对比中，所感受到的是他暮年之际对昔年的回忆以及对鸡鸣声中家居生活的热爱。

李奎报咏史诗中有着较多飞禽的形象，飞禽多以其形体较小、鸣叫优美和飞来飞去的自由之态为李奎报所怜爱，而这种极富灵机特点的生物往往会勾起李奎报对生命、对时空的感慨和对美好时光的无限依恋。试如李奎报二十九岁时离京后所作《月夜闻子规》："寂寞残宵月似波，空山啼遍奈明何。十年痛哭穷途泪，与尔朱唇血孰多。"（《东国李相国集·全集卷六》）子规的夜啼引起诗人无限的伤感，十年来的辛酸涌上心头，泪水遂不禁而下。而在《咏雁》一首中，诗人曰："故人千里讯音疏，只待霜天雁到初。鸟亦随时情意薄，唯嫌翅重不将书。"（《东国李相国集·全集卷十一》）作者对大雁的语气不无幽默式的责备，在看似轻松的话语中实际包含着诗人对千里之外故人的长久思念之情。仔细品味，不无酸苦。而在《鹦鹉》（《东国李相国集·全集卷十》）中，作者首先赞叹了鹦鹉"衿披蓝绿嘴丹砂"的华丽外表和巧舌能言，接着便为鹦鹉"牢锁玉笼无计出，陇山归梦渐蹉跎”而老去于他乡之无奈所惆怅不已，这实际也是作者对生命、时光的感叹。而无论是对囚鸟的同情，还是对自由飞鸟的怜爱。李奎报在笔触中皆赋予了其自身对自由生命和对人生繁华的理解和珍视，以及对时光流逝的无限感伤。再如李奎报《闻莺》："犹有旧年声，欣闻睍睆鸣。故姬何处在，虽到不如莺。"（《东国李相国集·后集卷三》）旧莺来鸣，故姬不在，无论莺来还是姬去，其中的时空感受所折射出的变迁都是一样的。再看《暮春病起（二首）》其一中的莺："林莺初至如新妇，巢燕重来似故人。景物渐佳堪玩惜，病中虚度百花春。"（《东国李相国集·后集卷一》）该诗中，林莺如新妇，巢燕似故人，而暮年的诗人则是独处病中虚度时日。

李奎报咏史诗中，与诗人强烈的时空观念相伴而惯常出现的飞禽中，燕子尤为突出，它的每次出现也多是与时光的流转和岁月的交替紧密联系的。如上所提《暮春病起（二首）》其一中"巢燕"与"林莺"一道，即寄托了作者强烈的时空感叹。而更多时候，李奎报诗中的燕子是单独出现的，并作为表达诗人时空感慨和岁月消逝之感的一种重要意象，作用更为集中。再如在《归燕》中，李奎报深情款款地说："社后辞巢燕，依依诉别哀。汗梁吾不厌，好去莫忘回。"（《东国李相国集·全集卷十八》）李奎报对离巢而去的燕子能够重返充满了怜惜，爱惜的语气似乎是在对自己的孩子说话。于是乎次年，李奎报又作《旧燕来》一诗，该诗曰："不入宾厅画栋边，年年栖在寝房偏。为缘朝暮寻常见，去足凄悲到足怜"（《东国李相国集·后集卷三》）作者对年年栖身"寝房偏"的燕子怜爱不已，可燕子的离去足以使诗人神伤，而从该诗末诗人的补注"去秋作《归燕》诗"一句我们更可以理解李奎报内心对时光荏苒的嗟伤。而在作于李奎报即世之年三四月间的《旧燕来（二首）》（《东国李相国集·后集卷九》），怀旧意味更为深重，诗人对生命的爱惜之情和对时光的无限眷恋尽在旧燕，试看其一："翩翩一双燕，知有旧巢在。勤寻我宅来，当以故人待。涎涎尾犹存，喃喃舌不改。舞转楚宫腰，便嬛真可爱。能复几年看，吾老恐不再。"旧燕频寻旧主，李奎报颇为感动，以故人待之，但同时他内心无限难过，因为自己年事已高，燕子可爱之姿自己恐无几年可看。接下来的第二首里，李奎报以中国古代名媛比喻可爱的燕子并予深情夸赞，其中且不无感慨："颔似班将军，腰如赵皇后。多渠尚微禽，眷眷不忘旧。"

犹记梁漱溟先生所曰："盖事实上，人与自然息息相通，浑乎其不可分者在此身；人与自然俨若分别对立者，则由此心在其（意识）活动中之一种方便假设。"①而读李奎报咏史诗中吟诵世间事物者，我们一方面能够感受到作者视自己为自然万物中之一物，另一方面则亦能够感受到作为有别于自然生物而具备意识活动的诗人，李奎报对自然万物始终秉持着一种尊重、敬畏之态度，这和作者所具备的人文情怀与童真初心密不可分。

二 "天不弃我民"：强烈的社会责任感

李奎报有着对国家、对人民强烈的社会责任感。高丽武人专政时代，派系斗争频仍，人民生活贫困，而契丹、女真、蒙古、倭寇等外族势力又频繁入侵朝鲜半岛。在各种矛盾交织错杂、内忧外患纷至沓来的环境下，李奎报对国家和人民报以极大关怀，表现出了强烈的社会责任感。而这种责任感又首先体现在他对劳动人民的同情，观李奎报诗，《东门外观稼》《雨中观耕者，赠书记》《新谷行》《代农夫吟二首》《孀妪叹》《路上弃儿》《闻国令禁农饷清酒白饭》等体现关爱人民、同情百姓的诗作不胜枚举，而其中所体现出的对人民伟大的爱也不言而喻。人民生活富足，农业丰收，无疑也是诗人最大的愿望，如在《新谷行》中，作者曰："一粒一粒安可轻，系人生死与富贫。我敬农夫如敬佛，佛犹难活已饥人。可喜白首翁，又见今年稻谷新。虽死无所歉，东作余膏及此身。"（《东国李相国集·后集卷一》）再如在《过松林县》中，诗人欣喜地说："露积崇囷驯鸟雀，刈残遗穗付牛羊。路逢村叟闻佳语，今岁谁家不酒香。"（《东国李相国集·全集卷十一》）而人民的不幸同时也是诗人的不幸，如《孀妪叹》中，李奎报曰："林叶尚青青，蟋蟀鸣砌底。妇女已惊秋，殷勤理机杼。独有老孀妪，拱手愿复暑。时节固有程，进退宁为汝。园枫行欲丹，尔可寻古絮。答云是何言，妾本最贫女。故絮久已典，新衣谁复与。我闻恻然悲，心若挂私虑。要趁穷秋时，尺帛期可惠。"（《东国李相国集·全集卷十二》）这种对人民的爱不禁叫人想起白居易《卖炭翁》中的老者。就李奎报诗中之人民性特点，高丽时代学者即有曰："古人以白公为人才者，盖其辞和易，言风俗叙物理，甚的于人情也。今观文顺公诗，虽气韵逸越侔于太白，其明道德，陈风谕，略与白公契合。可谓天才人才备矣。"②

---

① 梁漱溟：《人心与人生》，学林出版社 1984 年版，第 94 页。
② ［高丽］崔滋：《补闲集》卷中。

今有学者亦就此道："他还通过描写农民悲惨遭遇的农民诗，对腐败的封建官吏进行了批评，表现出对饱受掠夺之苦的下层人民的关注，这是门阀贵族文学中绝不可能表现的。"① 的确，一方面，李奎报作品中的"农民诗"在门阀贵族中是较稀有的，另一方面，我们却应注意，李奎报毕竟属于封建地主阶级，其特殊的社会地位决定了其社会责任感中的时代局限性。据《东国李相国集·年谱》，高丽神宗五年（1202）："壬戌，泰和二年，公年三十五。夏五月，丁母忧，冬十二月，东京叛，与云门山贼党举兵，朝廷出三军征之。军幕逼散官及第等，充修制员，历三人，皆以计避不就，至公，慨然曰：'予虽懦怯，亦国民也，避国难非夫也。'遂从军，于是幕府欣然，奏为兵马录事兼修制。盖畅其情也。是月，行次清州，作《幕中书怀》古诗十八韵，呈同营诸公，又次尚州作《观金上人草书，古诗十五韵》。"李奎报生平第一次参加军事活动，参与的即是对农民起义的镇压，但就其自身出发点而言，确系地主阶级立场上的一腔社会责任感所驱使，因而今人亦无可厚非，李奎报诗、文中皆有关于这一军事行动的反映。而其后李奎报则选择与武人政权合作，且不免有阿谀武人崔氏之虞，如朝鲜王朝初期学者曹伸即道："文顺公诗文自可脍炙人口，而其《上晋阳公》感谢米炭，诗曰：'炭玉苦苦堆可仰，米珠粒粒重难掀。……一生祝寿凭谁证，无尽虚空有佛尊。'语甚浅俗。……文顺公评论东国书诀，以金生处神品第一，僧坦然居第二，晋阳公崔瑀为第三，柳伸第四。"② 崔瑀即崔怡，崔忠献亡后高丽崔氏武人独裁政权的实际继承人，而曹伸评价李奎报语不无讥讽，尤其"语甚浅俗"一语与其说是评价李奎报诗文，不如说是对李奎报"阿谀"崔怡之批判。而对李奎报折腰之举，晚于曹伸的另一李朝学者沈守庆则不无不满与武断地言道："若以阿附权贵得名，则文章何足观哉。其《杜门》诗曰：'为避人间谤议腾，杜门高卧发鬅鬙。初如荡荡怀春女，渐作寥寥结夏僧。儿戏牵衣聊足乐，客来敲户不须应。穷通荣辱皆天赋，斥鷃何曾羡大鹏。'当时亦必有重谤矣。"③ 晋阳公崔怡于崔忠献亡后依靠武力继续施行崔氏独裁政策，李奎

① ［韩］赵东一等：《韩国文学论纲》，周彪、刘钻扩译，北京大学出版社 2003 年版，第 99 页。

② ［朝鲜］曹伸：《謏闻琐录》卷一，见蔡美花、赵季主编《韩国诗话全编校注》第一册，人民文学出版社 2012 年版，第 327 页。

③ ［朝鲜］沈守庆：《遣闲杂录》，见蔡美花、赵季主编《韩国诗话全编校注》第一册，人民文学出版社 2012 年版，第 609—610 页。

报靠拢崔氏之举遂不免招致批评。但从对高丽国家和人民的意义这一角度，我们对李奎报的所为实际也无须指责。而李奎报作为文人，其社会责任感除反映于如上方面外，更反映在其对祖国的未来、对高丽的文化教育事业的积极关注与促进方面。而以上所述诸方面，在李奎报咏史诗中有着相应的体现。

李奎报对人民有着强烈的同情，他深知人生苦短之理，因而其咏史诗中对人生的意义、人民的辛苦奔波以及生与死的问题都有着自己的思考。他曾在《登北岳望都城》中如是道："绝顶望都城，浩浩万人海。小屋何容言，大屋正如块。可怜路上人，蚁奔尘土内。经营觅何利，意各有所挂。区区蛮触间，死生哀乐在。安得出其中，游于六合外。"（《东国李相国集·全集卷十二》）人活天地间，既伟大又渺小，忙忙碌碌，形如蚁奔，他们是何等的可怜，此情此景，不禁令人感叹。如果说以上诗是李奎报社会责任感的一种宏观表现的话，那么，我们不妨撷取下诗，从微观角度进行考察。试看《孙翰长复和，次韵寄之》：

> 古今作者云纷纷，调戏草木骋豪气。磨章琢句自谓奇，到人牙颊甘苦异。
>
> 状元诗独穷芳腴，美如熊掌谁不嗜。玉皇召入蓬莱宫，挥毫吮墨银台里。
>
> 君材落落千丈松，攀附如吾类萦藟。率然著出孺茶诗，岂意流传到吾子。
>
> 见之忽忆花溪游，怀旧凄然为酸鼻。品此云峰未嗅香，宛如南国曾尝味。
>
> 因论花溪采茶时，官督家丁无老稚。瘴岭千重眩手收，玉京万里赪肩致。
>
> 此是苍生膏与肉，脔割万人方得至。一篇一句皆寓意，诗之六义于此备。
>
> 陇西居士真狂客，此生已向糟丘寄。酒酣谋睡业已甘，安用煎茶空费水。
>
> 破却千枝供一啜，细思此理真害耳。知君异日到谏垣，记我诗中微有旨。
>
> 焚山燎野禁税茶，唱作南民息肩始。

　　　　　　　　　　　　（《东国李相国集·全集卷十三》）

　　根据该诗中"花溪，茶所产"这一注释文字，我们知道花溪系产茶之地，李奎报则对此地及该地人民采茶之苦更是有所了解。王公贵族嗜好饮茶，过着自由自在的享乐生活，可是，花溪的人民却无论老幼，在官府的驱使之下，冒着层层烟瘴，许多人为采茶而付出艰苦的劳作乃至生命。忆起茶农的辛苦，诗人遂有"怀旧凄然为酸鼻"之状，而对"破却千枝供一啜"这一不合理的社会现象，李奎报的反应则是"细思此理真害耳"。应该说，"花溪采茶人"形象所体现出的李奎报诗歌之人民性与"卖炭翁"形象所体现的白居易诗歌之人民性有着同等意义。就李奎报诗歌中的人民性，以文字精练、概括准确为显征的《辞海》如是曰："李奎报擅长汉语诗文，风格新颖，内容多揭露和讽刺官僚统治者的残暴，同情人民的疾苦。"① 此言确有道理。而在对劳动人民给予极大同情之同时，李奎报又在反观自己，他自认为对社会贡献不多而惭愧不已。如在《见人家养蚕有作》中，李奎报曰："蚕是马之精，其喙宛相类。吃桑如食草，肥大盈箔里。既食又能眠，丝絮出于是。锦绣及黼黻，绡縠与罗绮。莫不由兹生，其益何多矣。大胜此氓翁，略无毫发利。进不补帝衮，退亦眠食耳。顽然无所愧，蚕虫之不似。以是常自言，老贼不如死。"（《东国李相国集·后集卷十》）李奎报为蚕之于社会的贡献之大而赞叹，同时对自己"蚕虫之不似"、对社会贡献之少而愧疚，甚至自咒曰"老贼不如死"。

　　李奎报强烈的社会责任感还表现在他身体力行，积极投入到为国、为朝廷分忧解难的实践之中。武人专政下的高丽社会，各种矛盾层出不穷，尤其是人民对官府的反抗更是一浪接着一浪，李奎报遂对农民起义等社会问题不能无动于衷。如在高丽神宗五年（1202），时年三十五岁的李奎报以满腔热血参加了征讨庆州"贼"的军事行动，在《壬戌冬十二月，从征东幕府行次天寿寺，饮中赠钱客》中，李奎报如是豪言曰："平生不折春蠆股，今日将抽乳虎牙。破贼朝天参御宴，紫微宫里插宣花。"（《东国李相国集·全集卷十二》）在这一军事行动过程中及其后，李奎报创作的反映此一人生经历的诗作更有《幕中书怀示同营诸公》《军幕书情，呈签判朴侍郎仁硕（时屯云门山）》《又次汉江秋晚诗韵》等。而李奎报后来的咏史诗里，这一经历也有反映，如《军幕有感，用赵渭南〈长安秋晚〉

---

① 《辞海（文学分册）》，上海辞书出版社 1981 年版，第 312 页。

诗韵》曰："光阴苒苒去如流，带雪南来又涉秋。杖剑沙头看海市，解衣林下上岑楼。一心许国虽甘死，百感侵人漫与愁。悔敛轻狂落绳墨，野禽空困一笼囚。"（《东国李相国集·全集卷十二》）自去年冬出征到现在事件已过去近一年，诗人仗剑沙头远眺大海，不禁百感交集。而在如下关于此一军事行动的《朴侍御见和，复次韵奉答》一首中，李奎报再次为冬去春来的时光变化而慨叹不已："他年返旆共朝天，应记戎衣寄此巅。才见雪华飘似絮，又看草色绿于烟。干戈丛里开诗战，刀斗声中酌酒贤。粗报国恩唯是地，惰夫如我敢抽旋。"（《东国李相国集·全集卷十二》）高丽时代除了内忧而外，外族入侵给高丽带来的冲击也是巨大的，而李奎报也积极投身到抗敌报国的洪流当中。虽然李奎报并未像无数军人那样直接斯杀于抗敌的一线，但他却为退敌而用自己犀利的笔写下了一篇篇可与三军匹敌的文章。如在李奎报《友人见和，复次韵》一诗中，作者曰："努力事文字，休嫌秩未高。须知三足鼎，铸自一锥毫。"（《东国李相国集·全集卷十七》）他并就该诗自注道："时常作送达旦书状。"而《高丽史》亦载："时蒙古兵压境，屡加征诘，奎报久掌两制，制陈情书表，帝感悟，撤兵，王大嘉之。"[①] 因此，李奎报咏史诗中关于对敌斗争的内容成为其社会责任感的重要表现之一。多年后当李奎报忆起为国而忙碌的往事，并与眼前蒙古侵略势力仍未退却的事实加以对照后，他自然感触颇深。如在《内直有感，示右拾遗水丘源》中，他写道：

镜中丝鬓日纷纷，五载迁延直披垣。岁暮松筠犹有节，春来桃李又无言。

仰看天上高鸿举，自笑池边老凤蹲。胡羯腥涎流宇内，一樽何处得眉轩。

（《东国李相国集·全集卷十四》）

的确，与敌战斗多年，敌未退，鬓却霜，诗人自然难以开怀畅饮，但是，高丽人民是难以被征服的，诗人自己内心更是充满了必胜的信心，如在高丽高宗二十四年（1237），年已七旬的李奎报回忆起自己当年的戎马生涯，仍感慨万分。他曾在《老将（此与前篇皆自况）》中道："当年身

---

① ［朝鲜］郑麟趾等：《高丽史》卷一百〇二，李奎报。

似鹘飞扬，东北曾驰百战场。雪霁错应看箭影，天阴时复发金疮。雕弓蛇
蛰堂中挂，白刃龙蟠匣里藏。报国壮心长凛凛，梦中鸣镝射戎王。"（《东
国李相国集·后集卷一》）而这种杀敌的决心与必胜的自信是不会因诗人
年龄的增长而消退的，如在《老将》一诗创作的次年，诗人又在《次韵
李相国（仁植）和笼字韵诗见寄（并序）》其一中表达了同样的杀敌情
怀："到头风月喜形容，万像难逃笔下笼。不独时花妍李贺，端知美玉丽
崔融。平生愤见猖狂虏，出将犹为矍铄翁。镇塞旧幢油尚碧，斩胡遗剑血
余红。山川尽入驱驰内，钧轴今归掌握中。韩钺谢篇无一缺，官班曷不带
西东。"（《东国李相国集·后集卷五》）其中之豪迈气派仍有如健儿。

　　作为高丽时代伟大的文人，李奎报的强烈社会责任感还体现在他对文
化事业的重视和对后辈文化人才的奖掖方面，而李奎报诗中这一点体现得
也较突出。据《东国李相国集·年谱》，李奎报曾四度支持科举考试，试
看："乙酉（1225），公年五十八。春二月，阅司马试，诗赋得李惟信等
一十六人，十音诗得安谦一等五十人，明经得康德希等三人，奏御放
榜"；"戊子（1228），公年六十一。春正月，除中散大夫判卫尉事，余
仍。夏五月，以同知贡举阅春场，得李敦等三十一人，明经得鞠受主等四
人，奏御放榜"；"甲午（1234），公年六十七。夏五月，以春场知贡举阅
试，得金谏成等三十一人，明经得李邦秀等二人放榜"；"丙申（1236），
公年六十九。夏五月，以知贡举阅春场，得朴曦等二十九人，明经李克松
等三人放榜"。而关于自己人生这浓墨重彩的篇章，李奎报在其咏史诗中
多有反映，从中我们可以感受到李奎报对国家、对社会所具有的使命意识
与责任。如在李奎报最后一次主持科举考试后两年，即高宗二十五年
（1238），诗人作《闻东堂放榜（闰四月）》感慨曰："四放门前桃李花，
今年春色属谁家？始知无代无才杰，尚有遗金拨出沙。"（《东国李相国
集·后集卷三》）科举得士有如遗金出沙，李奎报对此流露出无比的高
兴，而从对自己四度主持科举考试的回忆里，我们更能看出李奎报内心的
骄傲与喜悦。桃李满天下带给李奎报无比的高兴与骄傲，而每当看到自己
的门生，李奎报更是百感交集，喜不自胜。在如上《闻东堂放榜（闰四
月）》一诗创作的次月，李奎报看到了自己的门生，于是便高兴地写下
《五月十七日，四门生等和前诗来觌。置酒与饮，即席复和二首赠之》，
其一曰：

前后飞扬四榜人，天然自作雁行亲。岂无他日皆超捷，同出吾门是宿因。

折简招邀遮老汉，肆筵迎迓似嘉宾。满杯琼液觞中露，一笛梅花意外春。

更荷清诗千百炼，欲尝深味再三巡。珠探鲛室穿何妙，锦夺龙梭织转新。

闻说当时喧物议，尽从汝辈出名臣。鸾台凤阁无多级，但向云梯举足频。

（《东国李相国集·后集卷四》）

李奎报无限怀念自己主持科举四榜之荣耀，在他眼里，四榜门生与自己就如同飞翔天空的群雁一样难以分开。在盛赞门生才学的同时，李奎报鼓励他们要积极上进，"但向云梯举足频"。在第二首里，李奎报因自己为国选贤时的"片玉不遗"而欣慰，并为门生能在自己风烛残年之际来予看望而高兴。师生相聚，相互慰勉，李奎报心潮澎湃，他说：

当初为国选贤人，渐作私田及己亲。片玉不遗搜尽取，良金未害积相因。

我今疏散同残物，谁复招迎齿大宾。独也尔曹犹记旧，欲于老境特回春。

满斟仙酒争为寿，愿阅天年不算巡。耳冷忽惊丝竹隐，眼寒未惯绮罗新。

心知已欠琼琚报，口祝唯期鼎鼐臣。兄跃弟随俱远到，及予身在得看频。

（《东国李相国集·后集卷四》）

可以说，亲自主持并见证年轻才俊的崛起是李奎报所乐见的，而在为社会尽到自己职责的同时，门生对李奎报的记挂实际是社会对李奎报最好的回馈。直到李奎报去世前三个月，门生仍未忘记恩师，李奎报曾就此记述曰："五月十七日，丙申年门生及第等大设华筵，慰座主朴尚书（廷揆）致政。以予其年亦预试席，故并邀参赴。又迎朴枢院（椐）、朴学士（仁著）、朴侍郎（晖）同宴。予酒酣，即席作词一首奉呈云。桂枝香慢。"（《丙申年，门生及第等设宴，慰宗工朴尚书。予于筵上作词一首

（并序）》，《东国李相国集·后集卷十》）同日，内心喜悦不已的李奎报又作《是日三朴学士见和，复次韵》和《又别赠门生》二首咏史意味颇浓的词。我们试以其中的《又别赠门生》为例作一考察。李奎报在该词中曰："当年试席，在蚁战正酣谁是门客。经了千淘万汰始登采摘，天墀拜受黄封酒。便飞荣翼修鸣剧，奈今开宴称觞奉寿。此情良得，老坐主乘酣快乐。更呼索华笺濡染冰白，方信门生以是美田良宅。起离妓簇香余袖，要归时扶我身侧。笑哉残叟，洪崖肩高醉堪拍。"（《东国李相国集·后集卷十》）回忆当年试席，李奎报感慨万分，在一晃眼间，自己年事已高，当门生为自己称觞奉寿时，李奎报内心颇为愉快，这是为门生奉寿于己的快乐，更是为国家后继有人的快乐，也是自己为国、为社会尽到应尽责任而油然生起的快乐。

李奎报在关心国家科举考试、积极从事奖掖后进的行动之外，还对私学予以极大重视。而夏课作为私学重要的表现形式，在社会教育中有着很大的作用。作为卓有成就的诗人，李奎报自身从私学、从夏课受益匪浅，《东国李相国集·年谱》有载：高丽明宗十一年（1181），"公年十四。是年，始籍文宪公徒诚明斋肄业，每夏课，先达辈会诸生，刻烛占韵赋诗，名曰'急作'。公连中榜头，诸儒始奇之"。次年，"六月，又于夏课急作。适有斋中拜翰林者，以内直玉堂为题占韵，公诗曰：'独直偏知殿阁凉，金莲花烛照华堂。露凝仙掌惊秋冷，月透纱窗信夜长。七宝床前宫漏永，九华帐里御炉香。词头草罢银河曙，喜见高天瑞日光。'先达咸淳等皆叹赏不已，升为第一。一等唯置公，示其异也"。私学及夏课对于李奎报早期的教育发挥了极为重要的作用，李奎报后来的成就与私学及夏课之间无疑是分不开的，对此李奎报深有感触。如在《归法寺川上有感（冠童趁岁夏课处也，予少年时，亦惯游）》其一，李奎报如是兴叹曰："少小翩翩此惯游，算来三十七年周。莫言川是人非旧，逝水无停岂昔流。"（《东国李相国集·全集卷十四》）当多年后亲临曾经夏课之处时，李奎报不禁有物是人非之感，而"少小翩翩"的美好回忆也令其难以忘怀。尽管李奎报关心国家私学及夏课，然而李奎报生活的时代，武人专权跋扈，高丽社会亦处于从和平向纷乱转变的重要时期，武人的跋扈、百姓的困苦、外敌的入侵，这一切在李奎报生活的时代皆属国家顽疾与痛点，而李奎报所热心的私学及夏课则几乎湮没。高丽高宗二十七年（1240），高丽与蒙古的关系稍有缓和，且此时高丽迁都至江华岛也有九年之久，相对的和平环境下，夏课有所恢复，年已七十三岁的李奎报闻知后欣喜不已，他遂作《寄金学士（敞）》一诗，字里行间流露出无限的喜悦，试看该诗：

> 自卜新京今几年，吾徒旧范危堕地。赖予不死余喘存，得闻夏课群学子。
>
> 遥知林林白面生，夫子影前成拜起。有川能似归法无，想见冠童浴沂水。
>
> 有如霖雨弥数旬，忽见晴阳出明媚。又如嘉谷垂欲枯，一朝沐雨得生意。
>
> 细思此是君之力，感古喜今还挍泪。我今已历三事联，子亦行登丞相位。
>
> 原其所自此其根，根若不牢安所恃。君知体莫重于斯，公卿搢绅多出是。
>
> 乡犹有校家有塾，况可国中无是事。劝公更砺成人心，激起后生毋少弛。
>
> 我于此时虽就木，地下犹能抃舞喜。
>
> （《东国李相国集·后集卷七》）

夏课勾起李奎报对童年的美好回忆，也勾起他因国难以及夏课"吾徒旧范危堕地"而带来的内心伤痛。而在尚有"余喘存"的条件下亲眼看到学子们"夫子影前成拜起"的情景，李奎报喜不自胜，遂产生"有如霖雨弥数旬，忽见晴阳出明媚"之兴奋。李奎报认为，无论自己，还是金学士，能登相位之根本就在于夏课，除了自己与金学士，其他"公卿搢绅多出是"。因此，夏课复起的消息对李奎报而言，无疑是极大的精神鼓舞，他最后不无欣慰地说，即便自己在此时躺入棺材，"地下犹能抃舞喜"。而随后李奎报又陆续作了有关夏课之咏史诗《次韵金学士（敞）见和夏课诗》《次韵河郎中（千旦）见和》共计二首、《次韵李侍郎见和二首》等。我们不妨再看《次韵金学士（敞）见和夏课诗》，诗中作者道："美哉古风谁力回，花山亦有兴儒地。此岂一时翔集耳，传及子孙孙复子。忆昔诸生全盛时，门抽户拔争奋起。君时早慧本生知，吟诗作赋如翻水（夏课，习赴举诗赋）。我名教导（君诗自注云：我初属斋，君为教导）何教为，反欲师之窃求媚。此皆实录非虚辞，不唯森目森在意。其间先进皆物故，每一念之潜拭泪。与公今者幸其时，得路俱登好官位。每思吾门根柢空，行若无凭立无恃。颓堤复筑一出君，意欲归吾理非是。人有其功已自尸，盗莫为大非细事。所期衮衮招后生，铸锻颜骞心勿弛。因之重纽十二徒，不须偏为吾斋喜。"（《东国李相国集·后集卷七》）国家多艰之际，李奎报看到了夏课之风能够重新恢复，而他更希望此一风气子子孙孙传承下去。同时，忆起昔日光景，鉴于"其间先进皆物故"的无情事实，李奎报不禁无限伤感，"每一念之潜拭泪"，但悲喜交加中的他并言其理想："所期衮衮招后生"，"因之重纽十二徒"，即将崔冲等人开创的夏课及私学事业进一步发扬光大。而在别的关于夏课的诗作中，李奎报也多次忆起夏课之于自己及对国家、对社会的巨大作用。如在《次韵李侍郎见和二首》其一中，李奎报说："诚明造道本一徒，夏课所安还一地。君虽后进未及同，尚拟连枝一家子。距我登科二纪余，成龙榜上欻飞起。此皆夏课所渐染，宛似冰丝受色水。劝学犹如求美人，媒之痛切谁不媚。今君已是巨官人，复振斯风岂无意。"（《东国李相国集·后集卷七》）而在《次韵李侍郎见和二首》其二，李奎报则曰："旧京百事一无亏，唯有生徒未得意。如予白发长搔头，其奈青衿得忍泪。礼官博士恬不忧，可笑庸庸虚窃位。赖有金公复振兴，果副吾徒夙所恃。"（《东国李相国集·后集卷七》）李奎报对因蒙古入侵等国难而导致的夏课及人才事业之衰落深表忧心，对不以教育和儒学为事的礼官、博士之徒的碌碌无为表示愤慨，而对振兴夏课的金敞予以高度赞扬。李奎报对夏课一直情怀很深，再如《次韵河郎中（千旦）见和》中，李奎报深有感触地回忆曰："耘业耕文夏课场，是皆君我曾经地。仲尼虽圣亦匹夫，常有三千群弟子。"他并在高兴之余呼吁河千旦："上方向学又日新，何患斯文将堕弛。而君于此小加力，无限儒门万世喜。"（《东国李相国集·后集卷七》）

　　著名朝鲜文学史专家韦旭升先生曾曰："高丽时期最著名，也是最能在诗中反映民生疾苦、国家命运的诗人是李奎报。"[①] 此言可谓中的，李奎报对人民有着强烈的爱和无私的关怀，对国家和高丽社会也给予极大的关注，他以敢为天下先的博大情怀积极与敌抗争，并始终以振兴危难的祖国为己任，数度主持科举考试、积极倡导教育振兴等行为所体现出的是李奎报对国家、对人民、对社会高度负责的精神和无私情怀。

---

① 　韦旭升：《朝鲜文学史》，北京大学出版社1986年版，第83页。

三　"在陈绝粒真饥矣"：安贫乐道的品格

李奎报一生热爱文学，身在官场却无一般为官者所具有的那种官场老练，更无许多官僚所擅长的敛财手段，因此，他一生虽诗名远播，但却过着安贫乐道、与世无争的日子。李奎报曾有一首咏史诗如是曰："孔圣曾无寸土封，三千门弟竞攀龙。在陈绝粒真饥矣，谁见当时肯饵松。"（《次韵李侍郎眉叟寄权博士敬仲责辟谷，三首》其一，《东国李相国集·全集卷十四》）而在李奎报笔下，从"孔子在陈"之典衍生出的代表贫困与逆境的"在陈"一词经常出现，它与李奎报自身生活的状态息息相关。贫困与李奎报一生相伴，如早在其三十四岁所作《咏怀》一诗中诗人就说："江南从宦愧徒劳，俸薄时时典旧袍。"（《东国李相国集·全集卷九》）的确，李奎报在有生以来第一次为官时，即因性格耿直被排挤，而他也并未从全州任上捞到什么物质实惠。再如在李奎报近四十岁时，他《典衣有感，示崔君宗藩》一首中仍有"季春十一日，厨灶无晨炊"（《东国李相国集·全集卷十二》）之语和在不得已情况下"妻将典衣裘""呼僮即遣售"之事。高丽高宗六年（1219），五十二岁的李奎报被权臣崔忠献贬官至桂阳，其后他便遭受了精神与物质上的双重困厄，他在《次韵金承宣良镜和陈按廉湜，三首》其二中有曰："情深恋阙难归颖，官号专城实在陈。"（《东国李相国集·全集卷十五》）而晚年时候，尤其是高丽高宗十九年（1232）朝廷为避蒙古兵而迁都江华后，六十有五的李奎报生活陷入困顿，他此时曾作《上崔相国二首（并序）》以表达其生活的窘迫之状。我们不妨从李奎报奉呈晋阳侯崔怡的第二首诗中，了解李奎报此时生活之艰难，试看："官为三品许多人，世上寒穷独此身。饿仆长嚬慵作屋（初移都，皆作屋，予未尔），羸蹄忽毙绝供薪。一家罢酿瓶无酒，数日停炊甑有尘。岂意钧阶垂眷顾，别颁月俸慰饥贫。春珠狼藉来相积，感泪滂沱拭更新。一斛千春如祝寿，凡于十斛十千春。"（《东国李相国集·全集卷十八》）其后李奎报的生活一直无甚大的改观，在其七十一岁所作诗中，反映其生活贫困的就有数首，如在该年春季李奎报作《近有屡空之叹，因赋之》曰："三韩宰相几多人，我亦曾叨宰相身。不是自清他不尔，如何独未免忧贫。"（《东国李相国集·后集卷三》）同年盛暑，李奎报作《穷宰相》，曰："午天然大火，难觅宰臣穷。曷不来相见，于斯有一翁。"（《东国李相国集·后集卷四》）而该年冬至后几日，李奎报作

《复用前所寄诗韵，寄其僧统（并序）》，他在该诗序中言："予近遭在陈，况复得饮。独坐无聊，忽蒙携酒来慰，郁悒之情，涣然冰释。不胜铭感，复用前所酬唱韵奉寄，以谢万一。"而在该诗里，诗人对自己令人难以置信的贫困喟然曰："徐观世状渐陵夷，宰相酸寒更莫疑。此事似非谁的信，由公天眼照先知。"（《东国李相国集·后集卷五》）其生活举足维艰之状尽显无遗。而直到去世前一年，即高宗二十七年（1240），李奎报仍在为生活而发愁。当权臣崔怡派人送生活物品给他时，李奎报万分喜悦，他遂作《上晋阳公》一诗，从该诗序文我们可知李奎报当时生活交困之状。该序文如是道：

> 仆本无立锥之田，唯仰俸禄。禄亦稀及，连致在陈。老物无用，无处得炭，连致冻缩。方此之时，忽蒙惠送白粲白炭。遣亲所使令近竖，押来到门。闾巷之观者，莫不叹羡。此亦稀有之荣观也，感极涕零，因作谢诗一首奉呈。
>
> （《东国李相国集·后集卷八》）

由此，我们也便对李奎报"阿曲"晋阳公崔怡多了一分理解，而前文所述朝鲜王朝时期曹伸、沈守庆等人之于李奎报的批判态度也便值得商榷。而在李奎报生命的最后一年，他仍处于朝不保夕的生活境地，试看此年三月间李奎报所作《又谢晋阳公送白粲》序所云："某本穷薄人也，名为宰官，贫甚匹夫，受禄亦疏。在陈日久，忽蒙令慈惠送白粲十斛，一家喜抃，同祝令寿万年。恩固不赀，感何更诘。涕流于外，情动于中。"（《东国李相国集·后集卷九》）而考李奎报生活贫困之原因，尚清白、甘贫困的性格恐为其主要原因。李奎报一生好文学，注重自身心境自适，属典型的性情中人，而这样一种性格在物欲横流、人人损公肥私的高丽武人专权时代实属罕见。李奎报有诗《嘱诸子》，其中反映了李奎报的清白思想，该诗曰："家贫无物得支分，唯是箪瓢老瓦盆。金玉满籝随手散，不如清白付儿孙。"（《东国李相国集·后集卷六》）而直到李奎报去世前整半年之时，仍不忘对即将远行任官的孩子强调清白做人的道理，试看《辛丑三月三日，送长子涵以洪州守之任有作》："桑榆景云迫，泣别阿儿涵。问汝向何处，杳杳天之南。专城虽汝荣，此别吾何堪！安有大耄翁，留待期年三。悬知是永诀，痛绝那容谈。好去好还朝，公府坐潭潭。毋或堕家声，人许某家男。眼前虽未见，地下岂不谙。清白是第一，其次慎而谦。"（《东国李相国集·后集卷九》）骨肉即将赴远为国效力，因为"悬知是永诀"，故人生岁月无几的李奎报不胜难过，但他最后送给孩子的却是爱惜家声、清白做人、谦虚谨慎等谆谆教诲。如此看重名誉与清白廉洁，难怪李奎报一生注定清贫。

　　李奎报咏史诗中，有着诗人拮据生活之叹，也有着诗人贫困缘由之论，即诗人与世无争的品格以及高洁的心灵。早在李奎报年轻时候，轻视财富的观念、对名誉与清白的恪守就已定下基调。如在二十六岁左右时，诗人即在《草堂三咏》其二《素屏》中曰："君看五侯家，黄金柱北斗。墙壁焕丹青，土木衣锦绣。坐张百宝屏，仙鬼互驰骤。那忧冰谷寒，只诧铜山富。百年归山丘，等是一丘土。我有一素屏，展作寝前友。素月照我容，白云落我首。翻思天地间，此身亦假受。求真了无真，一物非我有。"（《东国李相国集·全集卷三》）李奎报尚"求真"，但他认为人最终是什么也不会拥有的，因为人死之后便会"一物非我有"而成为一丘黄土，而从"素月""白云"等字眼我们可感受到李奎报对清白人生的寄托与追求。高丽神宗四年（1201），即李奎报从全州任所被排挤后三十四岁时，他在《自嘲，入京后作》中自我奚落为"冷肩高磊落，病发短萧疏"，而探究其落魄缘由时则曰"谁使尔孤直？不随时卷舒。"（《东国李相国集·全集卷十》）李奎报确实有着孤直之情性，他不属那种以追逐名利为能事的人物，他所崇尚的是一种内心的纯净与自适。孤直之性某种程度而言是造成李奎报一世文名的重要因素，但就现实的角度而言孤直也是其生活贫困的重要原因之一。在约作于高丽熙宗三年（1207），即诗人四十岁时一首著名的《钓名讽》中，李奎报发表了自己对"名利"的见解，其曰：

> 钓鱼利其肉，钓名何所利？名乃实之宾，有主宾自至。
> 无实享虚名，适为名所累。龙伯钓六鳌，此钓真壮矣。
> 太公钓文王，其钓本无饵。钓名异于是，侥幸一时耳。
> 有如无鉴女，涂饰暂容媚。粉落露其真，见者呕而避。
> 钓名作贤人，何代无颜氏？钓名作循吏，何邑非龚遂。
> 鄙哉公孙弘，为相乃布被。小矣虎昌守，投钱饮井水。
> 清畏人之知，杨震真君子。吾作钓名篇，以讽好名士。
>
> 　　　　　　　　　　　　　（《东国李相国集·全集卷十三》）

　　该咏史诗中，诗人用充分的实例、恰当的比喻对那些追逐名利之徒予以辛辣讽刺，同时表达了对"真君子"的向往之情。而在看重正直个性与清白人生的同时，李奎报对做官、对名利却也表现出如同对待物质一样的随意态度。如在高丽熙宗二年（1206），参加征讨云门"山贼"归来后，别人积极邀功请赏，而李奎报却未获赏，他在《复京后乙丑三月，遇征东军幕旧寮赠之》中淡然曰："参谋军幕强三载，浪迹京华又一春。猎罢论功谁第一，至今不记指踪人。"（《东国李相国集·全集卷十二》）而晚年的李奎报更对为官有着淡然的态度，如下李奎报六十九岁（1236）时的作品中，他对官阶、虚名的淡薄态度具有一定说服力，试看《黄骊县宰老柳卿老寄书，标签为四宰（予时为三宰）。初疑不受，及发见，实寄予书也。戏以一绝奉寄》："千里贻书喜莫量，误三为四似难当。昔年我亦曾经四，三四笼狙也不妨。"（《东国李相国集·后集卷二》）在重社会等级、尊卑等级森严的高丽时代，李奎报并未因黄骊县宰的不慎失误而生气，他反而"戏以一绝奉寄"，其为人的气量和对官位的淡定态度令人钦佩。

　　正如以上《钓名讽》所示，李奎报笔下有着诸多中国古代贤士的形象，而在对中国古代贤士的吟诵中，实际寄托的是李奎报个人对清白人生的追求，体现的是李奎报甘于贫困、与世无争的孤直个性。如在咏史诗《寓古三首》中，他就世人嫌贫爱富、邪正不分等现象予以批判，这实际也是李奎报自身高洁人格的写照，在该组咏史诗其一中，李奎报曰："祷天求圣人，天不雨孔氏。凿地索贤人，地不涌颜子。圣贤骨已朽，有力未负致。奈何今之人，贱目唯贵耳。徒生青史毛，糟粕例自嗜。不识今世士，亦有圣贤器。后来复视今，攀企亦如此。"（《东国李相国集·全集卷一》）孔子、颜渊等贤达业已远逝，今人则以钱财多寡作为判断取人的标准，即"贱目唯贵耳"，而对于真正有才学的贤人却视而不见，这种现象真叫人难过。而在《十一月日，夜直内省，卧吟不觉至累首》其三中，诗人说："我昔尝高勇退贤，二疏图上泪潸然。一朝孤负平生志，旧涕方收愧汗连。"（《东国李相国集·全集卷十八》）"二疏"系指西汉疏广及其侄疏受，二人均因贤能受到皇帝褒奖，并因不图私利、散财乡里而受人尊重，而李奎报无疑以二疏作为自己行为的楷模，并说如果"一朝孤负平生志"，自己会愧疚得连连流汗，可见，李奎报对正直人格追求之志是何等的坚定不移。再如李奎报在早年所作《江上偶吟》中，面对大江，有感而发:"衮衮长江流向东,古今来往亦何穷。商船截破寒涛碧,渔笛吹残落照红。鹭格斗高菰岸上,雁谋都寄稻畦中。严陵旧迹无人继,终抱烟波作钓翁。"(《东国李相国集·全集卷一》)严子陵系东汉时人,有贤才,为刘秀出力颇多,后隐居,刘秀屡次召其做官,皆为其所拒绝,严子陵遂为后世奉为安贫乐道、孤直出世的代表人物之一。李奎报对严子陵颇为崇拜,直到晚年,李奎报笔下仍不断出现严子陵这一形象,如他晚年所作《严子陵》一诗曰:"故人飞上九霄重,唤与同眠禁密中。一个狂奴犹旧态,如何玄象动苍穹。"(《东国李相国集·后集卷一》)除严子陵外,春秋时代的介子推也是李奎报笔下常常出现的隐士形象,他辅佐重耳成就霸业,事成后隐退山林,宁肯为火所焚也不愿为官,其行为亦备受后世及李奎报极多的赞誉。李奎报早年的诗作中就有着介子推的正直身影,如《次韵梁校勘寒食日邀饮》曰:"杏花齐拆暮春晨,正是长安斗卯辰。杯酒不知藏火日,醺醺犹遣暖加人。"(《东国李相国集·全集卷一》)作者为介子推的事迹所感动,并在饮酒身暖之际仍在思考此日应该"藏火"以纪念介子推。再如《寒食感子推事》曰:"众鳞化云雨,一蛇不与争。未见恩波润,反为燥炭烹。绵山山上火,已忍焚人英。胡不放神焰,焚灭千载名。遂使后代人,闻名辄伤情。每至百五辰,万屋禁烟生。不及炎冈日,一勺江水清。"(《东国李相国集·全集卷一》)再如《寒食》:"龙腾骈胁君,蛇死焚骸士。冷食慰其魂,九泉蒙底利。"(《东国李相国集·全集卷三》)该诗里李奎报认为,介子推已死,其名却何以不为火焰所焚而流传下来呢?因为一听到介子推之名,人就会伤心。实际这正说明了李奎报对介子推崇拜之深,而介子推对为官、对利禄的表现不也正是李奎报所追求的吗?介子推的事迹对李奎报一生影响应该是不小的,尤其是其不贪图富贵的高贵品质对李奎报无疑起到了潜移默化的作用。直到李奎报晚年,每逢寒食节,他仍会想起介子推,如在李奎报七十一岁(1238)寒食节时,他作咏史诗《寒食日有风无雨(戊戌年)》,就寒食日这天有风无雨的现象不无忧虑地说:"天为介子推,似慰炎焚死","胡奈于今年,风微雨不至"(《东国李相国集·后集卷三》)。

通过如上分析,我们可以总结出李奎报淡泊名利、清白孤直的个性。而在这种性格支配之下,李奎报命中注定是要清贫一生。李奎报曾在七十一岁时作《次韵白乐天老来生计诗》道:"残身不省老侵寻,度日唯知觅句吟。但有忘忧盈瓮酒,何思遗子满籝金。一钱勿蓄尘情少,万事都抛道味深。谁道吾生无长物，本来明镜在中心。"（《东国李相国集·后集卷三》）此时的李奎报虽"一钱勿蓄"，但他却为自己心中的"明镜"这一"长物"而欣慰。由于不蓄一钱，李奎报家境不容乐观，他在《墙颓不理》中无奈道："有人劝我理家庄，四壁呀通便不防。数集寿中何计活，不如闲坐吸清觞。"（《东国李相国集·后集卷六》）家境如此，李奎报也只能饮酒或者勉强以吟诗来打发时日了，而"四壁呀通"的居住条件无疑会给他的生活带来诸多不便。相关文献中所谓"文顺性豁达，不营生产，肆酒放旷"① 确实一语中的，切中要害。前文所提李奎报《苦寒》一诗中作者曰："读书千卷强，位至登黄阁。能贵不能富，赋分何杂驳。是亦与事迁，营生信淡薄。他门手可炙，我屋冷如剥。御寒犹未备，余事亦可酌。残生能几存，一月鲜欢乐。"（《东国李相国集·后集卷七》）读书带给李奎报的虽是位至黄阁的荣耀，但是"能贵不能富"又是实实在在的，即便是寒冷这一问题诗人都难以解决，而自己人生时日不多，每月下来，也无几天快乐日子。李奎报曾有一首相当平实但却杰出的咏史诗《典衣有感，示崔君宗藩》，通过该诗，我们完全可以就李奎报生活之苦的诸多相关方面找到答案。试看该诗：

　　季春十一日，厨灶无晨炊。妻将典衣裳，我初诃止之。若言寒已退，人亦奚此为？若言寒复至，来冬我何资？妻却恚而言，子何一至痴。裳虽未鲜丽，是妾手中丝。

　　爱惜固倍子，口腹急于斯。一日不再食，古人谓之饥。饥则旦暮死，宁有来冬期。呼僮即遣售，谓可数日支。所得不相直，疑僮或容私。僮颜有愤色，告以买者辞。

　　残春已侵夏，此岂卖裳时。早为御寒计，缘我有余赀。如非有余者，斗粟不汝贻。我闻惭且恧，有泪空沾颐。三冬织纤功，一旦弃如遗。尚未救大歉，立竹罗饥儿。

　　反思少壮日，世事百不知。读书数千卷，科第若摘髭。居然常自负，好爵谓易縻。胡为赋命薄，抱此穷途悲。端心反省己，亦岂无瑕疵。嗜酒不自检，饮辄倾千卮。

　　平日心所蓄，及醉不能持。尽吐而后已，不知谗谤随。行身一如

①　［朝鲜］郑麟趾等：《高丽史》卷一百〇二，李奎报。

此，穷饿亮其宜。下不为人喜，上不为天毗。触地皆玷额，无事不参差。是我所自取，嗟哉又怨谁？

屈指自数罪，举鞭而三笞。既往悔何及，来者倘可追。

（《东国李相国集·全集卷十二》）

在如上诗里，李奎报生活之艰苦、读书之痴、嗜酒之好、耿介直言等组合于一处，便向我们清楚地展示了造成他"厨灶无晨炊"生活状态的根源构成图。另外，该诗实际就是李奎报的人生自白和总结，通过该诗，我们能够清晰地对李奎报相关方面，诸如家庭生活、人生追求以及知识分子心理等有一定把握。

第六章

李奎报咏史诗风格特色浅识

第一节　风格的多样

一　诗风从浪漫到平实的转变

李奎报有"海东谪仙"之称，而就"谪仙"这一词而言，正如前文所述，它最早是由唐人贺知章用以称呼李白之用辞，其中包含有对李白放达的性格、豪饮之好和为文赋诗大气磅礴之赞赏韵味。而李奎报与李白在饮酒、赋诗之豪健方面有着较多特点上的共通性，正因如此，李奎报遂获"海东谪仙"之美誉。当然，就"海东谪仙"李奎报而言，其对于酒的偏爱至死未变，而就其诗风而言，则有着从浪漫到平实的转变，其咏史诗从浪漫主义到现实主义这一转变过程也很突出，这也是"海东谪仙"不同于"谪仙"李白的重要方面之一。李奎报前期所作咏史诗，其浪漫主义气息颇为浓厚，我们不难从中发现李白诗惯见的风韵与气象，试看《全履之家，大醉口唱，使履之走笔书壁》：

> 君不见东吴水清山复高，世世生雄豪。履之钟秀气，彩凤穴中生凤毛。壮志人谁知，地黑天昏龙虎噪。朴生亦可人，曾是东西南北身。醉来眼花落井底，自称风流贺李真。形容大淳古，亦号华胥民。白云居士本狂客，什载人间空浪迹。纵酒酣歌谁复诃，一生放意聊自适。倡儿丛里倒千杯，侠客场中争六博。今日逢君天使然，况复有酒如流泉。与君痛饮击唾壶，志在万里思腾骞。烈士壮心何日已，长剑倚青天。功名富贵不须论，昔日王侯，今朝马鬣坟。石崇金谷芳草没，何处觅朱门。都是一场梦，请看蚁国淳于梦。满酌寿君君饮无，明日为我照金樽。

> （《东国李相国集·全集卷五》）

　　李奎报如上咏史诗中，"君不见东吴水清山复高，世世生雄豪"与李白诗中"君不见黄河之水天上来，奔流到海不复回"① 句有着同等雄健的浪漫气魄，而"满酌寿君君饮无，明日为我照金樽"句作为作品中的点睛之笔，更是在形神高度的趋同之中显示出风格上的浪漫。"观文顺公诗，无四五字夺东坡语，其豪迈之气，富赡之体，直与东坡吻合。"② 的确，在李奎报咏史诗作品里，佳句具有如上豪迈之气者颇多，再试如《后数日，复游登石台玩月》中的"古人玩月付今人，今人不玩无奈与月忤。月忤不复照人来，我恐天地六合大昏瞀"（《东国李相国集·全集卷二》）、《戏作雨中小牡丹歌》中的"春欲去万物各凄然，相将欲设饯春筵"（《东国李相国集·全集卷十》）、《庾公见和，复次韵奉答（二首）》中的"古来聚散如抟沙，好情佳人唱踏莎。莫教一日杯心空，百岁浮生不饮何？"（《东国李相国集·全集卷十七》）等，豪气四溢而不胜枚举。而李奎报创作于二十六岁时的著名代表性咏史长诗作品《东明王篇》，则更为集中地采用了浪漫主义叙事手法，如该诗有云："海东解慕漱，真是天之子。……朝居人世中，暮反天宫里。吾闻于古人，苍穹之去地，二亿万八千七百八十里。"（《东国李相国集·全集卷三》）某种程度上说，李奎报的咏史诗诗风，足以代表李奎报整体的诗风。就李奎报前期之咏史诗乃至整体诗作而言，浪漫主义风格特征十分明显，这其中，李奎报咏史诗乃至整体作品风格中的浪漫主义很大程度上是得益于中国盛唐李白浪漫主义风格之成就，进而内化为李奎报自己之风格。难怪李奎报在《问谪仙行，赠内翰李眉叟坐上作》中有如下肺腑之言："我不见太白，思欲梦见之。梦亦不可见，久矣吾之衰。"（《东国李相国集·全集卷十三》）

　　李白而外，对李奎报浪漫主义诗风的形成影响较大者另以中国北宋豪放派文豪苏东坡为著，而当代学者亦就苏轼对李奎报文学之影响总结曰："从苏轼文学的传播、李奎报的苏轼文学观、李奎报文学思想与苏轼的关联等方面考察李奎报文学中的苏轼影响，我们发现，苏轼文学对李奎报的影响主要体现在精神层面，即从儒家、道家、佛家等方面，都可明显发现李奎报文学的苏轼影响。"③ 而苏东坡对朝鲜半岛文学的影响又不专在李

---

① （唐）李白：《将进酒》，见《全唐诗》卷一百六十二，李白二。
② ［高丽］崔滋：《补闲集》卷中。
③ 安海淑：《苏轼对李奎报文学的影响》，《延边大学学报》（社会科学版）2016 年第 3 期。

奎报，这一影响是在广阔的时空范围内持续存在的，关于这一点，韩国学者有着精辟的总结："文学作品从被人接受到产生影响要经过较长时期。但自新罗末期至高丽前期，整个文坛受中国晚唐诗风影响，弥漫着追求浮华的形式主义文风，致使当时的文人深为不满，欲加改变，加之高丽时期佛教盛行，而东坡具有比较浓厚的佛教、老庄思想，总能以老庄的淡泊来化解人生的不幸，东坡诗文成了失意政客、潦倒文人的精神慰藉品，因此，东坡诗文一经传入，便引起文坛的广泛关注，并在极短时间内迅速流播，产生了很大影响。"① 正如前文所述，李奎报生活的时代，高丽内忧外患不断，这就为苏东坡作品在朝鲜半岛的流行提供了条件，李奎报对苏轼作品暨对浪漫主义诗风的接受遂成情理中事。李奎报前期咏史诗作品风格浪漫，弥漫着较多的豪气，而李奎报后期咏史诗，则呈现出更多现实的平朴与闲适，与其前期咏史诗作品整体的风貌形成较为鲜明的对照，我们不妨试撷此类诗一、二首以为考察。试看《既和乐天诗，独饮戏作》：

孤斟独咏君休笑，好事何人访退翁？
酌劝杜康吟和白，诗朋酒友不全空。

(《东国李相国集·后集卷三》)

该作品虽不乏幽默与坦然风格，但安适与冲淡却为主调。我们再来看《次韵丁秘监复和谢历柑二诗》其一：

跳轮日月不停行，又到青春气候生。尚忌镜中颜瘦损，忍看纸上甲分明。
新年华发人依旧，去岁陈荄物复萌。时节渐嘉吾老矣，为君封历一伤情。

(《东国李相国集·后集卷五》)

此类咏史诗在李奎报后期作品中数量较多，且整体说来，该类作品朴实无华，意蕴淡朴，与前期咏史诗中所常有的雄奇瑰丽形成鲜明的对比，进一步来看，李奎报这类咏史诗，有个人情怀的抒发，有对祖国山河的热

---

① ［韩］许宁：《朝鲜半岛文坛的东坡情结》，《光明日报》2019 年 8 月 12 日第 13 版。

爱，更有对劳动人民不幸的同情。虽然李奎报"莫词秉烛游，且限千钟
醽"（《次韵东皋子还古雪中见访》，《东国李相国集·全集卷五》）等句
与李白"且乐生前一杯酒，何须身后千载名"[1] 等在思想内容上不无一
致，但李奎报咏史作品中，更有着与此诗风格、内容对照鲜明者，如下作
品中作者即以白描手法，抒发了他对于酒的理解，在朴实无华的语句中，
我们亦可体悟到其中包含的生活哲理。请看《酒魔》："人于吃物嫌辛物，
酒味深辛乐奈何。必欲使人肠腐烂，不知元是毒中魔。"（《东国李相国
集·后集卷十》）这类以日常生活为着眼点的作品在李奎报的诗歌世界里
较为常见，我们在其中看不到豪壮的咏志色彩。虽然风格有变，但细细研
读李奎报此类作品，其中的况味则别有可品之处。试撷如下《自嘲》
为例：

> 度日两三杯许酒，涉年一百首余诗。
> 萧然白发老居士，谁谓曾经鼎鼐司。
> 闲思七十年前事，槐穴前头梦觉时。
>
> （《东国李相国集·后集卷四》）

再来看另外一首《老忆旧友》：

> 雪鬓孤叟暗思量，未识故人谁得在。
> 少年忌老惮相亲，独坐无言思旧辈。
> 还有后生憎见汝，少年到此方始悔。
>
> （《东国李相国集·后集卷一》）

如上咏史作品形制虽然短小，但意趣或淡远，或幽静，或忧郁沉寂，
它们是李奎报闲适生活和怀旧情思的体现，我们从中可以看到中国白居
易、李商隐等人的形象。再如《病中独坐郁怀，得长短句一首。无处寄
示，因赠李侍郎》，作者于其中曰："脚软行未得，久积心中郁。申之目
又昏，已矣遮老物。今朝瞥起念，拟欲身生两翮横出六合飞奋逸。下则超
江海，上焉摩日月。此亦一何狭，不南不北无彼无此是乃道之实。子曾知

---

① （唐）李白：《〈行路难〉三首》其三，见《全唐诗》卷一百六十二，李白二。

我心，胡为反得此摧屈。"（《东国李相国集·后集卷九》）当然，李奎报咏史诗中诸如此类的题材与内容尚有很多，不一而足。

不难发现，李奎报咏史作品有较多平实的生活意趣甚或禅宗意味，但这并不代表其咏史诗仅仅以自适与个人优游为旨归，在李奎报咏史作品中，我们也可看到他对家国纷乱、人民罹难等的关心与同情，在这一点上，其中之精神有类杜甫、白居易诗。我们来看如下一首李奎报此类咏史诗之代表《李进士大成邀饮，席上走笔赠之》：

> 忆昔放意京华春，白玉樽前烂醉身。如今浪迹江城里，碧山万里薄游人。
> 断云落日不忍见，细雨斜风空惨神。多君邀我慰羁旅，玉杯潋滟生金鳞。
> 红裙数队时世妆，哀歌一曲动梁尘。主人起舞属我弹，把琴欲弄先沾巾。
> 四筵宾客各相顾，问我何事多酸辛。答云近者王城乱，白日九街殷血新。
> 我亦仅免昆冈焚，离流艰厄难胜陈。危肠触地即呜咽，况此岭外烟霞晨。
> 痛饮粗堪宽我恨，请君更酌三四巡。

> （《东国李相国集·全集卷六》）

李奎报生活的高丽时代，民族危机极其严重，契丹、女真、蒙古、倭寇等对高丽有过频繁的侵伐，而高丽国内武臣对政权的长期把持又无疑加剧了国家的危机。这一切都对李奎报产生了巨大影响并激发着李奎报的爱国热忱，因而，李奎报咏史诗中便反映着较多的爱国情绪，咏史作品之外的其他诗作亦然。难怪李奎报在《李进士大成邀饮，席上走笔赠之》一诗中有"痛饮粗堪宽我恨，请君更酌三四巡"的悲愤。比起李白，在对社会的关注这一点上，李奎报咏史诗显然要更有深度。本书前一章提到，崔滋于《补闲集·卷中》曾精辟地总结李奎报诗曰："今观文顺公诗，虽气韵逸越侔于太白，其明道德，陈风谕，略与白公契合。可谓天才人才备矣。"实际上崔滋此言可诠释为：李奎报诗前期崇尚李白，其诗"气韵逸越"，即浪漫、咏志内容气息浓郁；李奎报后期诗在内容上则以白居易诗为宗，即"明道德，陈风谕"，亦即崇尚现实主义。内容的宏阔、题材的多样正是李奎报咏史诗作品的重要特征之一。李奎报在《白云小说》中自己也道："纯用清苦为体，山人之格也。全以妍丽装篇，宫掖之格也。唯能杂用清警、雄豪、妍丽、平淡，然后体格备，而人不以一体名之也。"① 由此不难看出李奎报对诗风多样性的认识。李奎报诗风由浪漫到平实的转变与李白浪漫诗风的一以贯之形成对照，而其中另有原因在于：李奎报没有李白般四处浪迹的经历，也没有李白般长期的壮志未酬。李奎报虽对于武臣执政也有过不满，但在无力改变武臣执政这一现状时，他则成为武臣把持政权下的相国，此虽招致诟病，但李奎报以其出众的文学才华为危难中的祖国贡献了自己的力量，从而也为自己挽回了荣誉，而出仕高官相位则无疑改变了其人生，反映到其咏史诗，自然就是内容的多样性加强，包容面广，现实生活自然成为其咏史内容之主体。李奎报有曰："夫诗，以意为主，设意最难，缀辞次之。意亦以气为主，由气之优劣，乃有深浅耳。然气本乎天，不可学得。故气之劣者，以雕文为工，未尝以意为先也，盖雕镂其文，丹青其句，信丽矣。然其中无含蓄深厚之意，则初若可玩，至再嚼则味已穷矣。"② 李奎报深谙为诗之道，因此，他诗风之转变，尽管有着从浪漫到平实的转变，但实际这一转变并非故意而为之，而是诗人根据自身阅历、环境和认知等条件的变化而自然发生，实际这也是顺应"以意为主""气本乎天"等诗学原则之天然行为。

二　援禅入诗

王世贞曾于《艺苑卮言》中用"以气为主，以自然为宗"总括李白诗之风貌，而某种意义上说，"以气为主，以自然为宗"亦不失为解读李奎报早期咏史诗作品的切入点。读李奎报咏史诗，我们可以感受到李白咏史诗所具有的"以气为主，以自然为宗"的明显特征。李奎报青年时期的咏史诗，与李白在某些方面几无二致，这一点前文已述。且如在李奎报怀古作品《江南旧游》中，作者曰："结发少年日，轻装寄汉南。乘闲频剧饮，遇胜辄穷探。水共鱼相乐，花先蝶自贪。种荷看露荷，爱月诉云

---

① ［高丽］李奎报：《白云小说》，见蔡美花、赵季主编《韩国诗话全编校注》第一册，人民文学出版社2012年版，第58页。

② 同上。

含。柳玩陶潜五，杯倾太白三。仙姝争自媚，笑脸最怜欲。"（《东国李相国集·全集卷一》）如上作品中，李白明明白白地出现在作者的言语中，可见其对李白的仰慕，更为要者，李奎报该诗的气象与李白作品如出一手，"少年""仙姝""杯倾"等与李白咏史诗惯常的表现手法别无等差，而从作者信手纵笔的酣畅淋漓中，我们也领悟到他对李白"以气为主，以自然为宗"精神的把握。再如李奎报《次韵吴东阁世文呈诰院诸学士三百韵诗》中之"杯筹三百计，斗酒十千酾"（《东国李相国集·全集卷五》）、《江南旧游》中之"乘闲频剧饮，遇胜辄穷探"与李白《襄阳歌》"百年三万六千日，一日须倾三百杯"①　等佳句有着共同激扬的意象，而《七月二十五日，善法寺堂头设饯见邀，乞诗》中"更坐殷勤倾数斝，清风朗月真无价"（《东国李相国集·全集卷十五》）句，则与李白笔下的月亮有着共同的清丽质感。

青年时代的李奎报咏史诗创作以李白为模范，而后随着年龄的增长、环境的改变和阅读玩味的扩大，李奎报咏史诗的表现手法也必然会有相应的变化。而高丽时代佛教浸染文学艺术的总体文化环境则给李奎报提供了援禅入诗的便利。援禅入诗是用淡泊超脱之理念、带有禅宗意味的笔法进行咏史诗创作，当以援禅入诗进行咏史诗创作时，李奎报咏史诗的韵味遂发生很大转变，"以气为主"的磅礴气概不免为恬淡静远的幽柔所取代。试如以下《卧诵楞严有作（二首）》其一曰："儒书老可罢，迁就首楞王。夜卧犹能诵，衾中亦道场。"其二则曰："恃我夜能诵，从教白日颓。莲花森在眼，千叶梦中开。"（《东国李相国集·后集卷五》）观以上作品，我们感受到浓郁的禅趣。而关于禅趣，朱光潜先生认为："僧侣首先见到自然美，诗人则从他们的'方外交'学得这种新趣味。'禅趣'中最大的成分便是静中所得于自然的妙悟，中国诗人所最得力于佛教者就在此一点。"②　李奎报亦然。更多时候，李奎报咏史诗之禅味是隐性的，有如醇酒，须慢慢品味，试品《复游西郊草堂》：

初日映短霞，长风卷宿雾。四望喜新晴，傍林聊散步。
造物固难料，阴云忽纷布。电火掣金蛇，雷公屡冯怒。

---

① 《全唐诗》卷一百六十六，李白六。
② 朱光潜：《诗论》，生活·读书·新知三联书店 2012 年版，第106 页。

儿童报我来，入郭及未雨。我言天地内，浮生信如寓。

彼此无真宅，随意且相住。何必恋洛尘，局促首归路。

换酒倾一壶，胸膈无细故。颓然卧前荣，万木苍烟暮。

（《东国李相国集·全集卷二》）

读如上咏史诗，我们不免有似曾相识之感，并不难体会到其中有类王维诗所具有的禅意，如王维《终南别业》有曰："中岁颇好道，晚家南山陲。兴来每独往，胜事空自知。行到水穷处，坐看云起时。偶然值林叟，谈笑无还期。"①　而李奎报《复游西郊草堂》一诗无疑与《终南别业》在意境等方面有异曲同工之妙，"受佛教影响的山水诗，那意境和情趣是沁人心脾的幽冷孤独，和那些气象雄浑的山水诗相比，明显地给人一种纤细低沉的感觉，但它是一种自然美，一种豪放风格无法代替的婉约风格"②。王维的诗歌以隽永的禅意著称于汉字文化圈，而"王维对高丽时代文人带来的影响基本上集中在对自然的感悟、'言外之意'的风格、禅的境界和'诗中有画'的境界等层面"③。李奎报诗风之禅味，其来源苏轼、王维而外也有杜甫，因为"杜诗东传朝鲜后，因本身'诗史'的特点对朝鲜文坛产生了深远的影响，时人对其评价甚高，与杜甫同样具有儒家忠君爱民思想的李奎报亦十分推崇杜甫。因各自国情和所处时代的原因，二人在崇信传统儒家功业思想的同时都崇信佛教。二人在佛禅渊源、作品中的佛禅意境、佛禅思想方面既有相同点又有差异，具有鲜明的国情特征，并衍射出他们各自不同的佛禅感悟"④。

而李奎报咏史诗，有时是将援禅入诗、"以气为主，以自然为宗"甚至援庄入诗等诸般创作手法彼此掺杂使用的，如《重九日无聊，有空空上人、卢同年来访。小酌泛菊，因有感作词一首（浪淘沙）》：

黄菊趁前期，已满东篱，无人也与泛金卮。

赖有诗朋来见访，小酌开眉。

---

①　《全唐诗》卷一百二十六，王维二。

②　郭绍林：《唐代士大夫与佛教》，三秦出版社 2006 年版，第 242 页。

③　［韩］金昌庆：《高丽文人对王维诗的接受》，《徐州工程学院学报》（社会科学版）2015 年第 3 期。

④　王玉姝：《多元文化背景下杜甫与李奎报佛禅思想同异探析》，《东疆学刊》2019 年第 1 期。

伊昔少年时，醉插芳枝，狂歌乱舞任人欺。

往事追思只自怅，似梦疑非。

（《东国李相国集·后集卷五》）

如上作品充满了深深的禅味，也可见陶渊明"采菊东篱下"所具有的田园自适情怀，还有李白《少年行》的活力。再如下诗，其创作亦采用相同方法，试看《郁怀有作（双韵）》："矮屋身隈隐，一个霜须翁。有时一滴酒霑吻，犹未写千愁万虑填胸中。安得与太白子美对醉横笔阵，吐出郁气和长虹。"（《东国李相国集·后集卷九》）该诗前半部分禅味浓郁，后半部分则笔锋突转，以李白惯用之磅礴气象直抒豪情，且直言"太白"，前后诗句之意境，遂产生明显落差，给人以强烈震撼。

李奎报咏史诗表现手法上的援禅入诗有时是以"援庄入诗"的面貌出现的，且看如下《辛酉五月，草堂端居无事，理园扫地之暇，读杜诗，用成都草堂诗韵，书闲适之乐（五首）》其五：

古来达士贵知微，田园将芜何日归。莫问累累兼若若，不曾是是况非非。

堕车醉者只全酒，把瓮丈人宁有机。御寇南华如可作，吾将问道一抠衣。

（《东国李相国集·全集卷十》）

李奎报该咏史诗，首先就表面内容看，它有着较多中国庄学及道家典故，"不曾是是况非非""堕车醉者只全酒""把瓮丈人宁有机"三句即事本《庄子》，而"御寇""南华"则分别指道家列子和庄子，实际就该诗的韵味看，它体现的是士大夫出世归隐的思想。曾有学者如是道："在本体论、世界观以及方法论方面，'庄''禅'虽有相近之处却又有明显差异；在思维方式、认识论方面，'庄''禅'相承并有所发展；在人生哲学、审美情趣方面，'禅'受'庄'影响并向'庄'回归。"[①]　可以说，李奎报上述咏史诗较好地诠释了这一点。该诗中，本于陶渊明《归去来辞》中"田园将芜何日归"和本于汉代民歌中语"印何累累，绶若

---

① 赵明、薛敏珠：《道家文化及其艺术精神》，吉林文史出版社1991年版，第190页。

若邪"①的"莫问累累兼若若"句，都体现了作者淡泊名利的思想。再如李奎报咏史组诗《题任君景谦寝屏六咏，与尹同年等数子同赋》其一，即《列子御风》中，作者云："从来道境尚遗身，何必乘虚始自神。若向风头寻御寇，满空飞鸟亦真人。"（《东国李相国集·全集卷十一》）在诙谐的语气中，体现出自适、超然的情致。

　　一方面，李奎报咏史诗中援禅入诗手法对于表现作者率任超脱思想，强化咏史诗艺术效果皆起到了很好的作用，另一方面，就其咏史诗乃至诗歌整体而言，援禅入诗则是其创作适应时代氛围、醉心于自我心灵体验的必然，这也是区别于李白作品的另一重要特征。而在援禅入诗过程中，李奎报创作实绩所受到的李白、苏轼、王维、陶潜等中国诗家之影响又雄辩地说明："文学的发展，除批判地继承本国、本民族文学的优秀传统之外，还必须吸收世界各民族文学的养料，以滋养自己。中外文学发展的历史无不证明，这也是文学发展的一条规律。"②

第二节　感知之细微与知识之探求

一　感知的细微

　　李奎报热爱生活、贪恋山川自然，因而他对一切可以感知的事物都有着敏锐的观察力，体现在其咏史诗中，便是感知之细、表达之微。陆机《文赋》曾有曰："伫中区以玄览，颐情志于《典》《坟》。遵四时以叹逝，瞻万物以思纷；悲落叶于劲秋，喜柔条于芳春。心懔懔以怀霜，志眇眇而临云。……慨投篇而援笔，聊宣之乎斯文。"而当我们品味李奎报咏史诗时，确实可以感受到人与物之间感知与被感知、把握与被把握的那份准确与默契。我们不妨以如下咏史诗作一考察：试看《端午，见秋千女戏（国俗，必端午作此戏）》其一：

　　　　推似神娥奔月去，返如仙女下天来。
　　　　仰看跳上方流汗，顷刻飘然又却回。

　　　　　　　　　　　　　　　　（《东国李相国集·后集卷三》）

---

　　① 据《汉书·佞幸传·石显》载："（石）显与中书仆射牢梁、少府五鹿充宗结为党友，诸附倚者皆得宠位。民歌之曰：'牢邪石邪，五鹿客邪！印何累累，绶若若邪！'言其兼官据势也。"见（汉）班固撰，（唐）颜师古注《汉书》卷九十三，中华书局1962年版，第3727页。

　　② 李学勤：《鲁迅写作经验谈》，云南教育出版社1986年版，第170页。

作者就端午节荡秋千女子的情形进行的刻画中，"推""返""跳"等词语的使用精准而具有浓郁的现场感，"去""来""流汗"等的使用又极为鲜明地突出了女子所具有的生命张力，而"神娥""仙女""飘然"等词语对于刻画荡秋千时的节奏感和运动感有着极好的作用。而在接下来的第二首中，作者却话锋一转道：

莫言仙女下从天，来往如梭定不然。
应是黄莺择佳树，飞来飞去自翩翩。

作者否定了在第一首诗中秋千女为"神娥""仙女"的比拟，认为仙女不可能来往如梭，眼前荡来荡去的应该是黄莺，它在不停地翩翩飞舞，以寻找最好的树以为栖息。"奔月""下天"的秋千女从"神娥""仙女"又变为"来往如梭""飞来飞去"的"黄莺"。这种比喻的转变实际体现的是李奎报感知的细致与表达的精微，对荡秋千情节的美好刻画是不可能用一句话或者两句话表达完的。另外，正如本文前面所述，李奎报对鸟有着特别的情愫，燕子、黄莺等身上寄托了李奎报对生活、对自然无限的热爱，而以黄莺来刻画秋千女以及用神娥、仙女等语汇来刻画，其中饱含的感情和美好心理动机是一致的。而观《端午，见秋千女戏（国俗，必端午作此戏）》整首诗，它形象地描述了高丽时期的民俗，给人以生活之情趣和蓬勃向上之感，同时也体现了作者对民族文化、对生活的无限热爱之情。进一步言，李奎报《端午，见秋千女戏（国俗，必端午作此戏）》暨他整体的文学成就，对朝鲜民族文学的滋养必定深刻却又润物于无声之间。即以李奎报后五百年产生于朝鲜王朝时期的著名世代累积性文学作品《春香传》为例，其中关于春香荡秋千的刻画即与《端午，见秋千女戏（国俗，必端午作此戏）》神合，试看《春香传》中的描写："绿荫千尺，红裳迎风放异彩；长空万里，白云闪电发奇光。'瞻之在前，忽焉在后。'荡向前时，如盈盈燕子，桃红一点；荡向后时，似翩翩蝴蝶，粉翼双飘。那里是人间女子挽绳戏弄秋千架，分明是巫山神女乘云飞舞在阳台。"①《春香传》中刻画人物时的比喻用词"燕子""蝴蝶""巫山神女"与描写人物神态动作的"荡""翩翩""飞舞"等词语，和李奎报关于秋千女

---

① ［朝鲜］《春香传》，冰蔚、张友鸾译，作家出版社1956年版，第10页。

戏描写中的"神娥""仙女""黄莺""飘然""来往如梭""飞来飞去"等表达，无疑在刻画动机、思维方式、表达效果上有着一致性。从作者的遣词用句无疑可以看出他观察生活、感知事物之准确和细致。再如作者于七十一岁时所作《寒食日有风无雨（戊戌年）》一首：

甚雨与疾风，寒节必所值。天为介子推，似慰炎焚死。
风以扇凄凉，雨以流清沚。胡奈于今年，风微雨不至。
天岂以日远，未必一终始。更迟明年春，了知天之意。

（《东国李相国集·后集卷三》）

在纪念介子推的寒食日这天，无雨风也微，这带给李奎报一丝忧虑：介子推是于寒食日葬身于绵山火海，在介子推遇难的周年纪念日，应该有"甚雨与疾风"，这样才会有"凄凉"和"清沚"，才可以去除介子推的痛楚，才足以慰藉介子推"炎焚死"的灵魂。或许在许多人看来，寒食日有微风却无雨，这是不足以引起特别关注之平常事，但李奎报却能从微小的自然变化联想到介子推的不幸而发出"胡奈"之叹。李奎报怀疑，介子推葬身火海一事距时久远，上苍因而不能始终如一地贯彻"甚雨与疾风，寒节必所值"之规则。但他并不就此灰心，他要在来年看看"天之意"到底如何对待介子推的纪念日。应该说，李奎报这种细微的观察与表达所折射出的是他自身品格的高贵。有西方学者在谈到中国艺术的特点时说："事物自身能从精神上加以解释——也就是说隐藏起来的精神能被我们沉思的把握所发现和解放。……谢赫所制定的著名的'六法'中的第一'法'是什么？——是让生命力表现艺术家在事物中所捕获到的独特的精神共鸣，当艺术家被其社会以宇宙精神所感悟时。"① 可以说，李奎报在寒食日"甚雨与疾风"的现象中捕捉到了介子推灵魂的不安，而李奎报所认为介子推灵魂的不安又实际是诗人自己的不安，这种不安源于他对美好人格的追求和对自然与社会的敏锐感知。由于感知与表达在其中起着极为重要的作用，谢赫"气韵生动"这一画性的境界在李奎报咏史诗中便会在《端午，见秋千女戏（国俗，必端午作此戏）》《寒食日有风无

---

① ［法］雅克·马利坦：《艺术与诗中的创造性直觉》，刘有元、罗选民等译，生活·读书·新知三联书店1991年版，第25—26页。

雨（戊戌年）》等作品中突出地表现出来，于是，李奎报咏史诗中的立体感与现场感遂更浓郁。我们不妨再以如下《朴君玄球家赋〈双鹭图〉》为例：

> 忆昔江南天，扁舟泊烟浦。霜菰映清浅，中有双白鹭。
> 静翘绿玉胫，闲刷白银羽。拟将诗句摹，久作猿吟苦。
> 写形虽仿佛，佳处殊未遇。画工真可人，到我所未到。
> 眼活而有力，耸立勇前顾。肉瘦而有骨，未起已退慕。
> 就中画声难，解作啼态度。我诗岂好事，聊写画中趣。
> 画难人人蓄，诗可处处布。见诗如见画，亦足传万古。
>
> （《东国李相国集·全集卷八》）

呈现在李奎报面前的是一幅《双鹭图》，但就从这幅图中，李奎报感知到的是曾经的过去，"霜菰映清浅，中有双白鹭"的一幕又出现在李奎报的脑海里。曾经，李奎报"拟将诗句摹，久作猿吟苦"，但还是难以将记忆中泊舟江南"烟浦"时候所见双鹭的佳姿描摹尽致，而眼前所见的《双鹭图》则弥补了自己心中的缺憾。如果说，从《双鹭图》感知到过去美好的一幕，这是一种浅层次感知的话，对图画的描绘则是真正意义上的感知与表达，双鹭的面部表情以"眼活"为显征，体态则是"耸立"并"前顾"，且具有强烈的骨感，而"啼态度"则弥补了"画声难"之不足。整体而言，从《双鹭图》中李奎报感知到了过去，感知到了曾经为诗之苦，反之，正是在对过去和眼前情景的对比与细微遣词用句中，李奎报表达出了他对朴玄球家《双鹭图》的独到理解。高丽后期著名文人李齐贤曾就李奎报《朴君玄球家赋〈双鹭图〉》一诗道："东坡《题韩干十四马》云：'韩生画马真是马，苏子作诗如见画。世无伯乐亦无韩，此诗此画谁当看。'李文顺公《题鹭鹚图》云：'画难人人畜，诗可处处布。见诗如见画，亦足传万古。'语虽不侔，其用意同也。"[①]

据载，在李奎报十一岁时，"是年，叔父直门下省，李富夸于省郎曰：'吾犹子年可若干，能属文。召试之可乎？'诸郎欣然使迎之，命为联句。时方受外郡贡纸，以'纸'字占之。公应声唱曰：'纸路长行毛学

---

① ［高丽］李齐贤：《栎翁稗说》，见蔡美花、赵季主编《韩国诗话全编校注》第一册，人民文学出版社2012年版，第150页。

士.'诸郎手书之。又令为对,即曰:'杯心常在曲先生.'郎皆叹伏,号奇童,慰勉遣之"(《东国李相国集·年谱》)。而成年以后的李奎报,其文才更令人叹服不已,试如在其二十二岁时,"是年春,举司马试,中第一。以十韵诗赋之,其题:'先王制轩冕,著贵贱不求美.'公破题云:'太古无轩冕,谁分贵贱流。制之然后著,美也不曾求.'又一句云:'始造闻黄帝,徒行岂孔丘?'座主柳公嗟赏不已,遂擢第一。"(《东国李相国集·年谱》)而具体就李奎报咏史诗来看,在感知并表达方面的才华的确很出众。正是由于对感知与表达的细致入微,李奎报咏史诗才首首皆显活泼或悠远特色,才给人以无尽之回味,《文心雕龙·神思》曰:"故思理为妙,神与物游。神居胸臆,而志气统其关键,物沿耳目,而辞令管其枢机。"李奎报的创作实绩即雄辩地证明了这一点,而对生活的认真态度、对天地间美好事物的观察与热爱则是根本源泉。

二　知识与真理之探求

作为在朝鲜文学史上卓有成就的一代咏史诗大家,李奎报实际在其幼年之际即已表现出相当的潜质,而广博的知识和对真理的不懈追求则是李奎报咏史诗成功的一大关键。据《东国李相国集·全集序》:李奎报"九岁能属文,时号奇童。稍长,经史百家、佛书道秩,无不遍阅,一览辄记。为诗文略不蹈古人畦径,以诗捷称,王公大人闻其能,邀致之,请赋难状之物,令每句唱强韵,若古若律,走笔立成,风樯阵马,不足况其速"。由于自幼博览群书,加之天资聪慧,李奎报遂夯实了未来咏史诗成就的坚实基础,而随着年龄的增长,李奎报的知识积累以及创作经验益发丰富,对知识与真理的追求与探索益发渴望。读李奎报咏史诗,我们可以明显感受到这一点。而对知识,对真理的探求,李奎报自己在《白云小说》中还曾说过:

> 余自九龄始知读书,至今手不释卷。自《诗》《书》《六经》、诸子百家、史笔之文,至于幽经僻典、梵书、道家之说,虽不得穷源探奥、钩索深隐,亦莫不涉猎游泳、采菁撷华,以为骋词摛藻之具。又自伏羲已来,三代、两汉、秦晋、隋唐、五代之间,君臣之得失,邦国之理乱,忠臣义士、奸雄大盗、成败善恶之迹,虽不得并包并

括，举无遗漏，亦莫不截烦撮要，览观记诵，以为适时应用之备具。①

正因为此，李奎报的咏史诗便显得厚重，极富知识性，因而也更能经得起时间的考验。李奎报咏史诗中，但凡生活中所闻所见之物，诸如吃穿住行、花草树木、天文地理，可谓洋洋大观，包藏丰富。如在《次韵文长老、朴还古论槿花（并序）》中，作者首先于序文中曰："长老文公、东皋子朴还古，各论槿花名。或云无穷，无穷之意，谓此花开落无穷。或云无宫，无宫之意，谓昔君王爱此花，而六宫无色。各执不决，因探乐天诗，取其韵，各赋一篇，亦劝予和之。"（《东国李相国集·全集卷十四》）李奎报与志同道合之朋友一起谈古论今、切磋互长，对槿花一名的考论充分体现出其对知识之追求，而就槿花之名，李奎报给出自己的答案认为：

> 宫穷亦似戏，初传自谁口。予独立可断，如辨醇醨酒。
> 此花片时荣，尚欠一日久。人嫌似浮生，不忍见落后。
> 反以无穷名，倘可无穷有。二子闻之惊，阖吻如闭牖。
> 我说诚有凭，问君肯之否。如将移诸朝，亦可言亥首。

作者认为所谓"无宫""无穷"系戏言，不知传自何人之口。槿花只有片时之荣，连"一日久"的时间都没有，根据槿花"人嫌似浮生"这一特征，没有人会赋予其以"无穷"之意，因此所谓槿花有"无穷"之意显然不符合实际意思，而"无宫"之义也自然就不成立，"如将移诸朝"，槿花也就只能如地支中的"亥"般，排在倒数第一位。再如以下《鸡冠花满苑盛开，自夏至秋季，爱而赋之。仍邀李百全学士同赋》一首中，我们可以体会到作者类似的知识积淀和探求。试看：

> 花于旷地似或悭，开擅一园真盛矣。百花开谢只春夏，怜渠涉夏入秋季。
> 何人始作鸡冠呼，高髻鲜红无奈似。我疑昔者有斗鸡，忽逢强御

---

① ［高丽］李奎报：《白云小说》，见蔡美花、赵季主编《韩国诗话全编校注》第一册，人民文学出版社 2012 年版，第 50—51 页。

至必死。

　　朱冠赤帻溅血落，锦绣离披纷满地。物灵不共泥壤朽，直作芳华夸酽紫。

（《东国李相国集·后集卷五》）

　　作者根据"鸡冠花"这一名称、"开擅一园"之盛况以及"涉夏入秋季"之不屈特性，怀疑其名称来源于斗鸡这一习俗，由于棋逢对手，因此出现"朱冠赤帻溅血落"的惨烈一幕，公鸡一身艳丽之羽毛纷纷落地，由于不愿与污朽之泥共处，这些鲜血和美丽羽毛遂化作芳华并展现出其醇紫的靓丽之姿。作者的思考不可谓不独特，在感受该首作品活泼的语言和华而不腻的风格之同时，我们也感受到一种知识性。作者在该作品最后又不无调皮地言道："临风掀举好昂头，又欲与敌相奋跂。宜哉去汝骄矜心，但可勤开邀赏耳。"

　　李奎报对鲜花、对树、对一切植物都有着一种热爱。他的咏史诗，对这些充满生机的植物所流露出的爱也颇真挚，同时亦正如上文所示，李奎报对身边的这些植物充满了好奇和探究，这实际也是作者热爱生活的一种自然表现。除了花花草草之外，李奎报咏史诗中的知识探求也体现在别的一些作品里，我们不妨作一考察。试看《庾大谏敬玄邀饮同寮，出所蓄水精杯，请予赋之（时予为左谏议，庾为右）》，作者在该咏史诗里有曰："我恐海若冯夷日千戏，水中幻怪真骇矣。忽掬霜涛蹙作团，须臾凝成玉肌理。狂风吹出落江沙，一堆片雪委青莎。"（《东国李相国集·全集卷十七》）在李奎报看来，庾敬玄所蓄水精（晶）杯有着一段不寻常的经历，它或许是有如河伯冯夷般的神秘幻怪嬉戏于海时捧了"霜涛"并最终抟团，使之凝结为具有"玉肌理"品质之水晶。李奎报的如此描述不禁令人想到唐人高适"坎德昔滂沱，冯夷胡不仁"[①] 之浪漫描写。《易·说卦》中有"坎为水"之语，"坎德"则指水下向而流之特征，喻人之谦虚低调。高适认为，具有"坎德"的水昔日曾滂沱肆虐，这是河伯冯夷之不仁表现。李奎报则认为，冯夷造出此一水晶之后，在狂风之作用力下，这块水晶落到了江沙青草之中，最后又经过一番曲折的经历、精雕细琢以后，变成了绝伦无比的水晶杯。李奎报关于水晶杯的描写看似传奇般浪

———————————

① （唐）高适：《自淇涉黄河途中作（十三首）》之十，见《全唐诗》卷二百十二，高适二。

漫，但是，水晶作为一种矿物，其生成是与大自然亿万年的地质变化有密切关系。因此，读该首咏史诗，我们在浪漫的文字中，体会到的是沧海桑田的世界变化之叹。而从"忽掬霜涛蹙作团，须臾凝成玉肌理。狂风吹出落江沙，一堆片雪委青莎"等语中，我们可以感受到作者对真理、对自然、对世界乃至对宇宙的感悟和沉思，而对读者言，亦具启发意义。

李奎报咏史诗，对知识性及真理的探求是其一大特色。读李奎报咏史诗，知识之广博这一点给人印象尤其深刻，而对自然，尤其是对地质地理的探究在李奎报作品里体现明显。我们再看李奎报于七十二岁时所作如下组诗《己亥五月七日，家泉复出，戏成问答五首》：

> 主人问泉
> 寒流依旧涌岩间，入沼盈盈漱翠澜。为问灵泉能会不，主人还复几年看？
> 泉答主人
> 盘回萦屈石中间，罅出方成一掬澜。地下泉流多少在，何忧不及此时看。
> 主人复答
> 我心非必恋人间，却爱金釭泛绿澜。地下丁宁泉亦在，不知能把一杯看？
> 泉复答
> 汝爱浮觞净渌间，酿时何复涧予澜。地中亦有酒泉在，曷不寻源一往看。
> 主人又答
> 汝智区区尺度间，谕予归吸酒泉澜。霞旌云帔升天去，渠辈于时得我看！

（《东国李相国集·后集卷六》）

作品读来诙谐幽默，情趣盎然，并在老顽童调皮的语言里，也透出垂暮之年的作者对美酒与人生无限的依恋之情。尽管如此，我们在看似玩笑的语言里体会到作者探究地球奥妙、探究地质的诚挚心态。李奎报"问"泉水："入沼盈盈漱翠澜"后还是否要回来？我是否还会看到你？而泉水"回答"李奎报：地下的泉水到底有多少，你现在就可以看呀！接下来，李奎报道出自己的真正意图：我爱美酒，地下"丁宁"的泉水是在，但不知有无美酒？泉水则"告诉"李奎报：你不必着急"涸予澜"，地下也有酒泉，你可以寻源头以作一考察，而李奎报则最后说：你那小聪明，想叫我去吸干酒泉之酒，到时我就叫你们见识一下。

以上李奎报作品充满了对人生美好的留恋，但我们从作者与泉水的"对话"中，看到的是李奎报对未来、对来世、对"地下"这另外一个世界的好奇与思考，也看到李奎报对泉水、地下等实实在在地理知识的思索。当然，李奎报咏史诗中，对自然、对世间万物的探求与思索是不断出现的。再如在《雪花吟示空空上人》中，作者曰："百花五出雪花六，天工剪刻有多寡。多者费应深，寡者功应乍。胡奈真花与雪花，生灭不如天造化。花能经久雪易消，此理茫茫终莫课。若言雪非花，此岂非诈者。诈则不及真，天不应薄于真兮厚于诈。玄机不可测，欲测翻笑我。"（《东国李相国集·后集卷九》）作者对真花花瓣"五出"而雪花"六出"这一问题感到好奇，他认为天工剪裁"六出"的雪花要比剪裁真花费较多工夫，但真花却比雪花耐久，因此不禁有"此理茫茫终莫课"之感。作者最后认为这一切奇妙现象都是"天"之玄机在操作，并认为如果探究这一问题，"天"反倒会笑话自己。再如在《蚁拖虫（双韵）》中，作者曰："微莫微于蚁，曳虫犹善走。大小若等视，如虎制百兽。"（《东国李相国集·后集卷十》）从小小蚂蚁拖虫的这一举动，李奎报想到的是生命的伟大和不可小视。

就整体李奎报咏史诗而言，对知识与真理的探求是李奎报所不曾停止的，并体现出儒家天人合一的美学滋味，"农业社会中的美学观大抵是观物取象，依天作乐，而这种艺术在其生命本原上具备了现代工业社会中无法比拟的原创精神。这种艺术培养出来的人格也就是天人合一，君子接受乐教，归根到底是从自然界体现出来的和谐中感受带礼义精神的伟大，从天地之和中吸取滋养，陶冶自己的心怀，培育高尚的人格境界"①。因此，读李奎报咏史诗乃至其整个诗歌作品，我们实际也会如作者一般，得到较多对人生、对自然、对天地万物的感悟与启发，并能被作者质朴真诚的人生态度所深深感染。

————————

① 蔡钟祥、袁济喜：《中国古代文艺学》，人民文学出版社 2011 年版，第 237—238 页。

第三节　修辞的使用与语言之哲理性

一　修辞的多样

李奎报咏史诗，修辞的密集使用是尤其值得关注的亮点，比喻、拟人、拟物、借代、夸张，等等，可谓五光十色、绚丽缤纷。修辞的成功运用是李奎报咏史诗，乃至整体汉诗创作成功的一大要素。李奎报咏史诗中，拟人修辞用法较多，这与作者热爱自然，热爱社会有很大关系。如《东国李相国集·全集卷十》有《鹦鹉》一首，该诗中，作者根据鹦鹉"能言""传声巧"等特征，将其拟人化为"小儿"，又据"衿披蓝绿""惠容多"等特征比拟其为"玲珑处女"。全诗前面大部分给人以清新、明丽之感，而在诗之最后，作者一句"牢锁玉笼无计出，陇山归梦渐蹉跎"，将鹦鹉呈现于我们面前的美好形象彻底击碎。尽管作者之手法不免"残忍"，但正是在这一强烈的对照中，使人感受到了心灵的震荡和对人生青春美好的反思。李朝著名文人洪万宗曾就李奎报该诗云："《咏鹦鹉》诗曰：'衿披蓝绿嘴丹砂，徒为能言见蔚罗。骄姹小儿圆舌涩，玲珑处女慧容多。惯闻人语传声巧，新学宫词道字讹。牢锁玉笼无计出，陇山归梦渐蹉跎。'公诗素称大家，而巧妙亦如此，可谓大则须弥，小则芥子。"[①]正如《鹦鹉》一诗所示，李奎报咏史诗有着强烈的时空意识，而这一主题之表达与作者对修辞的高超把握是密切相关的，拟人则是作者所擅长之法。再如《送春》一首中，作者曰：

> 春去去能不悲，非尔负吾吾负尔。
> 适我病中遭汝来，未肯对花成一醉。
> 好去明年更相见，莫把老来将少至。
>
> （《东国李相国集·后集卷三》）

在李奎报眼里，"春天"是一位有生命、有感知能力的朋友，春天"来访"，而自己却一病不起，诗人内心不由生出无限遗憾，他遂产生愧

[①]　［朝鲜］洪万宗：《小华诗评》卷上，见《洪万宗全集（下）》，首尔太学社1986年版，第36—37页。

对春天之感，但诗人仍旧以极为乐观率真的语言说道："好去明年更相见。"从如上咏史诗中，我们感受到诗人一种对时光、对人间美好事物珍视的态度，并见出作者豁达的个性和幽默的风度。再看《题石泉》一首，风格特色与《送春》几乎别无二致："每见东流疾，潜怀逝者悲。清泉知我意，碍石故逶迟。"（《东国李相国集·全集卷十四》）在作者眼里，清泉是有灵性、有生命、能善解人意的"人"，正因如此，清泉迟迟不愿离开自己而去。但与其说是清泉不愿离开"我"，不如说是"我"对清泉依依不舍才为其实。这种拟人修辞在李奎报咏史诗里常常出现，读来给人活泼甚至顽皮之感，而这也恰好表现出李奎报作为咏史诗大家的放旷个性与情怀。再如在《咏菊（二首）》其二里，诗人如是曰："不凭春力仗秋光，故作寒芳勿怕霜。有酒何人辜负汝，莫言陶令独怜香。"（《东国李相国集·全集卷十四》）在作者看来，菊花不以春光为凭而开放于秋季，"故意"表现出不畏风寒之态，以上看似戏谑的语言里流露出的却是作者的一片怜爱之意。紧接着，在下阕作者又说，如果有酒助兴于我，那么，不独陶渊明爱菊，我也会对你有怜香惜玉之情。该诗语言活脱清新、风格幽默，于短小的字句里表达出无限的乐趣，幽默与洒脱感依然浓郁，而拟人手法更是在其中发挥了极为重要的作用。当然，尽管李奎报是拟人手法的使用高手，但作为咏史诗，拟人修辞在其中的使用愈成熟，其对时空感慨意味的反衬效果愈明显。前面所提诗作中这种特点即很浓郁，而以下《题李花》一首中，拟人效果之于作品时空感慨的反衬效果则更直白：

> 汝与我同姓，逢春发好花。
> 吾颜不似旧，反得鬓霜多。

（《东国李相国集·全集卷十四》）

李奎报咏史诗中拟人修辞有着突出表现，而正因为有了这些拟人以及拟物用法，李奎报作品才显得易懂、上口而又精湛。当然，李奎报作品拟人手法的应用，并非故意而为之，这实际是一种很自然的物我互化，"在物化的审美创造中，由于思维极度活跃，作家、艺术家处于物我莫辨的精神状态，物有情思是一种必然。物会哭，会笑，能够与人对话，成为人的知己。这不仅仅是拟人化的修辞手法，实在是一种艺术思维的表现形式"①。除拟人外，李奎报咏史诗也使用拟物修辞方法。《寓古（三首）》其一曰："祷天求圣人，天不雨孔氏。凿地索贤人，地不涌颜子。"（《东国李相国集·全集卷一》）"孔氏""颜子"作为圣贤，其之于社会的教化意义不亚于雨泽之于人间万物的滋养，但圣贤毕竟是有限的，是不可能如雨水川泽般经常可求的。因此，拟物用法的使用加强了作者表意的强度，从而突出了圣贤的"稀缺"与重要性。再如《寓古（三首）》其三曰："大禹理洪水，未平人心险。睢眦生狂澜，万人平地垫。"（《东国李相国集·全集卷一》）作者把人心之险恶与"洪水"相提并论，并认为洪水可治理，而人心之险恶是不可能如治水般理平的，作者明显又使用了拟物之方法，而下阕则以"狂澜""万人"等具有张力感的词语夸张地对人间因小事而起大纠纷之行为予以讽刺。实际作为李奎报咏史诗中一大特色的夸张修辞用法，在《东国李相国集》中随处可见，我们将会在下面谈到。此外，李奎报咏史诗中比喻等其他修辞方法的使用也很突出，前面我们已提到在《端午，见秋千女戏（国俗，必端午作此戏）》中，秋千女被比喻为"来往如梭"的黄莺，再如在《照鬓有感》中，作者用隐喻手法，表达了对人生蹉跎的感叹："霜雪之于物，秋冬各有司。如何人鬓上，一着不曾离。"（《东国李相国集·全集卷十六》）以霜或雪比喻白发进而表达迟暮之年对时光的留恋，这是李奎报咏史诗中所多见的。霜雪的肃杀之气令人生畏，而其颜色则最容易使李奎报这样的老人联想到苍苍白发并联想到人生之短促。因而，李奎报笔下的霜、雪在其咏史诗中出现频率颇高，并对咏史诗表情达意的实现起到很好的支撑效果。再试看如下《病中示文学宋君》：

双鬓萧条雪万茎，强名邦伯得专城。酒杯干日生中死，宾从来时辱里荣。

病忆故人空有泪，老思明主若为情。假教身毙南荒地，白骨何人拾取行。

（《东国李相国集·全集卷十五》）

---

① 胡经之、李健：《中国古典文艺学》，光明日报出版社2006年版，第265页。

该诗给人以悲观、凄冷之强烈感觉，作者以被"雪"所染的双鬓起笔，而应之以篇末的"白骨"，全诗遂弥漫着一种萧索、苍凉，读来令人有不寒而栗之感，这与白居易《初见白发》一诗之于读者的感受别无二致。《初见白发》中白居易曰："白发生一茎，朝来明镜里。勿言一茎少，满头从此始。青山方远别，黄绶初从仕。未料容鬓间，蹉跎忽如此。"①当然，白居易该诗直接以"白发"起笔，而李奎报则以有别于"白"之类直接的词语来表达自己对时光流逝与迟暮衰老状态的刻画，这或许与诗人心理上对衰老及死亡所持的潜在排斥态度有很大关系。李奎报咏史诗里的这种修辞使用在下诗《路上有作，示甥婿韩韶（韶自京师，至全州迎去）》中有着进一步体现：

> 簿书颠倒二年强，解绶归来梦一场。道直谁怜元似矢，鬓斑争奈渐成霜。
> 满山寒雪懒回首，一路斜阳空断肠。千里远来深有意，为吟长句示韩湘。

（《东国李相国集·全集卷十》）

该首怀古诗里，出现在作者头上的不是"雪"，而是"霜"，雪则被"铺"到了地上，以与诗人头上的"霜"相互映衬，从而加强了全诗的凄冷意味。李奎报咏史诗中使用了大量比喻，实际这是不一而足的，再如《偶书》中之"河东毁誉日纷纷，过耳飞蚊不足闻"（《东国李相国集·全集卷十》）句，以"飞蚊"暗喻流言蜚语。《示通判郑君二首》其一中"江南地僻作孤囚，犹似笼禽不自由"（《东国李相国集·全集卷十五》）句，以"笼禽"比喻远离京师的自己。

当然，如前所述，在更多情况下，李奎报咏史诗中几种修辞手法是同时出现的，前面所提"双鬓萧条雪万茎"，作者在以"雪"比喻满头白发时，即用"万茎"这一夸张性语言。在《路上有作，示甥婿韩韶（韶自京师，至全州迎去）》中，"解绶归来梦一场"一句则以"绶"借代佩印挂绶的官宦生涯，而"解绶"则是指称卸任归来一事。再如以下《谢文禅老惠米与绵》：

---

① 《全唐诗》卷四百三十二。

我家全盛时，压甑炊香玉。厌饫不下匙，况肯餐脱粟。
雪色蜀蚕绵，十斤方一掬。费之不甚珍，柳絮空飘扑。
坐此今困穷，家无担石蓄。馋口长流涎，浪抚雷鸣腹。
九月霜天高，一夜风落木。单衾剧铁寒，身若冻鳖缩。
忽得一缄信，赠我心所欲。晚炊寒灶中，青烟始生屋。
披向薄衣中，如负冬日燠。为感仁者心，蛟眼泪相续。

（《东国李相国集·全集卷十》）

在该诗里，"压甑炊香玉"句中作者用"香玉"比喻白米，说明曾经生活之富足，用"鳖缩"来喻不胜寒冷之状，而诗末"蛟眼泪"则以比喻加夸张手法来表达自己受人恩惠之感动。"蛟"，古代传说能发洪水之龙，屈原《九歌·湘夫人》即有曰："麋何食兮庭中？蛟何为兮水裔？"作者将自己感动之泪水比喻为蛟龙所发之洪水，这种夸张对本诗中心思想的表达起到了相当重要的作用。同诗中，前句有"雪色蜀蚕绵，十斤方一掬。费之不甚珍，柳絮空飘扑"，此尤其典型与精致。"一掬"者，"一捧"义，诗人眼里，十斤数量的雪色蜀蚕绵也就如同小小的一掬而已，由于生活优裕，雪色蜀蚕绵对自己而言毫无珍惜可言，它们就像柳絮一样到处飘扑。作者以上表述无疑也具有强烈的夸张意味，这种夸张的修辞在接下来的"馋口长流涎，浪抚雷鸣腹"一句中也相当明显。再如以下李奎报咏史里，有着多种修辞手法混生的现象，试看《同文长老方、崔秀才升圭，用古人韵各赋》：

蚁坑名官奈为何，一世生涯付醉歌。词格清哀珠有泪，道心虚寂井无波。
禅公旅寓窠依鸟，园客仙期茧作蛾。绿发相逢须痛饮，他年重见鬓霜多。

（《东国李相国集·全集卷八》）

作者一开始就用"蚁坑"一词来抒发为官的无奈和对为官的不屑，而与此形成对比的是，作者将"禅公旅寓"比喻为"窠依鸟"，将"园客"追求"仙期"自由生活的行为比喻为"茧作蛾"。末句中"绿发相逢须痛饮"则将朋友久别重逢后的快乐表露了出来，而"绿发"一词作

为青春年少之借代词语，其使用隐含了作者对时光的珍视，这与下句
"他年重见鬓霜多"中的"鬓霜"比喻修辞无疑形成鲜明对照。李奎报其
他咏史诗中，借代的修辞使用也多，如于《吉秀才德才家筵，有妓献花。
予所得一枝，有叶无花，侔不悦而不插。因以戏之，坐客请为诗。即口占
一绝云》，"狂言忽发锦筵中，粉面频回笑杜翁"（《东国李相国集·全集
卷十二》）句中以"粉面"借代年少貌美的筵妓，《复和》一首中"生涯
已付三杯圣，意气都关尺剑雄"（《东国李相国集·全集卷八》）一句，其
"三杯"的使用则借以指代酒，进一步言，它在某种程度上亦指作者的人
生态度。

综上，李奎报咏史诗中的修辞用法种类繁多，难以一一详细道来，但
就总体特色来看，在拟人、比喻抑或夸张等修辞中，诸如代表衰老的
"雪""霜"，代表酒的"杯""蚁"和代表青春女子的"红颜""云鬓"
等，使用极多而贴切到位，因而对李奎报咏史诗的成功起到了尤其重要的
作用。

二 语言之哲理性

李奎报咏史诗，有着较多的哲学思考，展现出广阔的世界万象，神思
之奇妙值得一窥。试如《雪咏》：

> 翦水作浮花，须臾复为水。此甚似幻戏，想天必不尔。
> 常疑雨堕空，苦逼寒威被。半路冻凝华，偶肖琼葩耳。
> 若是雨所化，翦刻者谁是。详看六出巧，定自天工费。
> 天果幻戏耶，终未测其意。见日融成汁，还与雨潦似。
> 虽欲复为花，其奈已沦地。天机秘难诘，置酒但一醉。

（《东国李相国集·全集卷十六》）

作品语言平实质朴，但读来却给人以清新、明丽和强烈的启发感。作
者首先就雪花之自然属性曰"翦水作浮花，须臾复为水"，然后便提出
"此甚似幻戏，想天必不尔"这种质疑，接下来他便提出自己的猜测：
"常疑雨堕空，苦逼寒威被。半路冻凝华，偶肖琼葩耳。"作者怀疑冰是
雨在"寒威"的"苦逼"之下在中途凝结成琼葩的。李奎报的质疑语言
看似诙谐戏谑，但就冰的形成而言，又何尝不是如李奎报所质疑的那样

呢？而在八百年前，李奎报能有如此大胆的推测，确实难能可贵。但是，李奎报又问：如果冰是由雨所生成，那么，雪花又是谁人剪裁而出呢？这可真是上天安排的一场幻戏，而上天这样做的目的又是什么呢？李奎报不禁怅然，遂发出"终未测其意"之叹。接下来，李奎报便又就雪花"见日融成汁，还与雨潦似。虽欲复为花，其奈已沦地"的无奈不无遗憾地道："天机秘难诘，置酒但一醉。"读《雪咏》，我们不禁为李奎报探究知识的精神所折服，而《雪咏》又极易使我们想到中国屈原不朽的名作《天问》，屈原于其中曰：

> 遂古之初，谁传道之？上下未形，何由考之？
> 冥昭瞢暗，谁能极之？冯翼惟像，何以识之？
> 明明暗暗，惟时何为？阴阳三合，何本何化？
> 圜则九重，孰营度之？惟兹何功，孰初作之？
> ……

　　《天问》被古今不少专家认为是一篇奇文，并引发对《天问》的持续探讨。以东汉王逸为例，他对《天问》进行的研究即很有名，如《天问》首句"遂古之初，谁传道之"，王逸章句曰："遂，往也。初，始也。言往古太始之元，虚廓无形，神物未生，谁传道此也？"① 可以说，"战国时期虽然开展了百家争鸣，但没有哪一家曾对自然和社会现象表现出这么广泛而深刻的怀疑。这就意味着《天问》作者具有超越当时一般思想家的强大的独立人格力量"② 而就对自然与社会的探究这一点，李奎报无疑与屈原有着不少的相似性。在李奎报咏史诗里，哲理性话语处处皆是，再如："孤桐本自静，假物成撧玎"（《素琴》，《东国李相国集·全集卷三》）、"身是梦中物，真为梦中梦"（《达摩大师像赞》，《东国李相国集·全集卷十九》）、"穴窍珠中度，随轮磨上奔。谁知槐树下，别占一乾坤"（《蚁》，《东国李相国集·全集卷三》）、"鼓舞风所职，被物无私阿。惜花若停籁，其奈生长何？"（《妒花风》，《东国李相国集·全集卷十四》）、"一朝瞑双目，祖送北邙趾。虽欲作狂态，白骨能复起？虽欲与人

---

① （汉）王逸撰，黄灵庚点校：《楚辞章句》卷三，上海古籍出版社2017年版，第68页。
② 章培恒、骆玉明主编：《中国文学史（上）》，复旦大学出版社1997年版，第155页。

语，其奈幽明异"（《寓古》，《东国李相国集·全集卷十四》），诸如此类，真是不一而足。可以说，李奎报咏史诗作品充分体现出诗人对自然万物的细心观察和哲学思考，从李奎报富有哲理意味的语言里，我们同时也感受到作者对自然、对人生的热爱。我们再试看如下《拥炉有感》：

> 人莫逃阴阳，天地所役使。或令贱且穷，或使富而贵。
> 既关造物手，无怨亦无喜。此火石所化，此炉铁所遂。
> 火灭则缩身，火炎身复伸。区区火有无，缩伸不由人。
> 既莫避天数，甘作天之民。又为物所制，此身安可珍。
> 水火不焦濡，然后身乃真。

（《东国李相国集·全集卷十一》）

　　拥炉而坐的李奎报面对炉火，不禁产生感叹，人终究是要离开人世的，这是"天地所役使"，或贵或贱则是"造物手"所掌控，因此无所谓悲喜，顺其自然而已。这正如火的有无、伸缩也非由人决定，而是由大自然自身决定。人难以左右天意，于是乎"既莫避天数，甘作天之民"。诗人的想法不免有消极之嫌，但毕竟人生是有限的，不甘作天之民又能如何？所以，很多时候，李奎报有着天命思想甚至放任人生的态度，并且这种想法在李奎报其他作品里也有反映。试看《病中（丁酉九月）》："造物在冥冥，形状复何似？必尔生自身，病我者谁是？圣人能物物，未始为物使。我为物所物，行止不由己。遭尔造化手，折困致如此。四大本非有，适从何处至。浮云起复灭，了莫知所自。冥观则皆空，孰为生老死。我皆堆自然，因性循理耳。咄彼造物儿，何与于此矣。"（《东国李相国集·后集卷一》）尽管如此，李奎报对自然规律不断的思索和在认识上的不断探求精神却令人钦佩。

　　尽管李奎报对天有敬畏，亦知无力改变天意，但他对现实的人生和社会有自己的独到看法，这种思想左右着他的行为，是其人生的重要准则。如在其《讽百诗》一首中，作者首先提出自己总体的一个观点："寿夭虽有命，亦在人行为。毋谓过之小，小积成大疵。"接着他便就具体人之错误行为举例道："有人显干法，受戮已不疑。"就算是侥幸逃过惩罚的人，老天也终究是要惩罚他的。在诗之最后，作者曰：

人心好反覆（复——笔者注），于此可知之。君子畏天压，暗室犹不欺。

脱未蒙其福，亦免蹈其危。小人谓天远，妄欲隐其私。

天孽是自召，噬脐焉可追。作诗讽凡百，佩服无忽遗。

（《东国李相国集·全集卷十二》）

作者的语言平实无华，表达浅显直白，就艺术性而言，该诗并无太多藻丽特色，但是，就其思想性而言，其中有着儒家敬天爱民思想的影子。其中的"寿夭虽有命，亦在人行为""小积成大疵""小人谓天远，妄欲隐其私"等语，与"谋事在人，成事在天""千里之堤，毁于蚁穴""勿以恶小而为之，勿以善小而不为"等传统儒家理念，在核心思想上是一致的，真可谓言之有理，确之凿凿，因此该诗的哲理意味和教化意义才是诗人所关注之重点。这种思想在李奎报作品世界里非为孤证，再如在《谢元兴仓通判金君携粮酒见访》中，李奎报表达了与上诗"人心好反复"等论点同样的看法："平日无事时，人情固难测。及兹艰难际，始乃知厚薄。畴昔深论交，披露一心赤。今也反其目，对面胡越隔。何况素未知，争肯一凄恻。"（《东国李相国集·全集卷十七》）应该说，作者关于人生、关于人情世故的如此看法是很有见地之语。进一步来看，作者对人生的看法也影响到诗人的创作观。如在《论诗》一首中作者云："作诗尤所难，语意得双美。含蓄意苟深，咀嚼味愈粹。意立语不圆，涩莫行其意。就中所可后，雕刻华艳耳。华艳岂必排，颇亦费精思。揽华遗其实，所以失诗旨。迩来作者辈，不思风雅义。外饰假丹青，求中一时嗜。"（《东国李相国集·后集卷一》）作者讨厌"假丹青"，而崇尚作诗之"实"，这与作者基于一定的天命思想而所恪守的真实做人、踏实做事的原则是相一致的。

余 论

暨李奎报咏史诗对高丽文坛的影响

李奎报咏史诗的成就，为高丽后期咏史诗的发展奠定了丰厚的基础。作为一代咏史诗巨擘，李奎报在承接前人和同代人成果的同时，也开启了咏史诗在朝鲜进一步发展的大门。高丽后期，外来的元朝势力紧紧控制着朝鲜半岛，于是，伴随着蒙元残酷剥削下高丽民族危机的加深，咏史诗普遍出现在文人笔下，且呈现规模大、目的性强的特点，而高丽后期咏史诗的繁荣无疑极大地推动了高丽文学的整体发展，进而作用于儒家文化圈与东亚汉字文化圈。曾有学界中人在谈及元帝国的"世界性"时指出："其反映在文坛上就是南北士人、西域士人与高丽士人等不同的作家群体，从四面八方涌入元大都，相互融合之后，又辐射到各地，进一步促成了儒家文化圈与东亚汉字文化圈。"[1] 由此我们不难总结高丽后期文坛之盛以及儒家文化圈与东亚汉字文化圈形成过程中的高丽贡献，而高丽中期李奎报的文学成就暨咏史诗实践在儒家文化圈与东亚汉字文化圈形成过程中的积极意义颇值得进一步开掘。以下我们就高丽后期朝鲜咏史诗的新特色作一简要总结。

第一节　数量之多与规制之宏大

高丽后期朝鲜咏史诗出现的第一大特点为规制宏大，李承休《帝王韵纪》即为代表，关于这一点，我们已在本书第二章进行过讨论。实际就高丽后期咏史诗规制宏大这一特点，从咏史组诗加以考察可以得出较好

---

① 钟志强、罗海燕：《元代的儒学传承与多元一统文坛格局之形成》，《河北学刊》2018 年第 5 期。

的结果。关于高丽后期咏史诗，就所见组诗而言，其数量已非高丽中期可以相比。高丽前、中期，咏史诗一般为零散出现，李奎报《东明王篇》《三百韵诗》和《开元天宝咏史诗（四十三首，并序）》等的出现才从根本上改变了朝鲜咏史诗的量与质，但是，由于战乱和武人对文人的刻意压制，高丽中期文学生态遭受重创，因而咏史诗基本呈李奎报一枝独秀之状，此不免显得单薄，但亦已属侥幸——选择与武人合作，使得李奎报实现了致仕报国之愿望，亦使得其作品能够有更大机会留存于世。而到了高丽后期，咏史诗的状况发生了巨大变化，而究其原因，正如前文所述，这与李奎报在高丽中期在咏史诗领域的不懈开拓是分不开的。高丽后期，仅就咏史组诗而言，出现了较多内容丰富、主题鲜明的组诗，如李穀（1298—1351），仅其《稼亭集》卷十五中，有直接以《咏史》命名的大型组诗，依次包括：《五侯（单超、徐璜、具瑗、左琯、唐衡）》《张纲墓》《李固》《五处事（徐穉、姜肱、袁阆、韦著、李昙）》《贾彪》《皇甫规》《陈蕃》《孔褒》《孟他》《胡广》《宣陵孝子》《鸿都门学》《阳球》《西邸》《黄巾》《许邵》《枣祗》《祢衡》《吕布》《袁绍》《孔融》《蒋干》《周瑜》《吕蒙》《荀彧》《濡须口》《王祥》，凡二十七首。再如"其诗歌终高丽一代无可企及者"[1] 的李齐贤（1288—1367），就其咏史诗来看，它们在李齐贤全部诗歌作品中占有很大比重。随手翻阅李齐贤的作品集《益斋乱稿》，咏史诗俯拾皆是，如其《益斋乱稿》卷三中的《菊斋横坡十二咏》，即由十二首吟诵中国历史的诗组成，依次为：《太公钓周》《四皓归汉》《谢傅东山》《子猷剡溪》《庐山三笑》《竹林七贤》《孟宗冬笋》《黄真桃源》《燕寻玉京》《犬救杨生》《潘阆三峰》《范蠡五湖》。而《益斋乱稿》卷四中，有以秦汉名人命名并依次衔接的十五首咏史诗：《陈胜》《项羽》《田横》《刘向·刘歆》《韩信》《萧何》《曹参》《张良》《陈平》《王陵》《夏侯婴（二首）》《蒯通》《刘敬》《陆贾》。李齐贤《益斋乱稿》卷三中的咏史组诗《忆松都八咏》则充分表达了他对祖国的热爱。还如与李齐贤同时的安轴（1287—1348），其咏史组诗《白文宝按部上谣八首》由《商山洛东江》《永嘉文华山》《月城瞻星台》《宁海观鱼台》《东莱积翠轩》《金海七点山》《珠浦月影台》《晋阳矗石台》组成。值得注意的是，高丽后期咏史诗不光作家频出，而且就组诗来看，包

---

① ［韩］赵润济：《韩国文学史》，张琏瑰译，社会科学文献出版社1998年版，第109页。

括之数量有超李奎报者，如丽末李詹（1345—1405），其《双梅堂箧藏集》卷一中收录了他创作的咏史组诗《读史感遇（四十六首）》，这比李奎报《开元天宝咏史诗（四十三首，并序）》多出三首。就现存《读史感遇（四十六首）》中的三十八首来看，其吟咏对象为中国春秋至战国名人，而其题目即直接以名而命，前五首依次为《臧僖伯》《齐桓公》《晋献公》《秦穆公》《楚庄王》，第六首《屈原》以下八首缺失，从第十四首至第四十六首依次为《苏武》《霍光》《盍宽饶》《王章》《朱云》《龚胜》《严光》《李业》《翰歆》《荀彧》《严颜》《羊祜》《诸葛亮》《陶潜》《陈元达》《崔楷》《陶弘景》《傅绰》《章华》《许善心》《尧君素》《魏徵》《李善感》《韩休》《颜杲卿》《张巡·徐远》《郭子仪》《段秀宝》《李泌》《陆贽》《韩愈》《范粲》《嵇绍》。

综上，咏史诗发展到高丽后期，创作数量甚为可观，咏史散篇诗作多若星辰，咏史长诗以《帝王韵纪》为代表，而咏史组诗则以宏大的气势、丰富的内容令人炫目。而以上咏史诗成就的取得，与高丽中期以李奎报为主的咏史诗大家的先期成果铺垫密不可分。

第二节　以中国古史为题材

前文已述，高丽后期的咏史诗数量众多，组诗内容丰富，指向集中，而值得注意的是，此一时期咏史诗的另一特点在于题材方面以吟诵中国古人古事为多，对此我们从前文所列咏史诗可以一眼看出。而就其因，一者在于：高丽自建国后，历代国王都大力支持汉文化，中国文化遂源源不绝地进入朝鲜半岛。而随着高丽后期元、丽一体化倾向的日益加深，越来越多的朝鲜半岛文人前往大都等中原地区，于是他们与中原文人的交往增多，对广袤的中国及其历史文化的了解亦便深化。如丽末著名文人朴全之，"年未弱冠登第，历史翰。忠烈五年（1278），元世祖诏选衣冠子弟入侍，全之与焉，因留元，与中原名士游，商榷古今，山川风土，如指诸掌。王重之，元授征东省都事"①。再如丽末名士李穀，"忠肃四年（1316）中举，子科，研究经史，一时学者多就正焉。七年（1319）登第，调福州司录参军。忠惠元年（1330），迁艺文检阅，忠肃后元年

---

① ［朝鲜］郑麟趾等：《高丽史》卷一百〇九，朴全之。

（1332）中征东省乡试第一名，遂擢制科。前此本国人虽中制科，率居下列，縠所对策，大为读卷官所赏，置第二甲，宰相奏授翰林国史院检阅官。縠与中朝文士交游讲劘，所造益深，为文章操笔立成，辞严义奥，典雅高古，不敢以外国人视也"①。二者则在于：高丽后期朝鲜半岛为蒙古所掌控，高丽士人有着普遍的忧国意识，他们借中国古事以比照高丽现实。于是，以中国古人古史入咏史诗成为时尚。当然，有些题材自高丽中、前期甚至新罗后期就已进入咏史诗，如安轴的《王昭君》、李齐贤的《子猷剡溪》等，而更多有关中国古史的题材是以前文人所未曾吟诵过的。但不论是老题材还是新题材，在篇幅、思想深度上皆有所加强，尤其是往往比照作者自身所处之时代特征。不妨以安轴的《王昭君》为例：

> 君王晓开黄金阙，毡车辚辚北使发。明妃含泪出椒房，有意春风吹鬓发。
> 汉山秦塞渐茫茫，逆耳悲笳秋夜长。可怜穹庐一眉月，曾照台前宫掖妆。
> 将身已与胡儿老，唯恐红颜凋不早。琵琶弦中不尽情，冢上年年见青草。②

前文已述，高丽后期蒙古势力进入朝鲜半岛，高丽濒于亡国之危险境地，因此，高丽王廷采取了所有可能的办法来挽救国家和民族主权，包括派人求情于元、质王子于元、贡女于元，等等。如上安轴的咏史诗《王昭君》不能不说和作者所处时代的特定政治环境，尤其是高丽王廷贡女于元的屈辱事实有关。再如崔瀣，其《与诸教官分咏西汉名贤得张良》曰："误击秦皇匿下邳，布衣奚望帝王师。请看功业无千古，只为遭逢在一时。兵法早从黄石受，仙风晚与赤松期。韩彭见颣萧犹絷，须信初终计自奇。"③崔瀣咏史诗中的张良形象无疑寄托了作者对祖国命运的关注。张良为战国末期韩国公子，秦兼并"战国七雄"中包括韩在内的其余六国后，六国遗族仍有不服秦国者。据载，"韩破，良家僮三百人，弟死不

---

① ［朝鲜］郑麟趾等：《高丽史》卷一百〇九，李縠。
② ［朝鲜］徐居正编：《东文选》卷六。
③ ［朝鲜］徐居正编：《东文选》卷十五。

葬，悉以家财求客刺秦王，为韩报仇，以大父、父五世相韩故。良尝学礼淮阳。东见仓海君。得力士，为铁椎重百二十斤。秦皇帝东游，良与客狙击秦皇帝博浪沙中，误中副车"①。后世诗文多有张良形象出现，李白有诗云："子房未虎啸，破产不为家。沧海得壮士，椎秦博浪沙。报韩虽不成，天地皆振动。潜匿游下邳，岂曰非智勇。"② 胡曾《圯桥》一诗亦云："庙算张良独有余，少年逃难下邳初。逡巡不进泥中履，争得先生一卷书。"③ 而在高丽后期朝鲜诗人笔下，张良博浪沙刺秦，以图恢复故国的一幕无疑有着特别的意义。高丽忠肃王时，朝鲜半岛已为蒙古所牢牢控制，国家时刻面临丧失主权的危险。于是，一些高丽仁人志士挺身而出，为争取民族独立而奋斗，如当仕元的高丽人、奸臣柳清臣与吴潜"上书都省，请立省本国，比内地"时，元通事舍人王观上书丞相力阻曰："欲同内地，恐论者不察，以致崇虚名而受实弊"，"李齐贤亦上书都堂，立省之议乃寝"④。王观、李齐贤是拯救高丽的功臣，他们的身上无疑有着张良般的爱国气概，可谓是那个时代争取高丽独立自主勇士之代表。

　　与安轴、崔瀣等同代，为高丽民族的利益而打拼不已的李齐贤，其咏史诗成就不菲。作为陪伴国王的臣子，李齐贤常年奔走在丽、元之间，因而他也就有颇多作为人臣才所具有的经验与感受，而其笔下较多的中国古代贤士良臣便是这种经验与感受的产物，我们试撷《益斋乱稿》卷一中几首以为考察。如在《渑池》中，李齐贤高度概括了中国战国时代蔺相如完璧归赵的机智勇敢："蔺卿胆如斗，杖剑立左右。叱咤生风雷，万乘自击缶。"再如在《比干墓》一首里，李奎报为忠臣比干不为商纣所容而抱不平："周王封墓礼殷臣，为惜忠言见杀身。何事华阳归马后，蒲轮不谢采薇人。"而在《诸葛孔明祠堂》里，李齐贤对贤臣诸葛亮予以赞扬，其中包含了对现实、对历史以及对岁月无限的感慨：

　　　　群雄蜂起事纷拿，独把经论卧草庐。许国义高三顾出，出师谟远七擒余。
　　　　木牛流马谁能了，羽扇纶巾我自如。千载忠义悬日月，回头魏晋

① （汉）司马迁：《史记》卷五十五。
② （唐）李白：《经下邳圯桥怀张子房》，见《全唐诗》卷一百八十一，李白二十一。
③ 赵望秦、潘晓玲：《胡曾〈咏史诗〉研究》，中国社会科学出版社 2008 年版，第 172 页。
④ ［朝鲜］郑麟趾等：《高丽史》卷一百二十五，奸臣一，柳清臣。

但丘墟。

就李齐贤以中国古事为题材的咏史诗，李睟光《芝峰类说》中如是评价："李齐贤《咏范蠡》诗曰：'论功岂啻破强吴，最在扁舟泛五湖。不解载将西子去，越宫还有一姑苏。'其意甚新。"[①] 曹伸《謏闻琐录》亦曰："益斋《四皓归汉》诗：'见说扶苏孝且仁，胡今二世祸生民。逌翁不为卑词屈，未忍刘家又似秦。'论议的当。"[②] 可以说，李齐贤是他那个时代忧国忧民文人之代表，也是以中国古史为题材进行咏史诗创作的大家。与李齐贤一样，高丽后期别的诗人也多延续以中国古史入诗这一咏史诗创作路径。高丽后期另一咏史诗创作的代表性人物就是"最负盛名，同时也是高丽汉文文学最后一个成就较大的诗人"[③] 李穑（1328—1396），其咏史诗成绩亦颇突出，题材有关中国者亦多。试看其《咏史》："仲舒三策最精醇，西汉文章有几人。"[④] 李穑咏史诗中，以唐朝，尤其是以开元天宝时人、事为题材者较多，如《读唐史（二首）》[⑤] 其一："朝来读唐史，忠谏至今稀。"其二："藩镇从封殖，天戈继发扬。"再如《渔阳县》："鼓角开元后，江山至正间。"[⑥] 再试看如下《天宝歌，过蓟门有感而作》[⑦]：

> 天宝盛时何昌丰，天宝乱时何朦胧。沉香亭中春色浓，渔阳鼙鼓声鼕鼕。马嵬山下飞尘红，天子剑佩鸣瑽瑽。三风十愆在省躬，宴安鸩毒须慎终。明皇一念常笃恭，此胡安敢行狂凶。乃知人事非天穷，不见吴王宫，西施半酣歌吹濛，越兵自渡江无风。

不难看出，高丽后期咏史诗在规模上取得突破之同时，在题材上以中国古史为题材进行创作，并且形成一种潮流，而这一现象的出现一方面是

---

① ［朝鲜］李睟光：《芝峰类说》卷十三，首尔景仁文化社1970年版，第234页。
② ［朝鲜］曹伸：《謏闻琐录》卷三，见蔡美花、赵季主编《韩国诗话全编校注》第一册，人民文学出版社2012年版，第354页。
③ 韦旭升：《朝鲜文学史》，北京大学出版社1986年版，第109页。
④ ［高丽］李穑：《牧隐稿》卷三。
⑤ ［高丽］李穑：《牧隐稿》卷二。
⑥ 同上。
⑦ 同上。

中国文化浸淫之结果，更为重要的一方面则是与高丽后期朝鲜半岛特定的政治环境与民族危机有极大关系。咏史诗作者多以中国古人、古事比况现实，以较为隐讳、安全的手法表达对国家、对民族以及对个人的观照，而《渔阳县》《张巡·徐远》《读唐史（二首）》等与李奎报《开元天宝咏史诗（四十三首·并序）》的传承关系更是一目了然。丽末名士李齐贤如是曰：

> 古人多有咏史之作，若易晓而易厌，则直述其事而无新意者也。常爱杜牧《赤壁》云："折戟沉沙半未销，试将磨洗认前朝。东风不惜周郎便，铜雀春深锁二乔。"《乌江亭》云："胜败兵家事未期，包羞忍耻是男儿。江东子弟多才俊，卷土重来未可知。"《云梦泽》云："日旗龙旆想悠扬，一索功高缚楚王。直使飘然五湖去，未如终始郭汾阳。"《桃花夫人庙》云："细腰宫里露桃新，脉脉无言度几春。毕竟息亡缘底事，可怜金谷堕楼人。"唐彦谦《仲山》云："千古孤坟寄薛萝，沛中乡里汉山河。长陵亦是闲丘垅，此日谁知与仲多。"张安道《歌风台》云："落魄刘郎作帝归，樽前慷慨大风诗。韩彭菹醢萧何絷，更欲多求猛士为。"刘贡父《塞上》云："自古边功缘底事，多因嬖幸欲封侯。不如直与黄金印，惜取沙场万骷髅。"王介甫《张良》诗云："汉业存亡俯仰中，留侯于此每从容。固陵始议韩彭地，复道方图雍齿封。"《韩信》诗云："贫贱侵陵富贵骄，功名无复在茑萝。将军北面师降虏，此事人间久寂寥。"禅家所谓活弄语也。李银台、李文顺咏史数十篇，要之与胡曾伯仲之间耳。①

通过如上这一段文字，我们不难总结：首先，唐宋咏史诗成就对高丽时期的朝鲜半岛作家产生了较大影响，而在受蒙元侵凌、民族危机加重的高丽后期，以李齐贤等名士为代表的高丽作家群对于中国咏史诗有着更为强烈的接受态度，并在咏史诗中思索民族解放的道路。其次，李齐贤在如上材料中尤其提到文顺公李奎报咏史诗成就，并将李奎报与晚唐中国咏史诗大家胡曾相对比，这就凸显出一种强烈的民族意识。而就高丽后期咏史

---

① ［高丽］李齐贤：《栎翁稗说》，见蔡美花、赵季主编《韩国诗话全编校注》第一册，人民文学出版社 2012 年版，第 156 页。

诗成就而言，其中的朝鲜半岛本土特色确实颇为浓郁，且其与高丽中期李奎报咏史诗有着紧密的承继关系。

第三节　强烈的民族意识

观高丽后期朝鲜咏史诗，最重要的突破应该体现在此一时期咏史诗以朝鲜本国历史中人物或事件为题材入诗，并且具有更为浓郁的爱国情绪和民族意识。前面我们提到，高丽后期咏史诗作家选取中国古史作为咏史诗题材以比况高丽现实，而直接以朝鲜半岛本土的古史、古人为题材入诗则更能体现出朝鲜诗家的民族自觉意识和爱国情操。试看李穀的咏史诗《扶余怀古》[①] 一诗，其中即提到新罗之历史：

青丘孕秀应黄河，温王生自东明家。扶苏山下徙立国，奇祥异迹何其多。

衣冠济济文物盛，潜图伺隙并新罗。在后孱孙不嗣德，雕墙峻宇纷奢华。

一旦金城如解瓦，千尺翠岩名落花。野人耕种公侯园，残碑侧畔埋铜驼。

我来访古辄拭泪，古事尽入渔樵歌。千年佳气扫地尽，钓龙台下江自波。

李穀对朱蒙族系的历史、对东明王圣迹予以了简要叙述，并就其灭亡于新罗一事发出无限感叹，对追求"雕墙峻宇纷奢华"而导致朱蒙族系亡国的"孱孙不嗣德"加以谴责，其殷鉴之深意明显。再来看李齐贤的《朴渊》[②]：

时春山气佳，谷鸟如唤客。幽寻协宿想，胜赏欣新获。

沉沉古双湫，欲近悚心魄。神物袭重泉，飞湍下千尺。

泓澄泻云天，荡漾动林石。义责甘施鞭，冥期契闻笛。

---

① ［高丽］李穀：《稼亭集》卷十四。
② ［高丽］李齐贤：《益斋乱稿》卷三。

交感由情衷，奚云幽明隔。采采岩中花，持以侑洞酌。
嘉泽戒屯膏，吾民艺粺麦。

　　朴渊作为朝鲜名胜，自新罗时代起就已在文学领域得到重视，本书绪论已提到李奎报的咏史诗《朴渊》，但李奎报《朴渊》是就朴渊本身相关传说就事论事，并未加以引申。而李齐贤咏史诗《朴渊》则以"嘉泽戒屯膏，吾民艺粺麦"一句，极大升华了作品的思想性，因而具有强烈的时代感和"以天下为己任"的忧患意识。在李齐贤其他咏史诗作品里，这一特点也很明显。徐居正曰："益斋《登鹄岭》诗'徐行终亦到山头'，论者以谓从容宽缓，有远大气象，果能年踰八秩，辅相五朝，功名富贵始终双全。"① 可以说，民族意识、国家意识和社会意识是高丽后期咏史诗中的重要内容，此非某一作家所独有。与李齐贤同代的安轴《登州古城怀古》一诗，意境宏阔，风格豪健，颇具时代沧桑韵味。试看如下："暮天怀古立城头，赤叶黄花满眼秋。不觉萧墙藏近祸，惟凭海岛作深谋。百年丘陇无情草，十里风烟有信鸥。遥望朔方空叹息，一声羌笛使人愁。"②

　　高丽后期咏史诗以民族题材入诗的传统和作品中的民族意识与爱国主义基调一直延续到高丽末。丽末鲜初文士李崇仁于 1379 年作《龙家姬》一诗，该诗看似是言一位年过百岁的老人，实际却更饱含了作者对祖国百年历史沧桑的兴叹。在该诗序文里，作者曰："渠云生七岁，见东征之师，盖宋之季。元之至元乙亥乃其生年，而东征则辛巳日本之役也。姬年一百又四矣。子太史氏宜仿左氏记绛老人例，书之于词策。"生于宋德祐乙亥（1275），卒于明洪武十一年（1378）的老姬见证了朝鲜半岛甚至东北亚百年的历史变迁：元以高丽为跳板第二次征日本、元军攻灭南宋、红巾军窜扰朝鲜半岛、明朝建立、辛氏替代王氏为高丽国王，等等。无疑，《龙家姬》一诗是高丽乃至东北亚百年历史的缩影，读来让人有沧海桑田之感："锦郡山中有老婆，一身无恙阅期颐。生先南取钱塘岁，语及东征日本时。过客皆惊颜似玉，曾孙自叹鬓如丝。自从德祐来洪武，终始宜为太史知。"③ 丽末著名文人郑梦周（1337—1392），其咏史诗也多有以朝鲜

---

① ［朝鲜］徐居正：《东人诗话》卷下，见蔡美花、赵季主编《韩国诗话全编校注》第一册，人民文学出版社 2012 年版，第 214 页。

② ［高丽］安轴：《谨斋集》卷一。

③ ［朝鲜］徐居正编：《东文选》卷十六。

本土事物为题材者，且风格豪迈，这与他最终选择和高丽王朝一起寿终正寝的不屈个性相一致，试看其以边塞定州为题材的怀古诗《定州重九韩相命赋》①：

　　　　定州重九登高处，依旧黄花照眼明。浦溆南连宣德镇，峰峦北倚女真城。

　　　　百年战国兴亡事，万里征夫慷慨情。酒罢元戎抚上马，浅山斜日照红旌。

　　高丽后期咏史诗中的民族意识还体现在成绩斐然、"东国"特色明显的组诗方面，如前文提到李齐贤《忆松都八咏》，具体则由《鹄岭春晴》《龙山秋晚》《紫洞寻僧》《青郊送客》《雄川禊饮》《龙野寻春》《南浦烟蓑》《西江月艇》组成，仅其诗题即给人以浓浓"东国"之气。安轴之咏史组诗《白文宝按部上谣八首》，其创作意图则如序中所明示："近者，起居注李公，自中朝登第而还，士夫赋诗赠行，各占三韩异迹为题，语意不类，真奇作也，仆等谨效其体，各赋东南八景一绝并短引，拜呈行轩。"②而高丽后期兴起的极富朝鲜民族特色的咏史诗题材中，"东国四咏"无疑颇具代表性。

　　"东国四咏"是指以高丽前、中期四位名士为吟诵对象的咏史组诗。具体来看，所谓"四咏"乃以高丽前辈文士金富轼、崔谠、郭预和郑叙为吟咏对象，虽然有的"四咏"组诗中郑叙为金学士所代替，但一般来说以"东国四咏"为题者，该咏史组诗所咏对象都是金富轼、崔谠、郭预和郑叙四人。至于"东国四咏"之起源，应该是与高丽的民族自我意识有极大关系。早在高丽中期，李仁老即有《崔太尉骑牛出游》③二首，其一曰："奇饰何须蹄角莹？徐行偏爱性情驯。牟然一吼黄钟动，似识当时问喘人。"其二则曰："嗜酒谪仙扶上马，爱山潘阆倒骑驴。争如稳者黄牛背，处处名园任所如。"但是，完整意义上的"东国四咏"是在高丽后期随着汉文化的进一步浸染和高丽民族意识的进一步增强才终于形成。

---

① ［朝鲜］徐居正编：《东文选》卷十六。

② ［高丽］安轴：《谨斋集》卷二。

③ ［朝鲜］徐居正编：《东文选》卷二十。

以"东国四咏"为题材之咏史组诗有名者如闵思平（1295—1359）的《东国四咏（益斋韵）》、韩修（1333—1384）的《奉和益斋相国东国故事四诗》、郑枢（1333—1382）的《东国四咏》等，其民族色彩颇为突出，咏史特色极浓。我们不妨通过如下列表 1，试就闵思平、韩修、郑枢三家"东国四咏"作一对比欣赏暨拙作结束前之遣兴：

表 1　　　闵思平、韩修、郑枢三家"东国四咏"咏史组诗比较

作者		闵思平	韩修	郑枢
组诗题目		《东国四咏（益斋韵)》	《奉和益斋相国东国故事四诗》	《东国四咏》
"四咏"其一	题目	金侍中乘骡访江西惠素上人	金侍中骑骡访江西惠素上人	金侍中（富轼）骑骡访江西惠素上人
	内容	独跨青骡访碧山，山僧应是后丰干。不因此老闲饶舌，谁作黄扉上相看。	江上青山叠百层，一骡清影倒波澄。须知所乐将何事，强道寻僧不在僧。	孤云出岫大江流，相国骑骡境转幽。何事往来多邂逅，山僧沽酒共登楼。
"四咏"其二	题目	崔大尉冒雪游城北皱岩	金□□雪中骑牛游皱岩	双明崔大尉（谠）雪后骑牛游城北皱岩
	内容	千尺雪根耸北山，故贤遗迹画应难。自从相国题诗后，多少行人指点看。	线路萦纡入石间，羸牛踏雪倦跻攀。岂唯稳跨无倾覆，诗眼将穷万玉山。	西山林杪雪培堆，葊水穿云路几回。莫说袁安高枕兴，何妨牛背觅诗来。
"四咏"其三	题目	郑中丞月下抚琴	郑中丞谪居东莱，对月抚琴	郑中丞（叙）谪居东莱，每月明弹琴达曙
	内容	蟾影圆流露桂枝，夜深斗觅夹襟期。世人谁是知音耳，一曲广陵空自知。	半轮江月上瑶琴，一曲新声古意深。岂谓如今有钟子，只应弹尽伯牙心。	云尽长空月在天，横琴相对夜如年。啼鹃曲尽恩无尽，谁把鸾胶续断弦？
"四咏"其四	题目	郭翰林雨中赏莲	郭翰林冒雨赏三池莲花	郭翰林（预）冒雨赏莲有诗
	内容	万柄亭亭上下池，幽人乘兴独寻诗。一番细雨蒸荷气，数里香风泛柳丝。	诗人嗜好与人殊，兴发阴晴岂有拘。赏遍三池烦往复，要看绿叶泻明珠。	荷花漠漠雨丝丝，二顷方塘景特奇。应为吟安一个字，尘中折角立多时。
版本出处		《集庵诗集》卷二	《柳巷诗集》	《圆斋稿》卷上

　　高丽后期及朝鲜王朝时期咏史诗的繁荣固然有文学自身发展大势使然之因，也有文学创作客观的社会因素，但高丽中期李奎报在朝鲜咏史诗发展进程当中的承上启下作用不容低估和否认。就李奎报来看，他在某种程度上担当了朝鲜半岛咏史诗承前启后者的作用。一方面，朝鲜半岛咏史诗日积月累的发展已经具备了作一重大历史性总结所应具有的条件，亟待时机之成熟；另一方面，李奎报很好地继承了新罗以来咏史诗创作在朝鲜半岛所积累的经验，他完全有能力承担起对朝鲜半岛咏史诗加以"质"与"量"突破之重任。而作为既往阶段咏史诗的收官者，李奎报同时也是高丽后期咏史诗的引路者，他在新的历史时期、新的文学环境中，紧扣时代脉搏，用自己的创作实绩成功地将后来诗家引导到一条积极、现实与爱国的咏史诗创作道路之上。

参考文献

　　一　中国、朝鲜古籍

（汉）班固撰，（唐）颜师古注：《汉书》，中华书局1962年版。

（汉）刘向撰，向宗鲁校证：《说苑校证》，中华书局1987年版。

（汉）司马迁：《史记》，中华书局1959年版。

（汉）王充：《论衡》，《钦定四库全书荟要》影印本第277册，吉林出版集团有限责任公司2005年版。

（汉）王逸撰，黄灵庚点校：《楚辞章句》，上海古籍出版社2017年版。

（汉）应邵、（晋）崔豹：《风俗通义、古今注》，商务印书馆民国二十六年版。

（南朝宋）范晔撰，（唐）李贤等注：《后汉书》，中华书局1965年版。

（晋）陈寿撰，（南朝宋）裴松之注：《三国志》，中华书局1959年版。

（晋）干宝撰，马银琴译注：《搜神记》，中华书局2012年版。

（晋）王嘉撰，（南朝梁）萧绮录，齐治平校注：《拾遗记》，中华书局1981年版。

（南朝）刘义庆撰，郑晚晴辑注：《幽明录》，文化艺术出版社1988年版。

（北齐）魏收：《魏书》，中华书局1974年版。

《全唐诗》，中华书局1960年版。

（后晋）刘昫等：《旧唐书》，中华书局1975年版。

（五代）王仁裕等撰，丁如明辑校：《开元天宝遗事十种》，上海古籍出版社1985年版。

（唐）韩愈撰，（宋）魏仲举编：《五百家注昌黎文集》，《钦定四库全书荟要》影印本第362册，吉林出版集团有限责任公司2005年版。

（唐）李濬等撰：《松窗杂录、杜阳杂编、桂苑丛谈》，中华书局1958

年版。

（唐）李延寿：《北史》，中华书局 1974 年版。

（唐）孟棨等撰，李学颖标点：《本事诗、续本事诗、本事词》，上海古籍
　　出版社 1991 年版。

（宋）陈元靓编：《岁时广记》，商务印书馆 1939 年版。

（宋）范祖禹：《唐鉴》，影印南宋孝宗朝浙江刻本，上海古籍出版社
　　1984 年版。

（宋）欧阳修、宋祁：《新唐书》，中华书局 1975 年版。

（宋）司马光撰，（元）胡三省音注：《资治通鉴》，影印日本明治新刻活
　　字版，凤凰出版传媒集团、凤凰出版社 2011 年版。

（宋）朱熹撰，蒋立甫校点：《楚辞集注》，上海古籍出版社、安徽教育出
　　版社 2001 年版。

（元）辛文房：《唐才子传》，古典文学出版社 1957 年版。

（明）宋濂：《元史》，中华书局 1976 年版。

（清）马瑞辰撰，陈金生点校：《毛诗传笺通释》卷三十二，中华书局
　　1989 年版

（清）王夫之：《楚辞通释》，上海人民出版社 1975 年版。

［新罗］崔致远撰，党银平校注：《桂苑笔耕集校注》，中华书局 2007
　　年版。

［高丽］金富轼：《三国史记》，吉林文史出版社 2003 年版。

［高丽］李奎报：《白云小说》，见蔡美花、赵季主编《韩国诗话全编校
　　注》第一册，人民文学出版社 2012 年版。

［高丽］李奎报、李承休著，朴斗抱译：《东明王篇·帝王韵纪》，首尔乙
　　酉文化社 1974 年版。

［高丽］李齐贤：《栎翁稗说》，见蔡美花、赵季主编《韩国诗话全编校
　　注》第一册，人民文学出版社 2012 年版。

［高丽］李仁老、崔滋著，韩国学文献研究所编：《破闲集·补闲集》，首
　　尔亚细亚文化社 1972 年版。

［高丽］释子山夹注，查屏球整理：《夹注名贤十抄诗》，上海古籍出版社
　　2005 年版。

［高丽］一然：《三国遗事》，首尔乙酉文化社 1983 年版。

［朝鲜］《春香传》，冰蔚、张友鸾译，作家出版社 1956 年版。

［朝鲜］曹伸：《謏闻琐录》，见蔡美花、赵季主编《韩国诗话全编校注》
　　第一册，人民文学出版社 2012 年版。

［朝鲜］洪万宗：《洪万宗全集》（上、下），首尔太学社 1986 年版。

［朝鲜］金安老：《龙泉谈寂记》，见蔡美花、赵季主编《韩国诗话全编校
　　注》第一册，人民文学出版社 2012 年版。

［朝鲜］南龙翼编，赵季校注：《箕雅校注》，中华书局 2008 年版。

［朝鲜］沈守庆：《遣闲杂录》，蔡美花、赵季主编《韩国诗话全编校注》
　　第一册，人民文学出版社 2012 年版。

［朝鲜］徐居正：《东人诗话》，见蔡美花、赵季主编《韩国诗话全编校
　　注》第一册，人民文学出版社 2012 年版。

［朝鲜］徐居正编：《东文选》，学习院东洋文化研究所 1970 年版。

［朝鲜］郑麟趾等：《高丽史》，首尔亚细亚文化社 1972 年版。

朝鲜总督府编：《朝鲜金石总览（上）》，影印本，首尔亚细亚文化社
　　1976 年版。

（以下朝鲜古籍，其版本依据皆为韩国民族文化推进会大型影印标点丛
　　书：《韩国文集丛刊》，韩国民族文化推进会 1988—2005 年版。）

安轴：《谨斋集》。

陈澕：《梅湖遗稿》。

崔致远：《孤云集》。

韩修：《柳巷诗集》。

金坵：《止浦集》。

李穀：《稼亭集》。

李奎报：《东国李相国集》。

李齐贤：《益斋乱稿》。

李穑：《牧隐稿》。

林椿：《西河集》。

闵思平：《集薝诗集》。

郑道传：《三峰集》。

郑枢：《圆斋稿》。

二　中国、韩国及他国现当代学术文献

阿城：《洛书河图：文明的造型探源（修订本）》，中华书局 2015 年版。

拜根兴：《七世纪中叶唐与新罗关系研究》，中国社会科学出版社 2003 年版。

《辞海（文学分册）》，上海辞书出版社 1981 年版。

《辞源（修订本）》，商务印书馆 1983 年版。

蔡美花、赵季主编：《韩国诗话全编校注》第一册，人民文学出版社 2012 年版。

蔡钟祥、袁济喜：《中国古代文艺学》，人民文学出版社 2011 年版。

曹春茹、王国彪：《朝鲜诗家论明清诗歌》，中央编译出版社 2016 年版。

陈安仁：《中国上古中古文化史》，河南人民出版社 2017 年版。

陈惇、孙景尧、谢天振主编：《比较文学》，高等教育出版社 1997 年版。

陈建华：《唐代咏史怀古诗论稿》，华中科技大学出版社 2008 年版。

陈寅恪：《寒柳堂集》，上海古籍出版社 1980 年版。

陈跃红：《比较诗学导论》，北京大学出版社 2005 年版。

党银平：《唐与新罗文化关系研究》，中华书局 2007 年版。

杜文玉主编：《唐史论丛（第十七辑）》，陕西师范大学出版社 2014 年版。

高旭东主编：《多元文化互动中的文学对话》，北京大学出版社 2010 年版。

郭绍林：《唐代士大夫与佛教》，三秦出版社 2006 年版。

胡阿祥：《吾国与吾名：中国历代国号与古今名称研究》，江苏人民出版社 2018 年版。

胡发贵：《儒家朋友伦理研究》，光明日报出版社 2008 年版。

胡经之、李健：《中国古典文艺学》，光明日报出版社 2006 年版。

姜孟山主编，李春虎副主编：《朝鲜通史》第一卷，延边大学出版社 1992 年版。

蒋非非、王小甫：《中韩关系史（古代卷）》，社会科学文献出版社 1998 年版。

金京振：《朝鲜古代宗教与思想概论》，中央民族大学出版社 2006 年版。

金宽雄、金东勋主编：《中朝古代诗歌比较研究》，黑龙江朝鲜民族出版社 2005 年版。

金泽荣编：《丽韩十家文钞》，首尔保景文化社 1983 年版。

李定广：《唐末五代乱世文学研究》，中国社会科学出版社 2006 年版。

李甦平：《韩国儒学史》，人民出版社 2009 年版。

李晓明：《唐代咏史诗研究》，人民出版社 2009 年版。

李学勤：《鲁迅写作经验谈》，云南教育出版社 1986 年版。

李岩：《中韩文学关系史论》，社会科学文献出版社 2003 年版。

李岩、徐健顺：《朝鲜文学通史（上）》，社会科学文献出版社 2010 年版。

梁漱溟：《人心与人生》，学林出版社 1984 年版。

林聪舜：《儒学与汉帝国意识形态》，上海人民出版社 2017 年版。

茅盾：《夜读偶记》，百花文艺出版社 1958 年版。

彭林：《礼乐文明与中国文化精神——彭林教授东南大学讲演录》，中国人民大学出版社 2016 年版。

朴永光：《韩国传统舞蹈的沿革与发展》，上海音乐出版社 2004 年版。

陕西历史博物馆馆刊编辑委员会：《陕西历史博物馆馆刊（第一辑）》，三秦出版社 1994 年版。

沈祖棻：《唐人七绝浅释》，河北教育出版社 2000 年版。

施蛰存：《唐诗百话》，上海古籍出版社 1987 年版。

王慎荣、赵鸣岐：《东夏史》，天津古籍出版社 1990 年版。

王逊：《中国美术史》，上海人民美术出版社 1985 年版。

韦春喜：《宋前咏史诗史》，中国社会科学出版社 2010 年版。

韦旭升：《朝鲜文学史》，北京大学出版社 1986 年版。

韦旭昇：《韦旭昇文集》，中央编译出版社 2000 年版。

吴晗：《灯下集》，生活·读书·新知三联书店 2006 年版。

喜蕾：《元代高丽贡女制度研究》，民族出版社 2003 年版。

夏传才：《古文论译释》，清华大学出版社 2007 年版。

萧启庆：《内北国而外中国：蒙元史研究》，中华书局 2007 年版。

许倬云：《我者与他者：中国历史上的内外分际》，生活·读书·新知三联书店 2015 年版。

延边大学亚洲研究中心编：《朝鲜—韩国文学与东亚》，延边大学出版社 2009 年版。

严绍璗：《汉籍在日本的流布研究》，江苏古籍出版社 1992 年版。

杨乃乔：《比较诗学与跨界立场》，复旦大学出版社 2011 年版。

杨昭全：《韩国文化史》，山东大学出版社 2009 年版。

杨昭全：《中国—朝鲜·韩国文化交流史》，昆仑出版社 2004 年版。

游国恩：《楚辞论文集》，古典文学出版社 1957 年版。

袁珂编著:《中国神话传说词典》,上海辞书出版社 1985 年版。

袁行霈主编:《中国文学史》,高等教育出版社 1999 年版。

詹杭伦:《刘若愚:融合中西诗学之路》,北京出版社出版集团、文津出版社 2005 年版。

张伯伟主编:《域外汉籍研究集刊(第1—18 辑)》,中华书局 2005—2019 年版。

张岱年、方克立主编:《中国文化概论》,北京大学出版社 2009 年版。

张润静:《唐代咏史怀古诗研究》,上海三联书店 2009 年版。

张志强主编: 《重新讲述蒙元史》,生活·读书·新知三联书店 2016 年版。

章培恒、骆玉明主编:《中国文学史》,复旦大学出版社 1997 年版。

赵明、薛敏珠:《道家文化及其艺术精神》,吉林文史出版社 1991 年版。

赵望秦:《宋本周昙〈咏史诗〉研究》,中国社会科学出版社 2005 年版。

赵望秦、潘晓玲:《胡曾〈咏史诗〉研究》,中国社会科学出版社 2008 年版。

中国朝鲜史研究会、延边大学朝鲜·韩国历史研究所:《朝鲜·韩国历史研究(第十二辑)》,延边大学出版社 2012 年版。

朱光潜:《诗论》,生活·读书·新知三联书店 2012 年版。

朱云影:《中国文化对日韩越的影响》,广西师范大学出版社 2007 年版。

[日] 宫本一夫:《从神话到历史:神话时代、夏王朝》,吴菲译,广西师范大学出版社 2014 年版。

[法] 雅克·马利坦:《艺术与诗中的创造性直觉》,刘有元、罗选民等译,生活·读书·新知三联书店 1991 年版。

[美] Peter H. Lee, *A History of Korean Literature*, Cambridge : Cambridge University Press, 2003.

[美] 浦安迪:《中国叙事学(第二版)》,北京大学出版社 2018 年版。

[美] 巫鸿:《中国古代艺术与建筑中的"纪念碑性"》,李清泉、郑岩等译,上海世纪出版集团、上海人民出版社 2009 年版。

[韩]《韩国诗话选》,首尔太学社 1987 年版。

[韩] 韩国高句丽研究财团编:《韩国高句丽史研究论文集》,韩国高句丽研究财团 2006 年版。

[韩] 韩国学中央研究院:《通过世界遗产了解韩国历史》,韩国学中央研

究院 2005 年版。

［韩］韩国哲学会编：《韩国哲学史》，韩振乾等译，社会科学文献出版社
　　1996 年版。

［韩］金台俊：《朝鲜小说史》，全华民译，民族出版社 2008 年版。

［韩］李元淳：《朝鲜西学史研究》，王玉洁、朴英姬、洪军译，中国社会
　　科学出版社 2001 年版。

［韩］林基中、［日］夫马进编：《燕行录全集（日本所藏编）》，东国大
　　学校韩国文学研究所 2001 年版。

［韩］林基中编：《燕行录全集》，首尔东国大学校出版部 2001 年版。

［韩］首尔大学校宗教问题研究所、尹以钦编：《檀君—그 이해와 자료》，
　　서울대학교출판부 1994 年版。

［韩］孙晋泰：《朝鲜民族故事研究》，全华民译，民族出版社 2008 年版。

［韩］赵东一：《韩国文学论纲》，周彪、刘钻扩译，北京大学出版社
　　2003 年版。

［韩］赵润济：《韩国文学史》，张琏瑰译，社会科学文献出版社 1998
　　年版。

三　中国及韩国、日本学者论文

安海淑：《苏轼对李奎报文学的影响》，《延边大学学报》（社会科学版）
　　2016 年第 3 期。

陈蒲清：《论〈三国遗事〉的历史地位与文化价值》，《广州大学学报》
　　（社会科学版）2007 年第 6 期。

陈治国：《早期儒学友爱伦理的范围、功能与地位》，《光明日报》2019
　　年 10 月 28 日第 15 版。

丁莹：《李奎报外交文书的骈体艺术及其体现的东北亚国家关系》，《云梦
　　学刊》2019 年第 3 期。

范恩实：《冉牟墓志新探》，《东北史地》2011 年第 2 期。

高福顺：《新罗初期官制考论——以〈三国史记〉记载为中心》，《延边大
　　学学报》（社会科学版）2019 年第 1 期。

耿铁华：《王莽征高句丽兵伐胡史料与高句丽王系问题——兼评〈朱蒙之
　　死新探〉》，《北方文物》2005 年第 2 期。

郭丹：《论〈昭明文选〉中的咏史诗》，《福建师范大学学报》1994 年第

3 期。

黄筠:《中国咏史诗的发展与评价》,《中国文化研究》1994 年冬之卷。

江艳华:《魏晋南北朝咏史诗论述》,《云南师范大学学报》1994 年第 4 期。

雷恩海:《咏史诗渊源的探讨暨咏史诗内涵之界定》,《贵州社会科学》1996 年第 4 期。

李士龙:《试论古代咏史诗》,《学习与探索》1996 年第 6 期。

刘彬:《动物批评:后人文时代文学批评新方法》,《文学理论前沿》2018 年第 1 期。

刘晓:《〈送晋卿丞相书〉年代问题再检讨——兼谈蒙丽交往中必阇赤的地位与影响》,《民族研究》2016 年第 4 期。

刘啸虎:《"异僧"与"异境"——试析唐代人眼中的新罗僧及新罗形象》,《宁夏大学学报》(人文社会科学版) 2018 年第 3 期。

刘子敏:《朱蒙之死新探——兼说高句丽迁都"国内"》,《北方文物》2002 年第 4 期。

孟昭燕:《谈咏史诗》,《历史教学问题》1999 年第 3 期。

朴延华、李英子:《试论庆源李氏家族与高丽贵族政治的关系》,《东疆学刊》2006 年第 4 期。

王玉姝:《多元文化背景下杜甫与李奎报佛禅思想同异探析》,《东疆学刊》2019 年第 1 期。

冼剑民、刘自良:《孔子三十八世孙孔戣治粤小记》,《广东史志》2003 年第 2 期。

向铁生:《晚唐咏史诗兴盛的儒学背景》,《云南大学学报》(社会科学版) 2013 年第 2 期。

严杰:《李奎报〈开元天宝咏史诗〉的小说文献意义——以〈玄宗遗录〉佚文为重点》,《文献》2012 年第 1 期。

于海博:《唐代舞马演出形态新探》,《北京舞蹈学院学报》2016 年第 1 期。

于衍存、黄妍:《试论朝鲜上古诗歌对〈诗经〉的接受》,《东疆学刊》2008 年第 4 期。

张学锋:《江苏连云港"土墩石室"遗存性质刍议——特别是其与新罗移民的关系》,《东南文化》2011 年第 4 期。

张哲俊：《金首露神话中的黄金六卵与龟旨峰》，《东北师大学报》（哲学社会科学版）2017 年第 6 期。

赵旭晴：《〈五王醉归图〉卷真伪考》，《荣宝斋》2018 年第 4 期。

钟志强、罗海燕：《元代的儒学传承与多元一统文坛格局之形成》，《河北学刊》2018 年第 5 期。

［日］增本：《〈五王醉归图〉的流传及猜想》，俞岚编译，《文物天地》2012 年第 5 期。

［韩］金昌庆《高丽文人对王维诗的接受》，《徐州工程学院学报》（社会科学版）2015 年第 3 期。

［韩］林贞玉：《李白与李奎报对月亮的审美意识之比较》，《中国比较文学》1998 年第 2 期。

［韩］朴性日：《儒家诗学在朝鲜王朝前期的发展——以"文道论"为中心》，《燕山大学学报》（哲学社会科学版）2019 年第 3 期。

［韩］徐希定：《作为东亚共同美感之"风流"的来源与转变——以韩国新罗的文献为中心》，《文艺争鸣》2015 年第 8 期。

［韩］许宁：《朝鲜半岛文坛的东坡情结》，《光明日报》2019 年 8 月 12 日第 13 版。

索　引

后 记

本书是在我同题目博士毕业论文基础上修改而成，尽管相较于学术界前辈或高人，我这一作品不免显得稚嫩，但对我而言，它是我对自己既往学术积累的一次认真总结，更是向未来高水平学术平台进发的阶梯。

犹记二十年前，我初入青海师大攻读硕士，师从中国著名历史学家张广志先生，张先生朴实刚介，表里如一，其身上散发着传统中国儒者严于律己、宽以待人之品格。一方面，张先生时常教导我们：若要做好学问，则要甘坐冷板凳，而另一方面，但凡查文献、整理资料等无论多忙，张先生都从不麻烦学生，张先生所希冀者，唯我等学生辈能有较多时间以夯实学术基础。故张先生于学问之外，影响我至深者更在其人品。今我此书稿，离不开读硕期间在张先生麾下之所学。

十五年前，初识韩国科学院李商万院士，彼此遂成忘年交，彼时，李院士虽年事已高，却精神矍铄，性格幽默豁达，但若涉及学术话题，商万先生则一改其老顽童之态，而以谨慎严肃之态度交流与讲解，另外，作为接受过传统汉字教育之老一代韩国知识分子，商万先生写得一手漂亮汉字，某次并贻我其自作汉诗绝句一首。商万先生远祖系明末中国辽东总兵李成梁，某次闲谈之间，商万先生以并不熟稔之汉语口语交流，辅以汉字笔谈，劝导我攻读中韩比较文学专业博士研究生。思忖先生之劝言，颇觉有理，最终在付出不少努力之后，于2008年中秋之际，沐北京奥运盛会之瑞气进入中央民族大学攻读中朝比较文学方向博士研究生学位，再后来之博士毕业论文即选择以高丽时期诗人李奎报汉文咏史诗为研究对象。现今想来，则此书稿之成形与李商万院士之间，不能说关系不甚密切。商万先生高义，令人难忘。

读博期间，于李岩导师身上悟到不少为人处世之道理，而中央民族大学张公瑾、钟进文和北大漆永祥诸前辈，在学术方面颇多提携于我，其大家风范与为人雅量则使我受益匪浅。学兄王国彪和学姐曹春茹夫妇，携子共同赴京读博，其学术奋斗精神和所获得成绩令人敬佩，而他们平素在学术方面，尤其是在毕业论文方面对我之关照真诚、无私，每每忆起，感激不已。2016 年曹春茹、王国彪合著之《朝鲜诗家论明清诗歌》一书出版，中朝比较文学界赞誉一片，我亦于《当代韩国》发表书评一篇，而正当王、曹夫妇事业蒸蒸日上之时，国彪学兄不幸于 2019 年年初英年早逝，知之者无不惋叹。我此书稿，亦少一指正者，甚憾！

此外，真心感谢中国比较文学学会会长王宁先生之为序，犹记前年以来的两次相关比较文学会议上，王宁先生和与会诸学者有过较多互动交流，而其儒雅、清朗、博识之姿更令学界后辈敬慕不已，我亦于其中受益颇多，今番承蒙王先生在百忙之中为鄙作为序而再次对我加以提携，实属荣幸。在此，亦感谢中国社会科学出版社各位老师的支持，他们细心的工作、严谨的作风、扎实的学养令我敬佩不已。在此一并表示由衷的感谢。

如上学界诸公而外，父母大人作为至亲至爱之人，舐犊之情已是我所实难回报。硕士毕业直至现今，我离家在外工作、读博已近二十年，父母对我牵挂与付出很多很多，仅以我之读博暨博士毕业论文而言，若无父母的全力支持则绝无完成之可能。而今自己也已为人父，养儿育女之不易方才真正感受到，故回想父母，养育之恩绝非一声谢谢即可回报。而书稿的修改过程中，妻子在文献查阅、资料打印等方面已经出力不少，书稿修改大体完成之时，妻又于冬至后三日诞下一子，这一"帮助"之正能量确实很大。

由于自身学术水平毕竟有限，故书中之不足与错漏处，敬请学界同人批评指正。

师存勋

2020 年 6 月于海口桂林洋大学城寓所